Schwarz - Rot - Blondie

Freundinnen fürs Leben

Roman von Lena Cleve

D1698381

Teil 1 - Schwarz - Andrea

Von ihrem Partner Ben aus der Wohnung geworfen, sitzt die junge Kölnerin Andrea in ihrem Auto und weiß nicht, wie es weitergehen soll. Per Zufall trifft sie Eva, eine junge Frau, die ihr eine Übernachtungsmöglichkeit anbietet. Kann Andrea der blonden Frau mit den grünen Augen vertrauen, oder führt sie dieses Zusammentreffen in die nächste Katastrophe?

Teil 2 - Rot - Lena

Glück und Unglück liegen nah beieinander, denn die junge Musikstudentin hat gerade ihren Verlobten durch einen Unfall verloren, als ihr kleiner Sohn geboren wird. Mit einer eifersüchtigen Schwiegermutter gestraft, liegt sie im Wochenbett und weiß nicht ein noch aus. Können ihr die beiden sympathischen Frauen, die sie im Geburtsvorbereitungskurs kennengelernt hat, weiterhelfen?

Teil 3 - Blondie - Eva

Vollwaise Eva lebt mit ihren Freundinnen in einer WG im eigenen Haus. Finanziell abgesichert, hat sie ein sorgenfreies Leben, doch ihr Gefühlsleben ist durcheinander. Ist die Frau, der sie ihr Herz geschenkt hat, die Richtige für ein ganzes Leben?

Teil 4 - Blondie - Anna

Sie war die Schulschlampe und wurde mit Schimpf und Schande aus der norddeutschen Kleinstadt vertrieben. Nach einer Ausbildung zur Goldschmiedin ist sie Jahre später auf Rat ihres Bruder Jonas nach Köln gezogen, wo sie jetzt in einer kleinen Goldschmiedewerkstatt arbeitet.

Bibliografische Information der Deutschen
Nationalbibliothek:

Die Deutsche Nationalbibliothek verzeichnet diese
Publikation
in der Deutschen Nationalbibliografie, detaillierte
bibliografische
Daten sind im Internet über dnb.dnb.de abrufbar.

TWENTYSIX - Der Self-Publishing-Verlag

Eine Kooperation zwischen der Verlagsgruppe
Random House und
BOD - Books on Demand

© 2018   Otmar Schmitt-Hockertz

Herstellung und Verlag:
BOD - Books on Demand, Norderstedt

ISBN: 9783740745349

Die Protagonistinnen:

Andrea Sandra Weber - 22 Jahre alt, schwarzer Lockenkopf mit leuchtend blauen Augen. Freiberufliche Übersetzerin ohne familiäre Bindung. Nach Pech in der Liebe sucht sie ein neues Zuhause und findet bei einer Fremden freundliche Aufnahme.

Lena Gerber - 21 Jahre alt, rote lange Haare und Augen wie Bernstein ist vor ihren Pflegeeltern geflüchtet, die sie als Kind zum Geigenspiel gebracht haben, sie aber nach der Schule in einen Bürojob pressen wollten. Stattdessen hat Lena mit viel Energie ein Studium an der Musikhochschule in Köln begonnen.

Eva Lisa Plate - 22 Jahre alt, blond mit grünen Augen. Vollwaise, die vom Immobilienvermögen ihrer Eltern lebt, aber ihren Platz im Leben noch nicht wirklich gefunden hat. Wird die sympathische Singlefrau den Mann oder die Frau fürs Leben finden?

Anna Paulsen - 24 Jahre alt, blond mit wasserblauen Augen. Von ihren Eltern verstoßen, hat sie sich eine Existenz als Goldschmiedin erarbeitet und lebt alleine in einer winzigen Wohnung. Kann sie mit Hilfe ihres Bruders ihr Leben in den Griff bekommen, und gibt es für sie einen liebevollen Partner, der über ihre Vergangenheit hinwegsieht?

Weitere Personen:

Jan Wiesner - 25 Jahre alt, Ein Traummann, der zu viele Frauen liebt und sich für keine entscheiden kann.

Fabian und Valerie Matties - Freunde von Eva

Carsten Weiss, - 30 Jahre alt, Verlobter von Lena, der tragischer Weise kurz vor der Geburt seines Sohnes durch einen Autounfall ums Leben kommt.

Katharina „Karin" Weiss - 58 Jahre alt, Hat gerade ihren Sohn verloren und ist einen Tag später Großmutter geworden.

Marie Kürten - 21 Jahre alt, Musikstudentin mit Cello, Kommilitonin von Lena, die ihre sexuelle Orientierung noch nicht abgeschlossen hat.

Jonas Paulsen - 22 Jahre alt, Bruder von Anna. Musikstudent und Klaviervirtuose, ein Traum für Lena.

Gerard Noirhomme - 25 Jahre alt, Jazzmusiker, der Bassgeige und Bassgitarre beherrscht. Ein Traummann aus Dijon.

Professor Joseph Eder - Mentor und väterlicher Freund von Lena.

Rolf, Robbie, Gerry, Tom und Frank - Sologitarre, Schlagzeug, Bassgitarre, Rhythmusgitarre und Keyboard, die Musiker der Raindreamer.

Julie Matties, Carsten Gerber, Sandra Plate und Evita Weber - Neue Erdenbürger in der Reihenfolge ihrer Geburt.

Massimo, Mario und Sophia - Chef, Chefkoch und die gute Seele des Restaurants „Gamberino".

Vanessa, Svenja und Sarah - Chefin, Kollegin und Hilfskraft in der „Goldmanufaktur"

SCHWARZ - Andrea

PROLOG

Dienstag 11.03.2014

Es beginnt an einem verregneten Dienstag im März. Mein Freund Ben hat gerade mit mir Schluss gemacht und mich aus der gemeinsamen Wohnung geworfen. Eine Woche hat er mir gegeben, um meine wenigen Habseligkeiten aus seiner Wohnung zu holen; dabei weiß ich noch nicht einmal, wo ich die nächste Nacht verbringen soll. Naja, notfalls muss ich eben in meinem kleinen Auto schlafen. Meine Tränen laufen ununterbrochen und konkurrieren mit den Regentropfen auf der Windschutzscheibe. Als ich kaum noch sehen kann, wohin ich den Wagen steuere, fahre ich rechts ran und mache den Motor aus. Die Leuchtreklame eines Restaurants taucht mein verheultes Gesicht in ein Rot, das ich unter anderen Umständen als romantisch bezeichnen würde. Ich wische mir die Tränen aus dem Gesicht und steige aus. Dass ich auf dem Weg zum Lokal nass werde, stört mich nicht und passt eher zu meiner momentanen Stimmung.

Das Restaurant ist leer bis auf eine junge blonde Frau, die vor einem Glas Rotwein sitzt. Der Teller vor ihr ist leergegessen, wahrscheinlich ist sie im Aufbruch. Ich suche mir einen Tisch am Fenster und nehme Platz. Augenblicke später taucht wie aus dem Nichts ein schwarzhaariger Mann auf und fragt nach meinen Wünschen. Ich bestelle mir eine Pizza Scampi und einen Weißwein, und der Ober verschwindet so plötzlich, wie er gekommen ist, um mir kurz darauf ein Körbchen mit Brot und Knoblauchbutter sowie den bestellten Wein zu bringen. Anschließend wendet er sich der Blonden zu, und sie beginnen, sich im leichten Plauderton zu unterhalten. Sie lachen, und er schenkt ihr nach. Als ich sie so entspannt und glücklich sehe, überkommt mich wieder das heulende Elend. Die Tränen laufen über meine Wangen, und ich schluchze auf. Schnell verberge ich mein Gesicht hinter einem Taschentuch.

Als ich das Tuch wieder wegstecke, steht die Blonde mit ihrem Glas vor meinem Tisch und fragt mit leiser Stimme: „Möchtest Du darüber reden?" Ich bin zu überrascht um zu antworten, nicke aber stumm und zeige auf den Stuhl gegenüber. Die Blonde setzt sich und nimmt einen Schluck aus ihrem Glas. Das Erste, was mir an ihr auffällt, sind ihre grünen Augen, die mich eingehend mustern. „Mein Name ist Eva, und ich bin eine gute Zuhörerin." Augenblicklich fühle ich mich nicht mehr so verloren. Ich versuche, meine Stimme ruhig und gefasst klingen zu lassen: „Andrea, aber meine Freunde nennen mich Andy." In ihre schönen grünen Augen blickend, beginne ich wie hypnotisiert zu sprechen. „Ich weiß nicht mehr weiter. Mein Freund hat sich von mir getrennt und aus der Wohnung geworfen und nun …". Als ich mit der Schilderung meiner katastrophalen Situation fertig bin, kommt der Ober und bringt mir meine Pizza.

Während ich mit Heißhunger esse, verspricht Eva, mir bei der Lösung meiner Probleme zur Seite zu stehen. Ich lausche ihrer Stimme, sehe immer wieder in ihre wunderschönen Augen und fasse Zutrauen zu der emphatischen Fremden. Als unsere Gläser leer sind, ruft sie „Massimo" und ohne dass es eines weiteren Wortes bedarf, erscheint der Angesprochene und füllt unsere Gläser nach. Sie lächelt ihn an: „Darf ich Dir vorstellen Andy, das ist Massimo der Chef des Gamberino." Massimo reicht mir die Hand und sagt „Willkommen Signorina Andy, sie sind so eine schöne junge Frau. Warum sind sie so traurig?" „Sie hat gerade ziemlich viel Pech, aber es ist nichts, was nicht zu heilen wäre" sagt Eva mit Zuversicht in der Stimme.

Massimo lässt uns alleine, und ich wende mich wieder Eva zu, deren Augen mich in ihren Bann ziehen. „Dein dringendstes Problem lässt sich am einfachsten lösen. Du kannst in meinem alten Zimmer schlafen, bis Du eine neue Bleibe gefunden hast. Was das Problem mit Deinen Sachen angeht, die Du aus der Wohnung Deines Ex holen musst, ich habe einen SUV, in den einiges reinpasst. Ich komme natürlich mit, wenn Du die Sachen holst." Ich schaue sie ungläubig an. „Du hast gerade mit drei Sätzen alle meine Probleme gelöst. Du musst ein Engel sein!" „Also fliegen kann ich nicht", bekomme ich lächelnd zur Antwort. Eva ruft Massimo, und wir zahlen.

Als wir das Restaurant verlassen, hat der Regen fast aufgehört, es tröpfelt nur noch etwas von den Bäumen. „Bist Du mit dem Auto hier, meines steht nämlich zu Hause in der Garage?" Ich zeige auf den Hyundai und öffne die Türen per Knopfdruck. „Steig ein." Eva dirigiert mich durch einige enge Straßen, und fünf Minuten später stehen wir vor ihrer Garage. „Warte, ich öffne Dir das Tor. Sie steigt aus, und kurz darauf bewegt sich das Rolltor der großen Garage, in der bereits zwei Fahrzeuge stehen. Ich chauffiere den Wagen in eine der beiden verbliebenen Lücken, nehme meine Reisetasche und den Rucksack aus dem Kofferraum und folge Eva ins Haus. Sie führt mich zunächst in die Küche. „Was möchtest Du trinken? Kaffee, Tee, Kakao, Cappuccino oder Latte." „Cappuccino wäre toll, aber nur, wenn es nicht zu viel Arbeit macht." „Dafür hab' ich meinen Automaten, ist also überhaupt kein Problem", beruhigt sie mich.

Kurz darauf sitzen wir uns mit zwei dampfenden Tassen gegenüber, und ich frage: „Hat Dein Mann oder Freund kein Problem damit, wenn Du eine Obdachlose mitbringst?" Sie lässt ein glockenhelles Lachen ertönen und erklärt mir, sie sei solo und mit dieser Tatsache sehr glücklich. Sicher hätte sie ab und an auch mal einen Mann über Nacht bei sich, aber die wären spätestens am nächsten Morgen nach dem Frühstück Geschichte. „Und Du hast so ein großes Haus für Dich alleine?" „Hab' ich geerbt. Meine Eltern und mein großer Bruder sind vor sechs Jahren bei einem Autounfall ums Leben gekommen. Da war ich gerade achtzehn und musste mich zunächst alleine durchbeißen. Das Abi habe ich noch gemacht, aber seither verdiene ich mein Geld damit, die Häuser, die meine Eltern besaßen, zu vermieten. Das macht mich unabhängig. Und womit verdienst Du Deine Brötchen?"

Ich lächle sie an: „Ich arbeite als freie Übersetzerin. Am liebsten übersetze ich Bücher, aber richtig Geld verdiene ich mit Übersetzungen von Betriebsanleitungen für alle möglichen technischen

Geräte. Ich hatte bis vor einem Jahr eine kleine Wohnung nahe der Altstadt, die ich aber aufgegeben habe als mein Ex vorschlug, ich könne mit ihm zusammenziehen. Wer weiß ob ich jetzt wieder so etwas Schönes finde." „Darum kümmern wir uns in den nächsten Tagen. Ich zeig Dir jetzt erst mal Dein Zimmer für die Nacht." Eva führt mich in die Diele und die Treppe hinauf in den ersten Stock. Sie öffnet eine Tür. „Das war das Schlafzimmer meiner Eltern und ist jetzt mein Zimmer." Ich blicke in einen großen geschmackvoll eingerichteten Raum, der von einem riesigen Bett dominiert wird. Eva führt mich den Flur entlang und öffnet die Tür am Ende des Ganges. „Das war früher mein Zimmer und ist jetzt ein Gästezimmer. Du bist allerdings der erste Gast, der darin übernachtet."

Das Zimmer hat die Größe des Schlafzimmers meiner Eltern, und in dem Bett könnten auch ohne Probleme zwei Leute schlafen. „Und wo ist das Bad, frage ich?" Sie öffnet eine Tür neben dem Kleiderschrank. „Auf dieser Etage haben alle Zimmer ein eigenes Bad, und dies hier ist Deines." Ich blicke erstaunt in ein geräumiges Duschbad und kann meine Bewunderung nicht verbergen. „Das ist ja der pure Luxus hier. Da könnte ich mich glatt dran gewöhnen." Eva zeigt auf einen schmalen Schrank im Badezimmer. „Da ist alles drin, was man so braucht: Handtücher, Duschgel und auch Zahnbürsten, falls Du eine neue brauchst." Eva lächelt mich aus grünen Augen an: „Jetzt wünsch' ich Dir erstmal eine gute Nacht."

Sie schließt die Tür hinter sich, und ich nehme mein Reich für die nächste Nacht in Besitz. Zunächst dusche ich ausgiebig und hülle mich anschließend in ein unglaublich flauschiges und riesiges Handtuch. Ich betrachte mich im Spiegel und beschließe, meine schwarzen Locken am nächsten Morgen zu waschen. Danach nehme ich meinen Kulturbeutel und meinen Pyjama aus der Reisetasche, mache mich für die Nacht fertig und lege mich ins Bett. Als es eine halbe Stunde später vorsichtig an meiner Tür klopft, bin ich noch wach und rufe: „Okay, ich schlafe noch nicht."

Leise öffnet sich die Tür, und der Kopf von Eva erscheint in dem Spalt. „Kannst Du auch nicht schlafen?" Ich schüttele den Kopf und antworte: „Mir geht so vieles durch den Kopf, und alleine schlafe ich ohnehin nicht so besonders. Komm doch rein." Sie tritt näher und setzt sich auf den Bettrand. „Möchtest Du noch reden?" „Gerne, leg Dich doch neben mich." Sie kriecht unter die Decke, hält aber merklich Abstand zu mir. Wir erzählen uns Geschichten aus unseren Leben, und ich spüre wie im Laufe des Gesprächs ein zartes Vertrauensverhältnis entsteht. Schließlich schlafen wir ermüdet ein.

KAPITEL 1

Mittwoch 12.03.2014

Als ich am nächsten Morgen wach werde, schläft Eva noch. Sie liegt mir zugewandt, und ich betrachte ihr schönes Gesicht. *,Wenn ich ein Mann wäre, könnte ich mich glatt in sie verlieben.'* Leise stehe ich auf und betrete das Bad. Als ich nach einer Viertelstunde ins Zimmer zurückkehre, ist das Bett leer. Ich ziehe mich an und gehe hinunter in die Wohnküche, die von einer langen Tafel dominiert wird, an der locker ein Dutzend Leute Platz findet. Eva ist gerade damit beschäftigt, den Tisch zu decken.

„Leider sind mir einige Vorräte ausgegangen, daher wird das heute morgen ein sehr bescheidenes Frühstück", teilt sie mir mit Bedauern mit. „Hast Du Milch, Eier und Mehl im Haus?" frage ich sie. „Sicher, davon hab' ich noch reichlich." „Wie wäre es denn mit Pfannkuchen?" „Wäre toll, aber kann ich nicht" gibt sie zurück. „Aber ich", antworte ich und schon nimmt sie Pfanne, Schüssel und Rührgerät aus dem Schrank. Ich mache mich an die Arbeit, und kurze Zeit später zieht der Duft von frisch gebackenen Apfelpfannkuchen durch die Küche. Eva ist begeistert. „Das sind die besten Pfannkuchen, die es in diesem Haus je gegeben hat" behauptet sie, und so gierig wie sie den ersten herunterschlingt, sehe ich keinen Grund, daran zu zweifeln. Als wir nach dem Frühstück den Tisch abräumen, sagt sie zu mir: „Du wärst die ideale

WG-Genossin. Allerdings wären wir nur eine Zweier-WG. Denk mal drüber nach."

Nach dem Frühstück fahren wir mit Evas SUV zur Wohnung meines Ex. Er ist hocherfreut, dass ich meine Sachen so schnell abhole und kann es offenbar nicht erwarten, seine neue Flamme bei sich aufzunehmen. Er hilft uns sogar, die Sachen zum Auto zu tragen. Meine wenigen Habseligkeiten sind bald verstaut, und wir kehren zum Haus meiner neuen Freundin zurück. Als wir meinen kleinen Schreibtisch, meinen Drucker und diverse Kartons mit Ordnern hereinbringen, fragt Eva: „Brauchst Du für Deine Übersetzungen ein Arbeitszimmer?" „Wäre schon schön, aber ich könnte den kleinen Schreibtisch sicher auch in Dein Gästezimmer stellen."

Eva führt mich in einen Raum neben der Küche, wo ein Bügeltisch steht und Staub ansetzt. „Das war mal der Hausarbeitsraum. Den können wir für Dich nett herrichten, Deinen Schreibtisch stellen wir seitwärts zum Fenster, und für Deinen Drucker hab' ich noch ein kleines Beistelltischchen." Innerhalb einer Stunde ist alles gesäubert und verstaut. Mir drängt sich eine Frage auf. „War das Dein Ernst, ich meine die Sache mit der Zweier-WG?" Eva zieht eine Grimasse: „Süße, wieso glaubst Du, habe ich für Dich das Arbeitszimmer eingerichtet?" Ich falle ihr um den Hals und drücke ihr einen Kuss auf die Wange. „Danke, ich hoffe Du bereust es nicht." Da wir durch die ganze Arbeit etwas verschwitzt sind, schlägt Eva vor, wir sollten als nächstes duschen.

Als ich auf das Gästezimmer zugehe, ruft sie mich zurück und schlägt vor, wir sollten zusammen duschen, dann könnten wir uns gegenseitig den Rücken waschen. Ich wechsle in ihr Zimmer und betrete das große Bad. Hatte mir gestern schon das Bad von Evas früherem Zimmer imponiert, so bin ich überwältigt vom Bad des ehemaligen Elternschlafzimmers. Dusche, Whirlpool, Bidet, separate Toilette, zwei große Waschbecken und trotzdem noch jede Menge Platz, um sich zu bewegen. Wir ziehen uns aus und betreten die geräumige Duschkabine. Sie dreht das Wasser auf, und sofort prasseln die Tropfen wie ein kräftiger Sommerregen von oben herab.

Eva drückt großzügig Duschgel in eine Hand und tritt hinter mich. Ihre Hände verteilen das Gel auf meinem Rücken, und sie beginnt, meinen Rücken zu massieren. Als sie ihre Hände runter zu meinem Po bewegt, fragt sie: „Darf ich." „Mach weiter. Deine Hände tun mir gut." Sanft bewegen sich ihre Hände über meinen Po. Ich genieße, den erst zärtlichen und dann zupackenden Griff ihrer Finger und stelle erstaunt fest, dass mich die gekonnte Massage nicht kalt lässt. Kurz darauf lässt sie ihre Hände nach vorne zu meinem Bauch wandern. Als ihre Finger die unteren Rundungen meiner Halbkugeln streicheln, lehne ich mich an sie. „Jaaaaa schön." Ihre Finger werden mutiger und nehmen meine Brüste in Besitz. Sanft kreisen ihre Fingernägel um meine Brustwarzen, die sich ihr sofort entgegen recken. Sie massiert meine Spitzen, bis ich vor Wonne leise stöhne, um dann ihre Hände weiter nach unten zu bewegen. Sanft streicht sie über meinen flachen Bauch und meine Oberschenkel, danach seifen ihre Hände die Innenseiten meiner Schenkel ein. Eigentlich müsste ich jetzt ‚STOP' rufen, doch ich bin inzwischen schon süchtig nach diesen Berührungen. Ich spüre, wie mein Saft zu fließen beginnt, denn ihre Finger haben die Lust auf mehr geweckt. „Du darfst mich anfassen."

Die Worte sind mehr gestöhnt als gesprochen, und schon lässt Eva eine Hand zwischen meine Schenkel gleiten, streichelt meine Schamlippen, um mit zwei Fingern in meine Nässe einzutauchen. Ein lautes Stöhnen tief aus meinem Bauch kommend, teilt ihr meine Erregung mit. Ihre Finger bewegen sich quälend langsam in mir, während ich meinen Oberkörper an ihren presse und mich mit beiden Händen gegen die Kacheln stemme. „Lass es geschehen. Komm für mich", flüstert sie mir ins Ohr. Dann legt sie ihren Daumen auf meine Lustperle und bewegt ihn schnell hin und her. Ich spüre, wie die Erregung wie ein Orkan durch meinen Körper rast und mich Sekunden später zum Gipfel katapultiert. Meine Lustschreie schallen durch das Badezimmer.

Als ich wieder alleine stehen kann, wende ich mich zu ihr und bedanke mich mit einem leidenschaftlichen Kuss. Nun greife ich mir das Duschgel, denn ich möchte ihr ebenfalls Lust bereiten. Liebevoll betrachte ich den nackten Körper meiner neuen Freundin, beneide sie um ihre samtene Haut, die kleinen festen Pobacken und ihre prallen, doch nicht zu großen Brüste. „Hast Du Hemmungen, mich zu waschen?" fragt sie leise. „Nein. Ich habe nur bewundert, wie schön Du bist", antworte ich und lasse Duschgel in meine Hand laufen. Ich beginne, ihren Rücken einzuseifen und sanft zu massieren. „Kratz mich bitte mal." Ich fahre meine Krallen aus und lasse sie mehrmals entlang der Wirbelsäule nach unten wandern. „Ja, das ist gut. Mach bitte weiter." Mit festem Griff massiere ich ihre Pobacken und die Oberschenkel. Eva beginnt zu schnurren. „Bitte nicht aufhören. Das tut gut."

Meine Finger fahren durch ihre Pospalte nach oben und die Taille entlang nach vorne über ihren flachen Bauch. Sie dreht sich zu mir, während meine Hände weiter nach oben gleiten und sich ihrer festen Brüste bemächtigen. Die Fingernägel meiner Zeigefinger umkreisen die rosigen Spitzen, und aus dem Schnurren wird wohliges Stöhnen. Ich lasse meine Hände langsam hinunter zu ihrem Venushügel gleiten und wieder zurück zu den Brüsten, wobei meine Fingernägel blassrosa Linien über ihren Bauch ziehen. Auf ihrem Venushügel verharre ich, denn ich bin unsicher, ob ich weitermachen soll. Bisher habe ich noch keine Erfahrung, was die Lust zwischen Frauen angeht. In Evas Stöhnen mischt sich etwas Enttäuschung. Als ich meine Hände wegziehe, bettelt sie: „Bitte mach weiter."

Meine Finger gleiten über ihren Venushügel und die Innenseite ihrer Oberschenkel hinab. Sanft legen sich ihre Hände auf meine und dirigieren meine Finger zu ihrer Mitte. Ihr Stöhnen wird heftiger, was mich veranlasst, eine Hand zwischen ihre Schenkel zu schieben. Aufstöhnend öffnet sie ihre Oberschenkel. Ich fühle die kleinen Schamlippen, blutgefüllt und feucht vom Lustsaft. Vorsichtig lasse ich einen Finger über ihr Geschlecht gleiten um sodann, schon etwas mutiger, mit zwei Fingern in ihre Nässe einzutauchen. Sie presst ihren Rücken gegen die Kacheln und bettelt: „Bitte nicht aufhören."

Kurz darauf läuft ein Zittern durch ihren Körper, und ihr lautes Stöhnen verrät, dass sie sich kurz vor dem Finale befindet. In schnellem Rhythmus bewege ich meine Finger im Zentrum ihrer Lust, während mein Daumen ihre Klit' massiert. Sekunden später kommt sie mit spitzen Schreien, und ihre Beine geben nach. Mit beiden Armen umschlinge ich sie und halte sie fest, bis die Spasmen in ihrem Körper abgeklungen sind. In inniger Umarmung küssen wir uns leidenschaftlich. Tief in meinem Inneren fühle ich: *‚Das war nicht nur Sex.'*

Schließlich duschen wir uns kalt ab, verlassen die Duschkabine und greifen die bereitgelegten Badetücher, um uns darin einzuhüllen. Während wir uns kurz darauf anziehen, bitte ich sie: „Lass uns etwas essen, sonst muss ich dich anknabbern, so einen Hunger habe ich." „Ok, dann brezeln wir uns jetzt schnell auf und fahren runter zum Gamberino."

Massimo ist erstaunt, als wir Arm in Arm sein Restaurant betreten. Wir lächeln ihn an und bitten ihn um einen schönen Tisch in einer Nische. Er sieht mich an. „Bella Signorina, Sie können ja auch lächeln. Bitte folgt mir, meine Schönen." Er führt uns in eine kleine Nische in der Nähe der Bar. Was darf es sein? Pizza, Pasta, oder …" Eva unterbricht ihn. „Könnte Mario uns eine große Portion Penne mit Scampi und Lachs machen?" Sie sieht mich fragend an: „Oder war das Zufall gestern Abend mit der Pizza?" „Nein. Ich mag alles, was aus dem Meer kommt", gebe ich zur Antwort. Massimo fragt: „Möchten sie Rotwein?" Eva antwortet: „Nicht für mich, denn heute Abend muss ich fahren."

Ich bestelle einen leichten Weißwein und eine Flasche Wasser für uns beide. Nachdem die Getränke vor uns stehen frage ich: „Wer ist Mario?" Eva klärt mich auf, dass Mario ein Cousin von Massimo ist und der Küchenchef des Hauses. Marios Frau Sophia hilft in der Küche und liefert auch Bestellungen aus.

Das Essen ist ein Gedicht. Der Lachs ist saftig, die Scampi noch besser als auf der Pizza und die Sauce zu der Penne ein Traum. Ich komme ins Schwärmen und beschließe, dass Massimo soeben eine neue Stammkundin gewonnen hat. Da wir beide auf den Gruß des Hauses in Form von Grappa verzichten, serviert uns der Chef stattdessen eine kleine Portion Tiramisu, die eindeutig Appetit auf mehr macht. Gut gelaunt machen wir uns auf den Heimweg. Während ich schnell meine Mails checke und erfreut zur Kenntnis nehme, dass mir schon wieder ein Arbeitsauftrag ins Haus geflattert ist, räumt Eva die Küche auf. Wir beschließen, heute etwas früher ins Bett zu gehen, und Eva dirigiert mich mit Nachdruck in ihr Zimmer.

Wir legen uns nackt auf das Bett und versinken in einem langen tiefen Kuss. Evas Zunge streichelt meine Lippen, dann taucht ihre Zungenspitze vorsichtig in meinen Mund ein. Unsere Zungen liefern sich einen kurzen aber heftigen Kampf, derweil die Hände unsere Körper erforschen. Evas Lippen wandern hinunter zu meinem Hals. Ihre Zunge kitzelt mich, gleitet über mein Schlüsselbein und weiter zu meinen Brüsten. Die Zungenspitze zieht glühende Spuren um die Brustspitzen, die sich ihr entgegenstrecken, um auch liebkost zu werden, dann umschließen ihre Lippen meine rechte Brustwarze und saugen zärtlich daran. Ich stöhne vor Erregung laut auf und beginne zu betteln. „Bitte nicht aufhören, das ist schön." Abwechselnd saugt sie an beiden Nippeln, was meinen Lustsaft zum Fließen bringt.

„Du machst mich heiß und nass", lasse ich sie wissen. Ihre Zungenspitze wandert hinunter zu meinem Nabel, umkreist ihn und gleitet langsam tiefer, um kurz vor meiner Lustperle zu stoppen. Stöhnend recke ich ihr meinen Schamhügel entgegen, spreize meine Oberschenkel und präsentiere ihr meine klaffende Spalte. „Wie schön Du bist", höre ich ihre Stimme, bevor ihre Zunge zwischen meine Schamlippen und in meine Feuchtigkeit eintaucht, was mir einen kleinen Lustschrei entlockt. Ich bin inzwischen völlig weggetreten, spüre nur, wie die Lust tief in meinem Körper wächst. Während ihre Zunge in meinem Schoß ein Feuer entzündet, greifen ihre Finger meine Brustwarzen, zupfen, rollen, zwirbeln sie und lassen mich vor Lust schreien. Immer höher trägt mich die Woge der Lust. Als ich glaube, die Qual nicht mehr ertragen zu können, schließen sich endlich ihre Lippen um meine Lustperle und saugen sie in ihren Mund.

Ein Stromstoß rast durch meinen Körper. Wilde Zuckungen - von Lustschreien begleitet - erfassen mich, lassen mich die Kontrolle über meinen Körper verlieren und in meinen geschlossenen Augen kleine Blitze aufleuchten. Ich bin für eine Weile weggetreten. Während ich langsam wieder zu Atem komme und sich mein Puls wieder normalisiert, streichelt mich Eva zärtlich und bedeckt meinen überhitzten Körper mit kleinen Küssen. Eng umschlungen liegen wir noch eine ganze Weile nebeneinander, während wir uns immer wieder mal zärtlich, mal leidenschaftlich küssen, bis wir schließlich eng aneinander gepresst einschlafen.

Mitten in der Nacht weckt mich meine Blase. Leise erhebe ich mich aus dem Bett und schleiche ins Bad. Während ich mich erleichtere, formuliert mein Gehirn die Frage: ‚Bin ich jetzt eine Lesbe?‘ Ich denke nicht, dass mich dieses Erlebnis umgepolt hat, gebe ich mir selbst die Antwort. Aber missen möchte ich die Erfahrung keinesfalls, und wenn ich ehrlich zu mir bin, freue ich mich schon auf eine Wiederholung unseres Liebesspiels. Dennoch werde ich mich auch immer zu Männern hingezogen fühlen. Ich könnte allerdings im Moment nicht sagen ob es schöner ist, von einem Mann oder einer Frau geliebt zu werden. Ich weiß nur, dass ich auf dem besten Weg bin, mich in Eva zu verlieben und es sich richtig anfühlt. Mit diesem Gedanken verlasse ich das Bad und stelle überrascht fest, dass Eva wach geworden ist.

Ich lege mich neben sie, streichle ihr Gesicht, rolle mich auf sie und lasse meine Zunge in ihren leicht geöffneten Mund gleiten. Nach dem Kuss lasse ich meinen Mund wandern und bedecke ihr Gesicht mit kleinen Küsschen, bevor ich mich unvermittelt ihren Brüsten zuwende und an ihren Nippeln sauge. Überrascht stößt sie einen spitzen Schrei aus. Ganz zart lasse ich meine Zungenspitze die Brustwarzen umrunden, bis ihre Knospen so hart wie Haselnüsse sind und genieße, die kleinen Lustlaute, die sie von sich gibt. Meine Zunge zieht eine feuchte Spur über ihren Bauch und taucht in ihren Nabel ein. Während ich ihren Nabel sanft lecke, schnurrt sie wie ein Kätzchen. Als meine

Zunge tiefer wandert, hält Eva meinen Kopf fest. „Du musst Dich nicht verpflichtet fühlen." Ich sehe ihr in die Augen. „Ich habe aber Lust auf Dich." „Hast Du denn schon einmal?" Ich schüttele meinen Kopf. „Nein, Du bist die Erste, die in den Genuss kommt. Und jetzt zeig' Dich mir." Ein Leuchten tritt in ihre Augen, und sie öffnet sich für mich.

Ich begebe mich nach unten zwischen ihre Knie, sie spreizt ihre Schenkel und bietet mir ohne Scham ihr Lustzentrum an. Ich bekomme eine Ahnung davon, was ein Mann bei diesem Anblick fühlen muss. Meine Hände streichen in Zeitlupe die Innenseite ihrer Schenkel entlang von den Knien bis zur Leiste und wieder zurück, was sie veranlasst, ihre Beine noch weiter zu spreizen. „Du quälst mich Andy", stöhnt Eva. Meine Daumen teilen ihre Schamlippen und geben mir den Blick frei auf die kleine heiße Öffnung, aus der ihr Lustsaft feucht glänzend heraustropft. *Jetzt würde ich gerne ein Mann sein.'* Quälend langsam lasse ich meine Zunge die Innenseite ihrer Schenkel entlang gleiten. Das Stöhnen von Eva ist Musik in meinen Ohren. Als sie um mehr bettelt, tauche ich meine Zunge in ihre nasse Spalte. „Jaaaaa."

Ihr Stöhnen, durchsetzt von kleinen spitzen Schreien spornt mich an, sie noch intensiver zu bearbeiten. Meine Zunge umkreist ihre Lustperle, die sich mir voller Sehnsucht entgegen reckt. Eva krallt ihre Finger in meine schwarzen Locken. Sanft lasse ich meine Zungenspitze wie einen Schmetterlingsflügel auf ihre Klit klopfen, was ihr einen Lustschrei nach dem anderen entreißt und sie bis kurz vor den Gipfel befördert. Es gelingt mir, sie eine ganze Weile auf diesem hohen Niveau zu halten, bis ich sie schließlich mit meiner Zunge über die Klippe stoße und mich an ihren Lustschreien berausche. Als sie ihre Umgebung wieder wahrnimmt, bittet sie: „Komm zu mir und küss mich." Ich presse meinen Körper an den ihren, und meine Lippen finden ihren Mund. „Wahnsinn", flüstert sie heiser zwischen zwei Küssen und zieht mich noch näher an sich. Schließlich sieht sie mich zärtlich mit ihren schönen grünen Augen an und bittet: „Bleib bei mir Liebste." Ich frage: „Für heute Nacht?" Sie küsst mich zärtlich. „Nein, für immer."

KAPITEL 2

Donnerstag 13.03.2014

Am nächsten Morgen werde ich wieder vor meiner neuen Freundin wach. Ich drehe mich zu ihr, betrachte sie liebevoll und beschließe, sie nicht zu wecken, sondern zu warten, bis sie von selbst wach wird. Kurz darauf öffnet sie ein Auge, sieht mich an und schließt es wieder. Eva gähnt wie eine Löwin und öffnet schließlich beide Augen. Etwas verlegen blickt sie mich an und öffnet ihren Mund. „Ich hoffe, Du glaubst jetzt nicht, ich hätte Dir nur geholfen, um Dich ins Bett zu bekommen." Mein Mund verzieht sich zu einem spöttischen Grinsen.

„Wenn es so gewesen wäre, hätte es jedenfalls funktioniert. Es war übrigens sehr schön für mich. Ich hoffe nur, dass ich für Dich kein One-Night-Stand war." Eva setzt sich im Bett auf. „Heißt das … ich meine … Du willst … Du könntest Dir eine Wiederholung vorstellen?" „Ich bin auf dem besten Weg, mich in Dich und Deine schönen grünen Augen zu verlieben Blondie", antworte ich lächelnd und küsse sie zärtlich auf den Mund. „Allerdings kann ich mir nicht vorstellen, der Männerwelt völlig abzuschwören." „Das habe ich auch nicht. Ich bin bisexuell." „Damit kann ich leben. Denn ich bin wohl seit letzter Nacht auch bi."

Da wir durch meinen Umzug und unsere Liebesspiele am gestrigen Tag nicht beim Supermarkt waren, produziere ich zwei Portionen Pancakes, damit das Frühstück nicht zu frugal ausfällt. Nach dem Frühstück schreiben wir eine Einkaufsliste und fahren zum Supermarkt, denn Evas Kühlschrank ist inzwischen so gut wie leer. Lediglich Getränke sind noch reichlich vorhanden. Neben den üblichen Lebensmitteln wie Brot, Butter, Käse und Wurst fehlen auch Gewürze, und vor allem möchte ich zu den Pancakes auch Ahornsirup und Zimt haben. Letztlich schieben wir zwei gut gefüllte Einkaufswagen zur Kasse. Es kommt ein ordentliches Sümmchen zusammen, und ich zücke meine Kreditkarte. Eva will protestieren, aber da ich schon umsonst bei ihr wohne, möchte ich nicht auch noch auf ihre Kosten verpflegt werden. Wir verstauen unsere Einkäufe im Kofferraum, fahren nach Hause und befüllen Kühl-, Gefrier- und Vorratsschränke.

Während Eva uns einen griechischen Salat zubereitet, backe ich uns ein Knoblauchbrot auf und decke den Tisch. Beim Mittagessen frage ich Eva: „Seit wann weißt Du eigentlich, dass Du auch auf Mädels stehst?" „Seit ich fünfzehn bin. Da hat mich meine damalige beste Freundin zum Fummeln verführt. Bei ihr hatte ich auch meinen ersten Orgasmus. Den ersten Freund hatte ich ein Jahr später, aber der Sex war eher mittelmäßig. Als meine Freundin davon erfahren hat, dass ich mit einem Jungen geschlafen habe, wollte sie übrigens sexuell nichts mehr von mir wissen. Wir haben uns zwar immer noch gut verstanden, aber angerührt hat sie mich nicht mehr. Vielleicht wäre ich ansonsten jetzt wirklich lesbisch. Aber danach hatte ich auch ein paarmal wirklich guten Sex mit Männern. Und wie war Dein erstes Mal?"

„Sexuell gesehen der Wahnsinn, aber ansonsten eine Katastrophe. Der Freund meiner Mutter hat mich am Tag nach meinem achtzehnten Geburtstag betrunken gemacht und verführt, wobei ich denke, er hat mir auch irgendeine Droge verabreicht. Jedenfalls war ich so enthemmt, dass er mich gleich dreifach entjungfern konnte. Meine Mutter hat uns in dem Moment erwischt, als er mich anal genommen hat. Ihn hat sie sofort rausgeschmissen und mir ‚geilen Hurensau' hat sie immerhin Zeit bis abends gelassen um meine Sachen zu packen und zu verschwinden. Ich habe danach ein paar Jahre bei einer Schwester meines Vaters gewohnt.

Nach meinem Abi bin ich auf die Sprachenschule gewechselt und hab' ein super Abschlusszeugnis bekommen. Einer der Lehrer hat mir nach dem Abschluss den Kontakt zu dem Buchverlag vermittelt, für den ich jetzt die Übersetzungen mache und mir den Tipp gegeben, mich im Internet bei verschiedenen Technikfirmen als freie Mitarbeiterin zu bewerben. Nach diversen Probearbeiten haben sie mir regelmäßige Aufträge zugesagt. Seitdem kann ich von der Arbeit ganz gut leben. Was meine sexuellen Erfahrungen angeht: Ich hatte One-Night-Stands mit einem Jungen aus meiner Abiturklasse sowie mit zwei Kommilitonen von der Uni. Mein erster fester Freund war Ben, den Du ja beim Umzug kennengelernt hast. Und jetzt hab' ich mich in Dich verliebt. Mehr gibt es nicht zu berichten."

„Das heißt, ich war die erste Frau, mit der Du Sex hattest?" Ich nicke stumm und schenke ihr ein Lächeln. Sie legt ihre Arme um mich und sieht mich an. „Ich habe mich übrigens auch in Dich verliebt und möchte gerne mit Dir zusammen sein. Aber als One-Night-Stand habe ich Dich nie gesehen."

KAPITEL 3

Mittwoch 02.04.2014

Anfang April wird das Wetter langsam besser. Die Sonne kommt häufiger durch die Wolken, es wird wärmer, und die Niederschläge lassen nach. Eva und ich genießen es, am Nachmittag mit einer Tasse Tee oder Kaffee auf der Terrasse zu sitzen und zu plaudern. Wir sind ein Liebespaar und schlafen gemeinsam in dem riesigen Bett, denn ich bin nach unserer gemeinsamen Nacht aus ihrem Mädchenzimmer hinüber in das große Schlafzimmer gezogen. Hatte ich zunächst noch Zweifel, so ist es inzwischen für mich das Normalste auf der Welt, mit einer Frau zusammen zu sein, es fühlt sich einfach gut und richtig an. In den letzten Tagen habe ich allerdings das Gefühl, dass Eva zur Abwechslung mal wieder Sex mit einem Mann haben möchte. Wir haben darüber gesprochen, und sie beließ es bei der Formel: alles kann - nichts muß. Noch ist sie allerdings nicht aktiv auf der Suche und ich hoffe nur, dass unser Männergeschmack nicht völlig entgegengesetzt ist.

Beruflich läuft es derzeit auch ganz gut. In der letzten Woche ist es mir gelungen, zwei lukrative Übersetzungsaufträge abzuschließen, daher hat sich auf meinem Konto ein kleines Polster gebildet. Das hat mich dazu veranlasst, mir ein neues Kleid für meine Frühjahrsgarderobe zu gönnen. Wir fahren ins Zentrum und durchstöbern Kaufhäuser und Boutiquen, doch bis auf ein paar goldfarbene Sandaletten mache ich keine Beute. Schließlich landen wir in der Fußgängerzone in einem Eiscafé. Ich bestelle mir einen Amarettobecher, während Eva sich für ein Stück Torte und einen Café Creme entscheidet. Ein Paar nähert sich unserem Tisch;

den Mann begrüßt Eva überschwänglich. „Hallo Fabian. Wir haben uns ja ewig nicht gesehen. Wie geht es Dir? Willst Du mich Deiner Begleiterin nicht vorstellen?" „Eva, das ist Valerie, meine Frau. Eva ist eine Freundin vom Gymnasium. Und wer ist die Schöne an Deiner Seite Eva?"

Eva stellt mich als ihre Partnerin vor, was Fabian dazu veranlasst, leise durch die Zähne zu pfeifen und ihm prompt einen Anschiss von seiner Frau einbringt. Val gratuliert uns zu unserem Mut, unsere Beziehung so offen zu kommunizieren und hat dadurch bei mir sofort Sympathiepunkte gewonnen. Ich schüttele Hände und stelle mich selber als ‚Andy' vor. Spontan beschließen wir, am darauffolgenden Freitag gemeinsam essen zu gehen. Also bestellen wir bei Massimo einen Tisch für vier Personen und bitten ihn, er möge Doraden besorgen.

Freitag 04.04.2014
Pünktlich um neunzehn Uhr treffen Eva und ich im Restaurant ein, wenige Minuten später stoßen Fabian und Valerie dazu. Massimo kommt zu uns an den Tisch, um die Getränkebestellung abzufragen. Eva und ich nehmen Weißwein, Fabian Rotwein und Val bestellt Wasser. „Ich bin nämlich schwanger, lässt sie uns wissen." Ich frage die werdende Mutter, wie weit ihre Schwangerschaft denn fortgeschritten ist, und wir erfahren, dass sie in der neunzehnten Woche ist und hofft, beim nächsten Ultraschalltermin zu erfahren, ob sie von einer Julie oder einem Jean entbunden wird. Massimo tritt zu uns und serviert uns vier prächtige Doraden mit Gnocci in Salbeibutter als Beilage. Der Fisch ist ein Genuss,

und die Gnocci passen perfekt dazu. Bei der Frage nach einem Dessert müssen wir allerdings, bis auf Valerie, passen. Sie bestellt sich noch eine Portion Tiramisu, während wir anderen nur noch Espressi zum Abschluss nehmen. Mit dem Versprechen, uns bald mal wieder zu treffen, verabschieden wir uns schließlich voneinander.

Samstag 05.04.2014

Am nächsten Abend bummeln Eva und ich durch die Kölner Altstadt, die langsam aus dem Winterschlaf zu neuem Leben erwacht. Vor einer Gaststätte sind sogar schon Tische draußen aufgestellt. Wir nehmen Platz, bestellen zwei Bier, lehnen uns entspannt zurück und beobachten die vorbeiziehenden Spaziergänger. Etwas später sieht Eva einen Bekannten, mit dem sie auch schon einmal Sex hatte, wie sie mich wissen lässt. Es kommt, wie es zu erwarten war. Am Ende des Abends nimmt sie den Mann mit nach Hause. Unterwegs nehme ich sie zur Seite und erkläre ihr, dass der Mann überhaupt nicht mein Typ ist und ich mich daher in ihr altes Zimmer zurückziehen würde.

„Was denkst Du von mir" entgegnet sie. „Ich habe nicht die Absicht, den Mann in unser Beider Bett mitzubringen und auch nicht in mein altes Zimmer. Daher gehe ich mit ihm in eins der anderen Gästezimmer." Ich atme erleichtert auf. Kaum sind wir zu Hause angelangt, verziehen sich die beiden nach oben. Während Eva ihn in ein Gästezimmer auf der anderen Seite des Flurs mitnimmt, betrete ich das Schlafzimmer, mache mich im Bad für die Nacht fertig und gehe zu Bett. Aus dem Gästezimmer dringt Evas Stöhnen an mein Ohr. Ich ziehe mir ein Kissen über den Kopf, was zwar gegen die Geräuschkulisse hilft, aber nicht gegen mein Kopfkino, denn ich habe vor meinen inneren Augen das Bild, wie der Mann auf meiner Liebsten liegt und in sie hineinstößt. Die Vorstellung überfordert mich, und ich heule in mein Kissen.

Eine halbe Stunde später kommt Eva zu mir ins Schlafzimmer. Als sie mein verheultes Gesicht sieht, meldet sich ihr schlechtes Gewissen, und sie verspricht mir, keine derartigen Aktionen mehr zu unternehmen. Ich erkläre ihr, dass ich nicht grundsätzlich eifersüchtig bin, wenn sie mit einem Mann schläft, weil ich dieses Bedürfnis auch habe, aber dieser Typ sei mir so zuwider gewesen, dass mir die Vorstellung, wie er auf ihr liegt und sie benutzt, körperliche Schmerzen bereitet hat. Eva entschuldigt sich für den mir bereiteten Kummer und spült unter der Dusche den Geruch des Fremden ab, bevor sie sich schließlich zu mir legt und wir in inniger Umarmung einschlafen.

KAPITEL 4

Freitag 02.05.2014

In der ersten Maiwoche ist es endlich soweit. Der Wetterbericht verspricht uns eine ganze Periode mit Wetter voller Sonnenschein, und die Temperaturen klettern deutlich über zwanzig Grad. Nachdem ich im April sehr fleißig war und bis auf das letzte Kapitel des Buches alles fertiggestellt habe, kann ich mir einige Tage Pause gönnen. Wir gehen in der Stadt bummeln, sitzen im Eiscafé oder bei unserem Lieblingsitaliener auf der Terrasse.

Samstag 03.05.2014

Nach dem Frühstück schlägt Eva vor, ins Freibad zu fahren. Während sie ihr Cabrio stadtauswärts chauffiert, beschäftige ich mich mit dem Smartphone und meinen Mails. Zu meiner Freude liegt ein weiterer neuer Auftrag des Verlages für die Übersetzung eines Buches vor. Als mein Blick das nächste Mal durch die Frontscheibe des Wagens fällt, wundere ich mich doch einigermaßen, denn Eva steuert auf das FKK-Freibad zu. „Ist das Dein Ernst?" frage ich sie.

„Warum denn nicht? Ich zeige mich gerne nackt, sehe Dich gerne nackt, und hier kann ich das ungestört genießen, ohne Aufsehen zu erregen."
Das Argument hat was, denn schließlich sehe ich Eva auch gerne nackt. Wir stellen den Wagen ab, schnappen unsere Kühlbox und gehen zum Eingang. Eva zahlt den Eintritt, wir betreten den

Clubbereich, entkleiden uns und schließen unsere Sachen ein. Barfuß gehen wir durch den Sand und suchen uns ein schattiges Plätzchen unter einem Baum. Hier heißt es jetzt sehen und gesehen werden, denn viele der anwesenden Männer kommen nur hierhin, um knackige Mädels anzustarren. Aber wie sagt Eva immer: „Es sei ihnen gegönnt, und wenn keiner gucken würde, wären wir auch nicht zufrieden."

Als ich einen früheren Klassenkameraden erspähe, verstecke ich mein Gesicht schnell hinter Hut und Sonnenbrille, was natürlich nicht viel bringt, weil Jan mich schon gesehen hat. Reflexartig schließe ich meine Beine und lege mir ein Handtuch auf meinen blanken Schamhügel. Als ich Evas belustigtes Grinsen sehe, lege ich das Handtuch weg und setze mich mit dem Rücken zum Baum. Jan tritt näher und fragt, ob er sich eine Weile zu uns setzen kann. Ich habe das Gefühl, dass er es einerseits genießt, mich nackt zu sehen, er andererseits aber ziemlich verlegen ist, weil seine Männlichkeit die Freude über unser Wiedersehen nicht verbergen kann. Um die Situation etwas aufzulockern, bietet Eva ihm etwas zu trinken an, und wir unterhalten uns eine Zeitlang darüber, was wir nach der Schule denn so alles unternommen haben. Als ich ihm erkläre, dass ich seit über einem Jahr als Übersetzerin arbeite, wundert er sich nicht, denn er kann sich gut an meine Sprachbegabung erinnern. Er selbst arbeitet als Fotograf bei einer Werbeagentur. Wir verbringen noch einige Zeit damit, über die verschiedenen Typen in unserer Nachbarschaft zu lästern, bis Jan sich von uns verabschiedet und ins Wasser geht, um sich abzukühlen.

„Wie findest Du ihn?" will ich von Eva wissen. „Ausgesprochen nett" erwidert sie „mit dem könnte man sich mal treffen, wenn er eine Hose anhat." Ich muss lachen, denn der Spruch ist typisch für den Humor meiner Freundin. „Lass' uns auch eine Runde schwimmen", schlage ich wenig später vor und ziehe Eva mit mir. Wir plantschen eine Weile im flachen Wasser und schwimmen schließlich mit kräftigen Beinschlägen zu der künstlichen Insel, die der Club mitten im See installiert hat. Jan sitzt am Rand und lässt seine Beine ins Wasser baumeln. „Verfolgt ihr mich etwa?" „Klar. Meine Freundin sucht noch einen Mann, den sie zum Abendbrot verspeisen kann", scherze ich. Jan wendet seinen Blick zu Eva, die gerade in die Betrachtung seiner Männlichkeit vertieft ist und vor Verlegenheit rot anläuft. „Das muss Dir aber nicht peinlich sein. Ich hab' mir eben auch die ganze Zeit Eure schönen Brüste angeschaut." Die Farbe in Evas Gesicht vertieft sich noch. Ich lache Jan an. „Ich nehme an, Du gefällst ihr, denn anders kann ich mir ihre Reaktion nicht erklären", scherze ich und stupse Eva an. „Komm entspann' Dich. Er ist doch nur ein Mann."

Bei der Rückfahrt im Auto erklärt mir Eva, Jan sei eben nicht nur ein Mann, sondern ein Traum, ein richtiger Adonis mit einem unglaublich guten Körper, und sein Anblick habe sie ziemlich erregt und aus der Fassung gebracht. „Das hab' ich gemerkt, mein Schatz. Ich hab' Dich noch nie so sprachlos erlebt wie gerade eben. Sonst bist Du doch für Deine flotten Sprüche berühmt. Aber Du hast auch auf ihn einen ziemlichen Eindruck gemacht, denn wirklich entspannt war auch Jan nicht, wenn Du verstehst, was ich meine." „Würde er Dir denn auch gefallen Andy?" „Also von der Bettkante schubsen würde ich ihn sicher nicht, Liebste." Nach dem Abendbrot setzen wir uns mit einer Flasche Weißwein auf die Terrasse, plaudern über Jan und warten auf den Sonnenuntergang. Als die Sonne hinter dem Horizont verschwunden ist und es kühler wird, gehen wir ins Bett und kuscheln uns eng aneinander. „Wir sollten uns von ihm fotografieren lassen" sind die letzten Worte von Eva, bevor sie in meinen Armen einschläft.

Montag 05.05.2014

Zwei Tage später, wir haben gerade die letzten Überbleibsel des Frühstücks weggeräumt, klingelt mein Handy. Als ich die Nummer von Jan erkenne, sage ich zu Eva: „Ist geschäftlich, der Buchverlag." Ich nehme das Gespräch an und verschwinde in meinem Arbeitszimmer. „Hallo Jan, was verschafft mir die Ehre?" „Ich fand unser Wiedersehen sehr schön und hoffe, ich hab' Euch nicht zu sehr angestarrt, so dass ich jetzt bei Euch unten durch bin." „Keine Sorge, wenn wir verhindern wollten angestarrt zu werden, gingen wir bestimmt nicht ins FKK-Bad. Außerdem hab' ich mir Deinen Luxuskörper auch genau angesehen." „Ich wollte fragen, ob wir uns mal zum Essen treffen können?" „Klar doch, find ich gut die Idee, hatte ich auch schon überlegt. Wann sollen wir zwei uns denn treffen?" „Könnten wir uns eventuell auch zu dritt treffen?" „Können wir, aber ich bin auch nicht beleidigt, wenn Du Dich nur mit Eva treffen willst." „Nein, ich finde Euch beide sehr nett und möchte Euch auch beide sehen." „Na gut. Komm doch am Freitagabend ins Gamberino. Weißt Du, wo das ist?" „Das ist doch in der Nähe des Eiscafés, wo wir nach der Schule häufiger waren." „Richtig. Dann bis Freitag 19:00 Uhr." Als ich zurück in die Küche komme, sitzt Eva vor einem Cappuccino.

„Warst Du erfolgreich?" „Nein, kein neuer Auftrag. Der Verlag wollte nur die Deadline für das Buch mit mir abstimmen." Ich hole mir ebenfalls einen Cappuccino und setze mich zu ihr. „Aber ich hatte noch ein anderes interessantes Gespräch. Ich habe mit Jan telefoniert und mich mit ihm für Freitagabend zum Essen im Gamberino verabredet." Evas Gesicht wird lang und länger. „Nur Du alleine???" „Wieso? Wolltest Du etwa mitkommen?" Ich versuche, ernst zu bleiben, doch ein Blick in Evas enttäuschtes Gesicht lässt mich losprusten. „Du darfst natürlich mitkommen Liebste." „Was hast Du ihm denn gesagt?" „Dass ich ihn scharf finde und Du Dich bei seinem Anblick sofort auf den Rücken schmeißt." Eva macht ein Gesicht als wolle sie jeden Moment mit der Tasse nach mir werfen. „Hab' ich es jetzt übertrieben?" frage ich sie. Sie knufft mich mit dem Ellenbogen. „Manchmal kannst Du ein richtiges Miststück sein. Aber ich liebe Dich trotzdem." „Ich Dich doch auch, Große."

Den Rest der Woche bis Freitag beschäftigen wir uns mit der Kleiderfrage. Das hat schon große Bedeutung, vor allem vor dem Hintergrund, dass Jan uns ja schon nackt gesehen hat. Ich schlage eine Vollverschleierung vor, sozusagen als Kontrast zum Badesee, was Eva einen Lachanfall beschert. Nachdem wir mit dem Inhalt unserer Kleiderschränke eine kleine Modenschau veranstaltet haben, entscheiden wir uns schließlich für Kleider mit tiefem Rückendekolleté. Eine

Stunde vor dem geplanten Treffen duschen wir, schminken uns sorgfältig und kleiden uns an. Als wir endlich fertig sind, entscheiden wir, mit dem Auto zu Massimo zu fahren, denn später am Abend könnte es Regen geben.

Freitag 09.05.2014

Wir sind fünf Minuten zu spät, und Jan sitzt schon vor einem Glas Wasser. Als wir auf den Tisch zugehen, erscheint Massimo, um uns zu begrüßen. „Oh, Sie sind ein Glückspilz Signore, die beiden schönsten Mädchen der Stadt sind mit Ihnen verabredet." Dann folgt mit Blick zu uns die Frage: „Einen Cocktail als Aperitif meine Schönen?" Wir nicken, und er geht zur Bar. „Seid Ihr hier Stammkunden?" fragt Jan mit Anerkennung in der Stimme. „Ich schon einige Jahre", bestätigt Eva. Er mustert uns eingehend. „Ihr seht übrigens toll aus." ‚Das Kompliment geht runter wie Öl. Ich will mehr davon hören.' „Ist aber gar nicht so einfach für ein Mädchen, wenn der Mann bereits alle ihre körperlichen Vorzüge kennt", antworte ich. „Darf ich Euch gelegentlich mal fotografieren?" will er wissen. „So wie wir jetzt sind oder so, wie Du uns vom Freibad kennst?" steigt Eva ins Gespräch ein. „Völlig gleich, ihr seid in jedem Fall ein Augenschmaus." „Möchtest Du uns denn nur fotografieren?" frage ich ganz unschuldig und kassiere von Eva einen Tritt gegen mein Schienbein. „Man wird ja mal träumen dürfen", erhalte ich zur Antwort. „Und wovon träumst Du nachts." ‚Das ist sie wieder, die spitze Zunge meiner Liebsten.' „Von Euch", bekommt sie zur Antwort.

Massimo bringt die Getränke und empfiehlt uns Zander auf Feldsalat mit Penne. Wir entscheiden uns alle drei für diese Variante, und Massimo geht zur Küche, wo er jetzt sicher seinem Cousin Mario erzählen wird, dass die „Bella Signorinas" mit einem Verehrer auf der Terrasse sitzen. Wir amüsieren uns noch eine Weile mit fröhlichem Geplänkel. Irgendwann frage ich Jan, ob er denn schon Kinder hat, da er bei Schulabschluss immer von einer Fußballmannschaft gesprochen hat, die er in die Welt setzen will. Nein, noch nicht mal zu einem einzigen hat es bisher gereicht. Stattdessen wäre er aber wenigstens durch seine Schwester Onkel geworden.

Wie ich schon geahnt habe, bringt der Chefkoch persönlich unser Essen und wünscht uns „Bon Appetit". Der Zander ist ein Gedicht und die Penne mit Feldsalat die perfekte Beilage. Wenn die Portion nicht schon so groß gewesen wäre, könnte ich es glatt noch einmal bestellen. Wir trinken noch den obligatorischen Espresso, Massimo bringt „auf das Haus" drei Grappa, wir zahlen und brechen auf. „Welche Richtung müsst Ihr Mädels?" „Wir stehen auf dem Restaurantparkplatz, aber wir lassen unseren Wagen stehen. Massimo kennt das schon. Du kannst ruhig Deinen Wagen auch hier stehen lassen und uns noch nach Hause begleiten."

Ich zeige auf den schmalen Weg durch den Park, der zu unserem Gartentor führt und hake mich bei Jan ein. Eva nimmt seine andere Seite. Im Schatten einiger Sträucher stoppe ich und sage zu Jan: „Küss uns. Du kannst mit Eva anfangen." Jan ist sich wohl nicht sicher, ob meine Ansage ernst gemeint ist, und wendet seinen Kopf zu Eva, die ihm lächelnd zunickt. Er drückt erst ihr einen schnellen Kuss auf den Mund und danach mir. *‚Das war aber ein Kuss, wie man ihn seiner Großmutter* *gibt.'* „Komm Eva, wir zeigen ihm mal, wie wir das gerne hätten." Eva kommt in meine Arme, und wir beginnen hemmungslos zu knutschen. „Okay, ich hab's verstanden. Darf ich nochmal."

Wir beenden unseren Zungenkuss und wenden uns erwartungsfroh Jan zu. Diesmal werden wir nicht enttäuscht, denn er geht erst mit Eva und dann mit mir in den Clinch. Der Zungenkampf mit ihm ist wirklich ein Genuss, zumal er gleichzeitig seine Hände über meinen Rücken wandern lässt. „Lasst uns weitergehen, wir können es uns doch auf der Terrasse noch bequem machen", schlägt Eva vor. Wir schmiegen uns rechts und links an ihn und gehen Richtung unseres Gartens. Nach etwa zehn Minuten erreichen wir unser Gartentor. Eva schließt auf, und wir führen Jan zu unserer Schaukel. „Setz Dich schon mal, wir holen was zu trinken."

Mit einer Weinflasche und Gläsern kehren wir zu ihm zurück und nehmen ihn in die Mitte. Während wir ihn abwechselnd küssen, gleiten seine Hände unter unsere Kleider und spielen mit unseren Brüsten. Er bringt uns damit ziemlich auf Touren, wir küssen ihn abwechselnd, öffnen sein Hemd und fühlen seine muskulöse Männerbrust. Eva nörgelt: „Du hast noch viel zu viel an." „Das lässt sich ändern." Jan steigt aus seiner Hose, zieht das Hemd aus und trägt jetzt nur noch seine Boxershorts. Wir entledigen uns der Kleider und sind jetzt bis auf die Tangas nackt. Ich flüstere ihm ins Ohr: „Nur für den Fall, dass Du es noch nicht gemerkt hast, wir wollen Dich beide. Bist Du bereit, es mit uns aufzunehmen." Und ob er ist. Seine Hände sind jetzt überall, auf unseren Brüsten unseren Pobacken und auch schon mal an der Innenseite unserer Schenkel.

„Lasst uns nach oben gehen", schlage ich kurz darauf vor. Die beiden folgen mir ohne zu zögern. Im Schlafzimmer angekommen, lässt Jan es sich nicht nehmen, uns eigenhändig die Tangas auszuziehen. „Legt Euch auf das Bett." Wir folgen seiner Bitte und lassen soviel Abstand zwischen uns, dass dazwischen genügend Platz für ihn bleibt. Er kniet sich in die verbliebene Lücke und lässt seine Hände über unsere Körper gleiten. Er verwöhnt uns synchron und die Berührungen seiner Finger bringen uns zum Schnurren wie rollige Katzen. Aufs höchste erregt, recken wir uns seinen Händen entgegen, stoßen kleine Lustlaute aus und bieten unsere Körper zum Spielen an. Er verlässt das Bett und entledigt sich seiner Boxershorts. „Wer von Euch möchte die Erste sein?"

Eva und ich sehen uns an. „Du kannst mit Andy anfangen", zeigt sich Eva von ihrer großzügigen Seite. Jan legt sich auf das Bett und deutet auf mich. „Komm her und hol ihn Dir." Das lasse ich mir kein zweites Mal sagen. Ich begebe mich auf allen Vieren zu ihm und positioniere meine Knie rechts und links seiner Oberschenkel. Nachdem Eva ein Kondom über Jans Luststab abgerollt hat, hocke ich mich über ihn und senke mich langsam auf die Erektion herab. Meine Schamlippen öffnen sich für ihn, und er dringt in mein Geschlecht ein. Zentimeter um Zentimeter nehme ich ihn in mich auf, bis ich schließlich auf ihm sitze. Ich verharre und genieße das Gefühl, gepfählt zu sein. Dann bewege ich mich in Zeitlupe auf und ab, was nicht nur für Jan eine Qual bedeutet. Als sich die

Spannung in meinem Körper einem kritischen Punkt nähert, erhöhe ich das Tempo und reite ihn wild und ungestüm. Laut stöhnend treibe ich uns auf den nahenden Höhepunkt zu, bis Jan die Initiative ergreift, mich an sich heranzieht und sich mit mir herum rollt, so dass er auf mir zu liegen kommt.

Jetzt ist er derjenige, der aus unserer Vereinigung das Tempo nimmt und wartet, bis meine Erregung abgeflaut ist, um mich anschließend wieder bis kurz vor den Höhepunkt zu treiben. Als er erneut innehält und mich mit seinem Körper auf die Matratze presst, jaule ich vor Enttäuschung auf. „Du solltest akzeptieren, dass ich bestimme, wann Du kommst. Es steht Dir natürlich frei, um den Orgasmus zu betteln." „Nie im Leben", lautet meine Antwort. Er treibt das grausame Spiel weiter, zweimal, dreimal, bis ich schließlich um Gnade winselnd unter ihm liege und doch noch um den erlösenden Höhepunkt bettele. Kaum habe ich die Worte ausgesprochen, nimmt er mich mit aller Härte. Mein ganzes Denken versammelt sich im Zentrum zwischen meinen Beinen. Wenig später bin ich nur noch ein zuckendes, schreiendes Bündel lüsternes Fleisch, das sich unter seinen Stößen auflöst und völlig die Kontrolle über sich verliert.

Eva hält mich, bis ich meine Umgebung wieder wahrnehme und mein Gehirn die Arbeit, wiederaufnimmt. Jan liegt schwer atmend neben mir. Auch er hat sich völlig verausgabt. Es dauert eine ganze Weile, bis er wieder zu Atem gekommen ist, doch als Eva ihn auf ein nächstes Mal vertrösten will, protestiert er. „Du glaubst doch nicht, dass ich mir Dich entgehen lasse." Er wechselt ins Badezimmer, kommt kurz darauf zurück und zieht ein neues Kondom über sein halb erigiertes Glied. Meine Freundin legt sich neben ihn und massiert seinen Luststab, der sich unter ihrem Griff langsam aber sicher wieder aufrichtet. Auf allen Vieren kniet sie sich vor ihn und bietet sich ihm wie eine Hündin an. Mit geschlossenen Augen gibt sie sich dem Gefühl hin, wie er in Zeitlupe in sie eindringt. Er gönnt sich eine Weile den Genuss, bis zum Anschlag in ihr zu stecken, um sie kurz darauf hart von hinten zu nehmen. Seine Stöße kommen schnell, und beide stöhnen um die Wette. Jan verschärft das Tempo seines Rittes immer mehr, bis sie schließlich ihren Unterleib gegen seinen presst und mit spitzen Schreien zum Höhepunkt kommt. Als sie sich um sein Geschlecht krampft, ist es auch um Jan geschehen, und er entlädt sich mit einem urigen Schrei. Kurze Zeit später liegen wir Drei erschöpft nebeneinander im Bett und schlafen glücklich ein.

Samstag 10.05.2014

Als Eva und ich am Morgen erwachen, schläft Jan noch tief und fest. „Sollen wir ihn behalten?" fragt Eva flüsternd. „Ja, aber wir sollten ihn nicht direkt bei uns einziehen lassen. Erst einmal sehen wir, wie er sich abseits vom Bett bewährt", flüstere ich zurück. „Sollen wir ihn denn jetzt wecken?" „Nein, wir machen zunächst Frühstück." Wir verlassen das Bett und duschen ausgiebig zu zweit. Als wir uns hinunter in die Küche begeben, schläft der Herr noch. Es sei ihm gegönnt, denn er hat sich letzte Nacht richtig verausgabt. Da Eva und ich inzwischen ein eingespieltes Team sind, ist der Tisch binnen kürzester Zeit für drei Personen gedeckt. Ich gehe nach oben, wo Jan inzwischen unter der Dusche steht, betrete das Bad und bewundere einige Augenblicke lang seinen sportlich trainierten Körper, bevor ich frage: „Was möchtest Du trinken. Kaffee, Tee, Kakao?" „Ein Glas kalte Milch und einen Cappuccino, wenn möglich." „Ist möglich Traummann. Wir müssen Deinen Luxuskörper doch fit halten."

Fünf Minuten später betritt er die Küche und staunt über die gebotene Auswahl. *Nein, damit meine ich jetzt ausnahmsweise nicht Eva und mich, sondern das Frühstück.* Besonders meine Pancakes mit Ahornsirup haben es ihm angetan. Gesättigt und rundum zufrieden verabschiedet er sich schließlich, denn er muss in die Agentur und danach zu einem Shooting. Wir küssen ihn zärtlich und wünschen ihm noch einen schönen Tag.

Eva schaut mich an. „War der Bursche schon immer so heiß?" Ich denke nach. *Nein, so habe ich ihn wirklich nicht in Erinnerung.* „Wenn er schon immer so gewesen wäre, hätte ich ihn sicher schon zu Schulzeiten vernascht. Sportlich war er schon, aber ich hatte immer das Gefühl, dass er mit Mädchen nicht viel anfangen kann." „Na, davon kann aber jetzt wirklich keine Rede mehr sein. Der wusste genau, was er mit uns anfangen musste. Und wie er es uns besorgt hat. Wow!" Eva ist kaum mehr zu bremsen. „Dann lass' uns doch jetzt mal überlegen, wann und wo wir unseren Traumprinzen das nächste Mal treffen können", schlage ich vor. Eva prescht vor. „Wie wär's denn, wenn wir uns wirklich von ihm fotografieren lassen?" „Ist natürlich eine Idee, aber wir sollten uns nicht direkt um Nacktfotos bewerben" wende ich ein. „Gut, das Thema müsste er schon bringen. Und es dürften nicht einfach Nacktbilder sein, es müsste schon einen gewissen künstlerischen Anspruch haben." Ich lache laut auf. „Gut gebrüllt Löwin. Ich mach mich ab sofort nur noch für den künstlerischen Anspruch nackig." „Dumme Nuss", gibt Eva beleidigt zurück.

Ich verspreche Eva, mich mit dem Gedanken mal anzufreunden und verziehe mich mit einem Kaffee auf die Terrasse, denn ich möchte mich in die Übersetzung des neuen Buches einarbeiten. Dazu pflege ich, während ich zunächst das Original lese, Anmerkungen und Stichworte zu notieren, denn nicht jede Redensart kann man aus einer fremden Sprache eins zu eins übertragen. Das Spannende daran, ist Analogien zu finden, die in der Zielsprache funktionieren. Die zu übersetzende Geschichte spielt im Süden von Afrika und fasziniert mich so, dass ich es kaum schaffe das Buch zur Seite zu legen, als Eva mich zum Essen ruft.

Während wir mit Genuss Salat und Sandwiches verzehren, kennt Eva nur ein Thema: Den traumhaften Jan. Irgendwann bin ich so genervt, dass ich scherzhaft drohe, ihr den blanken Hintern zu versohlen, wenn sie auf die Idee käme, ihn einfach anzurufen. Zu meinem Glück klingelt ihr Telefon, und Valerie ist am anderen Ende. Ich verziehe mich wieder ins Arbeitszimmer und überlasse es Eva, der neugierigen Valerie unser gestriges Erlebnis mit den üblichen Ausschmückungen zu erzählen.

Als ich am späten Nachmittag meine Arbeit am Buch unterbreche, klingelt mein Telefon. „Ich musste den ganzen Tag an Euch denken. Ihr seid wirklich einzigartig." ‚Aha. Jan hat Sehnsucht. War *doch gut, dass wir nicht angerufen haben.'* „Das ist aber reizend von Dir", flöte ich in den Apparat. „Aber ich kann das Kompliment nur zurückgeben. Wir finden dich auch einzigartig. Kann ich noch etwas für Dich tun Jan?" *‚Oops. Meine Stimme klingt etwas zu geschäftsmäßig.'* „Ich würde Euch gerne mal wiedersehen." „Wir Dich auch, aber bei mir geht es frühestens Freitagabend." *‚Wenn er jetzt fragt, ob Eva für ihn Zeit hat, hat er verloren.'* „Ok, dann also am Freitag beim Italiener."

Ich beende das Gespräch, gehe in die Küche, um mir einen Espresso zu gönnen und trete hinaus auf die Terrasse, wo ich wie erwartet Eva in der Hollywoodschaukel finde. „Na, ist Valerie über unser aktuelles Geschlechtsleben informiert mein Schatz?" „Mit allen schmutzigen Details", erwidert Eva lachend. Dann ruf' sie doch nachher nochmal an und frage, ob sie und Fabian Lust hätten, am Freitagabend mit uns im Gamberino zu essen. Da kann Valerie sich nämlich live und in Farbe unseren Traummann ansehen." Eva reißt die Augen auf. „Du hast mit ihm gesprochen?" „Aber ja liebste Eva. Allerdings hat er angerufen." Eva strahlt mich an. „Das ist ja einsame Spitze. Das bedeutet, er ist genauso scharf auf uns wie ich … eh … wir auf ihn." Nach dem Telefonat mit Valerie steht fest, dass Fabian aus beruflichen Gründen diesen Freitag unterwegs ist, aber Valerie will sich unseren Adonis auf jeden Fall genau betrachten.

KAPITEL 5

Freitag 16.05.2014
Valerie kommt am späten Nachmittag zu uns. Gerade habe ich die letzten Seiten des zu übersetzenden Buches gelesen und eine genaue Vorstellung von der zu leistenden Arbeit und der dafür erforderlichen Zeit gewonnen. Daher telefoniere ich mit dem Verlag, und wir einigen uns auf einen Abgabetermin, der mir die Möglichkeit, gibt kleinere Routineaufträge nebenher zu bearbeiten. Ich schalte meinen Computer aus und wechsele in die Küche zu Eva und Valerie.

„Na, hat dir Eva schon den Mund wässrig gemacht mit Erzählungen von unserem Lover?" „Oh, sie erzählt von nichts anderem, aber als werdende Mutter bin ich da immun." „Weißt Du denn inzwischen, ob es Junge oder Mädchen wird?" frage ich Val. „Fabian's Wunsch wird in Erfüllung gehen, wir bekommen ein Mädchen." „Also werden wir Patentanten von Julie" jubelt Eva. „Und wie geht es Dir damit?" will ich von Valerie wissen. „Ich freu mich auf die Kleine, obwohl ich ja lieber einen Jungen bekommen hätte." Val streichelt über den deutlich sichtbaren Babybauch. „Vielleicht klappt es ja beim nächsten Mal" tröste ich Val. „Und wo bleibt jetzt Euer Traummann", fragt die werdende Mutter.

Ich blicke auf die Uhr, und tatsächlich ist er schon zwanzig Minuten überfällig. Sekunden später klingelt mein Handy. „Wo bleibt Ihr. Ich bin schon beim dritten Wasser" nörgelt Jan ins Telefon. „Und wo bist Du?" „Im Gamberino, wo sonst." Da haben wir ihm bitter Unrecht getan. „Wir sind noch im Haus, aber schon fertig und in fünf Minuten bei Dir."

Etwas hektisch sammeln wir unsere Handtaschen ein. Eva holt ihr Auto aus der Garage, und kurz darauf rollen wir auf den Parkplatz des Restaurants. Massimo steht schon in der Tür zur Terrasse und beobachtet unseren Auftritt. Ich entschuldige mich bei Jan, denn der Fehler liegt eindeutig bei mir, weil ich versehentlich angenommen habe, er käme uns von zu Hause abholen. Diesmal hat Massimo nicht so viel Zeit für uns, denn sowohl Terrasse als auch Restaurant sind bis auf den letzten Platz besetzt. Sophia, die Frau von Mario, bedient auf der Terrasse. Als sie unsere Cocktails bringt - für Val natürlich ohne Alkohol - macht sie uns darauf aufmerksam, dass es heute Abend - trotz Verstärkung in der Küche - mit dem Essen etwas länger dauern wird. „Kein Problem, wir werden sicher nicht verhungern", antworten wir, prosten einander zu und stellen Val und Jan einander vor.

Jan erkundigt sich, ganz Gentleman, nach Vals Befinden und beantwortet seinerseits geduldig alle Fragen nach seinem Beruf. Fünf Minuten später erklärt er sich bereit, die ersten Babybilder von Vals künftiger Tochter zu schießen. Kurz darauf bringt Sophia unser Essen und die nächste Runde Getränke. Es wird spät an diesem Abend, und nach den obligatorischen Espressi liefert Jan zunächst Eva und mich ab, um auf dem Weg zu seiner Wohnung noch Valerie nach Hause zu bringen.

Samstag 25.05.2014

Nach dem Frühstück am Samstagmorgen fahren wir zu Jan, um sein Studio zu besichtigen. Wir hoffen natürlich, dass er uns auch fotografieren will, und nehmen uns extra viel Zeit, um uns für ihn schön zu machen. Jan lässt uns ein, und wir spüren, dass er einerseits stolz ist, uns sein Studio zu zeigen, andererseits darauf giert, uns zu fotografieren. Sein Studio ist wirklich beeindruckend und bietet die Möglichkeit, sowohl mit Tageslicht als auch mit Studioblitz zu arbeiten. Er macht einige Portraits von uns, die wir sofort nach der Aufnahme auf seinem iMac begutachten können. Ich gefalle mir richtig gut auf den Fotos, doch am besten finde ich eine Aufnahme, die Eva im Halbprofil zeigt. Der Blick aus ihren grünen Augen ist zärtlich verträumt; einfach nur zum Verlieben. Kaum habe ich die Bitte geäußert, da halte ich auch schon das gedruckte Bild in Händen. Anschließend beginnt unsere eigentliche Fotosession.

Jan möchte uns nebeneinander im Stehen fotografieren, Köpfe und Oberkörper einander zugewandt. Grundsätzlich gefällt uns die Aufnahme, nur mein BH, der durch die halbtransparente Bluse zu sehen ist, stört das Bild. Die nächsten Aufnahmen ohne BH, auf denen meine Brüste durch den Stoff der Bluse zu erahnen sind, finden wir traumhaft. Ich knöpfe die Bluse auf, öffne sie so weit, dass man die inneren Rundungen meiner Brüste und meinen Nabel sehen kann, und biete mich der Kamera an. Während Jan Aufnahme um Aufnahme schießt, entblöße ich meine Brüste zentimeterweise, bis meine aufgerichteten Brustspitzen zu sehen sind. Auch Eva legt jetzt ab, und wir bieten Jan jetzt eine kleine Show, bis er schließlich die Kamera weglegt und um eine Pause bittet.

Er öffnet eine Flasche Sekt und stellt verschiedene Säfte dazu, um mit uns auf die bisherige Ausbeute anzustoßen. Tatsächlich sind einige wirklich phantastische Aufnahmen dabei. Nachdem wir ein wenig geplaudert haben, reizt es Eva und mich, auch die letzte Hülle fallen zu lassen und uns der Kamera nackt zu präsentieren. Jan lässt uns posieren und gibt nur einige wenige Regieanweisungen. Nach wenigen Minuten bewegen wir uns ganz natürlich im Raum, die Kamera haben wir inzwischen vergessen. Jan reicht uns einige Seidentücher, die wir um unsere Körper schlingen, um damit teilweise unsere Blößen zu bedecken. Als Eva und ich zu schmusen beginnen, bricht er die Arbeit ab. „Das wird mir jetzt zu intim", erklärt er seine Entscheidung. Danach sichten wir das Material, und Jan löscht alle Aufnahmen, die uns nicht gefallen oder unserer Meinung nach etwas zu freizügig sind.

Als wir das Studio verlassen ist es draußen schon dunkel. Da weder Eva noch ich Lust haben zu kochen, landen wir kurz darauf wieder im Gamberino, wo wir zu unserer Freude feststellen, dass Mario heute ‚Tagliatelle á la Marina' gekocht hat, auf denen die Meeresfrüchte so großzügig verteilt sind, dass wir ein weiteres Mal ins Schwärmen geraten. Wir leeren eine Flasche Wein und machen uns auf den Heimweg. Schon beim Weg durch den Park können wir kaum die Finger voneinander lassen, und als wir auf der Terrasse ankommen, sind wir im Handumdrehen nackt.

Wir betreten das Haus und begeben uns auf direktem Weg ins Schlafzimmer. Eine Minute später ziehe ich Jan die Boxershorts herunter. Eva zieht ein Päckchen Kondome aus einer Schublade und begibt sich auf alle Viere. Diesmal macht Jan mit ihr den Anfang. Es erregt mich, Evas vor Leidenschaft verzerrtes Gesicht zu sehen und ihr lautes Stöhnen zu hören, bis sie schließlich unter Jans harten Stößen zum Höhepunkt kommt. Ich gönne Jan eine Pause, um sich im Bad zu säubern und wieder zu Kräften zu kommen, bevor ich mich ebenfalls auf allen Vieren anbiete und ihn mit hochgereckten Po erwarte. Er nimmt mich schnell, hart und tief, lässt mich stöhnen und schreien, bis ich nach einigen Minuten unter ihm vor Lust vergehe.

Sonntag 26.05.2014
Als wir am nächsten Morgen erwachen, ist Jan schon gegangen. *„Ihr habt noch so süß geschlafen, da habe ich es einfach nicht übers Herz gebracht Euch zu wecken. Bis heute Abend. Ich liebe Euch - Jan'* steht auf dem Zettel, den er hinterlassen hat. Während Eva die anfallenden Hausarbeiten übernimmt., verbringe ich den Vormittag in meinem Arbeitszimmer. Am Nachmittag fahren wir zusammen ins Zentrum, bummeln durch die Fußgängerzone, setzen uns in eines der von Evas favorisierten Eiscafés und beobachten die vorbeigehenden Menschen. Danach machen wir noch einen kleinen Schaufensterbummel.

Nach einem köstlichen Essen in einem kleinen Chinarestaurant machen wir uns schließlich auf den Heimweg. Unterwegs erhalte ich eine SMS von Jan: [Bin gegen 19:00 Uhr bei Euch]. Ein Blick auf meine Uhr sagt mir, dass wir unmöglich schaffen können pünktlich dort zu sein. Also gebe ich ihm unsere voraussichtliche Ankunftszeit durch und bitte ihn, auf uns zu warten. Als wir schließlich zu Hause eintreffen, steht er da mit einem riesigen Blumenstrauß. Auf Nachfragen erklärt er uns, er müsse die nächsten vier Wochen wegen verschiedener Shootings nach Südostasien und würde am nächsten Morgen in aller Frühe zum Flughafen aufbrechen. Den Strauß hat er uns mitgebracht als kleinen Trost, da er die heutige Nacht nicht mit uns verbringen kann. Wir verabschieden ihn liebevoll und ziehen uns ins Schlafzimmer zurück.

Als ich aus dem Bad komme, sehe ich Eva nackt im Bett liegen. Ich entledige mich meines Schlafanzugs, lege mich Haut an Haut zu ihr und umschlinge sie mit meinen Armen. Zärtlich gleiten ihre Hände über meinen Körper. „Ich möchte Dich nur streicheln", flüstert sie in mein Ohr. Es ist ein Gefühl als würde ich von Schmetterlingsflügeln berührt, zart und flüchtig. Ich nähere mich mit meinem Mund ihrem Gesicht, lasse meine Zungenspitze über ihre Unterlippe streichen, worauf sie ihre Lippen bereitwillig öffnet. Wie ein Windhauch gleitet meine Zunge die Innenseite ihrer Lippen entlang und lässt sie schneller atmen. Unsere Zungenspitzen berühren sich für den Bruchteil einer Sekunde, lösen sich sofort wieder voneinander und wir reiben unsere Nasen aneinander.

Ein Fingernagel zieht eine glühende Spur entlang meiner Wirbelsäule von meiner Pospalte bis in meinen Nacken und lässt meinen Körper erschauern. Meine Hände legen sich auf Evas

Pobacken und ziehen sie näher an mich, während mein Knie ihre Oberschenkel teilt und sich unsere Beine umschlingen. Feuchtigkeit verteilt sich auf meiner Haut an der Stelle, wo ich das Zentrum ihrer Lust berühre. Wir versinken in einem langen liebevollen Kuss, dessen Zartheit nichts von der leidenschaftlichen Wildheit hat, die ansonsten unser Liebesspiel auszeichnet. Eva flüstert mir ins Ohr: „Ich habe noch nie jemanden so geliebt wie Dich und werde auch nie wieder so empfinden. Du bist, seit wir uns kennen, zum wichtigsten Menschen im meinem Leben geworden. Ich kann mir ein Leben ohne Dich nicht mehr vorstellen."

KAPITEL 6

Dienstag 10.06.2014
Zwei Wochen später stellen wir zu unserem Entsetzen fest, dass zunächst Evas Periode ausbleibt und danach auch meine, was uns ziemlich irritiert. Als Eva und ich kurze Zeit später von morgendlichem Unwohlsein befallen werden, kaufen wir uns Schwangerschaftstests, die - wie fast schon zu erwarten war - ein positives Ergebnis liefern. Um Gewissheit zu erhalten, machen wir einen Termin bei unserer Frauenärztin.

Dienstag 17.06.2014
Nach dem die Frauenärztin uns eingehend untersucht hat, sitzen wir gemeinsam bei ihr im Sprechzimmer. Lächelnd gratuliert sie uns zu unseren ‚Umständen' und stellt uns Mutterpässe aus. Jetzt haben wir es sogar amtlich. Wir sind beide trächtig. Auf Nachfrage erklärt sie uns, dass wir unsere Schwangerschaften höchst-wahrscheinlich überlagerten Kondomen zu verdanken haben. Zu Hause angekommen, holt Eva die fast leere Packung aus dem Schlafzimmer. Dem aufgedruckten Datum nach sind die Kondome noch von Evas Eltern, somit total überaltert und die logische Erklärung für unsere ungewollten Schwangerschaften. Eva wirkt verzweifelt. „Ich bin schuld, dass wir bald dicke Bäuche kriegen. Was sollen wir denn jetzt machen?" „Also für mich ist Abtreibung keine Option", gebe ich zur Antwort. „Für mich doch

auch nicht, aber ein Kind zu bekommen stand derzeit noch nicht auf meiner Wunschliste."

Wir nehmen uns in die Arme und beschließen, die Babys gemeinsam aufzuziehen. Danach informieren wir zunächst Valerie, die sich unbändig darüber freut, gleich zweimal Patin zu werden. Im Anschluss daran stellen wir uns dem nächsten Problem. Wie es dem werdenden Vater sagen, dass er in einer Nacht gleich zwei Volltreffer gelandet hat? Per Mail oder SMS kommt nicht in Frage. Wir leben zwar im Zeitalter der Kommunikation, aber diese Nachricht ist zu elementar und schwerwiegend, um diesen Weg zu wählen. Abgesehen davon erscheint uns diese Vorgehensweise auch feige. Anrufen wäre zwar eine Möglichkeit, Jan in einem persönlichen Gespräch zu informieren, aber da warte ich doch lieber, bis er aus Asien zurück ist.

Donnerstag 19.06.2014

Zwei Tage später taucht Valerie bei uns auf und bringt uns eine Illustrierte der Regenbogenpresse mit, in der unser Traummann mit einem bekannten Model in inniger Umarmung zu sehen ist. Im dazu gehörenden Artikel wirft die Schreiberin die Frage auf, ob der Unbekannte im Bild wohl der neue Lover des Models sei. Wir sind wie vom Donner gerührt und bevor Valerie oder ich sie zurückhalten können, hat Eva sich bereits das Telefon gegriffen und Jans Nummer gewählt. Als er sich meldet brüllt Eva ins Telefon: „Hast Du's mit der Tussi getrieben?" Die daraufhin folgende Stille sagt mir, dass Jan wohl sofort aufgelegt hat.

Während Valerie die völlig hysterische Eva in den Arm nimmt und ihr gut zuredet, begebe ich mich ins Arbeitszimmer und wähle nun meinerseits Jans Nummer. Er nimmt das Gespräch an und fragt: „Warst Du das eben, Andrea?" „Nein Liebster, die ausgeflippte Anruferin war Eva. Sie hat in der Zeitung das Bild von Dir und dem Model gesehen, und da hat es bei ihr ausgehakt. Zumal im Text vermutet wird, dass Du der neue Lover des Hungerhakens seist." „Das ist doch purer Blödsinn," erwidert Jan. „Sie hat sich nur für die gute professionelle Zusammenarbeit bedankt. Alles ganz harmlos."

Ich atme tief ein und beginne ich zu sprechen: „Wir wollten eigentlich warten, bis Du wieder bei uns bist und es Dir persönlich sagen, aber nach Evas hormonellem Ausraster eben solltest Du wissen, dass sie schwanger ist." Jan verschlägt es die Sprache. „Oh!" Ich gebe ihm einen Moment, die Nachricht zu verdauen, und spreche dann weiter. „Das ist aber erst die halbe Wahrheit. Ich bin nämlich ebenfalls schwanger." Am anderen Ende der Leitung höre ich ein leises „Oh, Scheiße! Sorry Andy."

Dann fragt Jan: „Ist das ganz sicher, dass Ihr beide schwanger seid?" „Die Frauenärztin hat uns sogar schon Mutterpässe ausgestellt. Es bestehen an unserer Schwangerschaft keine Zweifel. Ich hoffe, Du glaubst uns, dass wir außer mit Dir mit keinem anderen Mann geschlafen haben." Ohne zu zögern antwortet Jan: „Ich würde Dein Wort niemals anzweifeln, und ich vertraue auch Eva voll und ganz. Hol' sie doch bitte mal ans Telefon." Ich erkläre Jan, dass ich Eva zunächst beruhigen möchte, danach könne sie ihn selbst anrufen, dann beende ich das Gespräch.

Im Wohnzimmer treffe ich auf Valerie und die in Tränen aufgelöste Eva. Es kostet mich zehn Minuten gutes Zureden, und als ich ihr die Lage erklärt habe, heult sie schon wieder, jetzt allerdings aus Scham und Ärger über sich selbst. Nach weiteren fünf Minuten habe ich sie so weit, dass sie in der Lage ist, mit Jan zu sprechen. Ich drücke Wahlwiederholung und schalte den Lautsprecher ein. „Jan Wiesner. Mit wem spreche ich?" „Hier ist Eva. Ich möchte mich bei Dir entschuldigen" schnieft meine Freundin ins Telefon. „Liebste Eva, wie kommst Du auf die absurde Idee, ich würde für ein kleines mageres Model meine Liebe zu Euch beiden Traumfrauen verraten?" „Verzeih' mir bitte. Im Moment fahren meine Hormone Achterbahn. Andy hat Dir den Grund ja schon erklärt." „Ich möchte es aber auch von Dir persönlich hören Schatz."

Eva schnäuzt sich die Nase. „Liebster, ich bekomme ein Kind von Dir, und ich hoffe, Du freust Dich mit mir." „Das tue ich Eva, und ich habe keinen Moment geglaubt, es könnte das Kind eines anderen sein. Bitte vertrau' mir zukünftig genauso wie ich Dir vertraue." „Das verspreche ich Dir, und bitte verzeih' mir bitte meinen Ausbruch von vorhin." „Hab' ich doch schon längst, aber ich muss das Gespräch jetzt beenden, denn in einer halben Stunde fahre ich los, und ich sollte dringend vorher noch duschen. Ich liebe Euch meine Traumfrauen. Tschüss, ich melde mich nach Feierabend." Zufrieden lege ich auf, denn nun ist unsere kleine Welt wieder in Ordnung.

Dienstag 24.06.2014

Fünf Tage später ist der Tag von Jans Rückkehr gekommen. Ich habe ihn darüber informiert, dass wir ihn vom Flughafen abholen möchten, doch er schlägt vor, dass wir ihn stattdessen vom Kölner Hauptbahnhof abholen. So stehen wir also um 13:00 Uhr auf Gleis 5 und erwarten sehnsüchtig die Einfahrt des ICE aus Frankfurt. Als der Zug endlich einläuft, sind wir aufgeregt wie Teenager vor dem ersten Date. Die Türen öffnen sich, und mit einem Jubelschrei läuft Eva so schnell los, dass ich ihr kaum folgen kann. Nur Sekunden später fällt sie Jan um den Hals. Mit wenigen Schritten bin ich bei den beiden, und wir werden von Jan vor lauter Freude fast erdrückt.

Am Abend sitzen wir schließlich auf der Terrasse des Gamberino. Bei der Bestellung von einem Wein und zwei Fruchtcocktails stutzt Massimo. „Wieso trinkt ihr jetzt keinen Wein mehr?" „Wir sind schwanger lieber Massimo und er" ich zeige auf Jan „ist der Vater." „Bei Euch beiden?", fragt Massimo ungläubig. „Er ist eben unser Traummann", erwidert Eva. Der Blick den Massimo dem werdenden Vater jetzt zuwirft, zeugt von großem Respekt. „Gratuliere Signore. Sie sind zu beneiden. Zwei so schöne Frauen, und von beiden bekommen Sie bestimmt schöne Kinder."

Er eilt ins Restaurant, um die Getränke zu holen, und kehrt zusammen mit Sophia und Mario an unseren Tisch zurück. Eva und ich werden von Sophia herzlich umarmt, während Mario dem werdenden Vater anerkennend auf die Schulter klopft. Jan bestellt Fisch, während Eva und ich uns für Pasta mista entscheiden. Nach dem Essen wird es noch feierlich, denn Jan hat für Eva und mich identische Ringe mit jeweils einem kleinen Brillanten gekauft, die er uns bei Sekt und Selters feierlich an die Finger steckt. „Leider kann ich Euch nicht beide heiraten, denn Bigamie ist in Deutschland keine akzeptierte Form des Zusammenlebens und außerdem strafbar. Eine von Euch zu heiraten, würde bedeuten, dass ich die Andere enttäuschen müsste. Das bringe ich nicht übers Herz. Ich kann mir aber vorstellen, eine Patchwork-Familie ohne Trauschein mit Euch zu gründen. Auf jeden Fall will ich Verantwortung übernehmen und für Euch und die Kleinen sorgen."

Nach dieser langen Rede brechen wir vor Glück in Tränen aus, und auch Sophia hat vor Rührung feuchte Augen. Diesmal bekommt nur Jan den obligatorischen Grappa, während Massimo für uns ein großes Stück Tiramisu als Dessert serviert. Als wir uns schließlich von allen verabschieden und dann rechts und links bei Jan eingehakt nach Hause gehen, ist unsere Welt wieder in Ordnung.

Zu Hause angekommen beschließen wir, sofort schlafen zu gehen. Während Jan sich ins Gästezimmer begibt, machen wir uns im großen Bad fertig, legen uns ins Bett und warten auf ihn. Als er nach weiteren zehn Minuten noch immer nicht bei uns ist, gehen wir zum Gästezimmer, wo Jan zu unserem Erstaunen sich gerade das Bett macht. Eva holt tief Luft. Bevor sie einen Streit vom Zaun brechen kann, schiebe ich sie aus dem Zimmer und sage halblaut: „Jetzt nicht. Geh' schon mal ins Bett, wir kommen gleich nach." Dann wende ich mich ganz ruhig Jan zu. „Liebster, kannst Du mir erklären, was Du hier tust." Jan wirkt irgendwie unsicher: „Ich dachte, weil … Ihr seid doch jetzt schwanger, und ich wollte Euch nicht … Ich weiß nicht, ob…"

Sein Stottern bringt mich zum Kichern, denn Jan sieht richtig süß aus, wenn er so nach Worten sucht. „Wir haben Dir zwar fürs Duschen das Gästezimmer gegeben, aber wir wünschen schon, dass Du bei uns liegst. Wir sind nämlich erst am Anfang der Schwangerschaft und möchten auch weiterhin Sex mit Dir haben. Wenn unsere Bäuche später gewachsen sind, können wir darüber reden, ob wir noch zu dritt in ein Bett passen, aber unsere Frauenärztin hat uns ausdrücklich versichert, dass man auch kurz vor der Geburt noch Sex haben kann. Es sei denn, Du findest unsere dicken Bäuche irgendwann unästhetisch. Wenn Du uns liebst, erwarten wir Dich in drei Minuten in unserem Bett." *Beschlossen und verkündet.*

Ich drehe mich herum und gehe zu Eva. Zwei Minuten später erscheint Jan völlig zerknirscht und leistet Abbitte. „Ich wollte doch nur Rücksicht auf Euch nehmen." Eva strahlt ihn an. „Dafür lieben wir Dich ja auch. Könntest Du es uns jetzt trotzdem besorgen." Nachdem mein Lachkrampf verklungen ist, liegen wir beisammen und schmusen ganz harmlos, bis wir irgendwann zusammen einschlafen.

Mittwoch 25.06.2014
Am nächsten Morgen kommen wir trotzdem noch zum Zuge, denn nachdem Jan uns zunächst

zärtlich streichelt, werden wir von ihm leidenschaftlich geliebt. Nach dem Aufstehen haben zu unserer Überraschung weder Eva noch ich Bedarf, uns über die Kloschüssel zu hängen, es geht uns richtig gut. Später beim Frühstück fragt Jan: „Gibt es eigentlich auch Wickelkurse und so etwas wie Gymnastik?" „Das nennt sich Geburtsvorbereitungskurs und Schwangerschafts-Gymnastik", kläre ich ihn auf. Zu meiner und Evas Überraschung verkündet er, zu dem Vorbereitungskurs auf jeden Fall mitkommen zu wollen, die Gymnastik würde er sich aber lieber sparen. „Wir sind stolz auf Dich. Du bist nicht nur ein toller Liebhaber, du bist auch schon jetzt ein ganz toller Vater", lobt ihn Eva.

Ich fühle mich genötigt, Jan darauf hinzuweisen, dass wir mit dem Einkauf von Babyausstattung erst nach dem Ultraschall beginnen sollten, wenn wir wissen, ob es Jungs, Mädels oder beides gibt. „Mit dem Hinweis kommst Du zu spät. Ich hab' nämlich in Singapur zwei richtig süße Strampler gekauft. Passen aber sowohl für Jungs als auch für Mädchen." Wir fliegen auf ihn zu und bedecken sein Gesicht mit Küsschen. Danach mache ich telefonisch den nächsten Termin bei der Gynäkologin und frage sie nach den Terminen für die Vorbereitungskurse. Ich bekomme die Auskunft, dies habe bis zum Ende des fünften Monats Zeit. Im Anschluss daran setze ich mich an meine Buchübersetzung.

Als ich nach Beendigung des nächsten Kapitels auf die Uhr sehe, ist es schon elf Uhr, und ich frage mich, wo Eva abgeblieben ist. Ich gehe auf die Suche, doch sie ist nirgends zu finden, bis ich schließlich eindeutige Geräusche aus dem

Schlafzimmer höre. Ich öffne die Tür und bekomme gerade noch das große Finale mit. Ich versuche es mit einem Scherz. „Ich weiß Ihr Lieben, es ist nicht so, wie es aussieht." Die beiden drehen sich erschrocken um und blicken mich schuldbewusst an. Eva findet zuerst Worte: „Bitte nicht böse sein Andy. Ich kann nichts dafür, dass ich im Moment so heiß bin. Ich könnte derzeit drei Mal am Tag. Bitte schimpf nicht mit Jan." So zerknirscht, wie Sie jetzt ist, kann ich ihr wirklich nicht böse sein. Ich nehme sie in den Arm und sage: „Ist schon Okay Liebste." Dann wende ich mich zu Jan: „Du schuldest mir eine Solorunde."

Damit verlasse ich den Raum und lasse die beiden allein. Kurz darauf stehe ich in der Küche und ziehe mir einen Cappuccino aus dem Automaten, als mich zwei starke Arme umfangen und zwei Hände sich auf meine Brüste legen. Ich schmiege mich an die feste Männerbrust hinter mir. Jans linker Arm hält meinen Brustkorb, derweil seine rechte Hand unter meinen Rock und geradewegs zwischen meine Schenkel gleitet. Während Jan sich kurze Zeit später diskret zurückzieht, nimmt Eva mich in ihre Arme und küsst mich. „Ich wusste doch, dass Du es genauso dringend brauchst wie ich." Atemlos liege ich in ihren Armen. Schließlich küsse ich sie zärtlich und flüstere ihr ins Ohr: „Danke Liebste."

Kurz darauf bricht Jan zu einem kurzen Abstecher in seine Wohnung auf. Als er am späten Nachmittag zurückkommt, hat er eine Reisetasche und ein flaches Paket dabei. In der Reisetasche sind einige Kleidungsstücke und Kosmetika, die er benötigt, wenn er bei uns übernachtet. „Was nicht bedeutet, dass ich direkt fest bei Euch einziehen will, aber ich benutze gerne mein Duschgel, mein Deo und auch ein Männerparfüm." Wir zeigen ihm einen leeren Schrank im Gästezimmer. „Was nicht heißt, dass Du auch im Gästezimmer schlafen sollst. Wir möchten Dich bei uns haben", erwähne ich völlig überflüssiger Weise. Dann öffnen wir das flache Paket, das ein Geschenk für uns ist. Es enthält gerahmte großformatige Fotos von Eva und mir. Je eins der Portraits sowie je einen Halbakt. Außerdem eine sehr romantische Aufnahme von Eva und mir, wie wir uns nackt in den Armen liegen. Wir sind gerührt und bitten ihn, die Fotos in unserem gemeinsamen Schlafzimmer aufzuhängen, was er auch gleich erledigt. „Jetzt fehlt uns nur noch eine Aufnahme von Dir", lassen wir Jan anschließend wissen.

Donnerstag 26.06.2014
Nach dem Frühstück fährt Jan in die Agentur, und wir erhalten Besuch von Valerie, die unbedingt unsere Verlobungsringe sehen will. Außerdem ist sie ganz gierig auf die von Eva so gelobten Pancakes, und so stelle ich mich an den Herd und produziere einen kleinen Stapel für sie. Bei der Begrüßung begutachtet sie zunächst die Ringe und fragt: „Und wie könnt Ihr die Ringe unterscheiden?" „Brauchen wir nicht, denn sie sind absolut identisch." Wir erzählen ihr von Jans Angebot mit uns zusammen zu leben und für die Kinder Verantwortung zu übernehmen. „Da seid Ihr ja richtig zu beneiden."

Während sie die Pancakes genießt, erzählt sie uns von ihren Erfahrungen hinsichtlich der Geburtsvorbereitung und empfiehlt uns, die Anmeldung für die Kurse spätestens Ende des vierten Monats vorzunehmen, denn die guten Termine seien schnell ausgebucht. Wir danken ihr für die Empfehlung und verabreden uns mit ihr und Fabian für den darauffolgenden Abend bei Massimo.

KAPITEL 7

Freitag 27.06.2014

Der nächste Abend ist wärmer als warm, und es ist auch keine Abkühlung in Sicht. Eva und ich ziehen unsere rückenfreien Kleider an. Obwohl wir unter den Kleidern nur winzige G-String tragen, sind wir kaum aus dem klimatisierten Haus heraus, als uns auch schon der Schweiß aus allen Poren tritt. Wir nehmen den SUV, weil er die beste Klimaanlage hat, und fahren zum Restaurant. Massimo hat unseren Lieblingstisch auf der Terrasse für uns freigehalten, doch im Gegensatz zu sonst bewegt sich auch hier in unserer Ecke kein Lüftchen.

Kurz nach uns erscheinen Val und Fabian auf der Terrasse. Val, die nur noch wenige Wochen bis zur Entbindung hat, leidet am meisten unter der Hitze, doch zu Hause in ihrer Wohnung ist es noch um einiges wärmer. Massimo bringt uns eisgekühlte Fruchtsäfte, die wir genussvoll schlürfen, was uns wenigstens für einige Zeit etwas Kühlung verschafft. Gerade als Massimo an den Tisch kommt und nach Jan fragt, klingelt mein Telefon.

„Ihr müsst leider heute Abend ohne mich essen, ich hatte einen Unfall" höre ich die Stimme von Jan. Er klingt ganz normal, und so hält sich mein Schreck in Grenzen. „Was ist denn passiert?" frage ich. „Ich habe ein gebrochenes Bein, aber sonst geht es mir gut. Mein Auto ist allerdings hinüber." „Wo bist Du denn?" Jan nennt uns den Namen des Krankenhauses, und ich verspreche ihm, wir würden uns sofort auf den Weg machen. Ich erstatte den anderen Bericht, und nachdem wir uns von allen verabschiedet haben, machen Eva und ich uns auf den Weg zum Evangelischen Krankenhaus.

In der Notaufnahme will man uns zunächst keine Auskunft geben, und Jan ist auch telefonisch nicht erreichbar. Eva lässt ihren Charme spielen und zeigt zur Unterstützung ihrer Argumente den Mutterpass, was eine der Schwestern veranlasst, nach Jan zu suchen. Nach Rücksprache mit ihm bringt sie uns zu seinem Krankenzimmer. Er ist zwar ziemlich blass, wirkt aber ganz munter. Er erzählt uns, dass zwei Fahrzeuge vor ihm ein Auffahrunfall passiert ist und er aussteigen wollte, um Hilfe anzubieten. In diesem Moment hat ein Lkw seinen Wagen von hinten gerammt und auf den Wagen vor ihm aufgeschoben. Dabei hat ihn die offene Tür seines Wagens am Bein getroffen und sein Schienbein gebrochen. Wäre er allerdings im Moment des Unfalls noch in seinem Auto gewesen, würde er wahrscheinlich jetzt nicht mehr leben.

„Dann wären unsere Kinder schon vor ihrer Geburt Halbwaisen" sagt Eva und wird bleich. „Wie lange musst Du denn im Krankenhaus bleiben?" frage ich. „Sie wollen mich nur über Nacht zur Beobachtung hierbehalten, denn ich hatte unterwegs im Rettungswagen Probleme mit dem Kreislauf." Eine Schwester kommt ins Zimmer und erklärt uns, die Besuchszeit sei lange vorbei. Jan strahlt sie an: „Das sind die Mütter meiner ungeborenen Kinder. Bitte geben sie uns noch etwas Zeit." Als wir den ungläubigen Blick der Dame sehen, präsentieren wir ihr unsere

Mutterpässe und versichern, Jan wäre tatsächlich der Vater beider Kinder. Sie entschwindet kopfschüttelnd. „Können wir noch etwas für Dich tun?" will Eva wissen. „Ich möchte Euch küssen, aber ihr müsst schon zu mir kommen." Eine unsere leichtesten Übungen. Wir verabschieden uns zärtlich von ihm und versprechen, ihn am nächsten Tag nach Hause zu holen.

Samstag 28.06.2014
Am nächsten Morgen bin ich wie immer vor Eva wach, betrachte sie liebevoll und bin stolz, eine so schöne und leidenschaftliche Partnerin zu haben. Da die Nacht fast tropisch war, haben wir nackt geschlafen, und ich genieße den Anblick ihres schlanken Körpers mit den festen Brüsten und dem knackigen Hinterteil. Sanft streichen meine Hände über ihren Rücken, und ich flüstere Liebesworte in ihr Ohr. Als ich meine Finger langsam über ihre Brüste streifen lasse, richten sich ihre Nippel auf und recken sich meinem Griff entgegen. Sie öffnet ein Auge und sieht mich an. „Ich liebe Dich Andy und kann mir ein Leben ohne Dich nicht mehr vorstellen." „Musst Du auch nicht, denn für mich bist Du die Liebe meines Lebens, und ich bin nicht willens, auf diese Liebe zu verzichten, meine Große." Eva grinst: „Och, die paar Zentimeter." Wir erheben uns aus dem Bett, duschen zusammen und ziehen uns an.

Nach einem frugalen Frühstück machen wir uns auf den Weg zum Krankenhaus. Jan unterschreibt gerade die Entlassungspapiere und wartet bereits auf uns. Wir setzen ihn in einen Rollstuhl und fahren ihn zu Evas Auto. Das Einsteigen ist etwas mühsam, aber mit vereinten Kräften schaffen wir ihn auf den Rücksitz. Etwas schwieriger ist der Ausstieg bei uns zu Hause, aber auch diese Hürde haben wir schließlich gemeistert und Jan zunächst einmal auf dem großen Funktionssofa im Wohnzimmer untergebracht. Da er im Krankenhaus zwar ein bescheidenes Frühstück bekommen hat, aber immer noch hungrig ist, mache ich ihm einen Apfelpfannkuchen und bringe ihm die Flasche mit dem Ahornsirup dazu, während Eva ihm Milch und Cappuccino serviert.

KAPITEL 8

Montag 25.08.2014

Zwei Monate später, Jan kann sich inzwischen wieder gut fortbewegen, ist es soweit. Als wir beim Frühstück sitzen, klingelt Evas Handy, und Valerie teilt uns mit, dass in der Nacht Julie geboren wurde. Wir versprechen, sie am Nachmittag zu besuchen, und Eva zaubert aus ihrem Schrank drei kleine Päckchen hervor. „Das sind zwei Strampler in unterschiedlichen Größen sowie ein Badetuch mit Kapuze als Geschenk für die Kleine. Und für Valerie besorgen wir nachher auf dem Weg zum Krankenhaus noch Blumen."

„Ist die süß." Ich liebe mein kleines Patenkind auf den ersten Blick, und auch Eva ist sogleich hin und weg. Die kleine Julie liegt auf dem Bauch von Val und nuckelt an Mamas Brustwarze. Wir gratulieren der glücklichen Mutter und können uns kaum sattsehen an der neugeborenen Geschlechtsgenossin. „War die Geburt nicht erst für eine Woche später ausgerechnet?" „Das stimmt, aber die kleine Maus hatte offenbar keine Geduld mehr und wollte unbedingt schon gestern raus. Ging auch einigermaßen flott." „Und wie war es mit Schmerzen?", will ich von Val wissen. „War auszuhalten. Macht Euch nicht verrückt Mädels."

Ich fühle mich durchschaut, denn vor der Geburt habe ich schon ziemlichen Bammel. Fabian nimmt Eva und mich in den Arm, um uns mit den Worten „Ihr schafft das schon, ihr seid doch coole Mädels", aufzumuntern. Val reicht mir Julie mit den Worten: „Du möchtest Dein Patenkind doch sicher mal halten. Ganz vorsichtig nehme ich die Kleine und mache mich mit dem Gedanken vertraut, dass in nicht allzu ferner Zukunft so ein kleines Wesen auch auf meinem Bauch liegen wird und an meinen Brustwarzen saugt. Da Eva schon ganz hibbelig wird, reiche ich Julie weiter und erfreue mich an dem Anblick, den meine Liebste mit Baby bietet. Als sie die Kleine an Jan weiterreichen will, wehrt dieser zunächst ab. „Ich mach' dass lieber erst, wenn sie etwas größer ist." Val macht ihm klar, dass seine eigenen Kinder auch nicht anders sind nach der Geburt und er bestimmt nicht warten kann bis sie gewachsen sind, schließlich habe er ja versprochen, sich beim Windelwechsel zu beteiligen. Jan lenkt ein und lässt sich die kleine Julie von Eva in den Arm legen.

Dienstag 09.09.2014

Zwei Wochen später gehen Eva, ich und Jan zu den Ultraschalluntersuchungen. Frau Dr. Lenzen ist doch ziemlich erstaunt, ihn zunächst in meiner und anschließend noch in Evas Begleitung zu sehen, und glaubt zunächst, wir wären mit Zwillingsbrüdern zusammen. Als sie realisiert, dass Eva und ich ein Kind vom selben Mann bekommen, gratuliert sie ihm herzlich zu seinen zwei Töchtern. Jan ist ganz aus dem Häuschen und drückt uns vor Glück. Wir fragen noch einmal nach den Kursen, und sie empfiehlt uns, zum Sekretariat zu gehen und uns für ihren drei Wochen später beginnenden Kurs anzumelden, was wir auch im Anschluss an die Untersuchung sofort erledigen.

Mittwoch 31.10.2014

Drei Wochen später sitzen wir das erste Mal im Kursraum von Frau Doktor. Da es in dem Raum nur Zweierbänke gibt, schlägt Eva vor, dass Jan sich neben mich setzt, und setzt sich in die nächste Bank. Der Raum füllt sich recht zügig, und es stellt sich heraus, dass zu dieser Einführungsstunde alle werdenden Mütter in Begleitung ihrer Männer gekommen sind. Lediglich Evas Partner scheint zu fehlen, höre ich die rothaarige Frau in der Reihe hinter uns flüstern. Ich wende mich zu ihr um sage „Keine Sorge, der Vater ihrer Tochter ist auch hier" und zeige auf Jan. „Und wo ist der werdende Vater Ihres Kindes?" „Der sitzt hier neben mir", lasse ich sie lächelnd wissen. Verstehen macht sich in ihrem Gesicht breit, und sie wird leicht verlegen.

Frau Dr. Lenzen betritt den Raum und beginnt den Kurs mit einer kurzen Vorstellungsrunde, nach der dann wohl sämtliche Teilnehmer über die Dreierkonstellation von Eva, Jan und mir informiert sind. Danach berichtet sie zunächst von ihren beiden eigenen Kindern und gibt uns eine Vorstellung davon, was uns in der restlichen Zeit der Schwangerschaft noch alles erwartet, bevor sie uns die ersten Schritte im Umgang mit den neuen Erdenbürgern erklärt. Anschließend erhalten sowohl wir Frauen als auch die Männer eine Einführung in die Babypflege und besonders in den Windelwechsel. Das dürfen daraufhin alle an einer Puppe üben.

Als wir nach dem Ende der ersten Stunde den Raum verlassen, werden wir von der Frau aus der Reihe hinter uns angesprochen, die sich als Lena und ihren Freund als Carsten vorstellt.

„Entschuldigung, wenn ich sie drei in Verlegenheit gebracht habe. Ich war mal wieder wie immer viel zu neugierig." „Kein Problem." Ich lächle sie an. „Spätestens nach der Vorstellungsrunde war sowieso jedem klar, wie es sich mit uns verhält." „Und sie wollen bei beiden Geburten dabei sein?" fragt sie Jan. „Ich war ja auch bei beiden Zeugungen dabei", ist seine flapsige Antwort. Ich sehe Lena fragend an. „Sie sind aber schon deutlich weiter als alle in dem Kurs." „Ja, ich habe den Kurs schon mitgemacht, aber mein Freund konnte damals nicht und wollte doch unbedingt alles zum Thema Babypflege erfahren. Die beiden verabschieden sich von uns, und wir machen uns auf den Weg nach Hause.

Mittwoch 03.12.2014
Die beiden sind auch in den darauffolgenden Wochen in unserem Kurs, doch Anfang Dezember sitzt Lena alleine hinter uns, so dass Eva ihr vorschlägt, sie solle sich doch zu ihr setzen. kurz vor Ende der Stunde klingelt Lenas Handy. Sie nimmt das Gespräch an und begibt sich auf den Flur. Als wir Minuten später den Kursraum verlassen, sitzt Lena im Flur auf dem Boden, heult wie ein Schlosshund und ist kurz vor dem Zusammenbruch. Auf die Frage, was denn geschehen sei, bekommt sie einen Weinkrampf.

Ich gehe zurück in den Kursraum und bitte Frau Doktor um Hilfe. Dieser gelingt es, die weinende Lena wenigstens so weit zu beruhigen, dass wir von ihr erfahren, ihr Freund Carsten habe einen Unfall gehabt und liege in der Unfallchirurgie. Frau Doktor telefoniert mit ihren Kollegen und wird im Verlauf des Gespräches immer stiller.

Während Eva es mittlerweile geschafft hat, Lena etwas zu beruhigen, erfahre ich von der Frauenärztin, dass Lenas Partner vor wenigen Minuten verstorben ist und sie es im Moment nicht verantworten könne, es der hochschwangeren Lena mitzuteilen. Spontan entscheiden wir, Lena heute Abend mit zu uns zu nehmen und am nächsten Morgen mit ihr wieder zum Krankenhaus zu fahren. Zu Hause angekommen, versorgen Eva und ich die immer noch schluchzende Lena mit dem Nötigsten für die Nacht und beschließen, dass ich mich mit Jan in Evas altes Zimmer begebe und Lena bei Eva schlafen soll, denn Eva hat ein natürliches Talent, Trost zu spenden und kann Lena am ehesten helfen wieder ruhig zu werden.

Donnerstag 04.12.2014
Als Lena am nächsten Morgen unter der Dusche steht, beraten wir die weitere Vorgehensweise. Während Eva sich weiter um die Unglückliche kümmert, telefoniere ich mit dem Krankenhaus, kündige unseren Besuch an und informiere den Leiter der Unfallchirurgie davon, dass Lena noch nichts vom Tode ihres Freundes weiß und sie auf jeden Fall gleich im Krankenhaus professionelle Hilfe benötigt, wenn man ihr die Todesnachricht überbringt. Eine knappe Stunde später treffen wir im Krankenhaus ein und werden sofort zur Unfallchirurgie geleitet, wo uns der Oberarzt empfängt. Er gibt sich wirklich größte Mühe, es der zitternden Lena schonend beizubringen, doch als sie realisiert, dass der Vater ihres ungeborenen Kindes Tod ist, bricht sie völlig zusammen. Als der Arzt ihr eine Beruhigungsspritze geben will, setzen bei ihr die Wehen ein. Daher bringt man sie

schnellstmöglich in die Gynäkologie, während man uns bittet, wieder nach Hause zu fahren. Erst auf Evas Intervention bei unserer Gynäkologin verspricht man, uns zu informieren, wenn Lena in der Lage ist, Besuch zu empfangen.

Die Geschichte lässt uns keine Ruhe, und wir drücken Lena die Daumen, dass sie jetzt nicht auch noch ihr Kind verliert. Als Eva am späten Nachmittag einen Anruf von Frau Dr. Lenzen erhält, erfahren wir, dass Lena von einem gesunden Jungen entbunden wurde und schon nach uns gefragt hat. Eva stöbert in unserer vorab eingekauften Babyausstattung und sucht zwei Strampler sowie ein Kapuzen-Badetuch als Geschenk heraus. Erneut machen wir uns auf den Weg zum Krankenhaus.

Wir treffen Lena in einer gelösten Stimmung an mit dem Kleinen in ihrem Arm. Sie erzählt uns, dass sie ein langes Gespräch mit einer evangelischen Pastorin hatte, die ihr geholfen hat mit der Situation umzugehen. Sie sei nach wie vor sehr traurig über den Tod ihres Freundes, aber ihr kleiner Carsten habe jetzt absolute Priorität, dass sei sie auch seinem verstorbenen Vater schuldig. Danach bittet sie uns, ihr einige ihrer Sachen aus der gemeinsamen Wohnung zu holen. Eine Bitte, der ich zusammen mit Jan gerne nachkomme.

Als wir mit einer Reisetasche die Wohnung von Lena und ihrem Carsten verlassen, werden wir von einer Frau gefragt, was wir in der Wohnung zu suchen hatten. Sie stellt sich als Frau Weiss, die Mutter von Carsten vor und verlangt, den Inhalt der Tasche zu sehen. Wir lassen sie einen kurzen Blick hineinwerfen, ich informiere sie, dass sie soeben einen Enkelsohn bekommen hat, und wir machen uns auf den Rückweg. Im Krankenhaus angekommen, erklärt Lena uns, dass Carstens Mutter von Anfang an gegen die Beziehung gewesen sei, und erst als Carsten seiner Mutter gedroht habe den Kontakt zu ihr zu beenden, sei es etwas besser geworden. Was allerdings jetzt werden soll, wisse sie nicht. In die Wohnung zurück könne sie mit Sicherheit nicht mehr, denn die alte Dame würde ihr garantiert das Leben zur Hölle machen. Das sind ja tolle Aussichten. Wir versprechen Lena, uns um sie zu kümmern, und machen uns erneut auf den Heimweg.

„Was haltet Ihr davon, wenn Lena zunächst einmal zu uns zieht?" Ich schaue Eva erstaunt an und erinnere mich gleichzeitig an den Abend als sie und ich uns kennengelernt haben. „Für Dein großes Herz liebe und bewundere ich Dich", lautet meine Antwort. „Aber?" „Kein aber. Ich finde die Idee großartig, sofern Lena damit einverstanden ist, in einer WG zu wohnen." „Wenn sie sich mit dem Gedanken nicht anfreunden kann, bliebe immer noch die Einliegerwohnung." Ich schaue Eva fragend an. „Da wohnt doch der Franzose." „Ab Weihnachten ist die Wohnung frei. Er hat sein Studium beendet und geht zurück nach Straßburg." „Gut, dann machen wir ihr das Angebot." Wir beschließen, am nächsten Tag im Krankenhaus mit Lena zu sprechen, danach gebe ich mich an meine Buchübersetzung und Eva an ihre Buchführung.

Freitag 05.12.2014
Pünktlich zum Beginn der Besuchszeit sind wir am nächsten Morgen im Krankenhaus. Als wir das

Krankenzimmer betreten, wird gerade eine Frau hereingeschoben, die in der vorigen Nacht entbunden hat. Wir werden gebeten, leise zu sein, denn die junge Mutter habe Schlaf nachzuholen. Lena erhebt sich und schlägt vor, wir könnten zusammen in den Besucherraum gehen, da gäbe es auch Kaffee oder Tee. Wir machen ein wenig Smalltalk, dann unterbreitet Eva ihr das Angebot, zunächst bei uns zu wohnen und eventuell ab dem Monatswechsel in die Einliegerwohnung zu ziehen. Die Gute ist total baff und schaut uns erstaunt an.

Ich erkläre ihr, dass Lena Immobilienbesitzerin ist und ein großes Herz besitzt. Sie brauche also keine Hemmungen zu haben, das Angebot anzunehmen. „Mich hat sie quasi auf der Straße aufgelesen", füge ich lachend hinzu. „Um Deine Sachen aus der Wohnung von Carsten musst Du Dir auch keine Sorgen machen, den Umzug können wir gerne organisieren, während Du Dich um Deinen Sohn kümmerst." Als Lenas Blick immer noch zwischen Erstaunen und Unglauben wechselt, muss ich lachen. „Ich weiß, was Du gerade denkst." „Ach ja?" „Du fragst Dich, ob Eva ein Engel ist. Genauso ging es mir nämlich, als sie mich bei sich aufgenommen hat."

KAPITEL 9

Montag 15.12.2014

Als wir Lena und ihren Sohn eine Woche später vom Krankenhaus abholen, hat Eva schon alles geregelt. Die alte Frau Weiss ist offenbar so froh, das Haus wieder für sich zu haben, dass sie keine Schwierigkeiten macht, als Eva mit ihr den Umzug bespricht und in einer ersten Fuhre schon die Babyausstattung samt Wickelkommode und Kinderwagen abtransportiert. Glücklich nimmt Lena das ehemalige Mädchenzimmer von Eva in Besitz, welches wir anlässlich ihres Einzugs schon weihnachtlich geschmückt haben. Den Kinderwagen für den Kleinen haben wir in meinem Arbeitszimmer untergebracht. Als Lenas Sachen verstaut sind, begeben wir uns hinunter in die Küche, und Lena legt ihren Sohn in Evas alte Babywiege, die ich aus der Dachkammer geholt und saubergemacht habe. Lena hat Tränen in den Augen. „Wieso tut Ihr das alles für mich, Ihr kennt mich doch kaum." Eva erzählt ihr vom Unfall ihrer Eltern und wieviel Hilfe sie damals als Achtzehnjährige von allen Seiten bekommen hat, worauf sie sich fest vorgenommen hat, in Notsituationen auch für andere da zu sein und sie zu unterstützen. Während sie erzählt, werden auch ihre Augen feucht, und ich bin froh, dass mein Handy klingelt und meine Aufmerksamkeit fordert, sonst würden wir gleich alle drei heulen.

Der Anruf kommt von Jan. Er müsste ca. eine Woche weg und will jetzt wissen, ob wir ohne ihn klarkommen, sonst würde er den Job ablehnen.

„Wann wärst Du denn wieder zurück?" „Ich werde am Tag vor Heiligabend in Frankfurt landen und wäre am späten Nachmittag bei Euch." „Ist schon okay, aber pass auf, mit wem Du Dich fotografieren lässt." Jan lacht: „Keine Sorge, ich werde mir bestimmt nicht nochmal die Finger verbrennen. Dann bis heute Abend."

„Was sollen wir heute Abend essen", frage ich in die Runde. „Wir könnten uns was vom Gamberino kommen lassen", schlägt Eva vor. „Ja, auf eine Pizza hätte ich auch Lust, nach der Kost im Krankenhaus", fügt Lena hinzu. Ich hole die Kopie der Speisekarte aus meinem Arbeitszimmer und reiche sie Lena. „Such' Dir was aus." Lena blättert die Karte durch und bleibt bei den Nudelgerichten hängen. „Ich nehme Spagetti Carbonara", verkündet sie. Ich nehme ihr die Karte ab und sage: „Ist okay." Eva und ich verständigen uns non verbal durch Blickkontakt. Wir wissen beide, dass Lena gerade das billigste Gericht auf der Karte ausgesucht hat, wenn man von einzelnen Vorspeisen mal absieht. Ich greife mir mein Handy, gehe raus auf die Terrasse, rufe Massimo an und bestelle verschiedene Gerichte, von denen ich weiß, dass sie Eva, Jan und mir auf jeden Fall schmecken, dazu die Spagetti Carbonara sowie einen Insalata Mista, der von der Menge her für vier Beilagen Salate ausreicht, und als Dessert Tiramisu. Massimo bittet um eine halbe Stunde Geduld, Sophia würde das Essen bringen.

Während wir auf das Essen warten, frage ich Lena, ob sie schon Paten für das Kind hat. Lena schüttelt stumm den Kopf und schaut traurig. „Dürften Eva und ich diese Aufgabe übernehmen?" Lenas Gesicht verwandelt sich in eine Maske des Glücks.

„Ich könnte mir keine besseren Patinnen wünschen als Euch beide."

Fast auf die Minute genau klingelt Sophia an unserer Türe und liefert das bestellte Essen. Als sie den Kleinen in der Wiege sieht, schaut sie uns fragend an. Ich deute auf Lena. „Sophia, darf ich Dir Lena vorstellen, die Mutter des kleinen Wonneproppens." Sophia ist in ihrem Element. Sie umarmt Lena, wünscht ihr Glück und würde den kleinen Carsten am liebsten aus der Wiege nehmen und knuddeln, worauf sie allerdings verzichtet, um ihn nicht zu wecken. Jan trifft ein, und Sophia macht sich auf den Weg zurück zum Restaurant.

Als Lena die Menge des bestellten Essens sieht, fragt sie, ob wir noch Besuch erwarten, und greift nach den Spagetti. „Gibst Du mir von den Carbonara was ab?" Lena sieht mich mit großen Augen an. Eva teilt den Salat in vier Portionen und stellt Fisch, Fleisch und eine Schüssel Pasta in die Mitte. „Das ist alles für alle, wie es auch in italienischen Familien üblich ist. Greif zu Lena." Ich lege Lena eine Hand auf ihre Schulter. „Du glaubst doch wohl nicht, dass wir Drei hier schlemmen, während Du Dich mit Deiner Carbonara begnügst. Außerdem musst Du als stillende Mutter auch an den Kleinen denken." „Aber ich kann doch nicht nur auf Eure Kosten leben."

Lena Augen werden feucht und eine einzelne Träne läuft ihre Wange hinab. Eva nimmt sie in den Arm. „Mach Dir nicht so viele Gedanken. Wir haben alle ein gutes Einkommen, und Du wirst nach deinem Studium sicher auch gutes Geld verdienen, aber jetzt bist Du knapp, und wir haben durch Dich die Möglichkeit, gutes Karma zu sammeln. Gönn' uns das bitte, und jetzt greif endlich zu." Ein Lächeln huscht über das Gesicht von Lena, und sie greift sich die Schüssel mit der Penne. „Eigentlich mag ich ja gar keine Carbonara. Du kannst Dich also gerne bedienen." Ich lasse mir das nicht zweimal sagen und schaufele die Spagetti auf meinen Teller. Danach hört man für eine ganze Weile nichts außer Klappern von Besteck.

Während ich die geleerten Teller in die Spülmaschine räume, verteilt Eva das Tiramisu, und Jan entlockt der Kaffeemaschine vier Espressi. Nach dem Abendessen verabschiedet er sich von uns und macht sich auf den Weg zum Flughafen. Wir drei Mädels begeben uns samt dem kleinen Carsten ins Wohnzimmer und wollen noch etwas klönen. „Wie war eigentlich die Reaktion von Carstens Mutter als ihr meine Sachen aus der Wohnung geholt habt?" will Lena wissen. "Sie war eigentlich ganz zugänglich. Ich denke, sie hat inzwischen begriffen, dass ihr Sohn nicht wieder nach Hause kommt und sie ab jetzt ganz alleine ist." „Selber schuld", entgegnet Lena.

Ich wende ein: „Vielleicht gibt es ja doch noch eine Möglichkeit, sich mit ihr zu verständigen, denn sie ist immerhin die Großmutter des Kleinen." „Das hat sie bisher aber nicht interessiert." Eva interveniert. „Gib ihr doch eine Chance, ihre Einstellung zu Dir und dem Kleinen zu überdenken. Ich bin allerdings auch der Meinung, dass sie den ersten Schritt machen müsste."

Danach meldet sich Carsten Junior zu Wort, weil erstens die Windel voll ist und er außerdem

Hunger hat. Lena nimmt ihn aus der Wiege, sagt uns „Gute Nacht" und verschwindet mit ihrem Sohn nach oben.

KAPITEL 10

Dienstag 16.12.2014
Am nächsten Tag bekommt Eva einen Anruf von
Sophia, die uns Vier samt Kind für den ersten
Feiertag zum Essen einlädt. Freudig nehmen wir
die Einladung an. Die Tage danach bringen wieder
eine gewisse Normalität in unser Zusammenleben.
Eva und ich besuchen das letzte Mal im alten Jahr
den   Geburtsvorbereitungskurs   und   die
Gymnastik, während Lena sich um ihren Sohn
kümmert und ihr Körper sich allmählich wieder in
den Zustand vor ihrer Schwangerschaft zurück
verwandelt.

Dienstag 23.12.2014
Jan ist wie versprochen von seinem Fotoshooting
zurück   und   meldet   keine   besonderen
Vorkommnisse. Ich habe in den letzten Tagen
Plätzchen gebacken und Naschereien eingekauft,
die ich jetzt auf Teller verteile und jedem auf
seinen Platz am Esstisch stelle. Und tatsächlich
kam heute Morgen eine Weihnachtskarte von Frau
Weiss für Lena und den Kleinen, als erstes Zeichen
einer möglichen Versöhnung. Wir haben Lena
nicht verraten, das wir Frau Weiss ein Foto ihres
Enkels   geschickt   haben,   was   wohl   den
Sinneswandel der alten Dame beflügelt hat.

Mittwoch 24.12.2014
Das Frühstück an Heiligabend fällt opulent aus.
Da wir zum Abendessen gemeinsam kochen

wollen, wird das Mittagessen gestrichen, und wir essen ein wenig auf Vorrat, um die Mahlzeit zu überbrücken. Lena freut sich über die Pancakes in Sternform, die ich gebacken und mit Puderzucker verziert habe, und Jan streichelt verzückt die beiden Babybäuche, in denen seine Töchter heranwachsen. Nach dem Frühstück zieht sich Lena mit ihrem Sohn ins Wohnzimmer zurück, wo der Weihnachtsbaum steht und Jan den Kamin angefeuert hat.

Ich lese die diversen Weihnachtsgrüße von Firmen, für die ich als Übersetzerin arbeite. Besonders freue ich mich über eine Karte der Autorin, deren Bücher mir beim Übersetzen schon sehr viel Spaß gemacht haben. Auf meinem Handy finde ich eine Nachricht meines Ex, der mir mitteilt, er sei wieder solo und fragt, ob wir es nicht noch einmal miteinander versuchen sollen. Ich informiere ihn darüber, dass ich sowohl in festen Händen als auch im sechsten Monat bin, und wünsche ihm alles Glück für seine Zukunft. So vergeht die Zeit bis zum Nachmittag recht schnell. Während Jan die Aufsicht über Carsten Junior übernimmt, stehen wir drei Frauen in der Küche und bereiten ‚Canard al orange' zu. Das Kochen zu Dritt stärkt unser Gemeinschaftsgefühl und macht Spaß. Dass Jan nach dem Essen unsere Kochkünste lobt, macht uns überdies stolz, und wir drei Mädels klatschen uns ab.

Donnerstag 25.12.2014
Als wir am nächsten Morgen in unsere Küche kommen, staunen wir nicht schlecht, dass der Tisch schon gedeckt ist und an jedem Platz ein kleines Päckchen liegt. Jan ist schon seit zwei

Stunden wach und hat alles für unser Frühstück vorbereitet. Wir bedanken uns für die Überraschung mit Küsschen, wobei mir auffällt, dass Lena zunächst zögert, ihn aber dann doch auf den Mund küsst. Danach öffnen wir unsere Päckchen. In meinem Päckchen befinden sich die Ohrstecker, die ich vor Wochen in einem Schaufenster bewundert habe, Eva kann sich über ein Armband freuen und Lena über ein Babyphone. Wir bedanken uns, und Lena bringt das Geschenk auf ihr Zimmer. Als sie zurückkommt, überreicht sie jedem von uns ein kleines Bündel. Heraus kommen wunderschöne Halstücher für Eva und mich sowie ein Schal für Jan. „Ich hoffe, sie gefallen Euch. Den Schal hab' ich selbst gestrickt, und die Seidentücher sind auch von mir gemacht." Wir versichern ihr, dass sie genau unseren Geschmack getroffen hat, und bedanken uns bei ihr.

Eva holt ihre Geschenke und gesteht, dass sie nicht mehr weiß, in welches Päckchen für wen ist. Ich schlage vor, dass Jan den Anfang macht, und er packt ein Kinderbesteck und eine Funkmaus aus. Beides Geschenke für Lena. „Super, dann kann ich die alte Maus endlich wegschmeißen. Die spinnt schon seit einiger Zeit rum", freut sich Lena. Jetzt ist die Reihe an ihr, das nächste Päckchen zu öffnen. Es enthält eine Uhr mit Weltzeit, damit Jan bei seinen Reisen immer weiß, wie spät es zu Hause ist und wann er uns anrufen kann. Dann kann ich also mein Geschenk selbst auspacken. Es ist eine kleine Digitalkamera, mit der ich die Fotos von demnächst drei Babys machen soll.

Jetzt kommen mir meine Geschenke richtig schäbig vor im Vergleich zu dem, was ich gerade bekommen habe. Für Lena habe ich einen Gutschein für eine Wellnessbehandlung im Spa eines örtlichen Luxushotels, Eva bekommt als im August Geborene eine Halskette mit einem Löwenanhänger und Jan schließlich einen Siegelring mit Gravur der Namen ‚Eva & Andy'. Anscheinend habe ich aber doch den Geschmack der Drei getroffen, denn die Freude ist offensichtlich echt. Zufrieden stelle ich fest, dass Lena ihre bisher gepflegte Zurückhaltung aufgegeben hat und ihre Geschenke ohne Vorbehalte annimmt.

Gegen sechzehn Uhr machen wir uns, soweit es unsere Babybäuche erlauben, zurecht. Während Lena in ihrem Seidenkleid sehr elegant aussieht und Jan zur Feier des Tages einen dunklen Anzug trägt, hält sich bei Eva und mir die Eleganz in Grenzen. Die wallenden Kleider kaschieren unsere Bäuche zwar ganz gut, passen aber nicht so richtig zum Anlass. Sophia, Mario und Massimo begrüßen uns als würden wir zur Familie gehören. Sophia stellt uns stolz ihre jugendlichen Zwillingssöhne vor und bittet zu Tisch. Zur Feier des Tages hat übrigens nicht Mario gekocht, sondern ‚la Mamma', wie uns Sophia stolz verkündet. Bis auf die stillende und die werdenden Mütter trinken alle Wein. Für uns hat Massimo Fruchtsaft und Wasser bereitgestellt.

Das Essen ist köstlich, und Sophia braucht sich mit ihren Kochkünsten nicht hinter ihrem Mann zu verstecken. Es ist ein unglaublich harmonischer Abend, abgesehen von den kleinen Unterbrechungen, die das jüngste Mitglied bei dieser Feier bewirkt, die aber niemanden von uns wirklich stören. Als wir uns schließlich von unseren Gastgebern verabschieden und nach Hause fahren, sind wir wohlig müde und schaffen es gerade eben noch so in unsere Betten. Da selbst das große Bett im Schlafzimmer für zwei Babybäuche plus Mann langsam etwas eng wird, wechselt Jan zum Schlafen in ein anderes Zimmer auf dieser Etage. Eva und ich legen uns Rücken an Rücken und sind binnen weniger Minuten eingeschlafen.

KAPITEL 11

Freitag 26.12.2014

Der nächste Tag bringt zwei Überraschungen mit sich, wobei wir auf die Zweite gerne verzichtet hätten. Zunächst klingelt es nach dem Frühstück an der Tür, und Lena traut ihren Augen kaum, als Eva die Großmutter des kleinen Carstens in unser Wohnzimmer führt. Die alte Dame bittet Lena aus ganzem Herzen um Verzeihung für die in der Vergangenheit gezeigte Missachtung und bietet ihr an, in die Wohnung zurückzukehren. Lena zögert einen Moment, dann lächelt sie Oma Weiss an.

„Vergeben und vergessen. Ich bin froh, dass Carsten Junior wenigstens eine Oma hat, die ihn liebt, wo er schon keinen Vater mehr hat. In die Wohnung zurück kann ich aber beim besten Willen nicht mehr, denn dort würde mich alles an die glückliche Zeit erinnern, die ich mit Deinem Sohn hatte, und mich nur unendlich traurig machen. Du bist allerdings jederzeit willkommen, wenn Du Deinen Enkel oder mich sehen möchtest." Bei diesen Worten laufen ihr die Tränen über ihre Wangen. Frau Weiss wendet sich jetzt an Eva. „Und Ihnen bin ich unendlich dankbar dafür, dass sie mir die Augen geöffnet haben und diese Versöhnung möglich gemacht haben." Auch bei ihr fließen jetzt die Tränen. Ich gebe Lena einen Wink, die daraufhin den Kleinen aus der Wiege nimmt und ihn der glücklichen Großmutter in den Arm legt, was bei dieser endgültig die Schleusen öffnet und sie - jetzt allerdings vor Glück - weinen lässt.

Nach dem Mittagessen verabschiedet sich Frau Weiss von uns allen und macht sich auf den Heimweg. Kurz darauf bemerke ich, dass Eva die Farbe wechselt und sich kaum noch auf den Füßen halten kann. Jan bettet sie sofort auf die Couch, und ich rufe den Notarzt, der kurz darauf eintrifft und feststellt, dass Evas Blutdruck deutlich zu niedrig ist, und sie in die Klinik mitnimmt. Jan und ich fahren hinterher, während Lena mit dem Kleinen im Haus bleibt.

Im Krankenhaus angekommen ist Evas Kreislauf wieder stabil, doch Jan und ich bestehen darauf, dass man noch überprüft, ob es ihrem Kind gut geht. Eine Stunde später, nachdem eine Gynäkologin herbeigeeilt ist, wissen wir, dass wir uns keine Sorgen um Eva und das Kind in ihrem Bauch machen müssen. Alles wieder in Ordnung. „Da hast Du uns aber einen schönen Schrecken eingejagt", sage ich erleichtert. „Ich mir selbst auch." Sie kann schon wieder lachen und glücklich schließen wir sie in die Arme.

Als ich mein Handy nach Verlassen des Krankenhauses wieder einschalte, habe ich sechs Anrufe und drei SMS von Lena. Ich rufe sie sofort zurück und gebe Entwarnung, damit sie sich keine weiteren Sorgen machen muss. Als wir zu Hause ankommen, werden wir bereits von Fabian, Valerie und Julie erwartet. Wir überlassen es Jan, die Geschenke für unser Patenkind zu übergeben und den aufregenden Besuch im Krankenhaus zu schildern. Zwei Stunden später verabschieden sich unsere Besucher. Wir lassen den Rest des Tages ganz entspannt vor dem Kamin ausklingen und gehen früh ins Bett.

Den Rest des Jahres lassen wir uns von Jan verwöhnen, und an Sylvester lockt uns nicht einmal das Feuerwerk nach draußen. Auch Lenas Umzug in die Einliegerwohnung ist vorerst aufgeschoben.

KAPITEL 12

Freitag 02.01.2015

Das neue Jahr beginnt mit Schnee und Sonnenschein. Während Jan mit Lena und Carsten spazieren geht, pflegen Eva und ich unsere Bäuche, die inzwischen deutlich hervortreten. Als die Drei von ihrem Ausflug zurückkehren, fragt uns Lena, ob wir eigentlich schon Kinderwagen für unseren Nachwuchs hätten, was natürlich nicht der Fall ist. Als ich mein Notebook hole und im Internet nach Kinderwagen suche, schaltet sich Jan ein. „Was haltet ihr von einem Zwillingswagen?" Auf unsere verständnislosen Blicke gibt er bekannt, er würde gerne mit seinen beiden Töchtern spazieren gehen, könne aber nicht zwei Kinderwagen auf einmal schieben.

Eva ist skeptisch. „Klingt logisch. Aber was machen wir, wenn wir mal getrennt mit unseren Kindern gehen wollen?" „Der Trend geht sowieso zum Zweitwagen" , scherzt Lena. „Aber jetzt mal ernsthaft. Der Gedanke von Jan hat was für sich", wende ich ein. „Wir werden sicherlich häufiger zusammen in den Park gehen als alleine. Da können wir den Wagen ja auch abwechselnd schieben, und ich fände es schön, wenn unsere Kleinen, obwohl sie keine Zwillinge sind, wie Geschwister aufwachsen." „Sie sind ja auch Geschwister, wenn auch nur von meiner Seite", protestiert Jan. Eva sieht das ganze pragmatisch. „Ok. Dann kaufen wir einen Zwillingswagen und einen Einzelnen, damit man auch mal mit einem Kind alleine unterwegs sein kann." „Und solltet ihr doch mal einen zweiten Wagen brauchen, ist ja auch noch Carstens Gefährt verfügbar", beendet Lena die Diskussion.

Jan wirft das nächste Thema in den Raum. „Wie ist es mit Betten für die Kleinen?" „Ich habe ein Bett für meinen Carsten. Daher kann Eva ihre Wiege gerne wieder selbst nutzen", erklärt Lena. „Schön und gut, aber wir brauchen zwei Kinderbetten und zunächst auch noch eine Wiege, oder sollen wir die Kinderbetten im Wohnzimmer aufbauen und jeden Abend nach oben bringen" wage ich einzuwenden. Jan strahlt uns an. „Das gilt natürlich auch für Carsten, aber mit Wiegen kann ich aushelfen." Als er unsere fragenden Gesichter sieht, erzählt er uns, dass er vor zwei Jahren ein Fotoshooting für Babynahrung hatte, und die dafür benötigten Wiegen ständen immer noch bei ihm in der Requisite. Dankbar nehmen wir das Angebot an.

Als das Thema noch auf Wickelkommoden und weitere Babyausstattung kommt, winke ich ab. „Wir haben eine Wickelkommode, und da wir sowieso alle hier zusammen wohnen bleiben, können wir die Kleinen ja wohl ohne Probleme nacheinander versorgen. Abgesehen davon ist die vorhandene Kommode so breit, dass man auch zwei Kinder gleichzeitig wickeln kann. Macht wahrscheinlich sowieso mehr Spaß, zumindest den Kleinen." Eva stimmt mir zu, und so beenden wir die leidige Diskussion fürs Erste.

In den darauffolgenden zwei Wochen besorgen Jan und Lena wie besprochen die Kinderwagen, Kinderbetten und holen die Wiegen aus Jans Atelier. Eva und ich haben die Schwangerschaftsgymnastik wiederaufgenommen, und Lena macht sich einen Spaß daraus, zu Hause mit uns zu üben. Der Januar vergeht darüber wie im Flug. Anfang Februar erinnert uns Lena daran, dass wir uns nochmal bei der Hebamme melden müssen, was wir mit ihrer Hilfe auch erledigen.

Drei Wochen vor dem errechneten Termin hat Jan eine berechtigte Frage. „Seid Ihr einverstanden, wenn ich bei der Geburt dabei bin?" Damit hatten wir nun gar nicht gerechnet, doch wir sagen mit strahlenden Gesichtern ja. „Nur mal angekommen, die Wehen gehen bei Euch beiden zur gleichen Zeit los. Soll Jan eine Münze werfen?" Das war unsere vernünftige Freundin Lena. Ich melde mich zu Wort. „Wir werfen eine Münze, bei welcher von uns die Geburt zuerst eingeleitet werden soll, so kann er auf jeden Fall bei beiden Geburten dabei sein." Eva gibt sich großzügig. "Ich lass' Dir gerne den Vortritt Liebste. Dann kann ich vielleicht auch bei Deiner Entbindung dabei sein." Der Gedanke, die beiden liebsten Menschen im Kreißsaal an meiner Seite zu haben, gefällt mir. „Da sollten wir aber vorher abklären, ob das überhaupt möglich ist." „Überlasst das mir" sagt Eva mit ihrem grenzenlosen Optimismus.

Am nächsten Abend erklärt uns Eva, sie hätte unsere Wünsche mit Hebamme und Gynäkologie abgeklärt und die Zustimmung erhalten. Wir schauen sie nur ungläubig an. Später verrät sie mir unter vier Augen, dass sie dem Krankenhaus eine großzügige Spende für die Säuglingsstation gemacht hat, wofür man ihr im Gegenzug VIP-Behandlung und Einzelzimmer zugesagt hat.

KAPITEL 13

Montag 02.02.2015
Drei Tage vor dem errechneten Geburtstermin ist
es soweit. Doch nicht bei mir, sondern bei Eva
setzen die Wehen ein. Da sich die Abstände
zwischen den einzelnen Wehen kontinuierlich
verkürzen, beschließen wir in die Klinik zu fahren.
Ich steige mit Eva in den Fond ihres SUV, und Jan
chauffiert uns. Während der Fahrt spürt Eva zwei
weitere Wehen, doch sie versichert uns, sie könne
es aushalten. Beim Aussteigen aus dem Wagen
läuft das Wasser nur so aus Evas Schritt heraus.
Jan lässt das Auto im Stich und besorgt einen
Rollstuhl, mit dem wir Eva zur Anmeldung fahren.

Die Schwester hinter dem Tresen schaut uns
skeptisch an, ruft aber auf meine dringende Bitte
dennoch einen Arzt, der feststellt, dass bei Eva die
Fruchtblase geplatzt ist, woraufhin er den
liegenden Transport Richtung Geburtshilfe
veranlasst. Mittlerweile hat man auch den Chefarzt
informiert, mit dem Eva Anfang des Jahres
gesprochen hat. Ab seinem Eintreffen bei uns läuft
alles wie am Schnürchen. Eva wird für die Geburt
vorbereitet und in den Kreißsaal gebracht. Jan und
ich müssen uns in Krankenhaustracht kleiden, erst
danach dürfen wir zu Eva, die bereits auf dem
Geburtsbett liegt und an den Wehenschreiber
angeschlossen ist. Ich nehme auf dem
vorhandenen Stuhl an Evas linker Seite Platz und
greife ihre Hand. Der werdende Vater muss noch
etwas warten. Kurz darauf rollt eine Schwester

einen weiteren Stuhl herein, und Jan nimmt den Platz neben mir ein.

Gerade im Moment als die nächste Wehe einsetzt und Eva vor Schmerz aufstöhnt, betritt die Hebamme den Kreißsaal. Nach einer eingehenden Untersuchung teilt sie uns mit, dass es bald losgeht, denn der Muttermund hat sich bereits etwas geöffnet, und die Wehen kommen gleichmäßig etwa alle zehn Minuten. Ich streiche Eva zärtlich über die Stirn. „Du schaffst das Liebste." Sie lächelt gequält. „Danke, dass Du bei mir bist." Dann fügt sie hinzu „Danke auch Dir Jan." „Für Ihre erste Entbindung geht es ziemlich flott voran", lässt die Hebamme uns wissen. Etwa eine halbe Stunde später hat sich der Muttermund vollständig geöffnet, und es kommen die ersten Presswehen. „Du bist sehr tapfer", flüstere ich Eva zu, als sie - auf Anweisung der Hebamme - zu pressen beginnt und sich ihr Gesicht vor Schmerz verzerrt.

Wenig später kommt der Oberarzt hinzu und kontrolliert den Geburtsfortschritt. „Bei der nächsten Wehe bitte so stark pressen wie sie können." Ich ertappe mich dabei, dass ich im gleichen Rhythmus wie Eva atme. Augenblicke später kommt die nächste Wehe, und Eva presst mit aller Kraft. „Ich sehe schon das Köpfchen", macht die Hebamme Eva Mut, die nochmal alle Kraft für die nächste Wehe sammelt, die den Kopf der Kleinen aus Evas Körper herauspresst, was Eva vor Schmerz aufschreien lässt. Der Rest ist jetzt eine Kleinigkeit, denn als der Kopf draußen ist, rutscht der Rest des Körpers geschmeidig nach. Sekunden später ertönt der erste Schrei ihrer Tochter, und Eva treten Tränen in die Augen, als man ihr das blutige Bündel auf den Bauch legt. Zärtlich streicht sie über den kleinen Körper. „Endlich bist Du da, kleine Sandra." I

Ich betrachte die beiden liebevoll und streiche Eva durch ihr Haar. „Danke Liebste, dass Du ihr den Namen gegeben hast." Es beginnt die Routine der Geburtshilfe. Die Kleine wird abgenabelt, und eine Schwester übernimmt die Neugeborene, um sie zu waschen und in ein Tuch zu hüllen. Schließlich bringt sie den sauberen Säugling zu Jan, der voller Stolz sein erstes Kind in den Arm nimmt. Während Jan die kleine Sandra bewundert, findet der Geburtsvorgang mit der Nachgeburt seinen Abschluss. Als die Hebamme mich von der Seite Evas vertreibt, weil die junge Mutter jetzt gewaschen und für den Transport auf die Säuglingsstation vorbereitet werden soll, trete ich zu Jan und bitte ihn, mir die Kleine zu geben. Ganz vorsichtig nehme ich das kleine Mädchen in meine Arme. Sie wiegt 3100 Gramm und ist 52 Zentimeter groß hat die Hebamme gesagt. *'Aber davon, dass Sandra so niedlich ist, hat sie nicht gesprochen. Wie wird wohl mein Mädchen aussehen?'*

Eine halbe Stunde später sind wir drei in Evas Zimmer. Sandra liegt selig schlafend auf Evas Bauch, nachdem sie zuvor ein wenig an der Brust genuckelt hat. „Das hast Du ganz toll gemacht", lobe ich meine Liebste. Eva nimmt meine Hand. „Deine Nähe hat mir so sehr geholfen." Dann fällt ihr Blick auf die Spuren, die ihre Fingernägel in meiner Hand hinterlassen haben. „War ich das?" „Ja meine Große, ich hab' ein wenig mitgelitten bei der Geburt. Aber ich kann mich ja demnächst revanchieren." Eine Schwester betritt das Zimmer und informiert uns, dass Frau Gerber mit ihrem Säugling Eva besuchen möchte. „Immer herein mit den beiden", sage ich zu ihr. Lena schiebt den Wagen mit Carsten ins Zimmer, tritt näher und umarmt Eva liebevoll. Sie sieht mich an. „Und wann bist Du an der Reihe?" „Och, meinetwegen könnte es jetzt gleich losgehen, ich habe den dicken Bauch langsam satt. Außerdem möchte ich endlich auch mein Mädchen im Arm halten können."

Eine Stunde später lassen wir Eva alleine, denn sie ist inzwischen so müde, dass sie kaum noch ihre Augen aufhalten kann. Da wir heute noch nichts Vernünftiges gegessen haben, machen wir einen Zwischenstopp bei unseren Lieblingsitalienern. Wie zu erwarten war, fragt Massimo sofort nach Eva. Jan - ganz der stolze Vater - berichtet ihm, dass er jetzt eine Tochter namens Sandra hat, und zeigt die Fotos, die er mit seinem Smartphone geschossen hat. „Kann man Eva und die Kleine besuchen?" Massimo blickt mich erwartungsfroh an. „Gerne am Mittwoch, da habt Ihr doch sowieso Ruhetag", gebe ich zur Antwort. Massimo nimmt unsere Bestellung auf und bewegt sich Richtung Küche. „Ich wette, dass in zehn Sekunden Mario und Sophia kommen." Die Wette gewinne ich nur zum Teil, denn Mario brät gerade eine Dorade, die seine ganze Aufmerksamkeit erfordert. Sophia jedoch kommt zu uns, drückt uns alle ganz herzlich und streicht dem kleinen Carsten über die Haare. „So ein hübscher Bursche", sagt sie zu Lena. „Der wird später bestimmt mal alle Mädchen verrückt machen." Lena lacht. „Da hat er aber noch viele Jahre Zeit."

Rundum gesättigt, verlassen wir eine Stunde später das Gamberino und fahren nach Hause.

Während ich mich sofort ins Schlafzimmer begebe, wollen Lena und Jan noch ein wenig quatschen. Außerdem muß Lena ihren Sohn noch stillen und windeln, denn der Kleine wird langsam unruhig. Ich habe mich kaum hingelegt, schon schlafe ich ein.

Ein klagendes Geräusch weckt mich. Zunächst glaube ich, Carsten sei wach geworden und würde rufen, doch dann erkenne ich das Geräusch als das Stöhnen einer Frau beim Sex. Es dauert eine Weile, bis mir klar wird, dass es sich bei der Frau nur um Lena handeln kann und der Mann, der sich mit ihr vergnügt, zweifelsohne Jan ist. Für einen Augenblick überlege ich aufzustehen und zu den beiden zu gehen, doch ich bin mir nicht sicher, ob ich sehen möchte, was gerade nebenan abgeht. Außerdem steht mir im Moment nicht der Sinn nach einer hässlichen Auseinandersetzung. Wenn ich ehrlich bin, kann ich Lena nicht einmal böse sein, denn weder Eva noch ich haben Anspruch auf Jan erhoben, und so kann man ihr noch nicht einmal vorwerfen, sie dränge sich in eine Beziehung. Wie Eva damit umgehen wird, wage ich mir nicht vorzustellen, dafür ist mir ihr Ausraster am Telefon noch zu frisch in Erinnerung. Als die Geräusche verstummen, drehe ich mich auf die Seite und versuche zu schlafen. *Morgen rede ich ganz ruhig mit Lena'*, denke ich noch bevor ich wieder einschlafe.

Dienstag 03.02.2015
Am nächsten Morgen bin ich ganz entspannt, und doch habe ich den Vorfall der vergangenen Nacht weder vergessen noch verdrängt. Ich warte, bis Jan das Haus verlassen hat, dann setze ich mich mit

einer Tasse Tee zu Lena. „Du hattest letzte Nacht Sex mit Jan." Lena wird knallrot, schlägt ihre Hände vor das Gesicht und nickt stumm. „Schmeißt Ihr mich jetzt raus", fragt sie ängstlich. „Wofür hältst Du uns?" frage ich sie. Sie blickt mich an und versucht, in meiner Miene zu lesen. „Ihr hättet vermutlich allen Grund dazu. Ja ich habe mit Jan geschlafen, leugnen ist sowieso zwecklos. Sagst Du es Eva?" Ihr schießen die Tränen in die Augen, und sie beginnt zu zittern.

Ich greife ihre Hände und sehe ihr in die Augen. „Das wäre vermutlich jetzt keine gute Idee. Aber irgendwann müssen wir es ihr sagen. Eins solltest Du aber noch wissen. Jan ist ein freier Mann, denn weder Eva noch ich haben die Absicht, ihn zu heiraten. Also hast Du Dich in keine Beziehung gedrängt. Ich kann noch nicht einmal Jan böse sein, denn er hat selbst gesagt, dass er sich nicht zwischen Eva und mir entscheiden kann, weil er immer eine von uns enttäuschen müsste. Und ich denke, es ist sogar besser, wenn er uns beide enttäuscht, denn so treten Eva und ich nicht in Konkurrenz zueinander. Was den Sex angeht, solltet Ihr Euch aber etwas zurückhalten, sobald Eva mit Sandra aus der Klinik kommt. Am besten trefft ihr Euch bei Jan im Atelier."

Lena schaut mich ungläubig an. „Das macht Dir gar nichts aus. Du bist nicht eifersüchtig? Trotzdem möchte ich Dich um Verzeihung bitten. Ich fühle mich jetzt richtig mies." „Lass es gut sein Kleines. Ich kann Dich ja verstehen. Aber lass Dich nicht benutzen. Wenn es allerdings mit Euch beiden etwas Ernstes werden sollte, meinen Segen habt Ihr. Doch jetzt solltest Du Dich um Deinen Sohn kümmern. Und kein Wort zu Jan. Dieses

Gespräch hat für Ihn nie stattgefunden." „Ist okay Andy." Lena wendet sich dem Kinderwagen zu.

Spät am Nachmittag höre ich Jan das Haus betreten. Auf einen Wink von mir zieht sich Lena mit ihrem Sohn ins Obergeschoss zurück. Jan betritt die Küche. Ich sehe Ihn an. „Nimm Dir einen Kaffee und setz' Dich." Er nimmt mir gegenüber Platz. „Ich muss Dir ein Geständnis machen", setzt er zum Sprechen an. Ich grinse ihn an: „Ich weiß, Du Hengst." „Hat Lena …?" „Nein, hat sie nicht. Aber halte mich bitte weder für taub, blind oder schwachsinnig. Ich habe mitbekommen, wie Du sie gestern Abend im Gamberino angesehen hast. Außerdem wart Ihr heute Nacht nicht gerade leise. Ich hab' einen Moment mit dem Gedanken gespielt, Euch in Flagranti zu überraschen, aber ich wollte vermeiden, dass es hässlich wird. Abgesehen davon bist Du weder Eva noch mir gegenüber eine Verpflichtung eingegangen. Du bist also ein freier Mann. Allerdings solltest Du mit dem Gedanken spielen, Eva Deinen Fehltritt zu beichten, garantiere ich für nichts. Du weißt ja, wie explosiv sie sein kann. Wenn jemand Eva informiert, bin ich es. Ist das klar?"

Jan hat während meines Monologs die Farbe gewechselt, doch jetzt ist er wieder ruhig. „Hast Du schon mit Lena gesprochen?" Ich entscheide mich, einen Test zu wagen. „Ja, habe ich. Sie packt gerade ihre Sachen und wird das Haus verlassen." Jan wird bleich und will aufspringen. „Ich halte ihn am Ärmel fest. „Stopp. War nur ein Test." Sein verständnisloser Blick lässt mich auflachen. „Sie ist oben und kümmert sich um Carsten. Natürlich zieht sie nicht aus. Aber Deine Reaktion sagt mir, dass Du tatsächlich etwas für sie empfindest. Ich dachte nämlich zunächst, Du hättest sie nur benutzt für eine schnelle Nummer. Freut mich, wenn dem nicht so ist." „Jetzt verstehe ich überhaupt nichts mehr." Jan ist völlig ratlos. „Ich habe schon zu Lena gesagt, wenn es zwischen Euch beiden Ernst werden sollte, ist das für mich okay. Und jetzt ruf' sie bitte runter." Jan geht nach oben, und kurz darauf kommen die Beiden Hand in Hand in die Küche.

KAPITEL 14

Donnerstag 12.02.2015

Als wir Eva eine Woche später vom Krankenhaus abholen, habe ich Jan und Lena vorsichtshalber noch einmal instruiert. Sie haben beide versprochen, sich ab sofort zu Hause zu benehmen. Ich hoffe - nein ersehne - inzwischen, dass die Wehen bald einsetzen, denn sowohl Bauch als auch Brüste spannen bisweilen schmerzhaft. Daher sitze ich bei der Fahrt auch hinten neben Eva, während Jan den SUV nach Hause steuert. Im Haus hat Lena inzwischen alles für den Empfang von Mutter und Tochter vorbereitet, sogar frische Blumen hat sie noch besorgt. Eva steuert zunächst die Küche an, und Lena platziert Sandra in der Wiege nahe bei Evas Stuhl. Eva legt ihre Hand auf meinen Unterarm. „Jetzt warten wir nur noch auf Dich, Liebste." „Nun hab' ich es so lange ausgehalten, da werde ich die letzten beiden Wochen wohl auch noch schaffen", antworte ich ihr. Eva wendet sich Jan zu: „Holst Du uns Essen vom Gamberino? Ich bin nicht mehr in der Lage, mich zu bewegen." Jan nickt und verlässt das Haus.

„Du verschweigst mir was!" Keine Frage, sondern eine Feststellung. Ich blicke Eva an und erkenne, dass Leugnen sinnlos ist. „Wie hast Du es gemerkt?" Eva lächelt mich an. „Auch ich habe Augen im Kopf und kann Blicke deuten. Die Blicke die Jan und Lena sich schon seit dem Tag nach Sandras Geburt zugeworfen haben, wenn sie sich einen Moment unbeobachtet fühlten. Außerdem warst Du ungewohnt still während der Fahrt. Du weißt es also." „Ich habe die beiden gehört in der Nacht. Sie dachten wohl, ich schlafe schon. Ich hoffe, Du kannst damit umgehen." Evas grüne Augen funkeln mich belustigt an. „Dachtest Du, ich raste wieder aus wie am Telefon und schmeiße Lena samt Sohn raus." „Ich muss zugeben, diesen Gedanken hatte ich." „Kennst Du mich so schlecht Andy?" Trauer mischt sich in Evas Blick.

Ich senke meinen Kopf um zu verbergen, dass sich meine Augen mit Tränen füllen. Eva tritt neben mich und legt ihre Arme um mich. „Bitte nicht Liebling. Das ertrag' ich nicht. Ich liebe Dich doch." Eva küsst mir die Tränen von den Wangen. „Du schmeckst salzig, Liebste." Ich drehe mein Gesicht zu ihr und küsse sie zärtlich auf den Mund. „Ich liebe Dich Eva. Daher verrate ich Dir auch schon den Namen, den ich für meine Tochter ausgesucht habe." "Lass mich raten. Du nennst sie Lisa." Ich kann schon wieder lachen. „Rate nochmal." „Eva?" „Nah' dran aber doch falsch. Ich nenne sie Evita." Eva strahlt mich an. „Danke Liebste. Das bedeutet mir sehr viel."

Jan kommt in Begleitung von Sophia mit dem Essen. Eine große Schüssel Penne mit Shrimps und zwei kleine Schüsseln mit Tiramisu.
Die lärmende Fröhlichkeit, mit der Sophia uns begrüßt, weckt Sandra, die ihren Unmut über die Störung lautstark zum Ausdruck bringt. Als Eva die Kleine aus der Wiege heben will, winkt Jan ab. „Lass' mich das bitte machen. Sie braucht eine frische Windel, und nach dem Essen kannst Du sie stillen." Jan nimmt Sandra auf den Arm und geht hinauf ins Schlafzimmer. Lena kommt in die Küche. „Ich hab' Sophia gehört und das Essen

gerochen." Sie holt Teller aus dem Schrank und tischt uns auf. Die Penne mit den Shrimps ist jetzt genau nach meinem Geschmack, und auch Eva, Lena und Sophia essen mit Heißhunger. Als wir eben unser Dessert beendet haben und die Löffel weglegen, kommt Jan mit Sandra in die Küche.

„Meine Tochter hat Hunger", verkündet er. Eva macht eine Brust frei und legt die Kleine an, die sofort gierig zu saugen beginnt. „Lass' es Dir schmecken mein Schatz", kommentiert Jan die Szene. „Hoffentlich mag sie Knoblauch", scherze ich, denn die Nudeln waren kräftig gewürzt. Noch während Sandra trinkt, fährt ein Schmerz in meinen Babybauch. Ich verziehe mein Gesicht. „Geht es jetzt los?" fragt Sophia. „Ich weiß es nicht, aber ausschließen kann ich es auch nicht." Der Schmerz lässt langsam nach, um sich nach etwa zwanzig Minuten zu wiederholen. Eva legt Sandra wieder in die Wiege und wendet sich an Lena. „Kannst Du Dich um die Babys kümmern? Dann kann ich gleich mit Andy und Jan ins Krankenhaus fahren." „Das ist doch selbstverständlich". gibt Lena zurück. Sophias Stimme duldet keinen Widerspruch. „Ich bleibe auch hier und helfe Lena."

Wir warten noch, bis die Wehen gleichmäßig etwa alle Viertelstunde kommen, dann bringen mich Jan und Eva in die Klinik. Während der Fahrt telefoniert Eva mit der Säuglingsstation. Als sie das Handy einsteckt, lächelt sie mich an. „Du bekommst mein altes Zimmer. Es wird schon für Dich vorbereitet. Ein Kreißsaal ist auch frei, und wenn wir ankommen, stehen auch schon Stühle für Jan und mich bereit. Der Oberarzt ist informiert, und die Hebamme weiß auch schon

Bescheid." Ich staune nicht schlecht. „Und das hast Du gerade alles per Handy geklärt." Jan mischt sich ein. „Das hat sie alles vor ihrer Entlassung geklärt. Der Chefarzt war peinlich berührt, weil es bei Evas Entbindung mit der Organisation nicht perfekt gelaufen ist. Vor allem, weil Eva ein Mitglied des Fördervereins der Klinik ist und der Station eine ziemlich dicke Spende gemacht hat. Als er fragte, wie er den Fauxpas gutmachen kann, hat sie ihm gesagt, wenn bei Deiner Entbindung das VIP-Programm funktioniert, ist alles vergessen, und er bekommt noch eine weitere Spende." „Seit wann bist Du denn im Förderverein?" frage ich staunend. „Seit ich damals die erste Spende zugesagt habe."

Tatsächlich werden wir bereits im Bereich der Notaufnahme erwartet. Während Jan den Wagen wegfährt, bringt man Eva und mich sofort zur Vorbereitung für den Kreißsaal. Als ich schließlich auf das Geburtsbett gelegt werde, sitzen Eva und Jan bereits auf ihren Plätzen. Eva reicht mir ihre Hand und streicht mir über die Wange. „Ich wünsch Dir Glück, Liebste." Mit einem etwas gequälten Lächeln sehe ich sie an. „Ich hab' mir extra noch die Fingernägel geschnitten, Große." „Ich weiß es zu würdigen", antwortet Eva lächelnd.

Ich werde an den Wehenschreiber angeschlossen und bekomme auch noch eine Spritze. Meine Wehen kommen jetzt alle fünf Minuten, und mein Muttermund ist schon etwa fünf bis sechs Zentimeter geöffnet, wie mir die Hebamme mitteilt. Die nächste Wehe lässt mich vor Schmerz stöhnen. Eva presst meine Hand und flüstert mir zu „Du schaffst das Andy. Denk' immer daran, was

Du bei der Gymnastik gelernt hast." Einige Zeit - und etliche Wehen später - verkündet die Hebamme: „Der Muttermund ist jetzt offen." Die nächste Wehe überrollt mich, ich schreie vor Schmerz laut auf und klammere mich an Evas Hand, während ich presse. „Wieder normal atmen", ermahnt mich die Hebamme. Eva atmet mit mir und gibt den Rhythmus vor. Der Arzt untersucht mich und verkündet: „Das könnte gleich schnell gehen. Bitte ab sofort bei jeder Wehe mit aller Kraft pressen."

Die nächsten zwei Wehen bringen noch keine nennenswerten Veränderungen, obwohl ich mit aller Kraft presse. Doch die dritte Wehe treibt den Kopf meines Babys bis zum Scheidenausgang. „Noch einmal mit aller Kraft, dann haben Sie es geschafft", feuert mich die Hebamme an. Tatsächlich, bei der nächsten Presswehe flutscht die Kleine nur so aus meinem Körper heraus und lässt auch sofort ihre Stimme ertönen. „Ist das nicht die schönste Musik in Deinen Ohren", flüstert mir Eva zu, und ich weine vor Glück und Erleichterung. Als man mir mein Baby blutverschmiert auf den Bauch legt, bin ich glücklich und stolz. „Hallo kleine Evita. Ich liebe Dich." „Ich liebe sie auch", vernehme ich die Stimme von Eva.

Es beginnt die übliche Prozedur, die ich schon von Evas Entbindung kenne. Das Neugeborene wird gewaschen und in eine Decke gehüllt dem stolzen Vater in den Arm gelegt. Eva kümmert sich liebevoll um mich, bis die Nachgeburt meinen Körper verlassen hat, danach werde ich sorgfältig gewaschen und erhalte ein frisches Krankenhaushemd. Schließlich legt man mir meine

Tochter wieder in die Arme und fährt mich auf die Station in das für mich vorbereitete Zimmer. Da es im Vergleich zu Evas Entbindung schon recht spät ist, verabschieden sich Eva und Jan bald und machen sich auf den Heimweg. „Schlaft gut ihr beiden. Ich komme morgen ganz früh um nach Euch zu sehen", sagt mir Eva zum Abschied. Eine Schwester kommt zu mir und legt Evita in ihr Bettchen, dann fährt man sie ins Säuglingszimmer und löscht bei mir das Licht. Erschöpft, aber glücklich schlafe ich ein.

KAPITEL 15

Freitag 13.02.2015

Am nächsten Morgen werde ich schon früh wach und sehne mich nach meinem Kind. Ich klingle nach der Schwester und frage nach der Kleinen. Sie bringt mir das Frühstück und verspricht mir, meine Tochter sofort nachdem ich gegessen habe zu holen. Ich habe gerade den letzten Bissen mit Tee heruntergespült, als sich die Tür öffnet und Eva das Bettchen mit Evita hereinrollt. „Du sollst die Süße direkt mal anlegen, aber die Schwester kommt gleich und hilft Dir", sagt Eva zur Begrüßung. Dann tritt sie näher und sieht mich an. „Wie geht es Dir Liebste?" „Ich bin glücklich, Euch beide zu sehen." Sie küsst mich zärtlich und streichelt mir übers Haar.

Die Schwester kommt herein, und mit ihrer Unterstützung erlebe ich das erste Mal das Gefühl der Verbundenheit mit meiner Tochter, als sich ihr Mund um meine Brustwarze schließt und sie zu saugen beginnt. Das Stillen verschafft meinen prall gefüllten Brüsten etwas Erleichterung, und lächelnd beobachte ich mein Mädchen, wie es gierig trinkt. Als sie satt ist, legt Eva sich ein Tuch über eine Schulter, nimmt Evita hoch und wartet darauf, dass die Kleine ein ‚Bäuerchen' macht. Unglaublich sanft streicht sie ihr über das Köpfchen und den Rücken. Im Anschluss legt sie mir meine Tochter wieder in den Arm.

„Wo ist denn Sandra?", frage ich. „Hab' ich gefüttert und in die Obhut von Lena gegeben", informiert mich Eva. „Ich denke, Jan und Lena werden die Kinder gleich mitbringen." Zu meinem Erstaunen haben die Beiden den Zwillingswagen mitgebracht, in dem jetzt Carsten und Sandra friedlich nebeneinanderliegen und schlafen. Nach der Begrüßung setzt sich Eva zu mir auf mein Bett und deutet auf die beiden Stühle. Lena und Jan nehmen Platz, und ich berichte Lena von der recht problemlosen Entbindung. Eine halbe Stunde später melden sich Evita und Sandra. Wir machen unsere Brüste frei und legen unseren Nachwuchs an. „Ich gehe so lange raus", verkündet Jan. Ich protestiere heftig. „Was soll der Blödsinn? In diesem Zimmer gibt es keine Brust, die Du noch nicht gesehen hättest. Du kannst also ruhig bleiben." Als kurz darauf eine Schwester das Zimmer betritt, um nach mir zu sehen, ist sie doch leicht irritiert und will Jan hinauskomplimentieren. Ich erkläre ihr, dass er der Vater der beiden Mädchen ist, und sie verlässt lächelnd das Zimmer. „Die hat ihren Kolleginnen jetzt was zu berichten", lästere ich.

Gegen sieben Uhr bringt die Schwester das Abendessen. „Entschuldigen Sie bitte, dass ich den Vater ihrer Tochter heute Nachmittag 'rausschicken wollte. Ich habe heute den ersten Arbeitstag nach meinem Skiurlaub. Meine Kolleginnen haben mir gesagt, er sei wirklich der Vater von beiden Babys. Ich wollte Sie nicht in Verlegenheit bringen." Ich lächle sie an. „Sie haben uns nicht in Verlegenheit gebracht. Dass ein Mann gleichzeitig Kinder von zwei Frauen bekommt, ist ja nichts, mit dem man unbedingt rechnen muss. Aber man muss doch zugeben, dass ihm die beiden Mädchen gut gelungen sind." „War er mit…", sie bricht den Satz ab und errötet.

Ich grinse sie fröhlich an. „Ja, er war mit uns beiden gleichzeitig im Bett. Ich sehe keinen Grund, mich dafür schämen zu müssen." Die Farbe in ihrem Gesicht vertieft sich noch. „Entschuldigung, geht mich nichts an. Oh, ist mir das jetzt peinlich." Sie wendet sich zum Gehen. „Können Sie mir bitte noch etwas zu trinken bringen?" Eine Minute später kommt sie mit einer Flasche Wasser und zwei Fläschchen Fruchtsaft zurück. „Danke für die Getränke. Machen Sie sich bitte keine unnötigen Gedanken. Ich hätte an Ihrer Stelle die gleiche Frage auch gestellt." „Das erleichtert mich jetzt. Ich wünsche Ihnen noch eine gute Nacht." Sie lächelt mir zu und entschwindet mit meinem Mädchen Richtung Säuglingszimmer.

Samstag 14.02.2015
Am nächsten Tag erhalte ich Besuch von Sophia, die Grüße von Mario und Massimo überbringt, sowie Strampler, Mütze und Lätzchen in Rot als Geschenke. Sie ist ganz vernarrt in meine Kleine, und ich erlaube ihr, sie aus dem Bettchen zu nehmen und durch das Zimmer zu tragen. „Ich hoffe, dass meine Söhne eines Tages auch so schöne Kinder bekommen. Ich hätte so gerne Enkelkinder." „Wie alt sind die beiden denn?" „Siebzehn." „Naja, ein paar Jahre wird es sicher noch dauern." Evita wird unruhig und lässt ihre Stimme ertönen. Sophia legt sie mir in den Arm und meint: „Sie hat sicher Hunger." Ich öffne mein Oberteil und lege mein Mädchen an. Sie saugt gierig - wie jedes Mal - und ich lasse sie trinken bis sie sanft nuckelnd auf meinem Bauch einschläft. Ich bitte Sophia, sie wieder in das Bettchen zu legen, und verschwinde kurz im

Badezimmer. Als ich zurückkomme hat Sophia meiner Kleinen gerade eine saubere Windel angelegt. Meinen Dank lehnt sie ab, es sei für sie selbstverständlich, so ein süßes Wesen zu versorgen.

Die restlichen Tage bis zu meiner Entlassung verlaufen nach demselben Schema. Es ist nicht so, als würde ich mich nicht über die Besuche freuen, doch langsam habe ich genug vom Krankenhaus und sehne mich - besonders in der Nacht - nach der Gesellschaft von Eva.

KAPITEL 16

Montag 23.02.2015
Endlich ist der Tag gekommen. Beschwingt stehe ich am Morgen auf und gönne mir eine ausgiebige Dusche mit Haarwäsche. Als die Schwester mir Evita bringt, bin ich bereits angezogen und nehme mein Mädchen freudestrahlend in Empfang. Ich lasse sie frühstücken, bevor ich mich meinem eigenen Frühstück zuwende. Ehe ich noch den letzten Schluck des dünnen Kaffees zu mir genommen habe, öffnet sich die Tür des Zimmers, und Eva tritt ein. Sie begrüßt mich mit einem leidenschaftlichen Kuss. Es klopft an der Tür, wir lösen unsere Umarmung, und ich rufe: „Herein." Die junge Schwester betritt das Zimmer, um sich von mir zu verabschieden. Ich drücke ihr den vorbereiteten Umschlag für die Kaffeekasse der Pflegekräfte in die Hand, und sie wünscht mir und meinem Mädchen alles Gute.

Bei unserer Ankunft zu Hause stehen Lena und Jan in der offenen Tür und begrüßen mich herzlich. Während Eva meine Reisetasche hereinträgt, trage ich Evita über die Schwelle unseres gemeinsamen Heims und lege sie in die bereitstehende Wiege. ‚Endlich zu Hause.' Mein Blick fällt in die anderen beiden Wiegen in denen Carsten und Sandra schlummern. „Wir sind jetzt eine richtige kleine Familie", sage ich zu Lena, die mich aus großen Augen anschaut. Eva kommt zu mir und nimmt mich in ihre Arme. „Ich hab' Dich so vermisst meine Liebste", sagt sie zu mir, küsst mich und fügt leise hinzu: „Vor allem nachts war es ziemlich einsam ohne Dich." „Ich freue mich auf Dich", flüstere ich zurück. Lena und Jan haben sich diskret zurückgezogen und überlassen Eva und mich unserer Wiedersehensfreude. Wir beschließen, uns heute einen ruhigen Tag zu machen, ziehen uns warm angezogen auf die Terrasse zurück, genießen die Wintersonne und überlassen die Aufsicht über die Kinder Lena und Jan.

In der Hollywoodschaukel sitzend, schmusen wir zärtlich, bis eines der Mädchen laut schreiend seine Muttermilch einfordert. Diesmal ist es Sandra, die hungrig ist, und mit ihrer energischen Stimme auch die beiden anderen Kinder aktiviert. Kurz darauf sitzen wir zu Dritt mit unseren an den Brüsten nuckelnden Babys im Wohnzimmer und bieten Jan ein Bild des Friedens. Nachdem die drei Wonneproppen ihr Mahl beendet haben, wickelt Jan wie am Fließband. Stolz reicht er uns nacheinander unsere Schätzchen zurück, um sich danach von uns zu verabschieden. Er muss noch in die Agentur, wo bereits ein neuer Auftrag auf ihn wartet. Diesmal muss er drei Wochen für Katalogaufnahmen in die Karibik und verabschiedet sich am Abend schweren Herzens von uns, denn sein Flieger geht in den frühen Morgenstunden von Frankfurt.

Als wir uns wenig später von Lena für die Nacht verabschieden, bietet sie uns an, die drei Kinder mit zu sich ins Zimmer zu nehmen, denn Eva und ich wollten ja sicher mal wieder eine Nacht ungestört zu Zweit sein. Wir nehmen dankend an und ziehen uns nach oben zurück. Ich genieße es, ganz nah neben Eva zu liegen, sie zu streicheln und von ihr gestreichelt zu werden. Wie haben wir diese vertrauten Zärtlichkeiten vermisst. Eng umschlungen schlafen wir schließlich ein.

Dienstag 24.02.2015

Am nächsten Morgen bedanken wir uns bei Lena, die in der Nacht nicht nur dafür gesorgt hat, dass wir ungestört schlafen konnten, sondern Evita und Sandra auch zwischendurch gestillt hat. Wir revanchieren uns bei ihr dafür mit einem opulenten Frühstück - inclusive der obligatorischen Pancakes. Hinterher betrete ich zum ersten Mal seit Wochen wieder mein Arbeitszimmer und checke meinen Posteingang. Alle Firmen, mit denen ich zusammenarbeite, haben mir zur Geburt meiner Tochter gratuliert, wobei einige sogar kleine Geschenke wie Lätzchen und Strampler geschickt haben.

Am meisten freue ich mich aber über die Gratulation meiner Lieblingsautorin, die mir neben einem wunderschönen Strampler eine signierte Originalausgabe des neuesten Buches geschickt hat, verbunden mit der Ankündigung des Übersetzungsauftrags und der Info, dass es noch keinen Termin für das Erscheinen des Buches in Deutschland gibt. Ich kann mich also zunächst mit der Lektüre des Originals amüsieren und den Verlag danach kontaktieren für das weitere Vorgehen. Ich bedanke mich per Mail bei den Firmen für die Grüße und Geschenke und teile mit, dass ich ab Ende März wieder zur Verfügung stehe. Meiner Lieblingsautorin sende ich zusätzlich ein Foto, das mich mit meiner kleinen Tochter zeigt.

Im Laufe der Woche gelingt es mir, die beiden liegengebliebenen Aufträge abzuschließen. Ich bin zwar knapp am Termin bzw. bei einem der Aufträge zwei Tage drüber, aber für eine Frau, die gerade ein Kind zur Welt gebracht hat, haben meine Auftraggeber Verständnis. Als nächstes nehme ich die Lektüre des Buches wieder auf. Inzwischen hat der Verlag mir auch eine Terminvorstellung übermittelt. Man möchte das Buch gerne im April in die Läden bringen, was bedeutet, dass ich in der 14. Kalenderwoche liefern muss. Ich kalkuliere die von mir benötigte Zeit und sage den Termin zu. Notfalls müssen sich Eva und Lena etwas mehr um Evita kümmern.

Montag 09.03.2015
Da sich gegen Mittag die Sonne am Himmel zeigt, beschließen wir spontan, mit unseren Kindern eine Runde durch den Park zu drehen. Evita und Sandra legen wir nebeneinander in den Zwillingswagen, während Lena ihren Kleinen in den eigenen Kinderwagen bettet. Wir wechseln uns beim Schieben des großen Wagens ab, wobei Eva die meiste Arbeit leistet, weil sie schon wieder deutlich mehr Kondition besitzt als ich. Es ist ein schönes Bild, die beiden Mädchen so dicht beieinander liegen zu sehen. Als ein Signalton eine Meldung meines iPhones ankündigt, ziehe ich es aus meiner Jacke und checke das Display. ‚11.03. - Jahrestag' lautet die Meldung. Ein Blick auf den Kalender zeigt mir, dass heute der 09. März ist, ich also genau noch einen Tag habe, um eine Überraschung für meine Liebste zu planen. Ich schließe wieder zu Eva und Lena auf. Mit Hinweis auf meine noch etwas reduzierte Kondition verabschiede ich mich und gehe zurück zum Haus.

Unterwegs telefoniere ich schon einmal mit Massimo und erkläre ihm meinen Plan. Danach schreibe ich Lena eine Mail, in der ich sie bitte, mich bei den Vorbereitungen für den Jahrestag zu unterstützen. Dass sie gegenüber Eva Stillschweigen bewahren muß, versteht sich von selbst. Anschließend bestelle ich im Blumenladen ein Dutzend Rosen mit der Bitte, sie am nächsten Nachmittag ins Gamberino zu liefern.

Mittwoch 11.03.2015

Als ich am Morgen wach werde, bin ich zu meiner Überraschung alleine im Bett. Irritiert mache ich mich auf die Suche nach Eva, doch sie ist weder im Bad noch anderswo auf der Etage zu finden. Barfuß, nur in Slip und Bademantel, gehe ich die Treppe hinunter zu Küche. Der Frühstückstisch ist gedeckt, auf meinem Platz steht eine Vase mit einer einzelnen roten Rose. Ich trete näher und entdecke einen Umschlag mit einem Kussmund und einem roten Herz. In dem Moment als ich den Umschlag in die Hand nehme, ertönt hinter mir der Ruf: „Überraschung." Eva stürzt auf mich zu, umarmt und küsst mich. „Alles Gute zum Jahrestag." Nun betritt auch Lena die Küche und gratuliert uns beiden. Dann bittet sie uns zu Tisch und freut sich über mein erstauntes Gesicht, denn sie hat doch tatsächlich Pancakes in Herzform gebacken. Mit großem Genuss frühstücken wir drei, nur kurz unterbrochen von unseren Kleinen, die jetzt ebenfalls Hunger verspüren. Nachdem Große und Kleine gesättigt sind, habe ich das Bedürfnis, mich endlich zu waschen und anzuziehen, doch Eva besteht darauf, ich müsse zuerst den Umschlag öffnen. Die inliegende Karte ist eine einzige Liebeserklärung, und ich bekomme beim Lesen feuchte Augen. Dass in dem Umschlag außerdem noch Konzertkarten sind, ist fast nebensächlich.

Zur Feier des Tages drehen Eva und ich mit unseren Mädchen eine große Runde durch den Park. Als Evas Handy klingelt, übernehme ich den Zwillingswagen, damit Eva das Gespräch annehmen kann. Nach Ende des Telefonats informiert sie mich, dass sie heute Abend für eine halbe Stunde zu Massimo müsse, denn er habe Ärger mit seinem Vermieter, der seinen Besuch für 19:00 Uhr angekündigt habe und brauche dringend ihre Unterstützung. „Dabei wollte ich den heutigen Abend mit Dir verbringen." „Geh' ruhig zu ihm, wir haben danach doch noch den Rest des Abends und die ganze Nacht für uns. Oder willst Du ihn im Stich lassen?" „Nein. Ich würde nie einen Freund enttäuschen und wie Du sagst, haben wir danach ja immer noch ganz viel Zeit. Du kannst ja mit Lena und den Kindern nachkommen, dann essen wir zusammen im Gamberino." Ich drücke ihr einen Kuss auf die Wange. „Gute Idee Liebste." Wir setzen unsere Runde fort und kehren eine halbe Stunde später zum Haus zurück. Lena ist von der Idee, im Gamberino zu essen begeistert. „Wir sind kurz nach halb acht vor Ort", sagt sie zu Eva und zwinkert mir unauffällig zu.

Den Nachmittag verbringen wir mit unseren Babys. Gegen halb Sieben füttern wir sie, machen sie bereit für die Nacht und legen sie in ihre Bettchen. Viertel vor Sieben macht sich Eva auf den Weg zu Massimo. Kaum ist sie losgefahren, klingelt auch schon Sophia, um gemeinsam mit Lena auf die Kleinen aufzupassen. Ich verabschiede mich schnell und steige in meinen

Hyundai. Punkt sieben betrete ich das Gamberino, setze mich - wie vor einem Jahr - an den Tisch am Fenster und verstecke mich hinter dem Strauß Rosen, den Massimo auf den Tisch gestellt hat. Zwei Minuten später betritt Massimo mit Eva das Restaurant. Eva ist so ins Gespräch vertieft, dass sie mich erst bemerkt, als ich meine Stimme erhebe. „Muss ich erst wieder Tränen vergießen ehe Du mich bemerkst?" Massimo dreht Eva in meine Richtung und ich setze mich auf. Als sie auf mich zukommt, werden ihre Augen feucht. Ich erhebe mich und gehe ihr entgegen. „Herzlich willkommen geliebte Eva", begrüße ich sie, wir umarmen uns und bleiben minutenlang in dieser Haltung stehen, während uns die Tränen über die Wangen laufen. Als wir uns voneinander lösen, reicht Massimo uns zwei Stoffservietten. „Warum so traurig bella Signorinas, es ist doch so ein schöner Tag?" Wir trocknen unsere Tränen und strahlen Massimo an. „Das waren Freudentränen alter Freund", sagt Eva zu ihm.

Die Türen zur Küche öffnen sich. Sophia, Lena und Mario tragen unsere Kleinen herein und bringen sie zu einem festlich gedeckten Tisch, der selbst mir bisher entgangen war. Massimo nimmt den Strauß Rosen und stellt ihn auf den Tisch, an dem zwei Plätze mit Rosenblüten dekoriert sind. Mario bringt ein Tablett mit Sektgläsern. „Auch wenn ihr derzeit auf Alkohol verzichten sollt, ein halbes Gläschen Sekt müsst Ihr mit uns trinken." Wir stoßen an und trinken in kleinen Schlückchen, denn wir wollen den Moment genießen. „Danke, dass Ihr an Eurem Ruhetag für uns aufgemacht habt", sage ich zu Massimo, Mario und Sophia. Sie prosten uns zu, gehen danach zügig in die Küche, um kurz darauf die Speisen aufzutragen. In der

Mitte des Tisches platziert Mario eine Pizza Scampi - schon in Stücke geteilt. Meine Augen werden groß. *Meine erste Bestellung im Gamberino genau vor einem Jahr.* „Massimo strahlt mich an." Dann setzen die Drei sich zu uns, und zu sechst feiern wir den Jahrestag Evas und meines ersten Treffens im Gamberino. Wir sitzen noch lange zusammen an diesem Abend, und während Sophia, Mario und Massimo Rotwein trinken, sind Eva, Lena und ich nach dem normalen Sekt auf den alkoholfreien Sekt umgestiegen, den Sophia extra für diesen Abend besorgt hat.

Gegen elf Uhr schließlich brechen wir auf und tragen unsere drei süßen Babys vorsichtig zum Auto. Es gelingt uns sogar, sie ganz vorsichtig in Lenas Zimmer zu bringen, die heute Nacht mal wieder auf alle Drei aufpassen wird. Eva und ich ziehen uns in unser Schlafzimmer zurück, fallen uns in die Arme und versinken in einem leidenschaftlichen Kuss. Nach und nach entledigen wir uns unserer Kleidung, sinken nackt auf das Bett und genießen es, uns gegenseitig anzufassen und zu streicheln. Schließlich liegen wir einander zugewandt auf der Seite. Eva sieht mich mit ihren schönen grünen Augen zärtlich an und fragt: „Andy kannst Du Dir vorstellen, mit mir alt zu werden?" Ich nehme ihr Gesicht in beide Hände und antworte: „Ja Eva, weil ich Dich mehr liebe als alles andere auf der Welt."

*** Ende erster Teil ***

ROT - Lena

PROLOG

Freitag 06.03.2015

Nach dem Frühstück sucht Eva das Gespräch mit mir. „Ich hätte eine ganz große Bitte liebe Lena." Leichthin antworte ich: „Was immer es ist, es sei Dir gewährt liebste Eva." Evas Gesicht verzieht sich zu einem Grinsen. „Du bist ganz schön leichtsinnig Kleines. Dabei ahnst Du noch nicht, wie hart es werden wird." „Ich werde es überleben, also was muss ich machen?" „Du musst ganz früh morgens aufstehen. Früh heißt gegen fünf Uhr. Zuerst musst Du mich wecken. Die Schwierigkeit besteht darin, dass Andy nicht wach werden darf. Wir duschen bei Dir im Bad und bereiten unten in der Küche das Frühstück vor. Kannst Du Pancakes backen?" „Klar, kein Problem", antworte ich. „Andy wird meistens so gegen halb sieben wach, dann muss alles fertig sein", fährt Eva fort. „Was ist der Anlass, und wann soll es passieren?" „Am 11. März. An diesem Tag vor einem Jahr sind Andy und ich uns das erste Mal begegnet. Ich hab' mich vom ersten Augenblick an zu ihr hingezogen gefühlt." Ich lächle Eva an. „Das ist also Euer Jahrestag. Logisch, dass ich Dir helfe, sie zu … aber sicher kann ich nachher mit den Kleinen spazieren gehen. Ich nehme einfach den Zwillingswagen. Die beiden Mädels lege ich zusammen." Eva blickt mich an, als hätte ich ihr gerade eröffnet, ich wolle Elvis heiraten. Als Andy sie einen Moment später von hinten umarmt und an sich zieht, zwinkert Eva mir verschwörerisch zu.

Nachdem Eva zu dem Termin mit ihrer Steuerberaterin aufgebrochen ist, setzt sich Andy zu mir. „Ich hätte eine ganz große Bitte." Ich strahle sie an. *‚Hoffentlich plant sie nicht auch ein Frühstück.'* „Lass hören." „Am 11. März vor einem Jahr bin ich völlig verzweifelt im Gamberino gelandet. An diesem Abend hab' ich Eva das erste Mal gesehen und mich sofort in ihre schönen grünen Augen verliebt. Daher würde ich sie gerne mit einer Einladung ins Gamberino überraschen. Die Details teile ich Dir noch mit, nachdem ich mit Massimo gesprochen habe. Notfalls informiere ich Dich per Mail. Wichtig ist für mich, vor ihr im Gamberino zu sein, um sie dort zu erwarten. Das heißt Du müsstest bitte auf die Kleinen aufpassen. Vielleicht kann Dich aber auch Sophia unterstützen, denn Du sollst natürlich mit den Kindern nachkommen und mit uns feiern." „Okay. Improvisieren ist mein zweiter Vorname", sage ich grinsend. *‚Der Tag verspricht ja richtig interessant zu werden'*, denke ich im Stillen.

Mittwoch 11.03.2015
Mein Wecker klingelt fünf Minuten vor Fünf. Ich reibe mir den Schlaf aus den Augen und stehe auf. Barfuß schleiche ich ins Schlafzimmer von Eva und Andy. Ganz vorsichtig zupfe ich an Evas Haaren. Sie schüttelt ihren Kopf und schläft weiter. Ich pikse mit meinem Zeigefinger in ihr Ohr, worauf sie sich unwillig zu mir herumdreht und ihren Mund öffnet. Ich lege meine Hand auf ihre Lippen und flüstere ihr zu „Still, Du willst sie doch wohl nicht wecken." Eva öffnet ihre Augen und sieht

mich an. „Aufstehen Große, und sei leise", ermahne ich sie. Eine Minute später betreten wir mein Badezimmer. Eva springt unter die Dusche, und ich bewundere ihren perfekten Körper, dem nicht mehr anzusehen ist, dass sie erst vor wenigen Wochen entbunden hat. Während sie sich schminkt und die bereitliegende Kleidung anzieht, dusche ich im Schnellverfahren und ziehe mich ebenfalls an.

Gemeinsam geht es danach hinunter in die Küche. Während Eva den Tisch deckt, backe ich die Pancakes. Den Teig habe ich gestern schon vorbereitet. Nach einer halben Stunde sind wir fertig. Eva stellt noch eine rote Rose auf den Tisch und legt einen Umschlag mit Herz und Kussmund auf Andys Teller. Nur Sekunden später hören wir Schritte die Treppe herunter kommen. Eva und ich verschwinden im Esszimmer. Während ich hier warte, schleicht sich Eva durch den Flur in den Rücken von Andy. Ich halte den Atem an. Kurz darauf höre ich Evas Stimme „Überraschung." Ich blicke um die Ecke und sehe die beiden küssend und in inniger Umarmung. Leise trete ich hinzu und lege meine Arme um sie. „Alles Gute zum Jahrestag."

Nach dem Frühstück drehen die Beiden mit ihren Töchtern eine Runde durch den Park. Ich packe Carsten in seinen Kinderwagen und begleite sie. Unterwegs klingelt Evas Handy, und sie überlässt Andy den Zwillingswagen, um das Gespräch anzunehmen. Andy informiert mich leise über den weiteren Ablauf. Evas Gespräch ist beendet, und sie teilt uns mit, dass Massimo ihre Hilfe benötigt und sie sich gegen Sieben mit ihm im Gamberino verabredet hat. Wir sollen doch einfach nachkommen und alle zusammen im Gamberino essen. Andy schneidet in Evas Rücken eine Grimasse und zeigt mir ‚Daumen hoch'.

Viertel vor Sieben verabschiedet sich Eva und macht sich auf den Weg zu Massimo. Kaum ist Eva unterwegs, da schnappt sich Andy ihren Autoschlüssel und rast los. Sekunden später klingelt auch schon Sophia an der Tür. Wir packen die drei Kleinen in Sophias Auto und machen uns ebenfalls auf den Weg ins Gamberino. Das Restaurant betreten wir von der Rückseite, wo wir schon von Mario erwartet werden. Mario übernimmt Carsten, Sophia nimmt Sandra und ich Evita. Auf ein Zeichen von Massimo treten wir durch die Tür von der Küche ins Restaurant und begeben uns zu dem festlich gedeckten Tisch. „Alles Gute zum Jahrestag" rufen wir zusammen mit Massimo und erfreuen uns an den glücklichen Gesichtern von Andy und Eva.

Massimo lässt den Sektkorken knallen und füllt die Gläser. Das erste Glas trinken wir stillenden Mütter mit, danach steigen wir auf alkoholfreien Sekt um, den Sophia extra für uns besorgt hat. Es wird ein traumhaft schöner Abend, bei dem ich mich keine Sekunde als fünftes Rad am Wagen fühle, denn sowohl Eva als auch Andy versichern mir immer wieder, dass Carsten und ich ein fester Bestandteil der Familie seien und sie mich lieben würden wie eine Schwester. Als wir schließlich kurz nach elf Uhr nach Hause kommen, übernehme ich die Babys, damit meine Freundinnen sich ungestört ihrer Liebe hingeben können.

KAPITEL 1

Montag 16.03.2015
Fünf Tage später kommt Jan aus der Karibik zurück. Er ist braun gebrannt und hat offensichtlich neben seiner Arbeit auch noch die Zeit für ein wenig Erholung gefunden. Nachdem er Andy, Eva und seine Töchter begrüßt hat, kommt er zu mir und nimmt mich in seine Arme. „Ich hab' Dich vermisst Süße", flüstert er mir ins Ohr. „Lass uns nach oben gehen", raune ich ihm zu. Eva zwinkert mir zu und macht einen Kussmund.

In meinem Zimmer angekommen, reißen wir uns förmlich die Kleider vom Leib. Nackt fallen wir auf das Bett, küssen uns wild und leidenschaftlich, während die Hände unsere Körper erforschen. Als Jan ein Kondom anlegt und in mich eindringt, stoße ich einen Schrei aus. „Ich hab Dich so vermisst" stöhne ich in sein Ohr. Er nimmt mich hart und gierig. „Ich Dich auch Traumfrau. Oh, was hab ich Dich vermisst." Wir kommen binnen kurzer Zeit fast gleichzeitig und liegen danach schwer atmend nebeneinander. Ganz zärtlich nimmt Jan mich in seine Arme. „War ich Dir zu schnell?" „Nein. Es war genau richtig. Ich mag es,, wenn Du mich so gierig nimmst. Dann fühle ich mich begehrt." Er küsst mich, diesmal sanft und zärtlich. Seine Hände ruhen auf meinen Pobacken und drücken mich fest an seinen Körper. „Ich liebe Dich kleine Lena." Ich lege meinen Kopf in seine Halsbeuge und sauge seinen Geruch ein.

Etwas später am Nachmittag gehen wir runter ins Wohnzimmer. Andy und Eva lächeln mich wissend an. Logisch, sie wissen aus eigener Erfahrung wie befriedigend Sex mit Jan sein kann. Ein klein wenig meldet sich bei mir die Eifersucht. Ob er mit Ihnen das gleiche gemacht hat wie eben mit mir? Ich spüre, dass ich bereits wieder feucht werde und sich meine Brustwarzen aufstellen. Andy mustert mich unverhohlen. „Wir hätten Verständnis dafür, wenn Ihr den Rest des Tages und die Nacht im Bett verbringen würdet." Sie sieht mich an. „Du glühst ja richtig Mädchen. Ab mit Dir nach oben. Wir schicken Jan hinterher." Ich werde schamrot, doch ich kann nicht anders, befolge ihren Rat, lege mich nackt auf mein Bett und warte auf Jan.

Dienstag 17.03.2015

Als wir am nächsten Morgen am Frühstückstisch sitzen, mustern Eva und Andy uns eingehend. „Du tust ihr richtig gut Jan", sagt Eva zu ihm. „Und Du bist heute morgen entspannt wie schon lange nicht mehr", lästert Andy, und ihr Blick ruht dabei auf meinen Augenringen. Ich lächle sie an. „Das liegt nicht zuletzt an Deiner Empfehlung von gestern Nachmittag." Eva wendet sich mit einem breiten Grinsen an Jan. „Tja, so eine entspannende Nacht würde Andy und mir sicher auch mal wieder gut tun." Jan genießt und schweigt. *Ob er wirklich auch noch mit Eva oder Andy in die Kiste steigen würde?'* Ich werde unsicher, ob Jan uns Drei nicht als seinen persönlichen Harem ansieht. Zutrauen würde ich es ihm, denn dass er es mit zwei Frauen auf einmal aufnimmt, hat er ja mit der Zeugung von Sandra und Evita schon bewiesen. Ich frage mich, ob der Sex mit ihm es wert wäre, dass ich meine Prinzipien über Bord werfe. Während mein Verstand die Frage verneint, ist mein Körper eher geneigt, dem Sex den Vorrang zu geben. *‚Binde dich nicht zu fest an ihn, dann ist die Enttäuschung nicht so groß‘*, sagt meine innere Stimme zu mir. Ich beschließe, diesmal auf sie zu hören.

Als Jan sich nach dem Frühstück auf den Weg in die Agentur macht, wende ich mich an Eva. „War das eben Dein Ernst mit der entspannenden Nacht?" Andy lehnt sich auf dem Stuhl zurück und schneidet eine Grimasse. „Soll heißen, Du beanspruchst den Vater unserer Kinder für Dich alleine?" fragt Eva mit todernstem Gesicht. Als meine Augen sich mit Tränen füllen, entspannt sich ihr Gesichtsausdruck. „Du magst ihn wirklich Süße." Das war keine Frage, sondern eine Feststellung. Ich nicke stumm. Eva lächelt mich an. „Keine Angst Lena. Wir wollen ihn Dir nicht wegnehmen, aber ich war gespannt auf seine Reaktion. Leider hat er gar nicht reagiert. Heißt, er hat sich alle Optionen offen gehalten. Er ist zwar ein großartiger Liebhaber - wie Du inzwischen selber festgestellt hast - und auch ein toller Vater, aber er ist auch ein Filou. Sei vorsichtig mit ihm, ich möchte nicht dass Du verletzt wirst." *‚So viel zu meiner Menschenkenntnis.‘* Ich trockne meine Tränen und entschuldige mich bei Eva, dass ich sie falsch eingeschätzt habe. Andy legt ihre Hand auf meinen Arm. „Wir werden zwar den Sex mit ihm vermissen, aber die Freundschaft mit Dir ist uns wichtiger."

Ganz unerwartet kommt Jan gegen Mittag nach Hause. „Mädels, der Laden brummt. Ich hab' schon wieder einen Auftrag für ein Shooting. Diesmal geht es allerdings nur nach München. Es stehen Studioaufnahmen an. In drei Tagen bin ich zurück." Als er meinen enttäuschten Blick sieht, nimmt er mich in den Arm. „Keine Angst, ich vergess' Dich nicht. Wir können jeden Abend telefonieren." „Wann musst Du denn los?", frage ich. Mein Zug geht in einer Stunde, und ich muss auch noch in mein Studio, eine weitere Kamera holen. Ich bin nur gekommen, um mich noch zu verabschieden." Er küsst mich noch einmal zärtlich und entschwindet.

Am Nachmittag bittet mich Carstens Mutter, zu ihr zu kommen, sie habe wichtige Neuigkeiten. Ich packe meinen Kleinen in den Kinderwagen und will gerade das Haus verlassen, als Andy mich fragt ob ich mit Carsten jr. in den Park gehe. Ich erzähle ihr vom Anruf meiner - naja beinahe - ‚Schwiegermutter', worauf sie mir anbietet, ihren Wagen zu nehmen. „Das kann ich nicht annehmen. Ich bin schon länger nicht mehr gefahren, und mit dem Kleinen im Auto ist mir das sowieso zu gefährlich." „Na gut, dann fahre ich Dich eben. Während Du Deinen Besuch machst, erledige ich unsere Einkäufe. Hinterher kann ich Dich ja wieder mitnehmen. Du rufst mich einfach auf dem Handy an." Nach kurzem Zögern, nehme ich das Angebot an und steige mit meinem Sohn in den Fond von Andys Hyundai. Schneller als angenommen erreichen wir das Haus meiner Schwiegermutter. *‚Ich werde sie ab jetzt Schwiegermama nennen',* beschließe ich spontan. Ich bedanke mich bei Andy und wünsche ihr viel Erfolg bei den Einkäufen.

Mit dem Kleinen auf meinem Arm, klingle ich. Ich höre feste Schritte, die sich nähern, dann öffnet sich die Tür. „Hallo Schwiegermama, da bin ich." „Hallo Lena, komm rein." Sie streicht sowohl dem Kleinen als auch mir über die Wange und sagt: „Schön, dass ihr so schnell gekommen seid." „Andy hat mich gefahren." „Und wo ist Deine Freundin jetzt?" „Sie erledigt Einkäufe." „Ruf sie doch bitte an und sag ihr, sie möchte hinterher auf Kaffee und Kuchen hierher kommen." Ich nehme dankend an und informiere Andy über die Einladung. „Na was hat Deine Freundin gesagt?" „Sie freut sich und kommt gerne."

Wir gehen ins Wohnzimmer und setzen uns an den Esstisch. „Nenn' mich bitte Karin. Ich hab' mich zwar über die Anrede Schwiegermama gefreut, aber das klingt mir auf die Dauer zu förmlich." Das Angebot zaubert mir ein Lächeln ins Gesicht, und ich bedanke mich. Karin reicht mir zwei Umschläge. Der erste trägt meinen Namen in der Schrift meines verstorbenen Freundes. Er enthält einen Brief, in welchem mir Carsten mitteilt, dass er mir für meinen weiteren Lebensweg alles Gute wünscht und dass für mich und seinen Sohn gesorgt sei. Es existiere eine Lebensversicherung über 50.000 Euro, deren Summe sich bei Unfalltod verdoppeln würde. Darüberhinaus habe er testamentarisch festgelegt, dass sein gesamtes Vermögen an mich übergeht. Meine Tränen tropfen auf das Papier, so sehr berühren mich die wenigen Zeilen. Karin reicht mir ein Taschentuch. Nachdem ich mich wieder beruhigt habe, öffne ich den zweiten Brief. Er enthält eine beglaubigte Abschrift des Testaments.

Karin erklärt mir, sie habe beide Briefe - zusammen mit einem für sie bestimmten Brief - erst gestern gefunden und sich zunächst einmal beim Notar über das weitere Vorgehen informiert. Der Termin beim Notar wäre nächste Woche, und sofern ich die Erbschaft annehme, könne ich danach über die vorhandenen Konten verfügen. Als sie mir die Kontoauszüge vorlegt und ich den Saldo sehe, wird mir schwindlig. Auf den beiden Bankkonten befinden sich noch einmal fast 30.000 Euro. „Der Notar hat mir allerdings gesagt, dass das Finanzamt 30% Erbschaftsteuer erheben wird, da ihr nicht verheiratet ward." Ich bin für einen Augenblick sprachlos. „Das kann ich nicht annehmen. Das ist doch sicher zum Teil auch Dein Geld." Karin legt ihre Hand auf meinen Arm. „Lena, verzeih mir bitte, dass ich so eine schlechte Meinung von Dir hatte, Du bist wirklich eine anständige junge Frau."

Ein Lächeln umspielt ihre Lippen. „Ich habe mit dem Haus und meinen Ersparnissen mehr als genug. Leg das Geld gut an, damit Du dem Kleinen mal eine gute Ausbildung bezahlen kannst, und gönn' Dir auch mal etwas nebenher. Ich habe in den letzten Wochen gesehen, wie verantwortungsbewusst Du Dich um meinen Enkel kümmerst, und von Deiner Freundin Eva erfahren, dass Du fast nichts für Dich selber ausgibst. Ich hatte Dich wirklich falsch eingeschätzt." Ich hebe meinen Blick und sehe meine ‚Schwiegermama' an. „Bitte hör' auf, Dich ständig zu entschuldigen. Lass uns nochmal bei Null anfangen. Übrigens musste ich auch meine Meinung über Dich ändern. Du bist inzwischen wie eine Mutter für mich und eine liebevolle Oma für Carsten."

Das Eintreffen von Andy beendet zum Glück diese inzwischen rührselige Szene, bevor uns die Tränen in die Augen schießen. Karin begrüßt Andy herzlich, bittet sie zu Tisch und holt den Kuchen aus der Küche, während ich noch ein Gedeck für Andy auflege. Carsten ist inzwischen wach geworden, und ich lege ihn an. „Das ist schön, dass Du Dein Kind stillst. Ich hatte bei seinem Vater leider nicht genug Milch und musste ihn mit der Flasche aufziehen." Während Carsten trinkt, genieße ich den Apfelkuchen, welchen Karin wohl selber gebacken hat. Andy ist ebenfalls begeistert und fragt sofort noch nach einem zweiten Stück. „Aber gerne doch. Ich gebe Euch noch einen halben Kuchen mit. Ich denke, der wird Eva auch schmecken." Andy schneidet eine Grimasse. „Das kann ich garantieren. Wenn ich nicht aufpasse, vertilgt sie den alleine."

Wir haben den Kuchen kaum auf dem Küchentisch abgestellt, da hat Eva schon das Messer in der Hand und schneidet sich ein Stück ab. „Mhmm, Apfelkuchen köstlich", schwärmt sie zwischen zwei Bissen. „Was gab es denn sonst bei Deiner Schwiegermutter?" Ich zeige Eva die beiden Briefe. „Oops, Du bist ja jetzt eine richtig gute Partie Süße." „Jetzt kann ich Euch endlich auch mal zum Essen einladen und mich an den Kosten unseres Haushalts beteiligen." „Ist schon okay. Aber gönn' Dir bitte auch mal selber was Schönes." „Ich könnte mir ja die Schuhe kaufen, von denen ich schon seit Monaten träume, und vielleicht einen kleinen Gebrauchtwagen. Aber heute Abend lade ich Euch auf jeden Fall zum Essen ein." Ich wende mich an Andy. „Gib mir bitte mal die Nummer vom Gamberino." Andy schiebt ihr iPhone über den Tisch. „Bedien' Dich."

Eine Stunde später sitzen wir im Restaurant und lassen uns verwöhnen. Es gibt das absolute Lieblingsessen meiner Freundinnen, Dorade in einer Limonensoße mit Tagliatelle, ein Gericht, das auch ich mir ab sofort öfter gönnen werde. Während wir den köstlichen Fisch genießen, bewacht Sophia den Schlaf unserer drei Kleinen. „Wann ist eigentlich der Notartermin?" fragt Eva. „Nächsten Mittwoch." „Gut, dann übernehme ich an dem Tag die Kinder." „Soll ich Dich wieder fahren, oder traust Du Dich selber?" will Andy wissen. „Ich nehme das Angebot und den Wagenschlüssel an. Wenn ich den Wagen zu Schrott fahre, kauf' ich Dir einen Neuen." „Solange Dir nichts passiert, ist mir das Auto egal", entgegnet Andy.

Beim Verlassen des Restaurants drückt mir Eva ihren Autoschlüssel in die Hand. „Zeig mal, was Du als Chauffeur taugst." Andy und Eva verstauen die Tragen samt der Kinder im Auto und nehmen auf der Rückbank Platz. Ich steige ein, stelle den Fahrersitz auf meine Größe ein, justiere die Spiegel und starte den Motor. Als ich die Kupplung loslasse, macht der Wagen einen Sprung nach vorne, und der Motor geht aus. „Soviel zu meinen Fahrkünsten", komme ich einem spöttischen Spruch meiner Freundinnen zuvor. Eva lacht. „Du musst die Kupplung ganz langsam kommen lassen. Der Wagen war gerade zur Inspektion, danach würge ich den Motor zunächst auch immer ab." Tatsächlich gelingt der zweite Versuch besser, und unfallfrei erreichen wir unser Zuhause. Das Einparken in der Garage überlasse ich dann doch lieber Eva, denn das Risiko ist mir noch zu hoch.

Mittwoch 18.03.2015

Als wir nach dem Frühstück noch in der Küche bei einem Cappuccino zusammensitzen, spricht mich Eva an. „Es ist zwar grundsätzlich Deine Entscheidung, aber wenn Du einen Rat hören möchtest …?" Sie lässt den Satz unvollendet. „Dann …?" Ich sehe sie fragend an. „Dann solltest Du Deine neue finanzielle Situation nicht jedem auf die Nase binden. Vor allem nicht Jan oder sonstigen Männern, die sich um Dich bewerben. Du ersparst Dir dadurch böse Enttäuschungen. Ich spreche da aus eigener Erfahrung." „Aber Jan kennt mich doch als arme Studentin." „Lass es dabei. Ich habe nach so einer Offenbarung mal einen Heiratsantrag bekommen. Gerettet hat mich mein Anwalt, ein alter Freund meines Vaters. Als er einen Ehevertrag ins Spiel brachte, war mein Heiratskandidat sofort verschwunden." Jetzt hat Eva mich überzeugt. „Na gut, ich denke Du hast recht. Danke für den Tipp."

Da Andy noch an ihrer Buchübersetzung arbeitet und Eva einen Besichtigungstermin hat, packe ich die drei Süßen in den Zwillingswagen und drehe eine Runde durch den Park. Unterwegs begegne ich zwei Frauen, die jede vier Kinder in einem Wagen transportieren. Wir kommen ins Gespräch, und ich werde gefragt, ob ich auch als Tagesmutter arbeite. „Nein, der Junge ist mein Sohn, und die beiden Mädchen gehören meinen Freundinnen. Wir wechseln uns nur etwas ab in der Betreuung, so können wir unseren Alltag besser organisieren."

KAPITEL 2

Montag 23.03.2015.

Jan ist wie versprochen am Montag wieder zurück von seinem Shooting in München und hat sogar Geschenke mitgebracht. Eva reißt ihr Geschenk als erstes auf. Ein wunderschönes Seidentuch in ihrer Lieblingsfarbe kommt zum Vorschein. Auch Andy kann sich über ein Seidentuch freuen. In meinem Päckchen befinden sich eine Büstenhebe und ein Slip-ouvert. Ich spüre, wie meine Wangen zu glühen beginnen. Ich fühle mich gedemütigt und auf die Rolle eines Sexspielzeugs reduziert. Entsprechend fällt meine Reaktion aus. Ich werfe ihm sein Geschenk ins Gesicht, fauche: „Das kannst Du selber anziehen" und verlasse den Raum. Ich sehe noch, dass Jan mir folgen will, aber von Andy und Eva zurückgehalten wird.

Eine halbe Stunde später findet mich Andy weinend auf meinem Bett. „Männer." In Andys Stimme liegt so viel Frust und Verachtung, dass ich innerlich schmunzeln muss. „Ich habe mit Jan gesprochen und ihm klargemacht, was er sich heute mit Dir für eine Scheiße erlaubt hat. Außerdem haben Eva und ich ihm die Seidentücher zurückgegeben und ihm empfohlen, beim nächsten Mal sein Gehirn einzuschalten und nicht nur seinen Schwanz zum Denken zu benutzen. Er ist jetzt beleidigt abgezogen. Aber keine Sorge, er hat die Lektion verstanden und wird sich bei Dir entschuldigen." „Ich hab' mich in dem Moment so billig gefühlt", antworte ich ihr. „Hätte ich auch", stimmt Andy mir zu. „Dabei waren die Teile bestimmt teuer, aber er muss lernen, Dich als Mensch zu respektieren und nicht nur als Sexpuppe zu sehen." Ich nehme sie in den Arm und drücke sie. „Danke, dass Ihr Euch so für mich einsetzt." Andy strahlt mich an. „Hab' ich einen Wunsch frei?" Ich lächle zurück. „Aber sicher doch." „Spiel uns noch mal Deine Version von ‚We will rock you' auf der Geige."

Dienstag 24.03.2015
Am nächsten Morgen krieche ich todmüde aus dem Bett und schleppe mich in die Dusche. Eine gehörige Portion kaltes Wasser vertreibt meine Müdigkeit, aber wach werde ich erst nach der zweiten Tasse Kaffee. „Danke, dass Ihr mir heute Nacht Carsten abgenommen habt. So hab' ich wenigstens etwas Schlaf bekommen." „Wir hätten Dich nicht so lange mit unseren Musikwünschen quälen dürfen. Dass wir Deinen Kleinen übernommen haben, war ein Ausdruck unseres schlechten Gewissens." „Naja, wenigstens habe ich dabei nochmals die Stücke, die ich heute vortragen will, geübt. Hoffentlich schlafe ich nur nicht beim Spielen ein." Da ich schon spät dran bin, nehme ich das Angebot von Andy - mich mit ihrem Auto zur Musikhochschule zu bringen - an. Völlig entspannt sehe ich dem Vorspielen entgegen.

Professor Eder findet meine Interpretationen der klassischen Musikstücke zwar ‚gewagt' und ‚außergewöhnlich', bezeichnet sie aber vom handwerklichen gut gelungen und brillant vorgetragen. Voller Stolz gönne ich mir im nächsten Eiscafé einen Amarettobecher. Danach rufe ich Eva an und verkünde, es gäbe etwas zu feiern, und ich würde sie gerne ins 'Künstlercafe' einladen. Meine ‚Schwiegermama' sei einverstanden, bis zehn Uhr abends den Babysitter zu spielen. Eva ist begeistert und kommt mich abholen.

Gegen 17:00 Uhr liefern wir unseren Nachwuchs bei Karin ab. Nachdem ich versprochen habe, am Wochenende eine Kostprobe meiner musikalischen Fähigkeiten zu geben, fahren wir in die Stadt. Im 'Künstlercafe' hat man für mich und die Mädels einen Tisch freigehalten. Ich spendiere eine Runde Cocktails für uns, und wir lauschen dem inspirierten Klavierspiel meines Kommilitonen Jonas, der Musikstücke spielt, die in der Stummfilmzeit als Begleitung der Bilder dienten. Als er sein Spiel beendet, applaudieren wir begeistert. Er kommt zu uns an den Tisch und möchte unbedingt wissen, womit ich unseren Prof. heute beeindruckt habe. Ich bestelle ihm ein Bier und kündige an, dass ich die drei Stücke jetzt zu Gehör bringen würde.

Ich nehme meine Geige und setze mich auf die kleine Bühne neben das Klavier. Zunächst spiele ich die Arie des Papageno aus Mozarts Zauberflöte in der Originalversion an, was augenscheinlich keine große Aufmerksamkeit erzeugt. Als ich jedoch mitten im Satz in meine Interpretation des Stückes wechsle und das Tempo des Spiels erhöhe, habe ich Ohren und auch Augen der Gäste erreicht. Beim zweiten Stück hört man mir bereits von Anfang an aufmerksam zu. Der absolute Höhepunkt jedoch ist meine Interpretation des Themas von Beethovens fünfter Symphonie, für die ich begeisterten Applaus erhalte. Als Zugabe spiele ich meine Version von ‚We will rock you', zu der das Publikum den Rhythmus klatscht. Als ich die Geige weglege, bringt der Kellner mir einen Cocktail von einem ‚Herren aus dem Publikum'. Der edle Spender ist niemand anderes als mein Prof., der den Tag hier im Café ausklingen lässt. Ich begebe mich wieder an unseren Tisch und nehme die Gratulation von Andy, Eva und meinem Kommilitonen Jonas entgegen. Dieser setzt sich für eine zweite Runde ans Klavier und verzaubert uns mit einem Potpourri von Swingmelodien, die einige der Gäste auf die Tanzfläche locken. Kurz vor halb Zehn verabschieden wir uns von ihm, worauf Jonas mir das Versprechen abnimmt, bei nächster Gelegenheit mit ihm vierhändig zu spielen oder ihn auf meiner Geige zu begleiten.

Als wir mit den schlafenden Kindern zu Hause ankommen, werden wir von Jan erwartet, der die Nacht mit mir verbringen möchte. Da Eva meine abwehrende Haltung bemerkt, empfiehlt sie Jan, nach Hause zu fahren und in seiner eigenen Wohnung zu schlafen. „Ist das auch Dein Wunsch?", will Jan von mir wissen. Ich trage einen kurzen Kampf mit mir aus, bevor ich antworte: „Du bist zwar ein toller Mann und Liebhaber, aber nur für Sex bin ich mir zu schade. Daher solltest Du mich möglichst schnell vergessen." Jan wendet sich ab und verlässt grußlos das Haus.

Mittwoch 25.03.2015
Am nächsten Tag werde ich in der Musikhochschule von einer ganzen Reihe Kommilitonen auf meinen Auftritt im 'Künstlercafe' angesprochen. Denen die dabei waren, hat die Show wohl gefallen, etliche andere fragen mich, wann ich denn den nächsten Auftritt plane. Jonas schlägt vor, wir könnten ja mal

zusammen eine Improvisation aus Klassik und Rock spielen. Ich stimme zu, bleibe aber wegen des Termins unverbindlich. Die heutige Stunde bei Professor Eder ist für mich entspanntes Zuhören, denn heute sind andere Studentinnen und Studenten mit Vorspielen an der Reihe. Es sind einige sehr schöne Vorträge dabei, und der Prof. ist durchweg zufrieden.

Eine Stunde später sitze ich im Sprechzimmer von Notar Hansen und lasse mir erklären, was ich bei der Annahme der Erbschaft zu beachten habe. Er zeigt mir die Vermögensaufstellung der Bank und empfiehlt mir, mit der Abfassung der Erbschaftssteuererklärung einen Steuerberater zu beauftragen. Nach diesem Termin zieht es mich sofort nach Hause zu meinem Sohn. Während Andy an einer Buchübersetzung arbeitet, gehen Eva und ich mit den Kleinen in den Park. „Ich habe übrigens nochmal mit Jan gesprochen. Er hat zugegeben, dass er in München mit einem Model geschlafen hat. Es war also richtig von Dir, ihn auf Abstand zu halten. Für Andy und mich hat er sich damit aber auch disqualifiziert, denn wie ich inzwischen weiß, ist es der gleiche Hungerhaken, mit dem er Andy und mich schon in Südostasien betrogen hat. Er darf jederzeit seine Töchter sehen, aber mehr ist nicht." Sie sieht mich an. „Ich hoffe, es schmerzt Dich nicht zu sehr." „Naja, die Orgasmen werde ich sicher vermissen, aber wenn ich zu mir selbst ehrlich bin, war es wohl wirklich nur Sex zwischen uns." „Schön, dass Du es so locker siehst."

Zu Hause werden wir von Andy mit Kaffee und Kuchen empfangen. „Was feiern wir denn heute?", will Eva von ihr wissen. „Ich hab' gerade das

Honorar für die letzte Buchübersetzung bekommen, und da war mir nach einer süßen Belohnung." „Wie läuft es denn mit dem aktuellen Buch?" frage ich nach. „Wenn es weiter so gut läuft, kann ich den Auftrag schon am 30. März abschließen." „Du bist eben fleißig" lobt Eva sie. Ich gönne mir ein Stück Sahnekuchen, während Carsten friedlich in seiner Wiege liegt und nur hin und wieder seine Rassel auf den Boden wirft. Die beiden Mädchen sind inzwischen satt und trocken eingeschlafen.

Sonntag 29.03.2015

Am Nachmittag haben wir meine ‚Schwiegermama' zu Besuch. Ich habe meine Geige gestimmt und spiele zunächst einige klassische Stücke in der Originalversion. „Spiel doch mal etwas von Deinen Prüfungsstücken von der Musikschule", bittet Karin schließlich. Eva schlägt vor, ich solle ‚Beethovens Fünfte' und ‚We will rock you' vortragen. Ich beginne wie im Café mit der Originalversion von Beethoven, bevor ich mit hohem Tempo meine Interpretation spiele und sie in einem feurigen Crescendo enden lasse. Karin ist begeistert. „Ich wusste gar nicht, dass klassische Musik so mitreißend sein kann." Ich lege die Geige zurück in den Kasten und hole mir ein Glas Wasser aus der Küche.

„Leute, ich brauche dringend eine Pause." Eva ist beeindruckt. „Das war aber auch wirklich Schwerstarbeit." Mein Handy klingelt. Ich nehme das Gespräch an und will Jonas auf den Abend vertrösten. Er wolle mich für heute Abend zum Essen einladen sagt er, bevor ich das Gespräch beenden kann. „Ich bin allerdings schon mit meinen Freundinnen zum Essen verabredet, aber komm doch einfach dazu. Es sei denn, Du störst Dich an Kindergeschrei." „Kindergeschrei???" „Ich habe einen kleinen Sohn, Eva und Andy haben jeweils eine Tochter." „Das stört mich nicht im Geringsten. Dann ist Dein Sohn wenigstens nicht mehr alleine mit fünf Frauen." Lachend nenne ich ihm die Adresse vom Gamberino und bitte ihn gegen 19:00 Uhr zu uns zu stoßen.

Jonas ist ausgesprochen pünktlich, begrüßt uns mit einer freundschaftlichen Umarmung und lässt sich von uns die drei Kleinen vorstellen, ehe er sich zu uns setzt und einen Blick in die Speisekarte wirft. „Spagetti alla Puttanesca und ein alkoholfreies Bier", sind seine Wünsche als Massimo an den Tisch tritt. „Aha, Spagetti nach Hurenart und Bier ohne Drehzahl", spottet Andy. „Wieso Hurenart?" Jonas klingt verwirrt. „Puttana heißt im italienischen Hure", klärt Andy ihn auf. *Süß. Jonas wird verlegen.* „Was habt Ihr denn bestellt?", wechselt er das Thema. „Wir bekommen Zander auf Feldsalat mit Tagliatelle und Selters." „Und was bekommen die Kleinen?" will Jonas wissen. Eva lacht ihn an. „Milch aus zarten Brustspitzen."

Unsere Getränke kommen, und Jonas prostet uns zu. „Auf Euch und die Kleinen." Wir plaudern eine Weile entspannt miteinander, schließlich spricht Jonas mich direkt an. „Lena, ich habe eine große Bitte. Könntest du mir die Noten von Deiner Interpretation der Fünften kopieren. Ich würde gerne probieren, wie sich das Stück auf dem Klavier anhört." „Warum nicht. Du solltest die Nummer allerdings nicht beim Vorspielen bringen, es sei denn außer Konkurrenz im Café. „Ist schon klar. Der Eder würde mich rupfen, wenn ich mit einem Plagiat antrete." Ich muss bei dem Gedanken lächeln. „Wenn Du das Stück draufhast, können wir ja gerne auch mal zu zweit spielen." „Das war meine Absicht", lässt mich Jonas wissen.

Während des Essens fragt er: „Wo sind heute die Väter der Süßen?" „Dass der Vater von meinem Kleinen verstorben ist, weißt Du ja. Und der Vater der beiden Mädchen ist heute Abend verhindert." Man kann Jonas förmlich denken hören, und sein ratloser Blick reizt uns zum Lachen. „Andy und ich sind vom selben Mann geschwängert worden", klärt Eva die Sache auf. Jonas bekommt nicht nur rote Ohren. „Oh, ist mir das jetzt peinlich. Ich bin normalerweise nicht so indiskret." Andy klopft ihm auf die Schulter. „Halb so schlimm. Das konntest Du beim besten Willen nicht ahnen. Ansonsten war die Frage ja durchaus berechtigt. Mach Dir keinen Kopf." „Darf ich Euch denn als Wiedergutmachung zum Dessert einladen?" „Ist zwar nicht nötig, aber bei Tiramisu lehnen wir nie ab" antworte ich für uns Drei.

KAPITEL 3

Montag 30.03.2015

Am Morgen hat mein Sohn leichtes Fieber. Ich packe ihn in seine Tragetasche, leihe mir von Andy das Auto und fahre mit ihm zum Kinderarzt. Während wir im Wartezimmer sitzen, rufe ich Jonas an und bitte ihn, mich für die heutigen Klavierstunden zu entschuldigen. Er wünscht meinem Kleinen gute Besserung und meint, ich solle mir mit den Noten fürs Klavier Zeit lassen. Der Kinderarzt diagnostiziert eine leichte Erkältung und verordnet Hustentropfen und ein Mittel zum Einreiben. Glücklich, dass Carsten nichts Schlimmeres hat, fahre ich mit ihm nach Hause. Als Andy ihn hochnehmen will, wehre ich ab. „Sei lieber vorsichtig, ich will nicht, dass sich die Mädchen bei ihm anstecken. Ein Patient reicht völlig aus." Andy streicht ihm über die Wange. „Armer Kleiner." Dann wendet sie sich mir zu. „Da ist jetzt wohl Händewaschen und Desinfizieren angesagt. Aber wenn Du heute Nachmittag in die Musikschule willst, kümmere ich mich gerne um Carsten. Ich hab' ja mein Buch abgeliefert und somit im Moment viel Zeit." Ich schüttele den Kopf. „Für heute habe ich schon abgesagt, aber für morgen nehme ich das Angebot gerne an."

Dienstag 31.03.2015

Nach dem Frühstück nehme ich die Unterlagen zur Erbschaft und mache mich auf den Weg zur Bank. Carstens Bankberater holt mich am Schalter ab und führt mich in ein Besprechungszimmer. Innerhalb der nächsten halben Stunde erfolgt die Übertragung der Konten auf meinen Namen und eine Umbuchung von zehntausend Euro auf mein Girokonto. Danach mache ich einen Bummel durch die Fußgängerzone und kaufe mir die Schuhe, die ich schon so lange im Schaufenster des Ladens bewundert habe. Beschwingt mache ich mich auf den Weg nach Hause.

„Sie hat es endlich gemacht", ruft Andy, als ich das Haus betrete. Eva blickt um die Ecke. „Was hat sie gemacht?" Ich winke mit der Einkaufstasche, in welcher sich meine alten Schuhe befinden. „Ich hab' mir die Schuhe gekauft, die ich schon so lange anschmachte."

Mittwoch 01.04.2015

Da mein Sohn mich in der Nacht mehrfach geweckt hat, stelle ich das Pieps des Weckers ab, drehe mich auf die Seite und versuche, noch ein wenig zu schlafen. Als Andy in mein Zimmer stürmt und laut verkündet, Jan würde reumütig in der Küche auf mich warten, springe ich aus dem Bett, ziehe mir schnell meinen Bademantel über und laufe die Treppe hinunter. In der Küche werde ich von Eva mit den Worten „April, April" begrüßt. Als sie mein enttäuschtes Gesicht sieht, zieht sie eine Grimasse. „Ich dachte Du hättest den Kerl abgeschrieben?" „Ich schon, aber meine Hormone offensichtlich noch nicht", entgegne ich ihr. Andy stürmt in die Küche und schwenkt ihr Handy. „Ich hab' einen neuen Buchauftrag von meiner Lieblingsautorin." Ich ahne, dass auch Andy in den April geschickt wird, denn Eva lächelt so geheimnisvoll. „Vielleicht solltest Du den Absender der Mail nochmal prüfen", sage ich zu Andy. Im nächsten Moment ertönt Evas Stimme: „April, April mein Schatz." Andy macht gute Miene zum bösen Spiel. „Naja, es wär auch zu schön gewesen. Gut lasst uns jetzt frühstücken."

Gemeinsam decken wir den Tisch und genießen den sonnigen Morgen. „Ich freu' mich schon drauf, demnächst auf der Terrasse zu frühstücken", lasse ich die Beiden wissen. Andy stupst Eva an. „Gefrühstückt haben wir noch nie draußen, ist aber eine gute Idee." „Aber dafür haben wir sonst schöne Sachen auf der Terrasse gemacht", antwortet Eva mit einem verträumten Blick. Sie wendet sich mir zu. „Sag mal Lena, ist Jonas eigentlich nur ein Kommilitone, oder hast Du weitergehende Interessen?" Ich denke kurz nach, bevor ich antworte. „Im Moment ist er nur ein Kommilitone, aber ich bin schon interessiert, ihn näher kennen zu lernen." „Eva wird Dir sicher gleich anbieten zu testen, ob er so gut ist wie er aussieht", lästert Andy. Eva streckt ihr die Zunge heraus. „Bäh, bäh, bäh." Ich ziehe einen Flunsch. „Ich möchte bitte einen Mann haben, der nicht durch Euer Bett gehüpft ist." „Ich denke, das sollten wir ihr gönnen. Also ist Jonas für uns tabu Andy", schließt Eva das Thema ab. „Dann solltest Du aber schon mal die Noten für ihn kopieren", erinnert mich Andy an die Bitte von Jonas und fügt hinzu: „Du kannst gerne das Gerät in meinem Arbeitszimmer benutzen."

So kommt es, dass ich nach Ankunft in der Musikhochschule zunächst Jonas suche und ihm die gewünschten Notenblätter übergebe. Gemeinsam gehen wir in einen der Übungsräume für Klavier. Nachdem Jonas die Variation, die ich für Geige geschrieben habe, für das Klavier ein wenig angepasst hat, nehme ich meine Geige heraus, und wir proben das Stück als Duett. Ich bin zwar nicht wirklich überzeugt, aber Jonas überredet mich, die Nummer am frühen Abend im 'Künstlercafe' zu testen. Wir trennen uns, und ich beeile mich, zu meinem Treffen mit Professor Eder zu kommen.

„Hätten Sie Interesse, Ihre Fähigkeiten bei kleinen öffentlichen Auftritten im Rahmen eines Sextetts zu zeigen?" eröffnet der Prof. das Gespräch. „Was nennen Sie in dem Zusammenhang klein?" möchte ich von ihm wissen. „Nun, ich spiele zusammen mit einigen Dozenten und Schülern des Hauses gelegentlich bei Musikveranstaltungen in Biergärten oder Brauhäusern. Das Programm ist sehr vielseitig, was Ihren Interessen entgegenkommen müsste." „Grundsätzlich ja. Ich gebe aber zu bedenken, dass ich einen kleinen Sohn habe und nicht ständig an Abendveranstaltungen teilnehmen kann." „Da wir fast ausschließlich samstags oder auch schon mal sonntags zum Frühschoppen spielen, wäre Ihr Sohn kein Hinderungsgrund. Außerdem könnten Sie ja ihre Freundinnen und die Kinder mitbringen. Überdies kommt hinzu, dass wir mit Ihnen zehn Musiker sind, die in wechselnder Besetzung auftreten. Sie können auch gerne zunächst einmal als Gast kommen und ein oder zwei ihrer Solostücke vortragen." Ich erkläre mich einverstanden und bedanke mich für die Ehre.

Gegen 18:00 Uhr treffe ich mich mit Jonas im ‚Künstlercafe', und wir besetzen sofort die Bühne. Zunächst spielen wir jeweils ein Solostück, um als drittes Stück das Experiment mit Beethovens Fünfter zu wagen. Der Applaus ist nicht frenetisch, doch man versichert uns, die Nummer hätte Potential. Wir verlassen die Bühne, und ich erzähle Jonas von dem Angebot, welches Professor Eder mir gemacht hat. „Da könnte es ja durchaus sein, dass wir hin und wieder zusammenspielen. Ich war zwar erst einmal dabei, aber ich soll am Vormittag des Ostermontags den Auftritt in einem Brauhaus begleiten. Du könntest Dir das Ganze ja mal ansehen. Ich würde mich freuen, Dich zu sehen." Ich verabschiede mich mit den Worten: „Ich denk' drüber nach und sag Dir Bescheid."

Donnerstag 02.04.2015

Als ich die Küche betrete, sage ich: „Ich muss mir unbedingt ein Auto kaufen." Andy sieht mich an und schüttelt ihren Kopf, dass ihre Locken fliegen. „In der Garage stehen drei Fahrzeuge. Evas Cabrio, der SUV und mein Hyundai. Wozu in aller Welt brauchen wir noch ein viertes Auto?" „Damit ich nicht ständig um die Autoschlüssel betteln muss." Eva schaltet sich in die Diskussion ein. „Was heißt denn hier betteln. Die Schlüssel hängen im Kasten, und Du kannst jederzeit den SUV oder auch Andys Hyundai nutzen, da brauchst Du nicht mal zu fragen. Lediglich das Cabrio möchte ich für mich reserviert wissen." Sie geht zum Schlüsselkasten, greift hinein und wirft mir den Schlüssel des X6 zu. „Wenn Du Bedenken wegen des Sprits hast, kannst Du den Wagen ja hin und wieder mal volltanken."

Ich überwinde meine Hemmungen, gehe in die Garage und setze mich hinters Steuer des großen BMW. Ein Druck auf die Fernbedienung, und schon öffnet sich das Rolltor. Langsam fahre ich den Wagen auf die Straße, dort gebe ich Gas und mache mich auf den Weg zum Steuerbüro. Wie Eva gesagt hat, ist Frau Berger nicht nur kompetent, sondern auch sehr nett. Ich lege ihr die Unterlagen vor, die ich vom Notar erhalten habe, und sie versichert mir, dass die Auskünfte des Notars durchaus richtig sind, ich aber die Ausgaben die für Carstens Einäscherung und Beerdigung entstanden sind, vom Gesamtvermögen des Todestages abziehen darf, und das Finanzamt daher etwas weniger erhält, als von mir vermutet. Sie verabschiedet sich von mir, und ich gehe mit dem Gefühl, mit meiner Angelegenheit in besten Händen zu sein.

Ich fahre nach Hause zurück, öffne die Garage und fahre den Wagen vorsichtig vorwärts in die Lücke. Als sich das Tor wieder schließt, atme ich erleichtert aus. „Na Süße, war doch kein Problem mit dem Wagen?" Eva tritt näher, eine Gießkanne in ihren Händen, um die Blumen im Beet neben der Garage zu gießen. „Ich habe allerdings jetzt vorwärts eingeparkt. Rückwärts trau' ich mich noch nicht" beichte ich ihr. „Ist schon in Ordnung. Wie war denn Dein Termin bei Frau Berger?" „Super. Die ist wirklich sehr nett. Danke nochmal für die Empfehlung."

Ich betrete das Haus und deponiere den Schlüssel vom SUV im Kasten. „Na also, geht doch", begrüßt mich Andy. Ich lächle zurück. „Ist zwar immer noch ein komisches Gefühl, aber ich gewöhn' mich dran." „Ich hab' Carsten übrigens das Fläschchen mit Deiner abgepumpten Milch gegeben", lässt mich Andy wissen. „War er denn damit satt?" „Das nicht, aber Evita hat ihm noch was übrig gelassen. Ich konnte ihm also noch etwas abgeben." „Danke Andy, Du bist die Beste."

Um mich zu revanchieren und das gute Wetter auszunutzen, lege ich die Kleinen in den Zwillingswagen und drehe mit ihnen eine Runde im Park. Als ich eine Stunde später zurück bin, öffnet mir Andy die Tür und nimmt mir den Wagen ab. „Du hast Besuch von Carstens Oma." Ich nehme meinen Sohn aus dem Wagen und gehe in die Küche, wo Karin gerade zu einer Tasse Kaffee einen Apfelpfannkuchen verzehrt. „Guten Appetit", begrüße ich sie. „Deine Freundin hat den extra für mich gemacht. Der Pfannkuchen ist wirklich lecker." Sie schiebt den Teller beiseite. „Lass mich aber zuerst mal meinen Enkel begrüßen." Ich reiche ihr den Kleinen, der sich in Gesellschaft seiner Oma offensichtlich wohl fühlt. „Schade, dass Du mit ihm schon raus warst, ich wäre gerne mit Euch spazieren gegangen." „Wir können am Samstag gerne zusammen eine Runde drehen, dann sind die Mädchen auch dabei." Ich berichte Karin von den Terminen beim Notar und bei der Steuerberaterin und bringe sie auf den aktuellen Stand.

KAPITEL 4

Samstag 04.04.2015
Da Eva für Ostersonntag Valerie und Fabian bei
uns zum Essen eingeladen hat, fahre ich mit ihr
zum Supermarkt einkaufen. Eva hatte die Idee,
dass wir Drei mal wieder gemeinsam kochen, und
sich für ‚Coq au Vin' entschieden. Andy hat sich
das Rezept angesehen und sich bereit erklärt, die
Regie beim Kochen zu übernehmen. So verbringen
wir den Nachmittag mit Vorbereitungen für das
Feiertagsessen.

Ostersonntag 05.04.2015
Gegen 18:00 treffen Valerie und Fabian mit ihrer
Julie ein. „Hier sind Carsten und ich eindeutig eine
gefährdete Minderheit", stellt Fabian fest, womit er
absolut richtigliegt, denn das Verhältnis Männer zu
Frauen beträgt sieben zu zwei. „Sieh' es doch mal
positiv", wende ich ein. „Ihr seid sowohl bei den
Großen als auch den Kleinen Hahn im Korb."
Andy und Eva bringen die Schüsseln auf den
Tisch, und der Duft lässt mir das Wasser im
Munde zusammenlaufen. Hungrig greifen wir zu,
und es schmeckt tatsächlich genauso gut wie es
riecht und aussieht. Nachdem wir alle gesättigt
sind, wollen auch die Kinder gefüttert werden.
Während Fabian das Fläschchen für seine Tochter
bereitet und ich die vorsorglich abgepumpte Milch
aufwärme, ziehen sich Andy und Eva zum Stillen
ins Wohnzimmer zurück. Danach werden die
süßen Kleinen frisch gewindelt und bis auf Julie
zum Schlafen gebettet, während wir uns noch eine

Weile mit dem Thema Kindererziehung beschäftigen. Als Valerie und Fabian sich schließlich von uns verabschieden, räumen wir nur noch die Spülmaschine ein und gehen ins Bett.

Ostermontag 06.04.2015

Als ich wach werde, ist es noch dunkel und eigentlich noch zu früh aufzustehen, doch da ich vor Nervosität nicht mehr schlafen kann, gehe ich ins Bad und stelle mich unter die Dusche. Frisch geduscht kehre ich in mein Schlafzimmer zurück und sehe nach meinem Sohn, der friedlich in seinem Bettchen liegt und leise vor sich hin brabbelt. Ich nehme ihn hoch, lege ihn an meine Brust und genieße das innige Gefühl, das ich immer habe, wenn er trinkt. Eine halbe Stunde später ist Carsten gewaschen, gewindelt und spielt gutgelaunt mit seiner Rassel, während ich mich anziehe. Ich nehme ihn mit in die Küche, lege ihn in seine Wiege und gebe mich an die Zubereitung des Frühstücks. Kurze Zeit später zieht der Duft von Kaffee und frischen Pancakes durchs Haus.

Andy betritt die Küche mit den Worten: „Wer hat Dich denn aus dem Bett geschmissen?" Sie blickt in die Wiege und fragt: „Warst Du das kleiner Mann?" „Nein, Carsten war heute Morgen ganz brav. Aber ich bin nervös wegen meines Auftritts bei der Session im Brauhaus heute. Da dachte ich: Eh' ich wach im Bett liege, kann ich genauso gut Frühstück machen." Andy bedankt sich, weil ich ihr Arbeit abgenommen habe, und sieht mich fragend an. „Hast Du ein Problem damit, wenn wir mitkommen und zusehen?" „Nein. Das fände ich großartig. Dann spiele ich nur für Euch." Eva betritt mit den Mädchen im Arm die Küche.

„Meine Nase hat mir gesagt es gibt Kaffee und leckere Pancakes. So beginnt man gerne den Tag." Sie legt die Kleinen in ihre Wiegen, setzt sich neben Andy an den Tisch und gießt sich Kaffee ein. Ich verteile die Pancakes und nehme ebenfalls Platz. „Ihr wollt Euch also wirklich meinen Miniauftritt anhören?!" „Das und die Jazz-Session mit Deinem Prof."

Gegen zehn Uhr betreten wir das Brauhaus und werden zunächst von Jonas herzlich begrüßt. Er dirigiert uns zu einem reservierten Tisch mit Blick auf die Musik. „Den Tisch hab' ich mal auf Verdacht für Euch freigehalten." Wir bedanken uns, und ich kann es mir nicht verkneifen, ihm ein Küsschen auf die Wange zu drücken. „Begrüßen Sie alle Musiker so liebevoll?", höre ich den Bass von Professor Eder hinter mir. Mit glühenden Wangen wende ich mich um und gebe artig Pfötchen. „Ich sehe, Sie haben Ihr Instrument dabei. Dann können Sie nachher gerne ein paar Solostücke vortragen. Ich denke ‚We will rock you' würde ganz gut passen. Aber vielleicht haben Sie ja auch noch andere aktuelle Titel im Repertoire." „Wie wäre es mit Time to say good bye, Titanic oder Stranger on the Shore Herr Professor? " „Wenn Sie Titanic weglassen, bin ich einverstanden", antwortet Professor Eder.

Nach und nach treffen die anderen Mitglieder der Band ein. Ich erkenne Professor Beck sowie drei ältere Kommilitonen. Jetzt sind neben Klavier, Schlagzeug, Saxophon und Klarinette noch zwei Gitarristen dabei. Kurz nach halb Zehn eröffnet die Band den Frühschoppen mit dem Stück ‚Take Five' von Dave Brubeck. Danach geht es quer durch drei Jahrzehnte Jazz, wobei jeder der sechs Musiker die

Gelegenheit zu einer Soloeinlage bekommt. Nach einer halben Stunde macht die Gruppe die erste Pause. Prof. Eder kommt zu mir und schlägt vor, ich könne nach der Pause zunächst zwei Stücke zu Gehör bringen.

„Ich würde gerne zunächst Stranger on the Shore hören und We will rock you", lässt er mich wissen. Die Pause ist für mein Gefühl viel zu schnell vorbei. Der Prof. tritt ans Mikrophon und kündigt mich als Newcomerin auf der Geige an, die auf diesem Instrument moderne Musik neu interpretiert. Ich trete auf die kleine Bühne und ziehe mir das Mikrophon zurecht. Als ich den Bogen auf die Saiten senke, fällt alle Spannung von mir ab. Fehlerfrei bringe ich das erste Stück zu Ende. Der Applaus ist freundlich, aber verhalten. Prof. Beck setzt sich ans Schlagzeug und intoniert den Rhythmus von ‚We will rock you'. Das Publikum klatscht den Takt mit. Fünf Sekunden später lasse ich den Bogen über die Saiten tanzen. Bei jeder Strophe erhöhe ich das Tempo ein wenig, um schließlich in einem wilden Crescendo zu enden. Der folgende Applaus löst in mir eine Welle von Glücksgefühl aus, und ein Blick hinüber zu meinen Freundinnen zeigt mir lachende Gesichter und hoch erhobene Daumen.

Ich bedanke mich beim Publikum, und Professor Eder verspricht den Gästen einen weiteren Auftritt von mir zum Ende des Programms. Die Band spielt nun ein Medley mit Stücken von Mr. Aker Bilk. Einige der Stücke könnte ich auf der Geige mitspielen. Meine Blase meldet sich, und ich suche das WC auf. Als ich die Toilette wieder verlasse, kommt mir Jonas entgegen und zerrt mich in den Saal. „Nimm Deine Geige und komm auf die

Bühne." Ich greife mein Instrument und betrete so schnell ich kann die Bühne. Prof. Eder tritt zu mir. „Wir wollen jetzt Time to say Goodbye spielen. Sie übernehmen mit der Geige die Führung. Trauen Sie sich das zu?" „Ja, sicher." „Okay. One, two, three …" Bei four berührt mein Bogen sanft die Saiten, und der Rest der Gruppe folgt mir. Ich lege all meine Leidenschaft in mein Spiel und nehme meine Umgebung erst wieder wahr, als der letzte Ton verklungen ist und Beifall aufbrandet. „Sie sind in die Gruppe aufgenommen", raunt mir der Prof. zu, und ich verneige mich vor dem Publikum.

„Du warst unglaublich bewegend." Eva hat feuchte Augen. „Das hatte Leidenschaft, Romantik, Gänsehaut… Wahnsinn. Es war einfach nur schön." Andy nimmt mich in den Arm. „Du bist absolut Spitze. Selbst die Kleinen haben ganz andächtig zugehört." „Ich hab' nur für Euch gespielt. Freut mich, wenn es Euch gefallen hat." Andy winkt mit ihrem iPhone. „Du kannst Deine Stücke ja zu Hause in Ruhe genießen. Ich hab' alles mitgeschnitten."

Dienstag 07.04.2015
Die auf mein Gesicht fallende Sonne beendet meinen Schlummer. Der Blick auf den Wecker lässt mich augenblicklich wach werden. Ich kann kaum glauben, dass ich bis fast neun Uhr geschlafen habe. Ich erhebe mich und werfe einen Blick in das leere Kinderbett. Offenbar haben meine Freundinnen den Kleinen mit zu sich genommen. Eine schnelle Dusche, Jeans und T-Shirt übergezogen, schon laufe ich barfuß die Treppe hinab Richtung Küche.

„Na Du Langschläferin, endlich wach geworden? Erholt siehst Du aus", begrüßen mich Eva und Andy. Ich sehe kurz nach meinem Sohn, gebe ihm einen Kuss, setze mich an den Küchentisch und betrachte das von meinen Freundinnen bereitete Frühstück. „So könnte meinetwegen jeder Tag beginnen. Ihr seid tolle Freundinnen." Andy stellt eine Tasse Cappuccino neben meinen Teller. „Lass es Dir schmecken Süße. Du hast es Dir verdient." Ich esse mit großem Genuss, während Andy meinen Sohn auf ihren Knien wiegt und sein fröhliches Lachen mir ein Lächeln ins Gesicht zaubert.

Kaum habe ich mein Mahl beendet, drückt mir Andy meinen Kleinen an die Brust und holt ihr MacBook. Kurz darauf sehe ich mich selbst auf dem Bildschirm. Es ist das erste Mal, dass ich mich selbst beim Spiel beobachten kann, und ich stelle fest, dass ich meine strengste Kritikerin bin, denn einiges an meinem ersten Stück missfällt mir. Die Rocknummer ist soweit in Ordnung, doch das Stück, welches ich zusammen mit der Gruppe gespielt habe, treibt mir die Tränen in die Augen. Ich hätte nie gedacht, dass mein Spiel so in mich selbst versunken und leidenschaftlich sein könnte. „Ich glaube, das ist mir wirklich gut gelungen", kommentiere ich meine Leistung, als der letzte Ton verklungen ist.

Eine Stunde später sitze ich bei Frau Münster im Seminar Musikpädagogik. Habe ich an gewöhnlichen Tagen schon Probleme, mich auf den trockenen Stoff zu konzentrieren, so wird heute mein Blick zusätzlich abgelenkt von Jonas, der schräg vor mir sitzt. Als die Dozentin mich direkt anspricht, zucke ich zusammen. „Frau

Gerber, würden Sie uns bitte das Vergnügen ihrer Mitarbeit machen?" Ich spüre, wie sich mein Gesicht vor Verlegenheit erhitzt, und wende meinen Blick nach vorne. „Sorry, ich habe leider ziemliche Kopfschmerzen und kann mich kaum konzentrieren. Wenn Sie erlauben, werde ich die Stunde in ihrem Donnerstagskurs nachholen." Die Dozentin nickt mir mitfühlend zu. „Wir sehen uns am Donnerstag. Ich wünsche Ihnen gute Besserung." Erleichtert verlasse ich den Seminarraum.

Zu Hause empfängt mich Andy mit erstauntem Blick. „Wolltest Du nicht erst gegen Abend zurück sein?" Ich erkläre ihr die Lage und dass ich mich bei meiner Dozentin wegen Kopfschmerzen abgemeldet habe. „Ich kann mich einfach in Jonas Nähe nicht auf etwas anderes konzentrieren", schließe ich meine Erklärungen. „Tja, wenn ich mich zwischen Jonas und Musikpädagogik zu entscheiden hätte, bekäme ich auch Kopfschmerzen", spottet Andy grinsend. „Bäh, bäh, bäh." Ich strecke ihr meine Zunge entgegen. Die Tür öffnet sich, und Eva betritt die Küche. „Muss ich mir Sorgen machen?" „Lena hat Liebeskopfschmerzen. Ist allerdings nicht ansteckend", scherzt Andy lachend. Eva prustet los, und Sekunden später liegen wir uns alle drei lachend in den Armen. Eva sieht mich an. „Jetzt mal ernsthaft Lena. Wenn Dir an dem Jungen was liegt, musst Du eindeutige Signale senden, denn ich halte ihn für extrem schüchtern." Andy strahlt mich an. „Lad' ihn doch einfach für Freitagabend zum Essen ein. Oder geh' mit ihm ins Kino. Wir kümmern uns schon um Deinen Kleinen."

Donnerstag 09.04.2015

Pünktlich 11:00 Uhr sitze ich im Seminar Musikpädagogik. Den Lehrstoff finde ich immer noch viel zu trocken und theoretisch, doch ohne Jonas in unmittelbarer Nähe gelingt es mir, dem Vortrag zu folgen und mich sogar mit dem ein oder anderen Beitrag zu beteiligen. Am Ende der Stunde bitte ich Frau Münster, mich dauerhaft für den Donnerstag einzutragen. Eine Bitte, der sie gerne entspricht. Auf dem Weg in den Pausenraum begegne ich Jonas. Ich lächle ihn an und frage, ob er denn am Freitagnachmittag Zeit habe, mit mir zusammen zu üben. Wir verabreden uns für 16:00 Uhr im Proberaum der Musikhochschule, und ich lasse durchblicken, dass ich danach gerne noch etwas mit ihm unternehmen möchte, da mein Sohn sich morgen in der Obhut meiner Freundinnen befände.

Freitag 10.04.2015

Nachdem ich meinen Sohn versorgt habe, stehe ich im Schlafanzug vor dem Kleiderschrank und stelle panisch fest: Ich habe nichts anzuziehen. Jedenfalls habe ich nichts, was sich sowohl für das gemeinsame Üben als auch für den anschließenden Abend eignen würde. Schließlich hilft Andy mir aus der Patsche, indem sie mir ein Kleid mit Bolero leiht, was für die Musikschule seriös und für den restlichen Abend aufregend genug ist. Um für alles gewappnet zu sein, beschließe ich, auf den BH zu verzichten und lediglich einen Tangaslip unter dem Kleid zu tragen.

Eine Viertelstunde vor der verabredeten Zeit betrete ich die Musikhochschule und begebe mich zu den Proberäumen. Jonas ist tatsächlich schon vor Ort und begrüßt mich mit Küsschen auf die Wange. Nach kurzer Diskussion setzen wir uns ans Klavier und spielen Opus 134 von Beethoven - ein Stück für vier Hände. Zu Anfang habe ich noch etwas Probleme, mit Jonas mitzuhalten, denn im Gegensatz zu ihm ist das Klavier nicht mein Hauptinstrument. Nach einer Weile gelingt es mir schließlich, mich an sein Spiel zu adaptieren, und unser Zusammenspiel wird harmonisch. Wir machen eine kleine Pause, ich nehme meine Geige aus dem Kasten und schlage Jonas vor, meine Interpretation von Beethovens Fünfter als Dialog zwischen Klavier und Geige zu spielen. Als ich die Geige ansetze, stelle ich fest, dass mich der Bolero doch sehr stört, und lege ihn ab. Diesmal ist es an mir, die musikalische Führung zu übernehmen, und Jonas folgt meinem Spiel auf dem Klavier zunächst verhalten, bis er schließlich gegen Schluss des Stückes das Tempo erhöht und wir gemeinsam ein furioses Finale spielen. Kurz darauf beschließen wir, unsere Probe zu beenden und ins Kino zu gehen.

Da ich meine Geige ungern im Auto lassen möchte, schlägt Jonas vor, das Instrument in seiner Studentenbude zu deponieren. Wir fahren also zu ihm, und er zeigt mir sein Zimmer in einer Studenten-WG. Überrascht stelle ich fest, dass sein Zimmer richtig ordentlich ist. „Hast Du extra für mich aufgeräumt, oder bist Du immer so ordentlich?" frage ich ihn. „Mein Zimmer sieht immer so aus", bekomme ich zur Antwort. Mein Blick fällt auf die Sammlung von DVDs im Regal. „Wir können uns natürlich auch einen von Deinen Filmen ansehen", schlage ich vor. „Wenn etwas dabei ist, was Dich interessiert", bekomme ich zur Antwort. Ich beuge mich vor, um eine DVD auszusuchen. Dass mein Kleid dabei den Blick auf meine Brüste freigibt, bemerke ich erst, als ich Jonas schwer atmen höre und seinen Blick starr auf mein Dekolleté gerichtet sehe. Ich richte mich auf und wende mich zu ihm. „Wir müssen natürlich nicht zwingend einen Film sehen, wenn Du lieber etwas anderes machen würdest."

Jonas tritt näher und legt seine Arme um mich. „Ich mag Dich kleine Lena, doch ich möchte die Situation nicht ausnutzen, denn dafür bist Du mir zu wichtig." Ich schmiege mich an ihn. „Ich mag Dich auch, mehr als Du vielleicht jetzt denkst. Küss mich." Ich lege meinen Kopf in den Nacken und biete meine leicht geöffneten Lippen an. Er senkt seinen Mund auf meinen, und unsere Lippen verschmelzen in einem zärtlichen Kuss. Als ich meine Zungenspitze über seine Unterlippe gleiten lasse, wird sein Kuss leidenschaftlich. Seine Zunge dringt in meinen Mund vor und vereint sich mit meiner Zunge in einem wilden Kampf. Ich presse meinen Unterleib an den seinen und spüre seine Erregung. Während seine linke Hand meinen Rücken streichelt, legt sich seine Rechte über meinem Kleid auf meine linke Brust und umschließt sie. Mein Stöhnen verrät ihm, wie sehr ich diese Berührungen genieße.

Ich streife die Träger des Kleides herunter und biete ihm meine Brüste an. Unglaublich zärtlich nimmt er die Halbkugeln in Besitz, seine Hände umschließen sie, und seine Finger spielen sanft mit meinen Brustwarzen. Ich stöhne in Jonas Ohr. „Ja, fass mich an." Er greift fester zu, und ich spüre die Berührungen hinunter bis ins Zentrum meiner Lust. „Du tust mir gut", lasse ich ihn wissen. Seine Finger öffnen den Reißverschluss meines Kleides und streifen es von meinem Körper. Bis auf den Tanga bin ich jetzt nackt. Seine Hände umschließen meine Pobacken und ziehen mich an sich. „Das ist unfair", wende ich ein. „Ich bin so gut wie nackt, und Du bist noch vollständig bekleidet." Er hält mich auf Abstand, um mich zu betrachten. „Du bist schön kleine Lena." Innerhalb von Sekunden entledigt er sich seiner Kleider und zieht mich wieder an sich. Nur zwei dünne Lagen Stoff trennen unsere pochenden Geschlechter jetzt noch voneinander. Ich fasse den Bund seiner Boxershorts und ziehe sie herunter. Meine Fingernägel krallen sich in das feste Fleisch seiner Pobacken.

Jonas lässt sich rücklings auf das Bett fallen und zieht mich mit. Dann befreit er zunächst sich von den Boxershorts und danach mich von meinem Tanga. Er dreht mich auf den Rücken und betrachtet mich von meinen Haaren über mein Gesicht, meine Brüste, meinen Bauch, meine Schenkel bis hinunter zu meinen Füssen. „Ich habe noch nie so etwas Schönes wie Dich gesehen." Er beugt sich über mich, küsst mich zärtlich und leidenschaftlich zugleich. Seine Lippen wandern meinen Hals entlang, hinunter zu meinen Brüsten, umschließen nacheinander beide Brustwarzen, die sich seinem Mund entgegen recken. Seine Zungenspitze dringt in meinen Nabel vor, während sich meine Schenkel in freudiger Erwartung spreizen und mein Nektar zu fließen beginnt. Als er meine Pobacken schließlich mit seinen Händen umschließt und seine Zunge in meine Nässe eintaucht, kann ich mich nicht mehr zurückhalten. Kleine spitze Lustschreie leiten meinen Höhepunkt ein, der mich wie eine Lawine überrollt und mein Bewusstsein für Sekunden auslöscht.

Danach liege ich in fester Umarmung mit Jonas und spüre seine Erektion an meinem Schamhügel. „Tu es", flüstere ich ihm zu. Er streift ein Kondom über, dann klopft seine Eichel an den Eingang zu meinem Geschlecht, welches ihn bereitwillig aufnimmt. Ich höre mich stöhnen, als er in mich eindringt und mich mit gleichmäßig tiefen Stößen nimmt. Ich genieße es, von ihm ausgefüllt zu sein, recke mich ihm entgegen und spüre, wie er mich erneut bis kurz vor den Gipfel trägt, um mich schließlich mit einem letzten harten Stoß über die Klippe zu befördern. Diesmal brauche ich eine halbe Ewigkeit, bevor ich meine Umgebung wieder realisiere. „Ich liebe Dich kleine Lena", höre ich die Stimme von Jonas. „Ich liebe Dich auch Jonas", antworte ich und schlinge meine Arme um ihn.

„Ich muss Dir ein Geständnis machen." Jonas Stimme klingt unsicher. „Und das wäre?" „Das war für mich gerade das erste Mal." „Das erste was???" „Das erste Mal, dass ich mit einer Frau geschlafen habe." Ich schaue ihn mit großen Augen an. „Das heißt ich bin Deine Erste?" Jonas nickt. „Ja, und es war schön mit Dir. Dabei hatte ich solche Angst zu versagen. Ich hab' schon gedacht, ich wäre nicht normal, weil ich in meinem Alter noch keinen Sex hatte." „Dabei warst Du richtig gut. Du bist offensichtlich ein Naturtalent." Ich küsse ihn zärtlich und flüstere ihm ins Ohr: „Ich bin stolz, Deine erste Frau gewesen zu sein."

KAPITEL 5

Samstag 11.04.2015

Ich erwache in einem fremden Zimmer und einem fremden Bett. Als ich den Mann neben mir ansehe, kommt die Erinnerung zurück. Ich habe die Nacht mit Jonas verbracht. Ganz vorsichtig, um ihn nicht zu wecken, verlasse ich das Bett, suche meine Sachen zusammen und ziehe mich an. So leise wie möglich schleiche ich mich aus der Wohnung. Im Auto kontrolliere ich mein Handy. Andy und Eva haben mehrfach versucht, mich zu erreichen. Ich schreibe Jonas eine kurze Nachricht und bitte um Verständnis für meinen heimlichen Abgang. Kurz darauf kommt seine Antwort. [Kann ja verstehen, dass Du zu Deinem Sohn musst. Deine Geige bring ich Dir. Hab Dich lieb.] Ich starte den Wagen und fahre nach Hause.

Bereits im Flur rieche ich Kaffee und Waffeln, und in der Küche begrüßt mich mein Kleiner mit fröhlichem Krähen. Ich nehme ihn auf den Arm und knuffe ihn zärtlich. Andy kommt in die Küche und grinst mich an. „Na, hast wohl gesumpft letzte Nacht." „Es war einfach nur schön, aber jetzt hab' ich ein schlechtes Gewissen." „Seid Ihr denn im Kino gewesen, oder habt ihr den Film selbst gemacht?" will Eva wissen. „Wir waren in seinem WG-Zimmer. Das war die sauberste Studentenbude, die ich je gesehen habe. Da lag noch nicht mal schmutzige Wäsche 'rum." „Und habt Ihr?", will Andy wissen. Vor Verlegenheit fange ich an zu stottern. „Also eigentlich … naja … ich habe mit ihm geschlafen. Er hat gesagt, es war für ihn das erste Mal." Eva sieht mich zweifelnd an. „Sagt er das jeder Frau?" „Für mich klang das ehrlich. Was hätte er davon, so etwas hinterher zu behaupten?"

Kurz nach dem Frühstück klingelt es an der Tür, und Jonas bringt mir meine Geige. Ich begrüße ihn mit einem Kuss und bitte ihn herein, doch er muss gleich weiter, da er noch eine Verabredung mit einem Kommilitonen hat, der auch in der Gruppe von Prof. Eder mitspielt. Daher nehme ich meinen Sohn auf den Arm und drehe mit ihm eine Runde durch den Park. Als wir eine halbe Stunde später zurück sind, wartet Karin schon auf uns. Ich reiche ihr den Kleinen, der seine Oma glücklich anlächelt. Karin hat ein Paket mitgebracht, welches Carsten in ihrer Wohnung deponiert hatte. „Das wollte er Dir zu Weihnachten schenken. Ich hab das Paket erst vorgestern wieder entdeckt."

Mit zittrigen Fingern öffne ich die Verpackung. Als ich die E-Geige von Yamaha auspacke, schießen mir die Tränen in die Augen. Dieses Instrument ist ein absoluter Traum. Bei dem Gedanken, dass Carsten mir dieses Geschenk eigentlich unter unseren Weihnachtsbaum legen wollte, wird mir wieder klar, wie sehr ich ihn immer noch vermisse, und ich heule wie ein Schlosshund. Da ich mich nicht mehr persönlich bei Carsten bedanken kann, umarme ich stellvertretend Karin und meinen Sohn.

Eine halbe Stunde später habe ich meine Gefühle so weit im Griff, dass ich mein Geschenk ausprobieren kann. Wir haben uns im Wohnzimmer versammelt, die Geige ist an den Verstärker der Stereoanlage angeschlossen und gestimmt. Ich nehme das edle Instrument auf und setze den Bogen an. Sanft erklingen die ersten Töne von ‚White Christmas', dem Lieblingslied meines verstorbenen Freundes. Eine feierliche Stimmung bemächtigt sich der anwesenden Mitglieder meiner kleinen Patchwork-Familie. Mit äußerster Konzentration schaffe ich es, das Stück zu beenden, bevor mir erneut die Tränen in die Augen steigen und Eva mir vorsichtig Bogen und Geige aus den Händen nimmt.

Sonntag 12.04.2015

Als mein Sohn mich weckt, bin ich noch immer tief bewegt von den Ereignissen des Vortags. Ich nehme ihn aus dem Bettchen und gehe mit ihm hinunter in die Küche, um ihm sein Fläschchen zu bereiten. Nachdem er satt und zufrieden an meiner Schulter eingeschlafen ist, gehe ich wieder hinauf in mein Zimmer und nehme ihn mit zu mir in mein Bett. Den kleinen Mann in meine Arme gekuschelt, genieße ich die ersten Sonnenstrahlen, die durch das Fenster auf mein Gesicht fallen, bis wir vom Geschrei eines der Mädchen erinnert werden, dass es Zeit ist aufzustehen. Eine halbe Stunde später - ich habe inzwischen geduscht und Carsten gewindelt - steigen wir die Treppe hinab und betreten die Küche, wo Eva gerade Rührei und Speck brät, während Andy die beiden Mädchen beschäftigt.

Ich gebe Carsten ebenfalls in die Obhut von Andy und decke den Tisch. Zur Feier des Tages gibt es heute wahlweise frische Ananas oder Mango. Außerdem hat man meinem Wunsch folgend eine Kanne Earl Grey Tee aufgegossen. Während die drei Kleinen selbstvergessen in ihren Wiegen vor sich hin brabbeln, können wir zum ersten Mal seit Tagen in aller Ruhe frühstücken.

Nach dem Frühstück drängt es mich ins Wohnzimmer, denn ich möchte unbedingt meine neue Geige mit einigen Klassikstücken testen. Diesmal gelingt es mir zu spielen, ohne wieder sofort in Tränen auszubrechen. Nach einigen Stücken von Mozart wende ich mich meinem derzeitigen Lieblingsstück zu, und so füllen kurz darauf die Klänge von ‚Time to say goodbye' den Raum, was meine beiden Freundinnen dazu veranlasst, den Refrain mehr oder weniger gekonnt mitzusingen. Nach diesem Stück schalte ich den Verstärker ab, lege meine Geige vorsichtig in den zugehörigen Kasten, und wir gehen mit unseren Kleinen in den Garten.

Montag 13.04.2015

Gegen 11:00 Uhr treffe ich in der Musikschule ein, wo ich von Jonas mit einem Kuss begrüßt werde. Ich nehme ihn zur Seite und bitte ihn, von solchen Vertraulichkeiten in der Öffentlichkeit abzusehen, denn ich bin noch nicht so weit, eine neue Beziehung zu führen. „Ich war für Dich wohl nur ein One-Night-Stand." Jonas klingt verletzt und will sich abwenden. Ich lege ihm die Hand auf den Arm. „Bitte hör' mich an. Ich sehe Dich keineswegs als einmaliges Sexabenteuer, aber der Vater meines Sohnes ist nicht mal ein halbes Jahr tot, und ich brauche einfach noch etwas Zeit, bevor ich in welcher Art und Weise auch immer eine neue feste Bindung eingehe. Bitte lass es uns langsam angehen." Ich kann die Enttäuschung in seinem Gesicht ablesen, doch er drückt meine Hand und nickt. „Ich kann das verstehen, und ich will Dich auch nicht bedrängen, dafür bist Du mir zu wichtig. Ich will lieber warten, als ganz auf Dich zu verzichten." Ich spüre wie meine Augen feucht werden, flüstere ihm ein „Danke" zu, wende mich ab und gehe in das Seminar zu Prof. Eder.

Nach dem Seminar verlasse ich die Musikschule und fahre nach Hause. Eva ist ganz erstaunt, dass ich schon wieder früher als erwartet eintreffe, und nimmt mich spontan in den Arm. „Möchtest Du darüber reden?" „Ich habe Jonas gesagt, dass ich noch keine Beziehung will." „Und das hat er nicht gut aufgenommen?" „Nein, er dachte, er wäre für mich nur ein Sexabenteuer gewesen. Aber das konnte ich ihm zum Glück ausreden. Meine Zurückweisung hat ihn trotzdem sehr verletzt. Ich weiß nicht, was ich tun soll." Eva streicht mir über die Wange. „Setz' Dich nicht selber unter Druck. Wenn er Dich wirklich mag, wird er warten, bis Du bereit für ihn bist. Du solltest allerdings jetzt keine widersprüchlichen Signale aussenden, denn das könnte ihn glauben machen, dass Du mit ihm spielst." „Ich weiß, aber ich bin selbst innerlich zerrissen. Einerseits mag ich ihn sehr, andererseits brauche ich wirklich noch Zeit, und außerdem ist da noch mein Sohn, den ich mehr liebe als alles andere." Eva lächelt mich an. „Dann lass' uns die Kleinen jetzt mal einsammeln und eine Runde durch die Sonne drehen."

Nach dem Spaziergang geht es mir wieder besser, denn ich sehe durch das Gespräch mit Eva klarer. Wenn Jonas wirklich etwas für mich empfindet, wird er mir Zeit geben und mich nicht bedrängen. Aber ich muss die Zeit nutzen, um mir über meine Gefühle klar zu werden, denn nur so habe ich die

Chance, mit meiner Trauer über den Verlust von Carsten abzuschließen und mich ernsthaft auf einen Neuanfang mit einem Mann einzulassen.

Donnerstag 16.04.2015

Ich parke Andys Hyundai in einer Seitenstraße nahe der Musikschule, nehme meinen Geigenkasten und mache mich auf den Weg. Ein weißes Minicabrio fährt an mir vorbei und stoppt etwa zwanzig Meter vor mir. Der junge Mann auf dem Beifahrersitz gibt der Blonden am Steuer einen Kuss, steigt aus und geht schnellen Schrittes Richtung Musikschule, während das Cabrio mit quietschenden Reifen davonbraust. Ich wende meinen Blick wieder dem jungen Mann zu. *‚Scheiße, bin ich blöd, das ist Jonas. Und ich dumme Kuh mache mir Gedanken um eine Beziehung, dabei fährt der Pianospieler offenbar mehrgleisig. Von wegen ich war seine Erste. Wie blöd kann Frau eigentlich sein?‘* Tränen der Wut steigen mir in die Augen.

Ich verlangsame meinen Schritt, denn ich will keinesfalls, dass er mich weinen sieht. Als er im Gebäude verschwindet, folge ich ihm unauffällig und gelange ungesehen zum Seminarraum von Frau Münster. Ich trockne meinen Tränen, betrete den Raum und nehme meinen Platz ein. Mit Mühe gelingt es mir, der Stunde zu folgen. Als ich im Anschluss an das Seminar zum Auto gehe, sehe ich das weiße Cabrio am Straßenrand stehen. Ich trete in einen Hauseingang und beobachte die blonde Frau, die ganz offensichtlich auf Jonas zu warten scheint. Eine Minute später steigt er in den Wagen ein und begrüßt die Blonde mit einem Kuss. Als die Beiden an mir vorbeifahren, drehe ich mich mit dem Rücken zur Straße und tue, als würde ich darauf warten, dass man mir die Tür öffnet. Na also. Hatte ich mir während des Seminars versucht einzureden, dass ich den Kuss beim Aussteigen vielleicht falsch interpretiert habe, so ist es jetzt wohl eindeutig. Der Mistkerl hat mich nur benutzt. Ich gehe zum Auto und mache mich auf den Heimweg.

Mit den Worten „Alle Männer sind Schweine" begrüße ich Andy, als ich den Schlüssel vom Hyundai in den Kasten hänge. „Wie kommst Du zu dieser tiefschürfenden Erkenntnis?" fragt mich meine Freundin schmunzelnd. „Ich habe Jonas mit einer fremden Frau gesehen. Er hat sie geküsst, und zwar gleich zweimal." Andy schüttelt den Kopf. „Jetzt mal langsam. Wo? Wann? Wie?" Während ich Andy berichte, was ich gesehen habe, treten mir Tränen in meine Augen. „Kleines, Du bist ja total durch den Wind. Jetzt beruhig' Dich erstmal wieder." Andy stellt mir einen Becher Cappuccino hin. „Das will nicht zwingend was bedeuten. Vielleicht ist das ja eine alte Freundin oder Schulkameradin von ihm. Da begrüßt man sich schon mal mit Küsschen. Oder hattest Du den Eindruck, dass der Kuss intimerer Natur war?" „Nein, das nicht gerade." „Dann halt erstmal die Füße still. Denn einen Mann auf Abstand halten und gleichzeitig die Eifersüchtige mimen, kommt nicht gut an." Da muss ich meiner Freundin natürlich recht geben. Andy nimmt mich in den Arm und streichelt mir über den Kopf, bis ich wieder ruhig geworden bin.

Montag 20.04.2015
Prof. Eder fragt mich, ob ich Interesse an der Mitarbeit bei einer Studioproduktion von einigen

Musikstücken hätte. Eine Band benötigt für verschiedene Musikstücke einen Geiger oder eine Geigerin, die sich neben Klassik auch an moderne Unterhaltungsmusik heranwagt. Der Bandleader - ein ehemaliger Schüler von ihm - hat den Prof. um Vermittlung gebeten. Das Honorar, welches man bereit ist zu zahlen, ist respektabel. Nachdem mir der Prof. versichert, dass er mir den Job zutraut, - sonst habe er mich erst gar nicht gefragt - sage ich zu, den Bandleader am Abend im 'Künstlercafe' zu treffen.

Punkt 18:00 Uhr treffe ich im Café ein, wo ich von Professor Eder schon erwartet werde. Zehn Minuten später trifft der Bandleader Rolf Bachmann ein. Der Mann ist mir auf Anhieb sympathisch, und nachdem ich den Bandnamen ‚Raindreamer' von ihm gehört habe, bin ich dankbar, solch eine Chance zu bekommen. Um ihm eine Probe meines Könnens zu geben, spiele ich ihm ein klassisches Stück vor, um ihn danach mit meiner Darbietung von ‚Time to say goodbye' endgültig davon zu überzeugen, dass ich für den Job die Richtige bin. Als er außerdem hört, dass ich auch eine E-Geige besitze, ist der Deal perfekt, und er überreicht mir einen Vertrag und ein Bündel Notenblätter. „Lesen Sie sich den Vertrag in Ruhe durch und reichen Sie ihn unterschrieben zurück", rät mir der Professor.

Zu Hause ist der Jubel groß, als meine Freundinnen erfahren, dass ich mit meiner Geige jetzt Geld verdiene. Ich bitte Eva, sich den Vertrag einmal anzusehen, da sie sich mit solchen Schriftstücken besser auskennt. Als sie den Honorarbetrag sieht, entfährt ihr ein Jubelschrei. „Fünftausend Euro. Das ist ja der absolute

Wahnsinn. Wenn Du den Job gut erledigst, bekommst Du bestimmt auch Folgeaufträge. Dann kannst Du demnächst von Deiner Musik leben. Mädel unterschreib, bevor die sich das nochmal überlegen. Wann musst Du denn im Studio antreten?" „In der dritten Maiwoche soll die Produktion beginnen. Ich habe also genug Zeit, die Stücke bis zur Perfektion zu üben." Andy öffnet eine Flasche Sekt, und wir stoßen auf meinen ersten richtigen Job an.

Nachdem wir die Flasche geleert haben, begebe ich mich ins Wohnzimmer und sehe mir zunächst in Ruhe die Notenblätter der sechs Musikstücke an. Dann nehme ich meine Geige und spiele das erste Stück, bis ich die Melodie verinnerlicht habe. Nach und nach arbeite ich mich in die Musik der Gruppe ein. Als Eva zu mir kommt und mich zum Essen ruft, spiele ich die ersten beiden Stücke bereits fehlerfrei. Ich lege mein Instrument weg und folge Eva in die Küche, wo Andy gerade eine Familienpizza - belegt mit Lachs, Scampi und weiteren Meeresfrüchten - portioniert. Eva öffnet eine Flasche Chardonnay und schenkt uns ein. Nach dem Abendessen versorgen wir unseren Nachwuchs und bringen die drei Süßen ins Bett.

Mittwoch 22.04.2015
Ich übe intensiv die Stücke, die ich für die CD einspielen soll. Gegen Mittag fahre ich zum Probenraum der Raindreamer, wo ich Robbie die eingeübten Stücke vorspiele, während er auf dem Keyboard die Begleitmusik spielt. Die Zusammenarbeit mit ihm ist ausgesprochen harmonisch, und nach drei Stunden brechen wir

die Probe zufrieden ab. „Du passt gut zu unserem neuen Konzept", lässt mich Robbie wissen.

Samstag 25.04.2015

Mein Sohn weckt mich gegen fünf Uhr, und ich nehme ihn zu mir ins Bett. Doch selbst in inniger Umarmung quengelt er immer weiter und ist auch mit dem Schnuller nicht zu beruhigen. Also stehe ich auf, gehe mit ihm in die Küche und bereite ihm ein Fläschchen Tee, welchen er gierig trinkt. Ich gehe mit ihm wieder nach oben, nehme ihn mit ins Bad und mache mich fertig. Als ich ihn anschließend hochnehme, stelle ich fest, dass er doch ziemlich impertinent riecht. Ich schäle meinen Sohn aus seiner Windel und bade ihn im Waschbecken. Kurze Zeit später - in frischer Windel und sauberem Strampler - strahlt mein kleiner Schatz wieder. Mit ihm auf dem Arm gehe ich hinunter in die Küche, wo ich auf Andy und Evita treffe. Die Kleine nuckelt gerade selbstvergessen an einem Fläschchen Tee und lächelt ihre Mutter an. Wir setzen die Kinder in das Laufgitter, und Andy geht nach oben, um Evas Tochter zu holen, währenddessen ich mit der Zubereitung des Frühstücks beginne. Kurze Zeit später erscheinen Andy, Eva und Sandra in der Küche. Andy deckt den Tisch fertig und entlockt dem Kaffeeautomaten eine Runde Cappuccino.

„Was haltet Ihr davon, wenn wir mit den Kleinen ins Freibad gehen?", will Eva wissen. Andy erklärt sich sofort einverstanden, und auch ich bin begeistert, war ich doch seit letztem August schon nicht mehr schwimmen. Also packen wir unsere Badesachen, die Utensilien für unseren Nachwuchs und zuletzt noch einen Korb mit

Speisen und Getränken in den SUV und machen uns dann auf den Weg. Am Freibad angekommen, stellen wir fest, dass der Transport von Kindern und Gepäck sich nicht in einem Rutsch erledigen lässt, doch die Dame an der Schwimmbadkasse beauftragt ihren Mann, uns beim Transport des Gepäcks behilflich zu sein.

Wir finden ein schattiges Plätzchen unter einem Baum, und gemeinsam mit Andy stelle ich den ausgeliehenen Sonnenschirm auf. Die Aprilsonne ist zwar noch nicht ganz so kräftig, aber wir gehen lieber kein Risiko ein. Als Andy kurze Zeit später von einem ersten Bad im See zurückkommt, sehen wir ihr schon von weitem an, dass das Wasser nur etwas für abgehärtete Schwimmer ist. Daher beschließen Eva und ich, auf diesen Genuss lieber noch zu verzichten. Andy zieht auf der Toilette einen trockenen Badeanzug an. „Puh, das Wasser war höchstens fünfzehn Grad warm, wenn man bei dieser Temperatur überhaupt von warmem Wasser sprechen kann." Sie setzt sich in die Sonne, um sich aufzuwärmen.

Samstag 09.05.2015
Nach dem Frühstück ziehe ich mich ins Wohnzimmer zurück und übe ein letztes Mal vor dem Studiotermin die Stücke für die CD der Raindreamer. Zufrieden stelle ich fest, dass ich kein einziges Mal auf die Notenblätter sehen muss und die sechs Stücke inzwischen perfekt aus dem Gedächtnis spielen kann. Ich lege die Geige weg und begebe mich wieder zu meinen Freundinnen.

Montag 11.05.2015

Ich habe doch tatsächlich Lampenfieber. Obwohl ich die Stücke inzwischen im Schlaf beherrsche und auch schon den Bandkollegen mehrfach vorgespielt habe, bin ich nervös wie noch nie. Robbie der Schlagzeuger redet beruhigend auf mich ein. „Mach Dir keinen Stress. Wir haben noch nie ein Stück gleich beim ersten Mal fehlerfrei eingespielt. Warum soll es Dir besser gehen als uns? Ich weiß, Du schaffst es."

„Tape ab und los." Ich schließe die Augen und konzentriere mich auf die Musik in meinem Kopf. Wie in Trance lasse ich den Bogen über die Saiten streichen. Im Kopfhörer höre ich den Taktgeber und mein Spiel. Zwei Minuten später senke ich Bogen und Geige und sehe in die Gesichter der Bandmitglieder. Robbie zeigt mit beiden Daumen nach oben. „Du hast es Baby", dröhnt seine Stimme in meinem Kopfhörer. Doch erst als auch der Bandleader den Daumen hebt, atme ich erleichtert aus. Eine Minute später spielt der Tontechniker das fertige Stück, in welchem nur noch mein Part fehlte, über die Lautsprecher ein. Ich bin vom Endprodukt sofort begeistert und wippe mit meinen Füssen den Takt mit. Da die Band in den ersten zwei Maiwochen ihren Part schon eingespielt hat, bin ich sofort mit dem zweiten Stück an der Reihe, welches ich ebenfalls im ersten Durchlauf perfekt einspiele.

Beim dritten Stück, passt allerdings nichts zusammen. Ich spiele zwar meinen Part im richtigen Tempo ein, doch in das fertige Stück lässt sich die Aufnahme nicht einfügen. Daher schlägt Rolf vor, ich solle zunächst noch die drei anderen Stücke einspielen, während er sich an die

Fehleranalyse gibt. Eine Viertelstunde später sind bis auf ein Stück alle im Kasten, doch der Fehler beim dritten Stück ist immer noch nicht gefunden. „Lasst uns das Stück doch mal live spielen", schlägt Robbie vor und fügt mit Blick zu mir an: „Ich gebe Dir ein Zeichen für Deinen Einsatz."

Die Band nimmt ihre Instrumente, und Robbie gibt mit seinem Schlagzeug den Rhythmus vor. Auf sein Nicken hin beginne ich, und meine Geige fügt sich harmonisch in das Spiel der anderen Instrumente ein. Als das Stück zu Ende ist, höre ich die Stimme von Robbie: „Das hätten wir aufnehmen sollen, das war perfekt." „Habe ich auch aufgenommen", lässt sich der Tontechniker hören. Zehn Minuten später ist der Fehler gefunden und mein Part in das Spiel der Band eingefügt. „Und was war jetzt das Problem?" will ich wissen. „Wir hatten das falsche Band im Laufwerk. Du warst von Anfang an richtig Prinzessin", klärt mich Robbie auf. Die Bandmitglieder verabschieden sich der Reihe nach von mir, als Letzter drückt Rolf meine Hand und gratuliert mir zu meiner professionellen Arbeit. „Dein Honorar ist Mittwoch auf Deinem Konto. Es war ein Vergnügen, mit Dir zu arbeiten. Das werde ich auch Deinem Prof. sagen." Ich strahle ihn an: „Ihr dürft mich auch gerne weiterempfehlen."

Ende Mai bringt mir der Postbote ein Päckchen von den Raindreamer. Aufgeregt reiße ich die Verpackung auf. Sie enthält zehn Exemplare der neuesten CD, auf der auch meine Geige zu hören ist. Als Andy mich darauf aufmerksam macht, dass ich als Stargast aufgeführt bin, breche ich in Jubelrufe aus. Eine bessere Werbung kann ich mir nicht wünschen.

KAPITEL 6

Donnerstag 04.06.2015
Heute ist mein Sohn genau ein halbes Jahr alt.
Grund genug, ein klein wenig zu feiern und den
Menschen Dank zu sagen, die mich anlässlich
seiner Geburt und des Todes seines Vaters so
herzlich in ihre Gemeinschaft aufgenommen
haben. Schon letzten Donnerstag habe ich mit
Massimo gesprochen und einen Tisch für vier
Personen reserviert. Mario hat versprochen, ein
Menü aus unseren Lieblingsgerichten zu servieren.
Gegen 18:00 Uhr fahre ich zu Karin um sie
abzuholen, denn sie möchte nicht mehr selbst Auto
fahren.

Als ich mit ihr gegen 19:00 Uhr im Restaurant
ankomme, sind Andy, Eva und unsere drei Kleinen
schon vor Ort. Ich begrüße Sophia, die sich um
unseren Nachwuchs kümmert, und gebe Massimo
das Startzeichen, der daraufhin die bereitgestellte
Flasche Sekt öffnet und unsere Gläser füllt. Ich
erhebe mein Glas und strahle meine Gäste an. „Ich
möchte mich heute bei Euch allen bedanken, dass
Ihr mir im letzten halben Jahr - seit Carstens
Geburt - zur Seite gestanden habt, mich in Eure
Gemeinschaft aufgenommen habt, ich bei Euch
wohnen darf und Ihr jederzeit bereit seid, Euch um
meinen Sohn zu kümmern, damit ich mein
Studium und seit einigen Wochen auch meinen
Beruf als Musikerin bewältigen kann. Ihr habt mir
so viel Herzlichkeit und Liebe entgegengebracht,
und ich kann nur sagen: Ich liebe Euch von
ganzem Herzen. Und jetzt trinkt mit mir auf
meinen Sohn und Eure Töchter. Prost." Wir stoßen
an, und Karin fühlt sich verpflichtet einzuwenden,
dass sie mir am Anfang das Leben ziemlich

schwergemacht hat. Ich nehme sie in den Arm und entgegne, dass ich als Waisenkind mir keine bessere Mutter vorstellen kann als sie.

Kurz darauf bringt Sophia als Vorspeise ‚Vitello tonnato'. Dazu einen leichten Weißwein. Während wir plaudernd Erinnerungen an die Zeit vor einem halben Jahr austauschen, genießen wir das zarte Kalbfleisch in Thunfischsoße, derweil Sophia unsere Kinder nach und nach mit Fläschchen füttert. Den nächsten Gang - ‚Tortellini in Brodo' - serviert der Chefkoch selbst. Während wir die Suppe löffeln, erzählt Andy der erstaunt zuhörenden Karin, wie es dazu kam, dass Evita und Sandra denselben Vater haben. Im Stillen hoffe ich nur, dass nicht auch noch zur Sprache kommt, wie oft ich das Bett mit dem zweifachen Vater geteilt habe. Dabei ist Karin für ihre Generation erstaunlich tolerant, was die Beziehung zwischen Andy und Eva angeht. „Liebe muss gelebt werden, egal wo sie hinfällt", ist ihr Kommentar zu diesem Thema.

Das Hauptgericht - ‚Dorade in Limonensoße mit Tagliatelle' - bringt uns Massimo. Während des Hauptgerichtes erzähle ich von meinen Pflegeeltern, zu denen ich bis zu meinem achtzehnten Lebensjahr ein gutes Verhältnis hatte. Sie brachten mich in jungen Jahren zum Geigenspiel, hatten nach meinem Abitur allerdings kein Verständnis für meinen Wunsch nach einem Musikstudium. Daher war es mir erst durch meine Beziehung mit Carsten möglich, meinen Traum von einer Musikerkarriere zu verwirklichen. Nach dem Hauptgericht bringt mir Sophia meine Geige, und ich unterhalte für eine Viertelstunde die Gäste des Gamberino mit einem Potpourri von italienischen Schlagern. Abschließend serviert Mario uns als Dessert ‚Panna Cotta mit Erdbeersoße'. Wir sitzen noch lange bei Rotwein und Wasser beisammen. Hin und wieder werde ich gebeten, doch noch etwas auf meiner Geige zu spielen, ein Wunsch, den ich an diesem besonderen Abend gerne erfülle.

Als wir schließlich die letzten verbliebenen Gäste sind, lasse ich mir von Massimo die Rechnung bringen und runde beim Bezahlen großzügig auf. Danach besteht Massimo darauf, uns mit seinem Kleinbus nach Hause zu fahren. Da wir alle viel Wein getrunken haben, drängt Eva darauf, dass Karin in einem der Gästezimmer übernachtet, was diese auch widerspruchslos akzeptiert. Allerdings sind wir noch so gar nicht müde, und nachdem wir die Kleinen in ihre Betten gebracht haben, setzen wir uns noch im Wohnzimmer zusammen und lassen uns von Karin von ihrer eigenen wilden Jugend erzählen, bis wir - deutlich nach Mitternacht - in unsere Betten fallen.

Freitag 05.06.2017
Als um sieben Uhr mein Wecker klingelt, bin ich erstaunlicherweise schon wach und gehe sofort unter die Dusche. Ich lasse meinen Kleinen noch schlafen, ziehe mich an und gehe hinunter in die Küche, wo ich Karin vorfinde, die gerade begonnen, hat den Tisch zu decken. Es macht mir großes Vergnügen, mit ihr zusammen das Frühstück zu bereiten, und während sie Eier und Speck brät, kümmere ich mich um einen frischen Obstsalat aus exotischen Früchten. Kurz darauf erscheint Andy und stürzt sich zunächst auf den Kaffeeautomaten. Nach einer großen Tasse

Cappuccino ist Andy für den weiteren Tag gerüstet. Als Letzte betritt Eva mit verschlafenen Augen die Küche und bettelt: „Kaffee, ich brauche bitte, bitte Kaffee." Andy reicht ihr den obligatorischen Becher und zaubert damit ein Lächeln in Evas Gesicht. Mitten in unser gemütliches Frühstück kommen die Rufe unserer drei Süßen. Karin lässt es sich nicht nehmen, die drei aus ihren Bettchen zu holen und für den Tag fertigzumachen. Danach bringen wir unseren Nachwuchs in die Küche, und es folgt die Fütterung der kleinen Raubtiere.

Als wir schließlich den Frühstückstisch abgeräumt haben und noch gemütlich zusammensitzen, klingelt mein Handy. „Gerber." „Hallo Frau Gerber. Rommel am Apparat. Ich habe Ihre Rufnummer von Professor Eder bekommen. Er hat sie mir als Geigerin empfohlen. Ich habe mit meinem Streichquartett einen Auftritt in Ihrer Stadt, und nun hat einer unserer Geiger einen kleinen Unfall erlitten. Nichts wirklich Schlimmes, doch er muss seinen rechten Arm eine ganze Weile in einer Schlinge tragen und fällt daher für die Vorstellungen am Sonntag aus." Ich unterbreche den Anrufer. „Sie meinen aber jetzt nicht den 07.06." „Doch genau diesen Sonntag." „Was wollen Sie denn spielen?" „Mozarts kleine Nachtmusik und einige Stücke aus der Zauberflöte." „Na gut. Das dürfte kein Problem werden. Mozart ist mein Lieblingskomponist." „Wären Sie mit 700 Euro für die beiden Vorstellungen einverstanden?" „700 Euro sind in Ordnung, doch ich benötige außerdem drei Eintrittskarten der ersten Kategorie. Ich habe nämlich Gäste, die ich nicht einfach sich selbst überlassen kann." „Auch kein Problem. Wir sind noch nicht ausverkauft." Wir verabreden uns für den morgigen Samstag in der Musikhochschule, damit ich die Kollegen kennenlerne und wir die Stücke einmal durchspielen können.

Als ich das Gespräch beende, sind meine Freundinnen und Karin erstaunt. „Das hast Du aber gut ausgehandelt und sogar noch Tickets für uns Drei rausgeschlagen", lobt mich Karin. „Normalerweise hätte ich die beiden Vorstellungen auch für 500 Euro gespielt, aber ich denke, Professor Eder hatte ihm bereits den Preis genannt. Ist natürlich auch ganz schön knapp bis übermorgen." „Und du hast die Stücke sicher drauf?" fragt Andy erstaunt. „Mozart spiele ich seit meinem achten Lebensjahr. Es gibt kaum einen Komponisten, den ich besser beherrsche."

Samstag 06.06.2015
Um 11:00 Uhr betrete ich den Übungsraum, nehme meine Geige aus dem Kasten und beginne sie zu stimmen. Ich starte mit der Arie des Papageno aus der Zauberflöte. Ich bin so in mein Spiel versunken, dass ich die inzwischen eingetretenen Musikerkollegen erst bemerke, als sie nach Ende des Stückes applaudieren. Ich schüttele die Hände der Kollegen und begrüße auch meinen Prof., der es sich nicht hat nehmen lassen, an der Probe teilzunehmen. Gemeinsam spielen wir anschließend einige Teile der ‚Kleinen Nachtmusik' bis Herr Rommel die Probe für beendet erklärt. „Ich denke, wir haben genug gehört. Sie sind die perfekte Besetzung für dieses Konzert." Ich bedanke mich artig und lege meine Geige in den Kasten.

Sonntag 07.06.2015

Der kleine Konzertsaal des Theaterzentrums ist bis auf einige wenige Plätze ausverkauft. Als wir die Bühne betreten und uns verneigen, begrüßt uns das Publikum mit höflichem Applaus. Herr Rommel informiert das Publikum, dass das Konzert wegen einer Erkrankung beinahe hätte abgesagt werden müssen, dass man aber in meiner Person einen würdigen Ersatz für den erkrankten Kollegen gefunden habe und das Konzert daher wie geplant stattfindet. Danach sagt er das erste Stück an: „Sie hören die Arie des Papageno aus der Zauberflöte." Ich lege die Geige in meine Halsbeuge und senke den Bogen auf die Saiten. Als der letzte Ton des Stückes verklungen ist, brandet Applaus auf. Wir bedanken uns und blättern die Noten um. Eine Stunde später werden wir mit nicht enden wollendem Applaus von der Bühne verabschiedet.

Nach dem abendlichen zweiten Konzert versucht Herr Rommel, mich davon zu überzeugen, die noch folgenden fünf Konzerte von denen eines in unserer Nachbarstadt Düsseldorf stattfinden soll, ebenfalls zu spielen. Ich biete ihm an, das Konzert in der vierzig Kilometer entfernten Stadt zu spielen, aber die Engagements im Süden der Republik sehe ich mich außerstande wahrzunehmen, da ich meinen kleinen Sohn nicht alleine lassen will. Er bittet mich, die Entscheidung nochmals zu überdenken, und dankt mir für meinen Einsatz.

Als ich meinen Freundinnen und Karin von dem Angebot erzähle, bedrängen sie mich, es auf jeden Fall anzunehmen. Mein Argument, dass ich meinen Sohn nicht alleine lassen möchte, zerpflückt Karin, indem sie anbietet, mit mir und Carsten zusammen zu reisen und ihren Enkel während meiner Engagements zu versorgen. Dieses Angebot gibt letztlich den Ausschlag, und ich informiere Herrn Rommel, dass ich für den Rest der Tournee doch zur Verfügung stehe.

Donnerstag 02.07.2015
Als wir zwei Tage nach meinem 23. Geburtstag nach Hause zurückfahren, muss ich zugeben, dass die Entscheidung für die Tournee absolut richtig war. Abgesehen von der Tatsache, dass mein Honorar für die Konzerte an den fünf Spielstätten ein beruhigendes finanzielles Polster darstellt, habe ich auch an Erfahrung und Reputation gewonnen.

Zu Hause werden wir von Andy und Eva überschwänglich begrüßt, wobei ich sofort klarstelle, dass ich meinen Geburtstag natürlich nachfeiern möchte. Allerdings sind Karin und ich von der langen Fahrt so geschafft, dass wir nach einem kurzen Imbiss nur noch ins Bett wollen und meinen immer noch munteren Sohn in die Obhut meiner Freundinnen übergeben.

Freitag 03.07.2015
Nachdem ich mit Frau Münster gesprochen habe und geklärt ist, dass ich das Seminar Musikpädagogik nicht weiter belege, gehe ich ins Sekretariat der Musikhochschule, um mich offiziell aus dieser Fachrichtung abzumelden. Ich habe beschlossen, Berufsmusikerin zu werden und nur noch die Ausbildung bei Professor Eder

fortzuführen. Beim Verlassen des Gebäudes sehe ich wieder Jonas mit seiner blonden Freundin. Während ich den beiden hinterher blicke, spricht mich Marie, eine Kommilitonin aus dem Geigenseminar, an und fragt, ob ich mein Studium an den Nagel gehängt habe. Ich erzähle ihr von meinen Plänen und meinen zwar bescheidenen aber dennoch wegweisenden Erfolgen. Sie gratuliert mir und bittet mich, ihr gelegentlich ein paar Tipps für ihr eigenes Fortkommen zu geben.

Da ich noch etwas Zeit habe, bevor ich zurück nach Hause muss, gehe ich mit ihr auf ein Eis in ein nahegelegenes Eiscafé. Bei unserem Gespräch stellt sich heraus, dass sie zwar seit ihrem achten Lebensjahr Geige spielt, bei Beginn ihres Studiums jedoch Cello als Hauptinstrument gewählt hat. Obwohl sie beim Vorspielen üblicherweise gute Bewertungen erhalte, habe sie doch das Gefühl, auf der Stelle zu treten und frage sich mittlerweile, ob das Studium wirklich Sinn macht. Ich biete ihr eine gemeinsame Übungsstunde an und verspreche ihr, bei Prof. Eder ein gutes Wort für sie einzulegen. Wir tauschen unsere Telefonnummern und Mailadressen aus, und ich mache mich auf den Weg nach Hause.

Nachdem ich mit meinen Freundinnen gesprochen habe, verabrede ich mich mit Marie für den Samstagvormittag bei uns zu Hause. Da die Einliegerwohnung noch immer nicht vermietet ist, hat Eva nichts dagegen, wenn wir die Räume zum Üben benutzen.

Samstag 04.07.2015
Das Üben mit Marie macht eine Menge Spaß und eröffnet eine neue Perspektive. Ich schlage ihr vor,

zusammen mit mir im 'Künstlercafe' aufzutreten, und nach kurzem Zögern willigt sie ein, am Abend mit mir loszuziehen. Das Mittagessen nehmen wir gemeinsam mit Andy und Eva in der Wohnküche ein. Anschließend ziehe ich mich mit Hinweis auf meinen kleinen Sohn kurz zurück und rufe heimlich Prof. Eder an. Als ich ihm vom gemeinsamen Üben mit Marie berichte, erklärt er sich einverstanden, sich unser Spiel am Abend im Café anzuhören. Nach dem Telefonat nehme ich meinen Sohn und stelle ihn meiner neuen Freundin vor. Sie findet ihn allerliebst, und da Carsten sich heute wirklich von seiner besten Seite zeigt, bin ich richtig stolz auf ihn.

Am Abend treffen wir uns wie verabredet mit unseren Instrumenten im 'Künstlercafe'. Da sich bei unserem Eintreffen noch nicht so viele Gäste im Café befinden, besetzen wir sofort die Bühne und beginnen wie verabredet mit Mozarts Kleiner Nachtmusik. Als unser Zusammenspiel sicherer wird, schlage ich vor, ein paar moderne Stücke auf Klassik getrimmt zu spielen. Zunächst spielen wir ‚Stranger on the Shore', was von der Technik her recht einfach und unspektakulär ist, das Publikum aber auch nicht vom Hocker reißt. Als wir danach ‚Time to say goodbye' intonieren, sind alle Augen auf uns gerichtet, denn die meisten kennen dieses Stück von meinen früheren Auftritten. Nur dass diesmal das Cello die Führung übernimmt und sich meine Geige dezent im Hintergrund hält.

Als der letzte Ton verklungen ist, erhalten wir freundlichen Applaus. Während wir unsere Instrumente zusammenpacken, kommt Professor Eder auf uns zu. „Junge Dame, wo haben Sie sich in den letzten zwei Jahren versteckt?" Marie schweigt verlegen. „Das hat mir gerade sehr gut gefallen. Ich würde Sie gerne am Dienstag zum Vorspielen sehen." Er wirft mir einen kurzen Blick zu und kehrt zu seinem Platz zurück. „Oh, ist mir das peinlich." Marie möchte sich am liebsten verkriechen. Ich lege ihr eine Hand auf die Schulter. „Jetzt entspann' Dich mal wieder. Der Mann war begeistert. Was ist denn daran peinlich?" „Jetzt wird er mich am Dienstag prüfen. Können wir am Montag noch mal bei Dir üben?" Ich lächle sie an. „Klar können wir bei mir üben. Aber glaube mir, wenn ihm Dein Spiel nicht gefallen hätte, würde er sicher nicht wollen, dass Du ihm vorspielst. Wenn Du Lampenfieber hast, komm' ich auch mit."

„Das würdest Du tun?" Ich nehme Marie in den Arm. „Aber sicher doch. Für meine neue Freundin immer." Als Marie mich spontan auf die Wange küsst, fällt mein Blick auf Jonas, der gerade in Begleitung der Blonden das Café betritt. Ich flüstere Marie zu: „Wir sehen uns draußen" und verschwinde durch den Hinterausgang. Fünf Minuten später kommt Marie zu mir. „Wieso warst Du denn so schnell weg?" „Ich wollte einem ehemaligen Lover aus dem Weg gehen." „Oh, verstanden. Wollen wir noch woanders hin?" Ich lade sie ein, noch mit nach Hause zu kommen, und führe sie zum Auto. Andy und Eva scheinen sich echt zu freuen, als ich mit Marie das Wohnzimmer betrete. Ich erzähle den Beiden von unserem Auftritt und der Reaktion vom Professor.

Als Marie wieder von ihrer Angst vor Dienstag spricht, geben sich Andy und Eva alle Mühe, sie zu beruhigen. Erst als Eva der schüchternen Marie versichert, wenn der Professor mich nicht im Café spielen gehört hätte, wäre ich sicher auch noch nicht so weit mit meiner Karriere, ist Marie beruhigt und sieht dem Dienstag etwas gelassener entgegen. Um sie abzulenken, hole ich meine E-Geige und lasse Marie ein Stück aus der Nachtmusik spielen. Als ich ihr anschließend die mitgeschnittene Tonaufnahme vorspiele und sie ihr fehlerfreies Spiel hört, erscheint ein glückliches Lächeln auf ihrem Gesicht. „Und das war nur Dein Zweitinstrument, sage ich lächelnd zu ihr."

Da es inzwischen spät geworden ist, schlägt Eva vor, Marie könne in einem der Gästezimmer übernachten, was diese nach kurzer Diskussion auch annimmt. Ich führe sie nach oben, hole ihr einen Schlafanzug von mir und zeige ihr das Gästezimmer neben meinem. Als sie mich nach einer Zahnbürste fragt, führe ich sie in das zu ihrem Zimmer gehörende Bad und lege ihr eine neue Zahnbürste sowie Handtücher und Bademantel aus dem Badezimmerschrank zurecht. „Das ist ja wie im Luxushotel", staunt meine neue Freundin. „Du kannst auch gerne duschen, wenn Du möchtest." Marie strahlt mich an. „Ist es unhöflich, wenn ich mir jetzt ein wenig Wellness gönne?" Ich schüttle den Kopf. „Mach ruhig. Ich grüße die Beiden von Dir."

Unten angekommen, registriere ich die erstaunten Blicke von Andy und Eva. „Marie ist von Zimmer und Bad so begeistert, dass sie sich jetzt ein wenig Wellness gönnen will. Ihr geht es wie mir als ich zum ersten Mal bei Euch übernachtet habe. Ich dachte auch, ich wäre in einem Luxushotel gelandet." Wir plaudern noch ein wenig und ziehen uns dann zur Nacht zurück.

KAPITEL 7

Sonntag 05.07.2015

Andy jubiliert. „Ist es nicht toll, dass unsere drei Süßen jetzt nachts durchschlafen." „Tja, lediglich Evita hat uns in letzter Zeit noch häufiger geweckt. Aber das ist wohl jetzt auch überstanden", lässt sich Eva hören. „Wer macht heute die Pancakes?" Andy meldet sich freiwillig. „Okay, heute gibt es Bananapancakes." Wenige Minuten später betritt Marie die Küche. Sie schnuppert kurz und jubelt. „Toll, Bananapancakes esse ich sonst nur im Urlaub. Riecht richtig lecker." Ich lache sie an. „Ja Marie, hier hast Du nicht nur ein 5-Sterne-Zimmer, hier gibt es auch noch 3-Sterne Frühstück." Nachdem ich mit Maries Hilfe unsere Kleinen versorgt habe, setzen wir uns an den Tisch und genießen das von Andy und Eva bereitete Frühstück. Anschließend ziehe ich mich mit Marie in die Einliegerwohnung zurück, und wir üben noch weitere Stücke für ihr Vorspielen ein.

Gegen Mittag fahre ich Marie in ihr Domizil im Studentenheim. Sie zeigt mir ihr Zimmer mit einem kleinen zugehörigen Bad. „Ist allerdings längst nicht so komfortabel wie das Zimmer, in dem ich letzte Nacht schlafen durfte. Dafür ist die Lage absolut genial." „Wie lange brauchst Du von hier bis zum Seminar?" „Knapp zehn Minuten." „Das würde mir auch gefallen." Marie sieht mich fragend an. „Sind Deine Freundinnen eigentlich … eh zusammen." Ihr kurzes Zögern lässt mich schmunzeln. „Ja, Andy und Eva sind ein Liebespaar." „Sie haben süße Kinder." Ich ahne ihre nächste Frage und nehme die Antwort vorweg. „Die beiden Mädchen haben den selben Vater und sind am selben Tag gezeugt worden."

Maries Gesicht überzieht sich mit einem kräftigen Rotton. Ich lege ihr meine Hand auf ihre Schulter. „Das muss Dir jetzt nicht peinlich sein, die beiden sind glücklich damit und tun alles für ihre Töchter. Und um Deine nächste Frage zu beantworten, nein ich selbst bin nicht lesbisch. Du musst also keine Angst haben, dass ich Dich verführen will." Dieser Satz lässt ihre Wangen endgültig feuerrot werden. Dann schleicht sich ein schelmisches Grinsen in ihr Gesicht. „Schade, da hab' ich mich jetzt wohl zu früh gefreut." Als Marie meinen verständnislosen Blick sieht, lacht sie laut auf. „Nein, keine Sorge ich steh' eher auf Jungs, obwohl ich Dich sehr schön finde mit Deinen langen roten Haaren." Lachend verabschieden wir uns voneinander, und ich fahre zurück nach Hause.

Beim Betreten der Terrasse, finde ich Andy und Eva beim FKK-Sonnenbad auf der Wiese vor. *„Das ist der Vorteil, wenn das Grundstück von außen nicht einsehbar ist.'* Ich hole mir ein Badetuch und entledige mich ebenfalls meiner Kleider. „Wo sind eigentlich die Kleinen?" frage ich. Eva deutet auf das Babyphone. „Die Drei schlafen noch, und wenn sie wach werden, holen wir sie zu uns. „Der kleine Carsten kann sich schon mal ansehen, was ihn später erwartet", flachst Andy grinsend. „Verderbt mir meinen Sohn nicht", antworte ich lachend. Eva betrachtet mich genüsslich. „Ist unsere Lena nicht ein absolutes Sahneschnittchen?" Andy geht auf den lockeren Ton ein. „Sollen wir drum knobeln, wer sie zuerst vernaschen darf?" „Da bekommt ihr möglicherweise noch Konkurrenz von Marie", lasse ich meine Freundinnen wissen. Die beiden reißen die Augen auf. „Wie das?" „Hat sie … ??" Ich erzähle den beiden vom Gespräch mit Marie und ihrer letzten Bemerkung. „Ich weiß ganz ehrlich nicht, was ich von dem Mädel halten soll", beende ich meinen Bericht. Andy fasst sich als Erste. „Sollen wir die Kleine mal testen?" „Lieber nicht, wir wollen sie ja nicht verschrecken", entgegne ich lächelnd.

Als sich kurz darauf das Babyphone meldet, binde ich mir das Badetuch um und gehe nach oben. Einen Moment überlege ich, die Kinder mit in den Garten zu nehmen, doch als ich beim Blick aus dem Fenster Andy und Eva in zärtlicher Umarmung sehe, entscheide ich mich dagegen und spiele mit den Dreien in meinem Zimmer. Die ganze Zeit geht mir allerdings der Gedanke nicht aus dem Kopf, wie es sich mit einer Frau wohl anfühlen würde. Ich ertappe mich dabei, dass ich mir Marie ohne Kleider vorstelle, und überlege, wie ihr schöner Mund wohl beim Küssen schmeckt.

Montag 06.07.2015
Da unser Nachwuchs sich heute in der Obhut von Karin befindet, legen wir Drei nach dem Mittagessen unsere Luxuskörper wieder textilfrei in die Sonne. Als die auf der Terrasse installierte Zusatzklingel Besuch ankündigt, erhebt sich Eva und geht nach drinnen. Kurz darauf betritt sie mit Marie die Terrasse. „Wie Du siehst, genießen wir gerade die Sonne", höre ich die Stimme von Eva. Ich setze mich auf und sehe zu meiner Überraschung Marie neben Eva stehen. Kein bisschen verlegen fragt sie: „Darf ich auch?"

Eva nickt und bietet an, ihr ein Handtuch zu holen, während Marie sich der Sandalen entledigt, ihr

Kleid über den Kopf zieht und aus dem Slip steigt. Sie nimmt das von Eva angebotene Handtuch, breitet es neben meinem aus und legt sich zu uns. Als ich bemerke, dass ich sie anstarre, werde ich verlegen, doch ich kann meinen Blick nicht von der zarten Figur mit den kleinen Brüsten und dem buschigen dunkelblonden Haar auf ihrem Venushügel abwenden. Sie sieht mir in die Augen und fragt lächelnd: „Hast Du noch nie eine nackte Frau gesehen?" Statt auf ihre Frage einzugehen, sage ich: „Du bist ein schöner Anblick, Marie." Als Reaktion mustert jetzt sie mich vom Kopf bis zu meinen Zehenspitzen. „Du bist heiß", flüstert sie mir zu und bringt mich damit zum Erröten.

„Sollen wir Euch eine Weile alleine lassen?" Andy grinst uns an. „Nein, nein", antworten Marie und ich wie aus einem Munde. Ich drehe mich auf den Bauch und setze meine Sonnenbrille auf. Als ich vorsichtig aus den Augenwinkeln nach rechts spähe, sehe ich Maries Blick unverwandt auf meinen Körper gerichtet. Ihr unverhohlenes Interesse lässt meine Brustwarzen hart werden und ein Kribbeln in meinem Bauch entstehen. Ich wende mich ihr zu und stelle fest, dass auch ihre Nippel aufgerichtet sind und ihre Augen einen seidigen Schimmer haben. Eva wird energisch. „Geht nach oben, sonst werdet Ihr es nie erfahren."

Kurz darauf sitzen wir stattdessen in der Einliegerwohnung und üben konzentriert das Programm, welches Marie am nächsten Tag unserem Prof. zu Gehör bringen soll. Marie hat heute eine Euphorie in sich, die ihr Spiel unglaublich beflügelt. Jedenfalls bin ich mit ihrer Leistung sehr zufrieden und sage ihr das auch. Als Eva unsere Kleinen bei Karin abholen fährt, bitte ich sie, meinen Sohn für die Nacht bei seiner Oma zu lassen. Sie sieht mir an, dass meine Bitte nicht uneigennützig ist, was mich aber nur ein wenig verlegen macht.

Schließlich gehen Marie und ich Hand in Hand die Treppe hinauf in mein Schlafzimmer. Wir ziehen uns aus und legen uns auf mein Bett. Ganz sanft streiche ich durch ihr Gesicht. Marie nimmt meine Hand und drückt einen zarten Kuss auf die Innenfläche. Langsam rückt sie näher zu mir und streichelt meine linke Brust. Ich spüre, wie sich meine Brustwarze in die auf meiner Haut liegende Hand schmiegt. Als Antwort umfasse ich mit meiner Hand ihre rechte Brust und halte sie fest, während wir uns unverwandt in die Augen blicken. ‚Ich will Dich', scheinen mir ihre blauen Augen zu sagen. Wie hypnotisiert lasse ich zu, dass sie ganz nah an mich heranrückt und ihren Körper an mich presst. Meine Hände umfassen ihre Pobacken und ziehen sie fest an meinen Leib.

Ihre Lippen berühren meinen Mund, und ihre Zungenspitze streicht sanft über meine Lippen, die sich unter der zarten Berührung wie von selbst öffnen. Ihre Zunge taucht in meinen Mund und findet die meinige. Meine Finger krallen sich in ihren Po, was ihr einen leisen, klagenden Laut entlockt und sie veranlasst, auch meinen Po zu umklammern, ihren Unterleib gegen meinen zu pressen und einen ihrer Schenkel zwischen meine zu drängen. Eng umschlungen vertiefen wir unseren Kuss, wohl spürend, wie erregt die jeweils andere ist. Ich spüre ihre Feuchtigkeit an meinem Schenkel und weiß, dass sie das gleiche bei mir spürt. Sie ergreift die Initiative und führt ihre Hand zwischen unseren Körpern hindurch zu meinem Venushügel. Sanft lässt sie ihren Daumen über meine blutgefüllten Schamlippen streifen. Ich stöhne in ihren Mund. „Mach bitte weiter. Bitte jetzt nicht aufhören." Entschlossen taucht sie ihren Daumen in meine Nässe. Als ich ihre Finger an meinem Schamhügel fühle, öffne ich mich bereitwillig für sie und lasse zu, dass sie mit zwei Fingern mein Innerstes erkundet. Ihr Daumen auf meiner Klit beginnt sich zu bewegen und entfacht einen Sturm in meinem Inneren, was mich veranlasst, sie in den gleichen Griff zu nehmen. Während wir uns gegenseitig auf die Klippe zu treiben, stöhnen wir im Gleichklang. Immer schneller bewegen sich unsere Finger, während wir auf den Gipfel zu rasen, um schließlich eng umschlungen laut stöhnend uns gemeinsam über die Klippe stürzen.

Man sollte meinen, der Höhepunkt habe unsere Leidenschaft abgekühlt, doch ich muss erfahren, dass es noch eine Steigerung gibt. „Ich will Dich schmecken", flüstert Marie mir ins Ohr, um gleich darauf ihre Lippen auf meine Venus zu pressen. Wir ringen kurz miteinander, bis wir in der 69er Position liegen, und tauchen die Zungen synchron in unsere Spalten. War das vorangegangene Liebesspiel schon lustvoll, so koste ich jetzt die volle Ekstase dessen, was zwischen zwei Frauen möglich ist. Wie im Rausch bemächtigen wir uns gegenseitig unserer Geschlechter und treiben uns erneut in Richtung Erlösung. Als wir schließlich unsere Münder auf unsere Lustperlen pressen und diese mit den Zungen bearbeiten, kommen wir beide zu einem weiteren Höhepunkt, der uns die letzte Luft aus den Lungen treibt. Kaum wieder zu Atem gekommen, spricht Marie das aus, was wir beide denken. „Das hätte ich nie für möglich gehalten." Wir küssen uns und schmecken die eigene Lust auf den Lippen der anderen.

Dienstag 07.07.2015

„Ihr hattet ja eine Menge Spaß", lästert Andy, als wir die Küche betreten. „Da bekommt man glatt Lust, mal mitzumachen", setzt Eva hinzu. „Mit welcher von uns denn?" frage ich in den Raum. Eva lacht. „Am besten mit Euch Beiden gleichzeitig."

Um zehn Uhr hat Marie das Vorspielen bei Professor Eder. Sie absolviert die Übung so souverän, dass ich am Ende spontan Beifall klatsche, was mir einen genervten Blick vom Prof. einbringt. Nichtsdestotrotz ist er des Lobes voll, was das Spiel von Marie betrifft, und kündigt ihr an, sie ab sofort öfter zum Vorspiel zu bitten. Als ich anschließend mit Marie im Eiscafé sitze, ist sie ob der Tatsache, jetzt häufiger vorspielen zu müssen, wieder pessimistisch. Erst als ich ihr erkläre, dass der Prof. nur die Studenten regelmäßig zum Vorspiel bittet, die er ob ihrer Leistungen für würdig hält, gewinnt der Stolz bei ihr die Oberhand. Schließlich komme ich zu einem heiklen Thema.

„Marie, ich … ich meine, es war sehr schön mit Dir, und ich will Dich auch unbedingt als Freundin behalten, aber auf Dauer möchte ich schon eine Beziehung mit einem Mann haben, wenn ich auch jetzt weiß, dass ich auch mit einer Frau viel Spaß haben kann." Sie sieht mich mit traurigen Augen an. „Aber Du verachtest mich jetzt nicht, oder???" Ich nehme ihre Hand, führe sie an meine Lippen und drücke ihr einen Kuss auf die zarte Haut an der Innenseite des Handgelenks. „Auf irgendeine verrückte Art liebe ich Dich sogar, aber ich sehne mich eben auf Dauer nach einer richtigen Familie." Sie lächelt erleichtert. „Das kann ich ja verstehen. Ich dachte nur, ich müsste jetzt immer einen Meter Abstand halten, wenn wir uns treffen." Ich sehe ihr in ihre schönen blauen Augen und gebe ihr einen Luftkuss. „Musst Du nicht, ich mag Deine Nähe auch."

Mein Handy klingelt. Ich blicke auf das Display und sehe den Namen Bachmann. „Hallo Rolf, übrigens noch herzlichen Dank für die CD's" „Keine Sache. Weshalb ich anrufe. Hättest Du am ersten und zweiten August Zeit, mit uns auf der Bühne zu stehen." „Wo wäre diese Bühne denn?" „Der Tanzbrunnen in Deutz." „Uh, klingt ja spannend." „Ist es auch. Wir spielen die Stücke von der CD live, und da fehlt uns natürlich die Geige." „Ich bin dabei. Wann treffen wir uns zum Proben." „Du, das weiß ich noch nicht. Im Zweifelsfalle bin ich sicher, dass Du Deinen Part auch ohne gemeinsame Probe sicher ablieferst, so professionell, wie Du arbeitest." „Darf ich vielleicht eine Freundin mitbringen. Ebenfalls Musikerin. Ich denke, sie würde gerne mal etwas Bühnenluft schnuppern, wenn auch nur als Zuschauerin." „Was spielt sie denn?" „Cello und Geige." „Okay, ich schick Dir einen Backstagepass für … wie heißt sie?" „Marie Kürten." „Also gut. Ich schick Dir einen Pass für Marie zu." „Danke. Und für die Details wende ich mich an Robbie." „Sehr gut. Bei dem bist Du wie immer in guten Händen. Tschüss Lena." „Tschüss Rolf."

„Wer war das denn?" Marie sieht mich fragend an. „Das war Rolf Bachmann, der Bandleader der

Raindreamer. Auf deren letzter CD habe ich den Geigenpart bei sechs Stücken eingespielt. War ein richtig gut bezahlter Job, und außerdem haben sie mich als Gaststar auf der CD verewigt." Der Blick von Marie drückt Respekt aus. „Wow, Du bist ja sogar schon ein Popstar." „Am ersten und zweiten August spiele ich mit der Band am Tanzbrunnen, und für Dich hab' ich gerade einen Backstagepass klargemacht." Sie umarmt mich spontan und drückt mir einen Kuss auf die Wange. „Du bist eine echte Freundin. Meinst Du, die könnten auch noch ein Cello gebrauchen?" „Im Moment eher nicht, aber wenn Du im Tanzbrunnen dabei bist, stell' ich Dich auf jeden Fall der Band vor, und sie kennen schon mal Deinen Namen. Außerdem kam meine Empfehlung für den Studiojob damals von Professor Eder. Du solltest Dir den Prof. also warmhalten." Wir verlassen das Eiscafé, und ich steige in den X6. Als ich den Motor starte, höre ich jemand meinen Namen rufen. Im Rückspiegel erkenne ich Jonas. Ich trete das Gaspedal durch, und der schwere Wagen bringt mich weg von meinem untreuen Freund.

Zu Hause angekommen, erzähle ich meinen Freundinnen von meinem neuesten Engagement. Andy und Eva sind begeistert. „Ihr seid natürlich zu den Konzerten eingeladen." „Hast Du wieder Freikarten ausgehandelt?" fragt Andy. „Nein. Diesmal seid Ihr meine persönlichen Gäste im VIP-Bereich." Als nächstes rufe ich Robbie an. „Hab' schon gehört, dass Du wieder mit von der Partie bist und freu' mich drauf", begrüßt er mich. „Ich mich auch. Ich wollte Dich nur bitten, mir die erforderlichen Details an meine Mailadresse zu schicken." „Ist schon so gut wie abgeschickt, Prinzessin." „Okay, bis demnächst." Ich lege auf und wende mich wieder meinen Freundinnen zu. Eva lächelt mich an. „Hast Du schon darüber nachgedacht, Dir Visitenkarten drucken zu lassen?" Ich schüttele den Kopf. „Aber die Idee solltest Du unbedingt festhalten, denn wenn Du einmal in dem Circus drin bist, macht es Sinn, Eigenwerbung zu betreiben, und Visitenkarten gehören dazu." Sie zeigt mir ihre eigene Karte, und auch Andy legt mir ihre Geschäftskarte vor. „Wer macht denn so professionelle Karten, kosten die nicht ein Schweinegeld?" Eva gibt mir Auskunft. „Die Entwürfe sind von Fabian, und gekostet hat es nur einen Karton Fotopapier." Ich nehme mir fest vor, in den nächsten Tagen einmal mit Fabian über das Thema zu sprechen.

Kurz darauf schließe ich meine E-Geige an den Verstärker an und setze die Kopfhörer auf. Konzentriert spiele ich die Geigensequenzen aus den Stücken der Raindreamer durch. Anschließend lege ich die CD ein und begleite die Band live. Nach zwei Stunden intensivem Üben bin ich wieder so weit, dass ich das Notenblatt weglege und die Stücke jederzeit aus dem Gedächtnis nachspielen kann. Ich wage ein Experiment. Ich nehme eins von den anderen Stücken auf der CD und lege mein Geigenspiel dezent darüber. Die Geschichte gefällt mir so gut, dass ich den Mix aufzeichne, um ihn der Band bei nächster Gelegenheit vorzuspielen. Zufrieden mit mir selbst räume ich meine Geige weg, ziehe mich um und mache mich auf den Weg zu Marie.

„Was hältst Du davon, wenn wir beide Dein Repertoire ein bisschen aufpeppen?" Marie schaut mich verständnislos an. „Wie meinst Du das?" „Nun, bislang hast Du doch fast ausschließlich Klassiker drauf." Marie nickt. „Dann lass uns doch mal über Jazz, Musicals und auch Pop sprechen." „Du meinst so wie ‚Time to say goodbye' oder das andere Stück, dass wir gespielt haben?" „Richtig. Denn im Bereich Klassik ist die Konkurrenz riesig. Du kannst nur davon leben, wenn Du variabel bist, also auch mal bei einem Jazzfrühschoppen oder wie ich bei einem Popkonzert mitwirken kannst." „Meinst Du denn, das funktioniert auch mit einem Cello?" „Wieso nicht? Grundsätzlich funktioniert das mit jedem Instrument. Naja, außer Triangel."

Ich überreiche Marie ein Bündel Noten. „Üb' die Stücke ein, danach proben wir gemeinsam, und wenn ich der Meinung bin, dass es funktioniert, probieren wir es im 'Künstlercafe' aus." Marie sieht mich an, und ihre Augen beginnen zu leuchten. „Du bist ein Schatz." Sie kommt auf mich zu und drückt mir einen Kuss auf die Wange. „Ich fang' heute noch mit dem Üben an." Ihr Blick in meine Augen wird intensiver. „Ich hab' Lust auf Dich."

„Nicht böse sein, ich muss zurück zu meinem Sohn." Ihr Blick verrät Enttäuschung. „Ich dachte, Du magst mich." „Tu ich ja auch. Aber eben wie eine Freundin, nicht wie eine Geliebte. Schau es war sehr schön, aber ich kann auf Dauer nicht mit einer Frau zusammen sein, ich will eine Familie mit Mann und Kindern. Ich hoffe, Du kannst das akzeptieren, denn mir ist unsere Freundschaft sehr wichtig." Die schönen blauen Augen füllen sich mit Tränen. „Ich liebe Dich." Jetzt muss ich auch weinen. Ich nehme sie in den Arm. „Ich liebe Dich auch Marie, aber wie eine Schwester, und ich möchte mit meiner Schwester keinen Sex haben." Wir trocknen gegenseitig unsere Tränen, verabschieden uns voneinander, und ich mache mich auf den Heimweg.

KAPITEL 8

Freitag, 10.07.2015
Gegen Mittag treffe ich mich mit der Band. Wir spielen die CD einmal durch, wobei Robbie und Rolf über die Reihenfolge der Titel uneins sind. Rolf möchte die Titel mit Geige im Block spielen, während Robbie die Reihenfolge der CD beibehalten möchte. Es ist ein Disput zwischen künstlerischem Kopf (Robbie) und dem Organisationstalent (Rolf). Während die beiden noch streiten, nehme ich mein Smartphone und spiele das von mir mit Geige unterlegte Instrumentalstück ab. Robbie bricht mitten im Satz ab und wendet sich mir zu. „Starte die Aufnahme nochmal von vorne."

Ich starte die Aufnahme neu, und alle hören gebannt zu. Als das Stück verklungen ist, stürzt er auf mich zu, nimmt mich in den Arm und wirbelt mich herum. „Süße, das ist genial. Er drückt mir einen Kuss auf die Stirn. Hast Du in Deinem schönen Köpfchen noch mehr solche Ideen?" Ich starre ihn an. „Ich dachte schon, Du findest es übergriffig, eins Deiner Stücke zu verändern." „Mädel, Du hast es nicht verändert. Du hast es … wow … Du hast es genial gemacht." Er dreht sich zu seinen Kollegen. „Ist das Schätzchen nicht klasse?" Die anderen nicken beifällig, und Rolf zeigt den Daumen hoch.

„Okay, wir spielen es in der Reihenfolge wie auf der CD. Aber dieses Stück muss entweder an den Anfang oder an den Schluss als Zugabe." Nach kurzem Überlegen entscheidet sich die Band, das Stück ans Ende des Konzertes zu nehmen, denn dann wäre ich zum Abschluss mit auf der Bühne, und ein Finale ohne mich sei sowieso undenkbar.

Rolf dreht sich zu mir um. „Eine Sache wäre da noch. Du brauchst ein Bühnenoutfit. Du kannst auf der Bühne nicht in Jeans und T-Shirt auftreten. Das geht im Studio, aber nicht auf der Bühne." „An was hattest Du dabei gedacht?" Rolf grinst mich an. „Du hast doch sicher einen knappen Bikini?!" Als die Bandmitglieder mein Gesicht sehen, prusten sie los. Robbie klopft Rolf auf die Schulter. „Der war gut, Alter." Auf seinem Handy zeigt Robbie mir Fotos von früheren Auftritten der Band in Glitzerkostümen. „Es muss im Scheinwerferlicht gut aussehen. Du musst nicht zwingend Haut zeigen, aber wenn Du Lust hast, darf es ruhig auch etwas knapper ausfallen."

Zu Hause angekommen, rufe ich Andy und Eva zusammen, um mit ihnen ein Brainstorming in Sachen Bühnenoutfit zu veranstalten. Andy verschwindet kurz nach oben und kommt mit einem traumhaften roten Kleid zurück. „Probiere es an." Ich ziehe mich bis auf den Slip aus und steige in den roten Traum. Schmale Träger, die in meinem Nacken zusammenlaufen. Ein wirklich tiefer Rückenausschnitt, der ganz knapp über meinem Po endet; eine glitzernde Front, welche den wesentlichen Teil der Brüste bedeckt, aber der Phantasie viel Raum lässt; dazu seitliche, fast bis zu den Hüftknochen reichende, Schlitze die bei jedem Schritt den Blick auf meine Beine freigeben. Dieses Kleid ist die pure Verführung. „Und diese Kostbarkeit würdest Du mir leihen?" „Ohne mit der Wimper zu zucken", antwortet meine

Freundin. „Wieso hast Du mir das Kleid noch nie gezeigt?" , will Eva wissen. „Weil sich bisher nie die Gelegenheit geboten hat und das Kleid an Deinem Luxuskörper nicht jugendfrei wäre." Eva protestiert vehement. Ich ziehe das Kleid aus und reiche ihr. Eine Minute später dreht sie sich vor uns. Ich muss zugeben, Eva ist ein echter Hingucker. Der Rückenausschnitt bietet freien Blick auf den Beginn ihrer Pospalte, und der Ausschnitt vorne endet in der Mitte ihres Venushügels. „Tja, was so ein paar Zentimeter größer ausmachen. Das würde Dir jeder Mann sofort vom Leib reißen", lästert Andy. Eva zieht einen Schmollmund. „Nur jeder Mann?" Andy grinst sie an. „Ich Dir natürlich auch, Liebste"

Einige Tage später ist Karin bei uns zu Besuch. Als wir auf die Veranstaltung im Tanzbrunnen zu sprechen kommen, ist ihre erste Frage: „Und was ziehst Du an?" Ich führe ihr das Kleid vor. „Darunter kannst Du aber keine Unterwäsche tragen. Das sieht man im Scheinwerferlicht." *Oops, was will sie mir denn damit sagen?'* „Da passt bestens ein winziger String drunter", setzt sie ihre Ausführungen fort. Als sie meinen fragenden Blick sieht, informiert sie mich, dass sie eine gelernte Schneiderin ist und lange Zeit in einem Textilunternehmen gearbeitet hat. Dann verspricht sie, sich am Wochenende Gedanken über ein weiteres Kleidungsstück für meinen Auftritt zu machen. Ich soll einfach am Montag mal bei ihr vorbeischauen und mir ihre Ideen ansehen.

Montag, 13.07.2015
Nach dem Frühstück mache ich mich auf den Weg zu Karin. Sie hat tatsächlich am Wochenende für

mich gearbeitet und einige Entwürfe gemacht. Am besten gefällt mir der Entwurf eines hautengen Hosenanzugs, der zweifarbig in Schwarz und Silber ausgelegt ist, wobei Arme, Beine, Brüste und Po jeweils unterschiedliche Farben zeigen. Danach geht es ans Maßnehmen. Ich ziehe mich bis auf meinen Slip aus, doch Karin drückt mir eine kleine Tüte in die Hand. „Zieh den Slip aus und das an." In der Tüte ist ein winziger String, der einzig und allein die Aufgabe hat, meine Schamlippen zu bedecken. Ich ziehe die rote Winzigkeit an und fühle mich nackt und bekleidet gleichzeitig. Karin nimmt meine Maße auf. Als wir eine Viertelstunde später fertig sind, ziehe ich mich wieder an, behalte den String aber statt des Höschens an. Irgendwie fühle ich mich inzwischen gut mit dem winzigen Stück Stoff. Karin deutet auf ihre Zeichnung. „Ich werde den silbernen Stoff glänzend und den schwarzen Stoff in Samt kaufen." Ich erkläre mich einverstanden und fahre zu meinem Treffen mit der Band.

Dienstag 14.07.2015

„Wir müssen Dich dem Publikum offiziell vorstellen." Ich blicke Robbie an. „Und was stellst Du Dir darunter vor?" Bisher bist Du nur ein Name auf der CD, aber wenn Du mit uns auf der Bühne stehst, müssen wir Dich als neues Bandmitglied gebührend einführen. ‚Neues Bandmitglied?' „Ist mir da etwas entgangen?" Rolf kommt um die Ecke und drückt mir einen Stapel Papier in die Hand. „Wenn Du unterschreibst, gehörst Du zur Band, mit allem, was dazu gehört. Du kannst den Vertrag ruhig vor der Unterschrift prüfen lassen." „Okay. Nehmen mir mal an, ich unterschreibe. Wie soll die Vorstellung ablaufen?"

Robbie übernimmt wieder die Diskussion. „Du könntest einen feurigen Klassiktitel spielen, entweder als Soloauftritt oder mit meinem Schlagzeug als Taktgeber und Frank mit seinem Keyboard als Background. Zuvor kündigt Rolf Dich als neues Bandmitglied an. Dann geht der Vorhang auf. Du stehst auf der Bühne. Nur ein Scheinwerfer auf Dich, und Du beginnst zu spielen. Nach deinem Soloauftritt spielen wir drei Stücke zusammen, und Du gehst ab. Wir spielen unser Programm ohne Geige, und Du kommst für die drei letzten Stücke wieder auf die Bühne. Bei der Zugabe bist Du sowieso dabei und beim Finale."

„Einverstanden. In der Pause kann ich mich ohne Probleme umziehen." „Umziehen?" „Stell Dir vor Robbie, ich werde für den Auftritt zwei bühnentaugliche Outfits besitzen. Eins ist schon fertig, das Zweite wird gerade maßgeschneidert." Ich ziehe mein iPhone aus der Tasche und öffne iTunes. Kurz darauf tönt ‚Toccata and Fugue', gespielt von Vanessa Mae aus dem Smartphone. Ich sehe Robbie an. „Du könntest dabei meinen Taktgeber spielen. Ich würde das Vorspiel allerdings etwas abkürzen, 4:41 ist für den Zweck etwas zu lang." „Okay. Ich bin dabei. Wir sollten das aber vorher mal zusammen üben. Wie würde denn Dein Outfit für die Ouvertüre aussehen."

„Ich habe ein rotes Abendkleid. Ganz leichter Stoff, rückenfrei, seitlich geschlitzt, tiefes Dekolleté, lässt vieles erahnen ohne zu viel zu zeigen. Ich würde gerne mit dem Rücken zu den Zuschauern beginnen. Nur ein Spot auf meinen Bauch, ein Zweiter, wenn ich mich nach dem Vorspiel umdrehe und Robbie mit dem Schlagzeug einsetzt." Rolf nickt anerkennend. „Besser hätte ich mir das Szenario auch nicht ausdenken können. Ich bin einverstanden."

Mittwoch 15.07.2015
Nach dem Frühstück ruft Karin an und möchte abgeholt werden. Andy erklärt sich spontan bereit, sie zu fahren, da ich gerade noch mit meinem Sohn beschäftigt bin. Sie bringt einen Kleidersack mit, in welchem sich mein zweites Bühnenoutfit befindet und reicht mir einen silberfarbenen String. „Mehr kannst Du unter dem Anzug nicht tragen."

Ich entkleide mich und schlüpfe in den String. Karin reicht mir den Hosenanzug. An den Beinen sind versteckte Reißverschlüsse, die ich vor dem Anziehen öffnen muss. Als ich mit beiden Beinen hineingeschlüpft bin und die Reißverschlüsse wieder geschlossen sind, sitzt der untere Teil des Anzugs wie eine zweite Haut. Das gleiche Procedere findet beim Oberteil statt. Reißverschlüsse an den Seiten und an den Armen sorgen auch hier für einen präzisen und passgenauen Sitz. Ein großer runder Ausschnitt um meinen Nabel herum sowie ein kleinerer runder Ausschnitt, welcher die inneren Rundungen meiner Brüste präsentiert, sorgen für etwas Erotik. Außerdem stelle ich fest, drücken sich meine harten Brustwarzen gut sichtbar durch den Stoff. Ich falle Karin um den Hals und bedanke mich mit Küssen auf ihre Wangen. „Danke. Das wird meinen Bandkollegen sicher gut gefallen."

KAPITEL 9

Samstag 01.08.2015

Endlich ist es soweit, der Tag des Auftritts. Wir sind gegen Mittag vor Ort, wo die Roadies bereits die Anlage aufgebaut haben und die Beleuchter noch auf die letzten Anweisungen warten. Wir machen einen ersten Soundcheck, und ich teste den für mich angeschafften neuen Verstärker. Als ich mich hinunterbeuge, um meine Geige anzuschließen, klatscht mir einer der Roadies auf den Hintern. Ich wirbele herum und verpasse ihm eine Ohrfeige. Als er den Arm hebt, steht plötzlich Robbie hinter ihm und reißt ihn herum. „Pack Deine Sachen und verschwinde, Nick. Deinen Lohn für das Wochenende sollst Du noch haben, aber danach will ich Dich nie wiedersehen." „So schlimm war das, was er gemacht hat, ja auch nicht", versuche ich den Mann zu verteidigen. Nick sieht mich traurig an. „Tut mir leid, ich konnte einfach nicht widerstehen, war nicht böse gemeint." Ich sehe Robbie an und bitte ihn, dem Mann noch eine Chance zu geben. Mit sichtlichem Widerwillen willigt er ein. Der Mann dankt mir mit hochrotem Kopf und versichert mir: „Kommt nie wieder vor. Sie sind echt in Ordnung, und die Ohrfeige hatte ich verdient."

Endlich komme ich dazu, meine Yamaha am neuen Verstärker zu testen, doch der Klang überzeugt mich noch nicht. Plötzlich steht Nick neben mir und nimmt ein paar Einstellungen am Verstärker vor. „Probieren Sie's nochmal." Ich spiele die ersten Takte der ‚Toccata', und siehe da, der Klang ist perfekt. Ich zeige Daumen hoch, und ein Lächeln huscht über das Gesicht des Mannes. Kurz darauf proben Robbie, Frank und ich die Ouvertüre. Nach den ersten Takten setzt Robbies Schlagzeug präzise wie ein Uhrwerk ein, und das Keyboard kommt dazu. Wir spielen die erste Minute und sind zufrieden.

Gegen 18:00 Uhr kommen die ersten Gäste, unter denen auch Andy und Eva sind. Ich gehe zu Ihnen, übergebe ihnen die Pässe für die Aftershowparty, und sie nehmen ihre Plätze im VIP-Bereich ein. Kurz darauf erscheint auch Marie. Als der Mitarbeiter der Security sie nicht sofort durchlassen will, fauche ich ihn an. „Welchen Teil des Wortes Backstagepass verstehst Du nicht?" Sein Kollege nimmt ihn zur Seite und winkt Marie durch.

„Wow, das ist ja vielleicht ein Gewusel." „Ja, da muss sich Frau erst einmal durchsetzen." Als Nick vorbeikommt, stoppe ich ihn. „Das ist meine Freundin Marie. Sag Deinen Kollegen: ‚Sie ist tabu.'" Er nickt mir zu. „Verstanden, alles klar." „Was war das denn?" „Ich will nur verhindern, dass Dir auch jemand eine auf den Hintern klatscht." Marie lacht. „Das hat er gemacht?" Ich nicke nur. „Ich wette, Du hast ihm geantwortet." „Und nicht zu knapp. Aber jetzt vertragen wir uns wieder." Eine halbe Stunde vor dem Auftritt begebe ich mich in die Garderobe, lasse mich schminken und ziehe das rote Kleid an. Als ich die Bühne betrete, ist bis auf Rolf schon alles bereit. Ich zeige Daumen hoch, und er tritt durch den Vorhang.

„Liebe Freunde der Raindreamer, herzlich willkommen zu unserem diesjährigen Konzert im Tanzbrunnen. Diejenigen, die sich unsere neue CD gekauft haben, wissen bereits, dass wir unseren Musikstil etwas erweitert haben, indem wir in einige unserer Stücke eine Geige eingebunden haben. Inzwischen ist diese Geigerin, die auf der CD noch als Gaststar firmiert, ein festes Mitglied der Raindreamer, und wie es sich für ein neues Bandmitglied gehört, wird sie sich jetzt bei Ihnen musikalisch vorstellen. Wie könnte es bei einer Geigerin anders sein als mit einem klassischen Musikstück, allerdings in einer stark modernisierten Version. Viel Vergnügen mit Lena Gerber und der ,Toccata'."

Der Scheinwerfer flammt auf. Der Lichtkegel ist präzise auf meinen Bauch gerichtet. Ich stelle mir vor, wie sich der Vorhang hebt. Robbie gibt mir das Zeichen, ich setze den Bogen an und spiele das Intro. Das Keyboard fällt ein, und die Show beginnt. Präzise wie ein Metronom kommen die Schläge der Drumsticks, Robbie hat nicht zu viel versprochen. Wir erhöhen das Tempo, und mit Klassik hat die Show kaum noch etwas zu tun. Als ich mich zum Publikum drehe, brandet Beifall auf. Langsam bewege ich mich zum Rhythmus des Schlagzeugs nach vorne zum Bühnenrand. Das Kleid umschmeichelt meinen Körper, und vereinzelt höre ich Pfiffe, die wohl als Kompliment für mein Aussehen gedacht sind. Wie in Ekstase bringen Robbie, Frank und ich die Toccata zu Ende.

Der darauffolgende Applaus sagt mir, dass das Publikum mich als Mitglied der Band angenommen hat. Als ich wieder vom Bühnenrand zurücktrete, betreten die restlichen Mitglieder der Band die Bühne, und wir spielen der Reihe nach die ersten Titel der CD. Nachdem die ersten drei Stücke gespielt sind, gehe ich ab und begebe mich in die Garderobe, wo man mir beim Ausziehen des Kleides hilft und mich unterstützt, in den Hosenanzug zu steigen. Jenny, die junge Dame, welche für meine Sachen verantwortlich ist, lächelt mich an. „Du siehst heiß aus. Ich hoffe, ich darf das sagen." „Darfst Du. Und danke nochmal."

Eine halbe Stunde später stehe ich wieder auf der Bühne. Wir spielen die drei übrigen Stücke von der CD sowie ein älteres langsames Stück, in welches Robbie eine Geigenbegleitung eingefügt hat. Als ich mit meinem Instrument die Melodie übernehme, entzündet das Publikum die Feuerzeuge. Die feierliche Atmosphäre, die dadurch entsteht, lässt meine Augen feucht werden. Danach spielen wir als Zugabe noch das Stück von der CD, in welches ich selbst den Geigenpart eingefügt habe. Wir verneigen uns und wollen abgehen, da wird nachdrücklich noch eine weitere Zugabe eingefordert. Ich frage Robbie: „Spielt ihr ‚Time to say goodbye'?" Robbie nickt mir zu und ruft „Leg los." Kaum habe ich die ersten Töne des Stückes gespielt, singt das Publikum bereits mit, und ich sehe auch Andy und Eva mit ihren Feuerzeugen winken. Als die letzten Töne verklungen sind, schließt sich langsam der Vorhang, und der Applaus verhallt. Zufrieden mit dem Abend geht das Publikum nach Hause.

Kurz darauf treffe ich Andy und Eva auf der Aftershowparty. Ich vermisse nur Marie, doch kaum habe ich den Gedanken zu Ende gebracht, sehe ich sie im Schlepptau von Nick die Bar betreten. „Ich bring' Ihnen Ihre Freundin. Sie hat zwar keine Karte für die Party, aber ich denke, Sie hätten sie gerne dabei." Ich bedanke mich bei ihm, begrüße Marie und bringe sie zu Andy und Eva. Robbie reicht mir ein Glas Sekt. „Da hast Du ja einen Freund fürs Leben gewonnen." „Du meinst Nick? Ach wenn man ihn kennt, ist er ein ganz Lieber. Er war nicht der Erste, der mir auf den Hintern geklatscht hat, und sicher auch nicht der Letzte, aber bisher hat sich noch nie jemand so nett entschuldigt wie Nick." „Du bist richtig süß. Wenn ich nicht verheiratet wäre, hätte ich jetzt nicht übel Lust, Dich aus Deinem Overall zu pellen. Aber man kann eben nicht alles haben." Ich proste ihm zu und begebe mich zu meinen Freundinnen. Eva stößt mit mir an. „Auf Deine Geige. Du warst klasse. Der Schluss war richtig schön zum Heulen."

Gegen 23:00 Uhr machen wir uns auf den Heimweg. Nachdem ich meinen Overall gegen Jeans und T-Shirt getauscht habe, packen wir meine Bühnenklamotten und meine Yamaha ins Auto und bringen zunächst Marie nach Hause. Andy steuert den SUV, denn sie ist nach dem einen Glas Sekt auf Wasser umgestiegen und somit fahrtüchtig. Zu Hause angekommen, überprüfe ich meine Kleider und hänge sie zum Lüften ins Bad. Ich ziehe mich aus, dusche gründlich, trinke noch ein großes Glas Wasser und lege mich ins Bett.

Sonntag 02.08.2015
Als ich am Morgen erwache, bin ich entgegen meiner Erwartung topfit. Nach einem kräftigen Frühstück mit Eiern, Speck und jeder Menge Kaffee bin ich bereit für die Herausforderungen

des Tages. Andy hat inzwischen Karin und unsere Kleinen abgeholt, und Eva hat ihre Alkoholbedingten Kopfschmerzen überwunden. Karin überprüft meine Bühnenklamotten und gibt grünes Licht. Gegen Mittag bringt mich Andy zum Tanzbrunnen, wo ich von allen freundlich begrüßt werde. Ich mache den Soundcheck und freue mich, dass Nick schon wieder alles perfekt eingestellt hat. Als er mir über den Weg läuft, halte ich ihn auf und bedanke mich. „Ich glaube, Du bist mein Glücksbringer. Würdest Du mir bitte nochmal auf den Hintern klopfen, ich verspreche auch, Dich nicht zu ohrfeigen und Dich vor Robbie zu beschützen. Ich drehe ihm meine Rückseite zu, und schon klatscht seine Rechte kräftig auf meine Hinterbacken.

Diesmal gehe ich etwas früher in die Garderobe. Nackt bis auf den roten String, lasse ich mich von Jenny schminken und ziehe das rote Kleid an. „Deinen Körper möchte ich haben." *Dazu müsstest Du allerdings etwa 20 Pfund abnehmen.'* Bühnenfertig gehe ich mich in den Backstagebereich, wo ich schon von Marie erwartet werde. „Deine Gäste sind auf ihren Plätzen", informiert sie mich. Ich besorge für Marie noch eine VIP-Karte, mit der sie nach der Show auch in die Bar kommt, begebe mich an meinen Platz und stelle mich mit dem Rücken zum Vorhang. Robbie grinst mich an. „Na, brennt die Kehrseite noch?" Ich strecke ihm die Zunge raus und drohe ihm mit dem Geigenbogen.

Rolf beginnt seinen Vortrag, und ich warte entspannt auf das Zeichen von Robbie. Die Show läuft noch besser als die Erste, nicht zuletzt, weil wir schon einschätzen können, wie die Leute reagieren. Und weil wir alle lockerer drauf sind, merkt auch das Publikum, wieviel Spaß wir auf der Bühne haben, und geht noch besser mit. Als wir den Abend wieder mit ‚Time to say goodbye' ausklingen lassen, sind alle glücklich und feiern ein erfolgreiches Wochenende. Diesmal werden wir nach der Party von Eva nach Hause gefahren, denn nach den Folgen des gestrigen Abends hat sie heute freiwillig auf Alkohol verzichtet. Zu Hause werden wir von Andy empfangen, die gespannt unseren Bericht erwartet und wie verabredet bereits ein Gästezimmer für Karin vorbereitet hat.

KAPITEL 10

Montag 03.08.2015
Zur Feier ihres Geburtstags lädt Eva heute zum Brunch in unsere Wohnküche. Es gibt alles, was das Herz begehrt, inklusive der unverzichtbaren Pancakes - diesmal Ananas und Banane - außerdem sogar Champagner. Andy und ich haben zusammengelegt und schenken Eva ein Wochenende in einem Wellnesshotel, natürlich in Begleitung von Andy und mir. Nach und nach trudeln die Gäste ein, und selbst die riesige Tafel ist irgendwann besetzt, sodass wir noch einen der Tische aus dem Esszimmer dazustellen müssen. Gegen zwölf Uhr bringen Sophia und Mario die bestellten warmen Speisen. Ich nehme mir einen Teller mit verschiedenen Nudelsalaten und noch je ein großes Stück von Pizza Scampi und Pizza Salmone. Danach muss ich auch schon langsam los, denn die Pflicht ruft.

Gegen 14:00 Uhr trifft sich die Band zur Nachbesprechung. Als ich meine fünf Kollegen begrüße, schwant mir schon, dass sie sich für mich etwas ausgedacht haben. Als erstes bekomme ich von ihnen ein T-Shirt mit dem Bandlogo auf der Vorderseite und meinem Vornamen auf der Rückseite. Während wir zwei Flaschen Sekt leeren, erklärt mir Rolf, dass jedes neue Bandmitglied nach dem ersten erfolgreichen Gig, ähnlich wie Piloten nach dem ersten Alleinflug, ein Ritual durchleben müssten. Ich ahne schon, was da auf mich zukommt und bedaure, dass ich nur eine dünne Batikhose trage. „Du erhältst zur Aufnahme in unsere Gruppe von jedem einen kräftigen Schlag mit der Hand pro Pobacke."

Er stellt einen Klavierhocker vor mich hin. „Beug' Dich mit gestreckten Beinen vor und stütz Dich mit den Händen ab." Als mich vorbeuge, höre ich, wie Frank der Keyboarder sagt: „Sie hat Glück, dass sie ein Mädchen ist." Ich richte mich wieder auf. „Was meinst Du damit?" Rolf wiegelt ab. „Dummes Gerede." „Dann könnt Ihr das Ganze vergessen. Ich will keine Sonderbehandlung. Entweder ich bekomme dasselbe Programm wie alle, oder Ihr könnt die Sache ganz vergessen." Ich blicke Frank an. „Jetzt sag' mir sofort, was los ist." „Wenn Du kein Mädchen wärst, müsstest Du blankziehen, damit man sieht, wie die Backen glühen."

Ich greife mit den Daumen unter den Bund der Batikhose und lasse sie runter auf meine Füße rutschen. Da ich darunter nur einen String trage, liegen meine Pobacken jetzt frei. Ich beuge mich über den Hocker, nehme die geforderte Position ein und schließe die Augen. Der Erste tritt hinter mich. Eine flache Hand trifft laut klatschend meine linke Pobacke, bringt mich zum Keuchen und meine Haut zum Brennen. Augenblicke später knallt die Hand auch auf die andere Seite. „Ist es nicht schön, wie Farbe in die Backen kommt?" höre ich die Stimme von Rolf. „Dann wollen wir mal ein bisschen Glut nachlegen. Sorry Prinzessin." ‚Jetzt ist also Robbie an der Reihe.' Hart trifft mich zweimal seine Hand, und ich stoße einen kleinen Schrei aus. Wieder warten sie, bis meine Haut Reaktion zeigt. Der dritte Mann tritt hinter mich und klatscht seine Hände auf meine Pobacken. „Ahhhh." ‚Das müsste jetzt Gerry gewesen *sein.'* Langsam fühle ich den Schmerz und die Hitze in meinem Gesäß. „Nur noch zwei, aber danach ist Dein kleiner Arsch rotglühend" höre ich die Stimme von Tom, bevor er mir zwei feurige Hiebe verpasst. *„Nun fehlt eigentlich nur noch Frank, oder habe ich falsch gezählt?'* Frank lässt sich Zeit. Als ich mich schon erheben will, weil ich denke, es wäre vorbei, treffen mich nacheinander die beiden letzten Hiebe unerwartet hart. „Aaiiihhhh." Frank legt seine Hände auf meine misshandelten Pobacken. „Ganz schön heiß Dein Hintern. Bleib unten, bis wir Dir erlauben, Dich zu erheben."

Ich höre mehrfach das Auslösegeräusch meines Handys beim Fotografieren. Endlich die Stimme von Rolf. „Du kannst Dich erheben und wieder anziehen. Ich nehme meine Hände vom Hocker und ziehe mir im Aufrichten meine Hose hoch. Robbie schaut mich mit großen Augen mitleidig an. „Wie geht es unserer Lieblingsgeigerin?" „Wie soll es mir schon gehen? Mein Hintern steht in Flammen." Rolf reicht mir grinsend mein Handy. „Sind richtig gute Aufnahmen geworden. Du kannst uns ja Abzüge schenken, wenn Du möchtest." Ich sehe ihn an. „Und wovon träumst Du nachts?" Neugierig scrolle ich durch die Aufnahmen. *„Uhh, das sieht ja genau so gemein aus, wie es sich anfühlt.'* Mein Hintern ist ein Traum in flammendem Rot.

Zu Hause ist die Geburtstagsfeier noch in vollem Gange. Als die Gäste eine Stunde später gegangen sind, zeige ich den Freundinnen meinen Hintern, der immer noch leichte Spuren meiner Züchtigung trägt. Nachdem Andy mir etwas kühlendes Gel aufgetragen hat, geht es meinem Po schon wieder besser. Danach muss ich den Beiden die Geschichte von meiner Initiation erzählen. Als ich fertig bin, sieht Eva mich an. „Schade, das mit der Initiation haben wir vergessen, als wir Dich aufgenommen haben. Könnten wir das vielleicht noch nachholen?" Ich hebe meine Hände. „Gnade, ich will auch immer artig sein."

Am späten Abend besucht uns Marie, um von ihrer Sicht auf das Konzert zu berichten. Als sie erwähnt, sie wäre auch gerne Mitglied der Band, berichte ich ihr vom Initiationsritus der Gruppe. „Und denk dran, wenn Du jetzt in die Gruppe aufgenommen würdest, wären es schon zwölf Hiebe, die Du aushalten müsstest. Und ich würde darauf bestehen, dass Du blankziehst." Eva lacht auf. „Vorsicht Marie, Lena hat soeben ihre Vorliebe für Sadomaso entdeckt."

Dienstag 04.08.2015
Als Marie und ich nach dem Frühstück zur Musikhochschule gehen, sehe ich Jonas im Gebäude verschwinden. Die Blonde wendet gerade ihren Mini, doch als sie uns sieht, hält sie den Wagen an und kommt auf uns zu. „Wieso behandelst Du meinen Bruder so mies?" Die Frage ist für mich wie ein Schlag ins Gesicht. „D...D... Dein Bruder???" „Was soll er denn sonst sein?", fragt die Blonde in scharfem Ton. „Ich weiß nicht recht. Ich … ich dachte, er wäre Dein Lover." Das Gesicht der Blonden verzieht sich zu einer Grimasse, und sie beginnt zu lachen. „Jetzt wird mir einiges klar. Okay. Dann hattest Du natürlich allen Grund, Dich von ihm fern zu halten." Sie streckt mir ihre Hand entgegen. „Ich bin Anna, die ältere Schwester von Jonas." Ich nehme ihre Hand und drücke sie. „Da war ich ja sowas von daneben.

Ich hoffe, er kann mir verzeihen, dass ich ihn die letzte Zeit so permanent ignoriert habe." Anna lächelt mir aufmunternd zu. „Er liebt Dich wirklich und fragt sich ständig, was er wohl falsch gemacht hat. Naja, jetzt können wir die Sache ja klären. Aber lass mich bitte zuerst mit ihm sprechen."

Anna nimmt ihr Smartphone aus der Tasche, und kurz darauf hat sie Jonas in der Leitung. Sie entfernt sich einige Schritte von uns und spricht mit ihm. Kurz darauf reicht sie mir ihr Telefon. „Rede mit ihm." „Hallo Jonas." Meine Augen füllen sich mit Tränen, und ich kann nicht weitersprechen. Anna nimmt ihr Handy und bittet Jonas, zu uns zu kommen. Dieser tritt kurz darauf auf mich zu und nimmt mich in seine Arme. Ich schmiege mich an ihn. „Bitte verzeih mir. Ich war ja so dumm und so eifersüchtig. Ich liebe Dich doch." Jonas streicht mir über den Rücken. „Ich Dich doch auch. Ab sofort gibt es aber keine Missverständnisse mehr. Einverstanden?"

Mir laufen die Tränen. „Ja, einverstanden." Jonas wendet sich an seine Schwester. „Ich danke Dir, dass Du endlich für klare Verhältnisse gesorgt hast. Ich dachte schon, ich hätte meine Liebe verloren." Er küsst mich zärtlich. „Jetzt wird alles gut", flüstert er mir ins Ohr. Danach fragt er mich: „Bist Du zu Fuß gekommen?" „Nein, das Auto steht ganz in der Nähe." Marie meldet sich zu Wort. „Tschüss Leute. Ich bin im Seminar." Wir verabschieden uns von Marie und Anna und gehen zum Auto. Ich fahre mit ihm zu seiner WG, und wir gehen auf sein Zimmer. „Stimmt es, dass Du vor mir noch mit keiner Frau zusammen warst?" „Ja, das ist die Wahrheit." „Und nach mir auch mit keiner anderen?" „Nein, obwohl ich ein paar Mal nahe davor war." Ich küsse ihn leidenschaftlich, gehe vor ihm in die Hocke, öffne seinen Reißverschluss und ziehe seinen Penis heraus. „Ich möchte mich bei ihm entschuldigen, dass ich ihn so lange vernachlässigt habe." Ehe er noch reagieren kann, habe ich schon seine Eichel zwischen meinen Lippen und sauge sie langsam in meinen Mund. Jonas stöhnt leise. „Oh Lena."

Ich kann seine Erregung schmecken, und als ich meine Lippen an seinem Schaft hin und her bewege, spüre ich den ersten Tropfen auf meiner Zunge. Kurz darauf flutet er meinen Mund mit seinem Sperma. „Davon hab' ich seit unserem letzten Zusammensein geträumt", gesteht er mir. Ich erhebe mich und frage: "Wo kann ich mir den Mund ausspülen?" Er reicht mir ein Taschentuch. „Spuck es aus." Ich schüttele den Kopf. „Ich hab' es schon geschluckt, aber ich möchte Dich erst küssen, wenn ich mir den Mund gespült habe."

Jonas reißt mich in seine Arme, öffnet meine Lippen mit seiner Zunge und küsst mich tief und innig. „Ich ekle mich doch nicht vor Dir. Ich würde Dich immer küssen, egal wo Deine Zunge gerade war." Er schließt die Tür ab und beginnt, mich zu entkleiden. „Du bist schön Liebste. Und eine tolle Musikerin bist Du obendrein. Ich war an beiden Tagen im Tanzbrunnen und habe Dich gesehen. Du warst … nein, Du bist so schön. Du bist es wert, dass man auf Dich wartet." Er zieht sich aus streift ein Kondom über und legt sich auf das Bett. „Komm zu mir Liebste." Ich lege mich nackt neben ihn und presse mich an seinen Körper. Als er in mich eindringt, bin ich glücklich. Wir liegen lange eng aneinander geschmiegt, und ich spüre, wie er in mir wächst. Kurz darauf lieben wir uns leidenschaftlich.

Als wir Stunden später mein Zuhause betreten und meine Freundinnen mich mit Jonas sehen, begrüßen Andy und Eva ihn herzlich. „Das wurde aber auch Zeit" ist der Kommentar von Eva, als ich vom Treffen mit Anna, der Schwester von Jonas berichte. Später im Bett nehme ich ihn in den Arm und sehe ihm in die Augen. „Ich muss Dir etwas beichten und ich hoffe sehr, Du läufst nicht sofort schreiend davon. Ich hatte Sex mit einer Frau, und zwar mit Marie. Ich war mir nicht mehr sicher, ob ich nicht doch eher auf Frauen stehe. Aber es war nur das eine Mal, und ich weiß jetzt, dass ich eine richtige Familie haben möchte. Und ich möchte irgendwann auch ein Kind von Dir, falls Du mich jetzt immer noch willst." Jonas, der sich meine Beichte regungslos angehört hat, zieht mich an sich. „Ich will Dich immer noch. Dich und Deinen Sohn. Und irgendwann sicher auch ein Kind mit Dir. Ich liebe Dich nämlich bedingungslos." Ich sehe ihm in die Augen und lächle ihn an. „Ich Dich auch."

*** Ende zweiter Teil ***

BLOND - Eva

PROLOG

Mittwoch 05.08.2015

Als Lena und Jonas Arm in Arm die Treppe herunterkommen und ich ihre Augen sehe, ahne ich, dass die Zeit der Dreier-WG abgelaufen ist. Gleichzeitig gratuliere ich mir dazu, dass ich mich so hartnäckig geweigert habe, die Einliegerwohnung anderweitig zu vermieten. „Kann es sein, dass wir Dich als Mitbewohnerin unserer kleinen WG verlieren?", frage ich Lena. „Wir wollen natürlich zusammenziehen, aber Jonas müsste einen Nachmieter für sein WG-Zimmer suchen, und wir müssten auch erstmal eine Zweizimmerwohnung finden." Ich atme erleichtert aus. „Du weißt aber schon, dass ich eine solche Zweizimmerwohnung hier im Hause für Dich reserviert habe."

Lena runzelt die Stirn. „Meinst Du die Einliegerwohnung?" Ich nicke. „Genau die meine ich. Es sei denn die Wohnung gefällt Dir nicht, oder Ihr möchtet lieber etwas Abstand von uns haben." „Die Wohnung wäre perfekt. Und wenn wir zusammenlegen, können wir uns die Wohnung auch leisten. Wieviel willst Du denn dafür haben." Ich schaue die beiden an. „Abzüglich des üblichen Eva Plate Musikerstipendiums müsstet Ihr die Nebenkosten zahlen." Jonas begehrt auf. „Das können wir nicht annehmen." Andy kommt herein und fragt: „Was kann er nicht annehmen?" Ich kläre Andy auf, worauf sie Jonas traurig ansieht. „Wir würden uns beide freuen wenn Ihr hier im Haus bleibt. Und solange ihr noch kein gesichertes Einkommen habt, ist doch alles kein Problem. Außerdem könntet ihr das gesparte Geld für den kleinen Carsten zurücklegen, denn Eva und ich kommen allemal mit unserem Geld zurecht."

Lena dreht sich zu Jonas herum. „Bitte Schatz, lass uns die Wohnung nehmen. Ich fürchte nämlich, ein anderes Angebot werden wir von Eva nicht bekommen. Außerdem möchte ich möglichst nah bei meinen Freundinnen wohnen." Ich sehe, wie ein Ruck durch Jonas geht. „Wenn das so ist, bin ich einverstanden und wir nehmen dankend an. Wieviel müssten wir denn monatlich für Carsten anlegen." Ich grinse ihn an. „Wenn Du mich austricksen willst lieber Jonas, dann lass Dir gesagt sein, dass haben schon richtig gute Geschäftsleute versucht. Legt einfach zurück, was ihr entbehren könnt. Oder hast Du etwa wirklich geglaubt, ich nenne Dir jetzt meinen Mietpreis." Jonas hebt die Hände und sieht mich an. „Sorry, war ein Versuch."

Donnerstag 06.08.2015
Als Jonas am nächsten Morgen zu seinem Seminar fährt, kommt Lena zu uns in die Küche. Ich nicke ihr zu. „Na zufrieden?" Sie lächelt mich an. „Ja, sehr zufrieden. Obgleich wir Dir schon Miete zahlen könnten, denn ich habe jetzt ein festes monatliches Einkommen und bin als Bandmitglied auch an den Tantiemen der CD beteiligt." Ich verdrehe die Augen. „Und ich könnte Dir ein Mietshaus mit acht Wohnungen übereignen, von

dem Du gut leben könntest ohne zu arbeiten und hätte damit gerade mal fünf Prozent meiner Mieteinnahmen verloren. Du siehst vielleicht ein, dass die Miete für die Einliegerwohnung mich in keiner Weise belastet. Die Mieten erfreuen hauptsächlich das Finanzamt und meine Mieter, die seit dem Tod meiner Eltern immer noch die gleiche Miete zahlen. Dafür habe ich Dauermieter, die völlig problemlos und pflegeleicht sind. Erst vor kurzem hat einer meiner Mieter auf seine Kosten einen neuen Durchlauferhitzer einbauen lassen. Die Rechnung hab' ich allerdings im Nachhinein übernommen. Ich könnte mir auch vorstellen, das ein oder andere Objekt in Eigentumswohnungen umzuwandeln und den jetzigen Mietern zu einem fairen Preis zu verkaufen." Nach dieser langen Rede lege ich mich erschöpft zurück. Lena lacht. „Hör auf Eva, ich hab' es verstanden. Genau so werde ich es Jonas erklären."

Andy stupst Lena an. „Übrigens Jonas. Hast Du ihm schon die Fotos von Deiner Initiation gezeigt." „Nein. Eigentlich will ich die Bilder auch löschen, aber bis jetzt kann ich mich noch nicht entscheiden." „Hast Du Sorge, er würde Dir auch mal gerne den Hintern versohlen, um einen so wunderschönen Sonnenuntergang zu sehen." Lenas Gesicht wechselt die Farbe. „Eigentlich hätte ich es ja verdient, so mies wie ich ihn behandelt habe." Ich lege meine Hand auf ihren Arm. „Du weißt, dass wir Dir jederzeit aushelfen können, wenn Du glaubst, Du hättest Strafe verdient. Ich würde in diesem Fall den hölzernen Pfannenwender verwenden. Schließlich habe ich zarte Hände." Lena schüttelt sich. „Uhh. Mädels ich glaub, jetzt geht Eure Phantasie mit Euch durch." Sie wendet sich an Andy. „Kannst Du die Fotos von meinem Handy herunterladen und sichern?" Andy deutet auf die Tür ihres Arbeitszimmers. „Dann komm mal mit."

Wenige Minuten später sind die Dateien auf Andys MacBook übertragen und vom Handy gelöscht. „Da ist übrigens auch ein Video dabei." Andy klickt die Datei an, und kurz darauf sehen wir Lena vornübergebeugt und die Hände auf den Klavierhocker gestützt. Die Kamera zoomt auf ihr blankes Gesäß, und kurz darauf landet mit einem klatschenden Geräusch eine Hand erst auf ihrer linken und danach auf der rechten Pobacke. Wir hören den Kommentar eines Bandmitglieds und sehen, wie sich auf Lenas Pobacken die Abdrücke der Hand zeigen. Jemand spricht von Glut nachlegen, und gleich darauf erhält Lenas Po die nächsten beiden Hiebe, die sie mit einem kleinen Schrei quittiert. Nach kurzer Pause landet das dritte Bandmitglied zwei harte Schläge auf dem schon deutlich geröteten Fleisch, und Lenas Schrei klingt leicht gequält. Auch bei den Hieben sieben und acht wird sie laut. „Nur noch zwei, und Dein kleiner Arsch ist rotglühend."

Lena identifiziert den Sprecher als Tom den Rhythmusgitarristen. Es fehlt nur noch Frank, der Keyboarder, der sie indirekt zum blankziehen aufgefordert hat. Er ist es wohl auch, der jetzt an der Reihe ist und sich viel Zeit lässt. Als Lena ihren Po leicht nach oben reckt, schlägt er schnell hintereinander zweimal kraftvoll zu, was Lena einen gellenden Schrei entreißt. Frank legt seine Hände auf Lenas misshandelte Pobacken. „Ganz schön heiß der Hintern." Nach dem Satz: „Bleib unten, bis wir Dir erlauben, Dich zu erheben", zeigt das Video noch eine Weile das flammend rote Gesäß bis die Aufnahme abbricht.

Ich nehme Lena in den Arm und drücke sie an mich. „Du Ärmste, da haben sie dir ja eine böse Tracht Prügel verpasst. Aber Du warst ausgesprochen tapfer." „Ist schon vergessen. Aber als ich mich gerade im Video gesehen habe, hab' ich mich gewundert, dass ich nicht lauter geworden bin." Andy steht auf und legt die Arme um Lena. „Lass dich drücken Kleine. Du hast den Machos gezeigt, was eine Frau alles ertragen kann. Ich werde die Dateien übrigens verschlüsselt ablegen, damit niemand außer Dir und mir Zugriff hat. Und das Passwort wird nicht Jonas oder Carsten sein."

KAPITEL 1

Donnerstag 06.08.2015

Es klingelt an der Tür, und kurz darauf steht Marie in unserer Küche. „Hallo Eva. Hallo Andy. Lena, hättest Du Lust mit ins 'Künstlercafe' zu kommen und mit mir zusammen ein wenig zu spielen?" „Hast Du dafür einen besonderen Grund?" „Ja, ich würde gerne beim nächsten Jazzfrühschoppen dabei sein. Allerdings muss ich dem Prof dafür noch ein wenig mehr zu Gehör bringen." Lena denkt nur kurz nach. „Ok, ich hole meine Geige und die Schlüssel vom Hyundai." Ihr Blick wandert rüber zu Andy. „Darf ich?" Andy schüttelt genervt den Kopf. „Wieso fragst Du immer?" Lena lächelt und verschwindet mit Marie Richtung Garage.

Andy startet nochmal das Video und schaut gebannt auf den Bildschirm. Irgendwie ist sie fasziniert von Lenas Züchtigung, denn nichts anderes war ja die Initiation. „Stellst Du Dir vor, an Ihrer Stelle zu sein?" frage ich meine Liebste. „Ich weiß nicht, ob ich so ruhig - fast stoisch - dastehen könnte und mir den Hintern versohlen lassen. Ich denke, man müsste mich schon festbinden, aber Lena erträgt es mit einer bewundernswerten Selbstbeherrschung, und ich habe den Eindruck, sie würde sich sofort wieder in diese Lage begeben, wenn es von ihr gefordert würde. Selbst jetzt, wo sie weiß, wie schmerzhaft und demütigend die Prozedur ist." Ich streiche Andy durchs Haar. „Wenn es Dich so sehr beschäftigt, sprich mit ihr darüber."

Ich erkläre Andy, dass ich einen Termin mit verschiedenen Mietern habe, und bitte sie, am Nachmittag unsere drei Kleinen zu bespaßen, eine Aufgabe, die sie mit Hinweis auf Kaffee und Mokkatorte kurz darauf an Karin delegiert. Da ich weiß, wie gerne Karin Mokkatorte isst und wie sehr sie die Kleinen liebt, bin ich einverstanden. Vor allem, da ich Andys mittlerweile engen Zeitrahmen für die anstehenden Übersetzungen kenne.

Der Termin mit den Mietern ist zwar kein voller Erfolg, aber immerhin ein Anfang, denn vier Mietparteien haben Interesse am Kauf ihrer Wohnungen bekundet. Die anderen beiden Mieter sind unentschlossen bis überfordert von dem Gedanken, Eigentümer zu werden. Daher beschließe ich, die Bewohner des Nachbarobjektes ebenfalls anzusprechen. Zu meiner Überraschung haben drei der dortigen Mieter bereits konkrete Pläne, was das Thema Wohneigentum betrifft, und haben sich auch schon entsprechende Objekte angesehen. Aber die Aussicht, in ihren Wohnungen bleiben zu können und Eigentümer zu werden, begeistert sie noch mehr.

Von den drei anderen Parteien wollen zwei berufsbedingt in eine andere Stadt umziehen, und die alte Frau Schneider wird wohl in Kürze in ein Pflegeheim übersiedeln. Mit den neuen Informationen gehe ich noch einmal zu den vier Kaufinteressenten im ersten Objekt. Diese könnten sich durchaus vorstellen, auch im Nachbarhaus zu wohnen, was mein Projekt realistisch erscheinen lässt. Nachdem ich allen erklärt habe, die drei ersten Zusagen zu akzeptieren und zugesichert habe, allen einen Vertragsentwurf zukommen zu lassen, mache ich mich frohgemut auf den Weg nach Hause.

Zu meinem Erstaunen finde ich im Kühlschrank noch zwei Stücke Mokkatorte für Lena und mich. Als ich Andy frage, ob Karin keine Mokkatorte mehr isst, lacht sie amüsiert auf. „Das ist der Rest von einer halben Torte. Ich hab' aber auch ein Stück gegessen." Also steht definitiv fest, dass Karin Mokkatorte nach wie vor liebt.

Freitag, 07.08.2015
Nach unserem gemeinsamen Frühstück brechen Jonas und Lena mit dem kleinen Carsten zu einem Besuch bei der Schwester von Jonas auf. Anna hat die drei eingeladen, weil sie Lena und ihren Sohn etwas näher kennenlernen möchte. Als die Drei sich verabschieden, bitte ich Jonas, seiner Schwester Grüße und eine Einladung von mir auszurichten, denn ich wäre neugierig auf die Frau, derentwegen Lena so lange eifersüchtig war. Lachend verspricht Jonas, seine ‚heimliche Geliebte' zu einem unserer Essen beim Italiener mitzubringen. Andy hat tatsächlich in der Nacht ihre Übersetzungen fertiggestellt und genießt es, mal wieder Zeit zum Plaudern und Schmusen zu haben. Als sie sich zärtlich an mich schmiegt, greife ich übermütig mit meinen Händen in ihre wilden Locken und ziehe ihren Kopf an meinen. „Lass uns nach oben gehen und ein wenig mit unseren Kleinen spielen."

Ihre Hände gleiten unter meine Bluse und meinen Rücken hoch. Geschickt öffnet sie mit Daumen und zwei Fingern den Verschluss meines BHs. „Ich würde auch gerne mit Dir spielen." Ich spüre, wie meine Nippel sich zusammenziehen, als meine Liebste ihre Finger über meine Halbkugeln wandern lässt. Ich entledige mich meines BHs und ziehe nun meinerseits Andys schulterfreies Oberteil herunter, öffne den Vorderverschluss ihres Büstenhalters und ziehe ihn von ihrem Körper. Ich küsse ihre festen kleinen Brüste und bedecke ihre Brüste wieder züchtig mit dem Oberteil. Hand in Hand gehen wir in Richtung Kinderzimmer.

Während Andy sich Sandra greift, nehme ich Evita in meine Arme, dann wechseln wir ins Schlafzimmer auf unser großes Bett. Die beiden Mädchen sind ausgesprochen munter und unternehmungslustig. Meine Tochter hat schnell entdeckt, dass man an Andys Oberteil nur ein wenig zu ziehen braucht, und schon hat man Zugriff auf die beiden wunderschönen Schnuller aus denen vor nicht allzu langer Zeit sogar noch leckere Milch kam. Kurz darauf hängen Sandra und Evita an je einer Brust und nuckeln um die Wette. Das Bild ist zu schön, und ich halte es mit der Kamera meines Smartphones fest. Andy löst zwei Knöpfe meiner Bluse und zieht sie auseinander, um auch meine Brüste zu entblößen. „Guckt mal Ihr Süßen, da sind noch zwei Nuckel."

Sie hat den Satz kaum ausgesprochen, da stürzen sich die Mädchen schon auf mich und meine Nippel. Ich gönne Ihnen den Spaß, während Andy jetzt ihrerseits Fotos schießt. Es ist schön, sich mal einen ganzen Vormittag nur um unsere Töchter zu kümmern, und wir großen Mädels genießen die Zeit mindestens so sehr wie die Kleinen. Erst als Andys Handy klingelt, stellen wir fest, dass es schon fast Mittag ist und nicht nur die Kleinen mittlerweile Hunger haben. Also nehmen wir unseren Nachwuchs mit nach unten, und während ich einen Salat zubereite, macht Andy Essen für die ‚kleinen Raubtiere'.

Wir haben gerade die Spülmaschine eingeräumt, als sich die Haustür öffnet und Lena mit Jonas und Carsten hereinkommt. „Wir haben uns überlegt, bei dem schönen Wetter heute Nachmittag in den Park zu gehen und Eure Töchter gleich mitzunehmen, damit ihr etwas Zeit für Euch habt." Andys Augen beginnen zu leuchten, als Lena und Jonas die Mädchen in den Zwillingswagen einladen und kurz darauf mit Carsten in den Park aufbrechen. „Danke, Ihr habt was gut bei uns", ruf' ich den beiden nach.

Andy zieht mich die Treppe hoch in unser Zimmer. Noch im Flur reißt sie mir die Bluse vom Leib. Das dabei ein paar Knöpfe auf der Strecke bleiben, stört weder sie noch mich. Ich lasse mich von ihr nackt ausziehen, danach befreie ich auch sie von überflüssigem Textil. „Kleidung wird völlig überschätzt", sage ich lachend zu ihr, während sie mich schon auf den Bauch dreht und meinen Rücken mit Küssen bedeckt. Als sie mit ihrer feuchten Zungenspitze mein Rückgrat auf und ab zu streichelt, beginnt mein ganzer Körper zu vibrieren, und ich gebe mich genießerisch diesem herrlichen Gefühl hin. Sobald sie ihre Krallen ausfährt, um von meinen Schultern bis zur Taille Spuren auf meiner Haut zu hinterlassen, beginne ich lüstern zu stöhnen. Mit kräftigem Griff fasst sie meine Pobacken und zieht sie auseinander. Als Reaktion spreize ich meine Beine und recke ihr meinen Po entgegen. Klatsch, klatsch. Ihre Hände treffen kräftig auf meine rückwärtigen

Halbkugeln. „Sorry, ich konnte wirklich nicht widerstehen", höre ich ihre Stimme.

In der Folge entwickelt sich ein erotischer Ringkampf, an dessen Ende ich auf meinem Bauch liege, Andy rittlings auf meinem Rücken sitzt und damit droht, mir meinen Po kräftig zu verhauen, wenn ich mich nicht ergebe. „Gnade große Kriegerin, bitte nicht schlagen, ich ergebe mich", sage ich lachend. Andy steigt von meinem Rücken, legt sich neben mich auf den Bauch und fordert: „Du musst mich jetzt mit Deiner Zunge verwöhnen, sonst droht Deinem Hintern die Peitsche." Ich bewege mich hinab zu ihren Füßen und küsse nach und nach jeden einzelnen Zeh. Sanft massiere ich ihre Fußsohlen. Meine Zungenspitze gleitet die Innenseiten der Unterschenkel bis zu den Knien hoch, die ich besonders zärtlich verwöhne. „Und jetzt beginne noch einmal bei meinen Fersen." Wie befohlen liebkose ich die Rückseiten ihrer Beine, was Andy lustvoll stöhnen lässt. Als ich schließlich mit meiner Zunge ihre Kniekehlen erobere, stöhnt sie laut auf. „Jaaaaa. Du bist die beste Sklavin, die ich je hatte."

Meine Zunge wandert ihre Oberschenkel entlang zum Grübchen, welches Bein und Po verbindet, erst links dann rechts. Zärtlich spreize ich ihre Pobacken und lasse meine Zunge die Pospalte entlang gleiten bis zum Beginn der Halswirbel und wieder zurück. Als ich meinen Mund für einen Moment zurückziehe, dreht sie sich auf den Rücken, zieht ihre Knie an, spreizt ihre Beine so weit wie möglich und gibt mir den Blick frei auf ihr Lustzentrum. „Du weißt was Du zu tun hast, Sklavin?" „Ja Herrin, deine Dienerin wird Dir jetzt

Lust schenken." Ich platziere meinen Kopf zwischen ihren Schenkeln und presse meinen Mund auf ihre Vulva. Ihr Duft steigert meine eigene Erregung ins Unermessliche, und gierig tauche ich meine Zunge in den Honig, der zwischen ihren Schamlippen fließt. Andy stößt einen Schrei aus. „Wage es nicht aufzuhören." Ich dringe mit meiner Zunge soweit mir physisch möglich ist in sie ein und genieße die Geräusche, die sie von sich gibt. „Lass mich jetzt kommen, Liebste." Mein Mund legt sich auf ihre Schamlippen, meine Zunge öffnet sie, und ich liebkose die rosigen inneren Lippen, als wäre es zum ersten und letzten Male gleichzeitig. Ihre Finger kommen mir entgegen, öffnen sie für mich, krallen sich in meine Haare und ziehen meinen Mund hinauf zu ihrem Kitzler.

Ihrem Mund entfährt ein kehliger Laut, als ich ihre Lustperle einsauge und mit meiner Zunge massiere. Sie schreit, ihr Körper will sich mir entziehen, während ihre Hände mein Gesicht fest an ihren Schamhügel pressen. Schließlich beginnt ihr Unterleib zu zucken. Von wilden Schreien begleitet, kommt sie zum Höhepunkt. Mit aller Kraft meiner Arme drücke ich ihren Körper auf das Bett, denn ich fürchte, verletzt zu werden, wenn ihr Schambein mit meinen Zähnen oder meiner Nase kollidieren sollte. Als sie schließlich schwer atmend, aber ruhig liegen bleibt, löse ich meinen Griff um ihre Hüfte und lege mich neben sie. Ganz sanft gleitet meine Hand über ihren schweißnassen Körper.

Andy ist völlig außer Atem. „Ich habe nicht mal mehr die Kraft, meine Beine zu schließen, so sehr hast Du mich fertiggemacht, aber ich liebe Dich."

Ich zaubere ein Lächeln auf mein Gesicht. „Hat Deine Sklavin Dich zufriedengestellt, Herrin?" Andy saugt Luft in ihre Lungen. „Wow. So kann man es auch nennen. Trag mich in die Dusche Sklavin." Auf nackten Füßen flitze ich ins Bad, tränke einen Waschlappen mit kaltem Wasser und kehre zum Bett zurück. Mit den Worten: „Ich kann die Dusche nur zu Dir bringen", lasse ich den Waschlappen auf ihren Bauch fallen. Schnell renne ich Richtung Bad, doch der Waschlappen, der meinen Rücken trifft, ist schneller.

Nach der gemeinsamen Dusche haben wir Lust auf Pizza. Daher greife ich zum Telefon und bestelle eine große Pizza, je zur Hälfte mit Scampi und Lachs belegt. Zwanzig Minuten später wird die Pizza von Sophia gebracht, die sich wundert, uns beide alleine anzutreffen. Als ich ihr erkläre, weshalb Lena und Jonas mit den Kleinen unterwegs sind, schmunzelt sie. „Ah, Amore", kommentiert sie die Situation und will sich wieder auf den Weg machen, doch ich halte sie zurück. „Bleib' doch noch." „Was macht eigentlich der Vater Eurer Bambini?" „Der hat eine andere. Ist aber nicht wichtig, wir wollten ihn sowieso nicht heiraten." „Er hat Euch doch so schöne Ringe geschenkt. Aber egal, Hauptsache Ihr seid glücklich."

Gegen sieben Uhr klingelt mein Smartphone, und Lena fragt mich, ob es schlimm wäre, wenn sie mit den Kindern über Nacht bei Karin blieben. Da ich weiß, dass unser Nachwuchs gut versorgt ist, sage ich auch im Namen von Andy, wir würden uns freuen, alle zusammen am nächsten Morgen gesund wiederzusehen, und wünsche noch eine gute Nacht. „Wir könnten tanzen gehen", schlage ich vor. Andy runzelt die Stirn. „Und uns nur wieder von Typen anquatschen lassen, die auf einen One-Night-Stand hoffen? Nein Danke. Kein Bedarf." „Worauf hast Du denn Lust?" Andy sieht mir tief in die Augen. „Auf Dich", sagt sie mit einer Stimme, die mir einen Schauer den Rücken hinunterlaufen lässt. „Du musst Dich aber nicht verpflichtet fühlen." Andy zieht eine Grimasse. „Bla, bla, bla. Soweit waren wir in unserer ersten Nacht auch schon mal. Ich muss wohl auch für diesen Teil die Regie übernehmen." Ich nicke stumm. „Zieh Dich aus Süße. Aber ganz langsam."

Ich öffne einen nach dem anderen die Knöpfe meines Kleides. Dann streife ich das Kleid ganz langsam von meinen Schultern, lasse den Stoff an meinem Oberkörper entlang gleiten und entblöße meine Brüste. Andys Augen scheinen mich aufzusaugen. Ich drehe mich um, lasse das Kleid fallen und biete ihr den Anblick meiner nackten Kehrseite. Das kehlige Stöhnen meiner Partnerin verrät mir, dass ihr der Anblick gefällt. Ich drehe mich zu ihr, unsere Blicke treffen sich, und ich bin wieder einmal fasziniert von diesen eisblauen Augen, dem schlanken Hals, den zarten Schlüsselbeinen, dem Schwung ihrer Brüste und dem kleinen Muttermal neben ihrem Nabel. „Du bist schön Andy und Du bist mein. Ich liebe Dich." Andy beugt sich zu mir herunter und küsst mich. Oh, ich liebe diese Frau. Eine Stunde später schlafen wir erschöpft, aber frisch geduscht und glücklich ein.

Samstag 08.08.2015
Nach dem Frühstück verabschiedet sich Andy in die Stadt. Ich räume die Spülmaschine ein und

setze mich auf die Terrasse. Während unsere Mädchen im Laufgitter über die ausgelegte Decke krabbeln und mit Rasseln, Klingelbällen und sonstigen Dingen spielen, lese ich in Ruhe die Wochenendausgabe der Tageszeitung und greife danach zu einem Buch. Gegen Mittag füttere ich die kleinen Bestien und bringe sie danach zurück ins Laufgitter. Da ich mittlerweile auch Hunger bekomme, rufe ich Sophia an, die sich meine Bestellung anhört, dann aber sagt: „Das Essen müsste jeden Moment bei Dir eintreffen." Die Türklingel ertönt. Kopfschüttelnd beende ich das Gespräch und gehe zur Haustür.

Ein junger Mann in Levis, Hemd und Basecap strahlt mich durch eine dunkle Sonnenbrille an. In seinen Händen ein großer Pizzakarton. *‚Ein junger Mann? Mit lackierten Fingernägeln?'* Ein lautes Lachen beendet meine Irritation. Andy setzt die Sonnenbrille ab und strahlt mich an: „Wie gefällt Dir mein neues Outfit?" Ich puste die Wangen auf und atme aus. „Steht Dir gut. Und was möchtest Du mir damit sagen?" Andy küsst mich und knabbert an meiner Oberlippe. „Lässt Du mich denn jetzt bitte rein?" Ich gebe den Weg frei und folge ihr in die Küche. Ganz pragmatisch kümmert sich meine Liebste erst einmal um unser Mittagessen. *‚Hmm, Pizza mit Lachs und Scampi, lecker.'* Ich stelle Teller auf den Tisch und hole eine Flasche Bier aus dem Kühlschrank. Nach dem Essen sehe ich Andy an und wiederhole meine Frage zum neuen Outfit. „Und was willst Du mir damit sagen?"

Andy setzt sich zurück und trinkt ihr Glas aus. „Der Gedanke kam mir, als ich heute Morgen noch einmal über unser Gespräch in Sachen ausgehen nachgedacht habe. Wenn wir beide in Kleidern in einen Club kommen, muss es für die anwesenden Männer ja so aussehen, als wären wir auf der Suche nach einem von ihnen. Wenn ich allerdings so gekleidet bin wie jetzt, haben wir große Chancen, dass man uns in Ruhe lässt." Ich nicke verstehend. „Das heißt, wir könnten auch miteinander tanzen." Andy lächelt mich an. „Genau das war meine Überlegung. Aber jetzt mal ehrlich. War mein Auftritt eben nicht überzeugend?" Jetzt muss ich doch lachen. „Ja, bis zu dem Moment, wo ich den Nagellack gesehen habe. Aber bis dahin hab' ich gedacht, Massimo hätte einen neuen Pizzaboten eingestellt." Ich schiebe meine Unterlippe vor. „Aber Du willst doch hoffentlich eine Frau bleiben?" „Ja meine Schöne. Ich fühle mich in meiner Haut ausgesprochen wohl, und da wird nichts verändert." „Da bin ich aber jetzt erleichtert."

Als wir kurz darauf gemeinsam auf der Terrasse sind, trete ich hinter meine Liebste und knöpfe ihr Hemd auf. „Ich muss doch nur mal kontrollieren, ob sich darunter noch meine Freundin befindet oder ob ich jetzt einen Freund habe." Meine Hände umfassen ihre Brüste. „Wenn Du hieran etwas verändern würdest, wäre ich sehr traurig." Andy zieht sich das Basecap an und setzt die Sonnenbrille wieder auf. Kurz darauf betritt Lena die Terrasse. „Guten Tag, ich bin Lena." Ich pruste los, auch Andy sieht so aus, als bekäme sie jeden Moment einen Lachanfall. „Oh Scheiße, seid Ihr beiden krass drauf." Lenas Gesicht wäre ein Foto wert. „Woran hast Du es gemerkt?" „Nur eine Tunte würde sich die Nägel in der Farbe lackieren. Entschuldige Andy." Die Angesprochene dreht sich zu ihr um. „Damit wäre der Beweis erbracht, dass man Menschen mit geringem Aufwand täuschen kann, sogar Menschen, die einen gut kennen." „Bei mir ist es Dir jedenfalls gelungen. Aber Du solltest den Nagellack entfernen."

Gegen sechs Uhr sind wir in unserem Bad und brezeln uns für den Abend auf. Andy hat inzwischen keinen Nagellack mehr an den Fingern, und ich habe ihre Frisur mit Styling Gel zu einer strengen Herrenfrisur verändert. Sie trägt jetzt statt eines BH ein Herrenunterhemd und darüber das neue Hemd sowie eine schwarze Weste aus dem Bestand meines Vaters. Basecap und Sneakers vervollständigen ihr neues Image. Darüber trägt sie eine Sonnenbrille mit grauen Gläsern. Ich selbst habe mich betont sexy angezogen. Zu einer schwarzen Büstenhebe mit passendem String trage ich ein ebenfalls schwarzes Cocktailkleid mit tiefem Ausschnitt, dessen Saum eine Handbreit über meinen Knien endet. Dazu passende Sandaletten mit flachen Absätzen. Der rote Lippenstift passt farblich exakt zu Finger- und Fußnägeln. „Du siehst heiß aus, mein Schatz." ‚Das Kompliment geht runter wie Öl. Sprich weiter Liebste'

Andy legt ihre Lippen an mein Ohr und flüstert: „Wenn wir heute Nacht nach Hause kommen, sind wir alleine im Haus, und ich werde Dich so hart nehmen, dass Du vor Lust schreist." Ich spüre ein Ziehen zwischen meinen Schenkeln und fühle, wie ich feucht werde. „Du kannst alles mit mir machen, was Du willst. Mein Körper sehnt sich nach Dir." Andy greift unter dem Rock zwischen meine Schenkel. „Ich liebe es, wenn Du in meiner Gegenwart so nass wirst Liebste. Aber jetzt laß uns gehen."

Eine halbe Stunde später treffen wir uns mit Lena und Jonas vor dem Musikclub. „Willst Du mich Deinem Begleiter nicht vorstellen?" Andy dreht sich zu mir um und fragt mit tiefer Stimme. „Sind die beiden Freunde von Dir Baby?" Ich schaffe es mit Mühe, ernst zu bleiben, und auch Lena muss sich konzentrieren, um nicht laut zu lachen. „Andreas, darf ich Dir Lena und Jonas vorstellen. Zwei meiner besten Freunde." Andy genießt die Situation und legt demonstrativ eine Hand auf meinen Po. „Hi, ich bin Andreas, der neue Lover dieser heißen Stute hier." Etwas in ihrer Stimme lässt Jonas aufhorchen. Seine Gesichtszüge verziehen sich zu einem Grinsen. „Spitze Mann. Hast Du es der Tussi schon besorgt, oder wartet sie noch gierig drauf?" *,Aber hallo. Jonas outet sich als Macho. Muss ich jetzt die Tussi spielen?'* Andy gibt sich ganz souverän. „Heute Nacht ist sie fällig." Ich spüre, wie mein Gesicht die Farbe wechselt, und entscheide das Thema zu wechseln. „Können wir bitte hineingehen?"

Der Club ist gut besucht, aber nicht zu voll. Nachdem wir der Bar einen Besuch abgestattet haben, stellen wir uns mit unseren Getränken an einen Stehtisch. Da der DJ gerade ein langsames Stück spielt, zieht Andy mich auf die Tanzfläche. Eng aneinander geschmiegt bewegen wir uns zur Musik. Sie legt ihre Rechte auf meinen Po und presst meinen Unterleib an ihren. „Geht es Dir gut Geliebte?" „Mir ging es noch nie besser Geliebter", gebe ich zurück und reibe meinen Schamhügel an ihrer Hüfte. Ich lege meine Lippen an ihr Ohr. „Der Gedanke, unter Dir zu schreien, lässt mein Höschen nass werden." Das Lied endet, und als der DJ danach Hip-Hop auflegt, kehren wir zurück zu Lena und Jonas.

Lena kommt neben mich und flüstert mir ins Ohr. „Wenn Du nicht meine beste Freundin wärst, würde ich jetzt sagen, Du bist eine kleine Schlampe. Für einen Moment habe ich gedacht ‚Dein Lover' vernascht Dich im Stehen auf der Tanzfläche." Ich grinse sie an. „Ich hätte keinen Widerstand geleistet. Aber so rollig wie heute Abend war ich auch schon ewig nicht mehr. Andy in der Rolle des Machos ist einfach Wahnsinn." Bei der nächsten Runde langsamer Musik stehen wir wieder auf der Tanzfläche, und nur in einer Zeitrafferaufnahme könnte man sehen, dass wir uns überhaupt bewegen.

Einige Tänze später suchen Lena und ich die Toilette auf. Sorgfältig trockne ich mich zwischen den Schenkeln ab und verstaue meinen Slip zusammengerollt in meiner Handtasche. „Ich halte nicht mehr lange durch", vertraue ich meiner Freundin an. „Er … eh … sie hat Dich aber voll im Griff." „Ja, wenn man mich so behandelt, mutiere ich zur Tussi." „Willst Du nach Hause, oder bleiben wir noch eine Weile?" „Ich will es noch etwas genießen, also bleiben wir." Zurück im Saal zieht mich Andy sofort wieder auf die Tanzfläche. Leise sage ich zu ihr: „Ich trage meinen Slip jetzt in meiner Handtasche. Er war zu nass, um ihn wieder anzuziehen." Sie zieht mich wieder ganz nahe an sich. „Das gefällt mir. Das heißt, Du kannst es kaum noch erwarten und bist zu allem bereit." „Ja Liebster", stöhne ich in ihr Ohr.

Auch Lena und Jonas sind jetzt bei langsamen Titeln sofort auf der Tanzfläche und knutschen ungeniert, aber keiner scheint sie oder uns zu beachten. Die Pärchen um uns herum sind mit sich selbst beschäftigt. Bei der nächsten schnellen Serie gehen Lena und ich erneut zur Toilette. Wie selbstverständlich zieht Lena ihren Slip aus und steckt ihn zusammengerollt in die Handtasche. „Ich hab' Jonas erzählt, dass Du unten ohne bist, und er hat mich gebeten, es Dir gleich zu tun. Außerdem bin ich inzwischen auch ziemlich heiß." Wir gehen wieder nach oben, und ich beobachte, wie Lena ihren zusammengerollten Slip in die Innentasche von Jonas Sakko steckt. Davon animiert, mache ich es ihr nach und stecke meinen Slip in die Gesäßtasche von Andys Jeans. Ich informiere Andy, dass Lena jetzt ebenfalls ohne Slip ist, was bei ihr für zusätzliche Erregung sorgt.

Eine Stunde später verlassen wir den Club und steigen in den Hyundai. Kaum hat Jonas auf dem Beifahrersitz Platz genommen, greift er auch schon hinüber zu Lena und bringt sie zum Stöhnen. Andy schiebt ihre Zunge in meinen Mund und ihre Hände unter mein Kleid. Als ihre Fingernägel über meine empfindlichen Brustspitzen kratzen, ergebe ich mich, spreize meine Schenkel und gewähre ihren Fingern Einlass. Kurz darauf stöhnen Lena und ich um die Wette. „Ich würde Dich am liebsten gleich hier im Auto vernaschen", flüstert Andy mir ins Ohr.

Eine Viertelstunde später steuert Lena den Hyundai nach Hause. Ich bekomme allerdings von der Fahrt kaum etwas mit, denn Andy hat ihre Zunge weiterhin in meinem Mund und ihre Finger unter meinem Rock. Schon im Hausflur fallen alle meine Kleidungsstücke. Splitternackt führt Andy mich hinauf in unser Schlafzimmer. Oben angekommen, dirigiert mich ‚mein Lover' auf das Bett, wo ich auf allen Vieren in Position gehe. Auf die Unterarme gestützt nehme ich am Kopfende

Platz, strecke meine Hände durch die Messingstäbe und lasse meine Handgelenke mit einem Seidentuch zusammenbinden. Als nächstes nimmt Andy zwei weitere Tücher und verknotet meine Fußgelenke mit den Oberschenkeln. Mein Körper ruht jetzt auf Ellbogen und Knien.

Andy zeigt mir eine Schlafmaske. „Ist es für Dich okay, wenn ich Dir die Augen verbinde." „Ja, mein Liebster." Sekunden später wird es dunkel für mich. Ich höre, wie sich ihre Schritte entfernen und sie sich ihrer Kleider entledigt. Die Bewegung der Matratze verrät mir, dass Andy hinter mir in Position geht. Ihre Hände ergreifen meine Brüste, kneten sie sanft durch und bringen mich zum keuchen. Dann rollt sie meine Brustwarzen zwischen den Fingern. „Ich werde Dich heute Nacht auch etwas härter anfassen, meine Geliebte." „Tu mit mir, was immer Du möchtest Geliebter. Ich gehöre Dir." Sie verstärkt den Druck auf meine Nippel, und ich stöhne unter dem Griff lustvoll auf. Die Hände wechseln zu meinem Po, der Griff wird härter und lässt meinen Saft fließen. Finger teilen meine Schamlippen und tauchen in mein pulsierendes Loch ein. „Wie geil bist Du Liebste?" „So geil, dass ich Dich anflehe, mich endlich zu ficken."

Ich fühle, wie etwas Hartes meine Schamlippen teilt. „Du kannst es jederzeit beenden, Du musst nur ‚STOPP' rufen." Ich nicke und antworte: „Wenn ich eins heute Nacht mit Sicherheit nicht rufen will, ist es dieses Wort." Ich recke ihr meinen Unterleib entgegen und spüre den Dildo tief in mich eindringen. „Ich bin jetzt ganz in Dir." Meine Antwort ist ein Keuchen. Andy bearbeitet mich mit tiefen Stößen aus der Hüfte, die mich stöhnen lassen. Mein Gehirn stellt seine Arbeit vorübergehend ein und überlässt den Hormonen die Kontrolle über den Körper. Laut stöhnend empfange ich die Stöße, die nun schon deutlich härter kommen als zu Anfang. „Jaaaaa, schön." Hände legen sich auf meine Brüste und massieren meine Nippel, was mir die ersten Lustschreie entlockt. Mein Mund ruft Obszönitäten, die Andy zu einer noch härteren Gangart bewegen. Ich hatte zwar, bevor ich Andy kennenlernte, einige One-Night-Stands, aber das hier übertrifft alles bisher Erlebte. Ich schreie jetzt bei jedem Stoß, und da ich das gewisse Wort nicht rufe, nimmt sie mich immer härter. Ich spüre eine warme Welle, die sich in meinem Körper aufbaut, an Größe und Wucht zunimmt, meine Lust potenziert und mir laute Lustschreie entreißt. Eine Hand legt sich auf meine Klit und beginnt sie zu reiben. Die Woge schlägt über mir zusammen, und ich bin nur noch ein brüllendes, von Zuckungen geschütteltes Bündel pure Lust. In einer wahren Explosion von Empfindungen schaltet mein Körper ab.

Als ich meine Umgebung wieder wahrnehme, liege ich in den Armen von Andy. Meine Fesseln sind gelöst, und ich kann auch wieder etwas sehen. Keuchend, als hätte mein Körper gerade sportliche Höchstleistungen vollbracht, frage ich: „Was hast Du gerade mit mir gemacht Liebste?" „Ich habe Dich wie versprochen zum Brüllen gebracht Liebste, und ich hatte den Eindruck, dass Du es genossen hast." „Und wie ich es genossen habe. Aber Du hattest wenig davon." „Im Gegenteil, ich habe eine wertvolle Erfahrung gemacht. Ich weiß jetzt, was es für einen Mann bedeutet, wenn die Frau unter ihm vor Lust vergeht und ihren Orgasmus hinausschreit. Das war Musik in meinen Ohren." „Meinst Du, ich könnte diese Erfahrung auch einmal machen?" „Weshalb nicht, aber wenn Du gestattest, würde ich die männliche Rolle gerne noch eine Weile alleine spielen und meine Geliebte auf diese Art verwöhnen." Ich blicke Andy in ihre schönen blauen Augen und sehe das Funkeln in ihren Pupillen. „In Ordnung Liebster. Ich bin einverstanden."

KAPITEL 2

Sonntag 09.08.2015

Gegen acht Uhr treffen Lena und ich in der Küche zusammen und begutachten gegenseitig unsere Augenringe. „Na, hat Andy ihr Versprechen wahr gemacht und Dich zum Schreien gebracht?" „Das hat sie. Wie war es bei Dir?" „Jonas hat mir gestern Abend im Auto zugeflüstert, er würde mich zureiten. Das Versprechen hat er heute Nacht eingelöst, und ich habe es genossen."

Kurz nacheinander treffen Andy und Jonas in der Küche ein. Beide begrüßen uns mit zärtlichen Küssen. Andy sieht Lena an. „Du siehst aus, als hättest Du letzte Nacht ziemlich viel Spaß gehabt." Lena funkelt Jonas an. „Hast Du etwa geplaudert?" „Nur ein wenig von Mann zu Mann", antwortet Jonas grinsend. „Ihr wollt uns doch nicht erzählen, dass ihr Euch noch nicht ausgetauscht hättet", sagt Andy lachend. „Nur ein wenig von Mädel zu Mädel", gebe ich lachend zu.

Da wir uns schon die ganze Woche auf den heutigen Jazzfrühschoppen in einem Biergarten gefreut haben, kürzen wir das Frühstück ab und machen uns auf den Weg. Besonders Lena fiebert ihren Auftritten, einmal mit Marie - Geige und Cello - und mit Jonas - Geige und Klavier - entgegen. Sie ist zwar mittlerweile eine Profimusikerin, doch bei Auftritten in neuen Konstellationen ist auch sie noch nervös. Zunächst haben Marie und Lena jedoch noch Pause, während Jonas als Teil der Jazzcombo am Klavier sitzt. Eine halbe Stunde später stellt der Conférencier meine Freundin und Marie als Duo ‚Saite und Bogen' vor. Die beiden bekommen freundlichen Applaus, verbeugen sich und nehmen ihre Plätze ein. Zu Anfang spielen sie zwei Stücke von Mozart, denn diese Stücke haben sie schon einmal vor Publikum gespielt, und die saubere und gelungene Darbietung gibt Vertrauen und Sicherheit. Schließlich kündigt Lena die ‚Toccata' als Duett von Geige und Cello an. Dieses Stück, das sie bereits gefühlte zweitausend Mal gespielt hat, könnte sie auch noch im Koma liegend fehlerfrei darbieten, doch wie klappt das Zusammenspiel mit Marie und dem Cello? Als die beiden ihre Bögen von den Instrumenten nehmen und sich verneigen, sagt ihnen der donnernde Applaus, dass der Vortrag perfekt war, denn auch die Musiker der Combo klatschen kräftig mit.

Nachdem die Combo das Publikum wieder eine halbe Stunde mit Jazz unterhalten hat, kommt nun der Auftritt von Lena und Jonas. Die beiden wechseln Blicke, und Lena stimmt noch einmal ihre Geige nach. Wieder kommen zu Anfang zwei Stücke von Mozart, danach soll der eigentliche Höhepunkt kommen: - Beethovens Fünfte -. Ein winziges Zögern von Lena, doch dann legen die beiden los. Die Kombination aus Klavier und Geige jagt einen Schauer nach dem anderen durch meinen Körper, ich genieße die Musik und die Freude, die aus den Gesichtern von Lena und Jonas strahlt. Auch dieser Teil hat dem Publikum gefallen und wird mit Applaus belohnt.

Ich sehe, dass Lena zögert. Die beiden besprechen sich einen Moment, Jonas erhebt sich und nimmt das Mikrophon. „Sehr geehrte Damen und Herren,

Sie erleben jetzt eine Premiere. Haben Sie soeben die Toccata als Duett zwischen Cello und Geige gehört, so möchten wir Ihnen dieses Stück jetzt als Dialog zwischen Geige und Klavier darbieten. Wir haben die Toccata beide schon häufig gespielt, die Geigendarbietung meiner Partnerin haben Sie sicher noch im Ohr, doch noch nie zusammen. Bitte drücken Sie uns die Daumen." Er legt das Mikro wieder weg, seine Hände schweben über den Tasten, dann legt Lena den Bogen auf die Saiten. Knapp fünf Minuten später tritt Professor Eder nach vorne und gratuliert den beiden mit einem Lachen im Gesicht. Er nimmt das Mikro und beginnt: „Meine Damen und Herren, ich habe diese beiden jungen Künstler mit ausgebildet, habe dieses Stück von beiden schon häufig gehört, jedes Mal perfekt. Ich muss sagen, das Wagnis hat sich gelohnt, ich hoffe, die beiden werden dieses Stück noch ganz oft gemeinsam spielen, denn an Ihrem Applaus kann ich ermessen, dass dieser Auftritt nicht nur mir, sondern auch Ihnen viel Freude bereitet hat. Wir bedanken uns bei Lena Gerber und Jonas Paulsen."

Die beiden treten ab, und die Combo spielt in leicht veränderter Besetzung den Rest der Zeit ‚Modern Jazz'. Als Lena und Jonas sich zu mir und Karin setzen, gratulieren die Gäste am Tisch mit freundlichen Worten. „Und sie sind so ein schönes Paar", höre ich eine ältere Dame sagen.

Montag 10.08.2015
Nach dem gemeinsamen Auftritt mit Jonas beschließt Lena, ab sofort keine Geheimnisse vor Jonas mehr zu haben und ihm ihre Initiation bei der Band zu gestehen. Als Jonas am Abend mit

seiner Schwester bei uns ist, bittet sie Andy, den Film auf eine DVD zu brennen, um ihn im TV zeigen zu können. Danach eröffnet sie Jonas, dass sie jetzt bereit ist, ihr letztes Geheimnis vor ihm zu lüften, und berichtet ihm von ihrer Aufnahme in die Band. Annas Augen werden bei dem Bericht immer größer. Als Lena erklärt, es gäbe ein Video von ihrer Initiation, und es wäre ihr wichtig, dass sowohl Jonas als auch Anna dieses Video kennen, wechseln wir hinüber ins Wohnzimmer. Ich fahre die große Leinwand und den Beamer aus der abgehängten Decke. Andy startet die Projektion, und die Geschwister Paulsen sehen gebannt, wie die Hände der Bandmitglieder Lenas Po zum Glühen bringen.

Als das Video endet, bleibt Jonas fassungslos sitzen, während Anna spontan Lena in den Arm nimmt. „Du Ärmste, das hätte ich nie ausgehalten. Unglaublich, wie tapfer Du warst. Ich hab Dir ja wer weiß was an den Hals gewünscht, weil Du meinen Bruder so schlecht behandelt hast, aber das???" Sie findet keine Worte mehr und drückt Lena liebevoll an ihr Herz. Endlich hat sich auch Jonas gesammelt. Er nimmt Lena in den Arm und streicht ihr über ihren Po. „Mein armer Liebling. Dein süßer Po muss ja wie Feuer gebrannt haben."

Lena nickt und schmiegt sich in Jonas Arme. „Das hat er auch. Erst als Andy mir ein kühlendes Gel aufgetragen hat, ließ der Schmerz nach. Außerdem fand ich es im Nachhinein extrem erniedrigend. Aber in die Lage habe ich mich ja tapfer selbst gebracht." Jonas fragt: „Wie viele Kopien gibt es von dem Video. „Nur diese und eine verschlüsselte Sicherungskopie auf meinem Rechner", antwortet Andy. „Lösch sie bitte." Lena protestiert. „Nein, es ist mir wichtig, dass ich dieses Video jederzeit ansehen kann, wenn ich in Gefahr bin abzuheben. Dann kann mich das Video daran erinnern, wer ich bin." Jonas grübelt einen Moment. „Ok, behalt die Sicherungskopie, aber vernichte diese DVD."

Anna legt ihrem Bruder die Hand auf den Arm. „Überlasse diese Entscheidung bitte Lena. Ich finde es total mutig, dass sie sich vor uns geoutet hat und uns dieses für sie demütigende Video gezeigt hat. Damit hat sie bewiesen, wie sehr sie Dich liebt und uns allen vertraut. Zerstöre bitte dieses Vertrauen nicht durch Deine alberne Rechthaberei." Jonas drückt die Hände von Anna und Lena. „Du hast wie immer recht Schwesterherz." Lena sieht Jonas an. „Solltest Du Dich über mich beziehungsweise meine Züchtigung ärgern, so bin ich bereit, mich vor allen hier Versammelten über diese Sessellehne zu bücken und für jeden Schlag, der auf dem Video zu sehen ist, einen Hieb von Dir auf meinen blanken Hintern entgegen zu nehmen. Das könnte ich eher ertragen als Deine Zweifel oder eine Beeinträchtigung unserer Beziehung." Anna sieht ihren Bruder an. „Wag' es ja nicht. Du verlierst vielleicht nicht Lena, aber dafür mich." Schmunzelnd wende ich mich Anna zu. „Du kämpfst ja für Lena wie eine Löwenmutter für ihren Nachwuchs." Anna lacht: „Ich bin ja auch eine Löwin." „Eva auch," wirft Andy ein. „Wann bist Du geboren?", will Anna von mir wissen. „Am 03. August 91." Anna reißt die Augen auf. „Du bist also genau ein Jahr jünger als ich. Komm an mein Herz Löwin." Wir nehmen uns in die Arme. „Daher warst Du mir sofort sympathisch", sage ich zu ihr.

Dienstag 11.08.2015

Das Gespräch mit meinem Anwalt und dem Notar über die Umwandlung von Mietwohnungen in Eigentumswohnung war einigermaßen aufschlussreich. Ich habe dem Anwalt die Daten der in Frage kommenden Mieter gegeben und um die Erstellung der Vorverträge gebeten. Auf den Einwand, die Verkaufspreise seien zu niedrig, ging ich mit einem Lächeln hinweg. Ich erhielt das Versprechen, die Verträge nächste Woche in meinen Händen zu halten.

Als ich die Kanzlei verlasse, begegne ich Jan. Er grüßt mich freundlich und fragt, wann er seine Töchter mal wiedersehen könnte. Ich biete ihm an, er könne gerne am Nachmittag zu uns kommen. Auf seine Frage, ob er mit mir und Andy Zeit verbringen könnte, erteile ich ihm allerdings eine Absage und mache ihm klar, dass auch Lena in festen Händen ist und er bei ihr nicht mehr landen kann.

Wie vereinbart, erscheint Jan am Nachmittag, um seine Töchter zu sehen. Es ist rührend, ihn mit Evita und Sandra zu sehen, die zunächst etwas reserviert sind, ihm kurz darauf jedoch ihre Ärmchen um den Hals legen. Als er sie wieder verlassen muss, hat er Tränen in den Augen. „Du kannst gerne öfter kommen", biete ich ihm an. „Aber glaube bitte nicht, Du könntest mit uns wieder anbandeln." Jan sieht mich an. „Ich weiß, ich habe es versaut. Und ich kann verstehen, dass ihr vor mir zurückschreckt, aber ich habe dazugelernt." Andy erhebt ihre Stimme. „Jan, du musst einsehen, dass Eva und ich ein Paar sind und keinen Mann in unserer Beziehung brauchen."

Mittwoch 12.08.2015
Ich habe in den letzten Tagen beschlossen, einen lang gehegten Wunsch wahr werden zu lassen. Nachdem Andy sich zu meiner Idee eines Brustwarzen-Piercings zustimmend geäußert hat, vereinbare ich mit dem Studio, das Lena mir empfohlen hat, einen Termin. Zu meiner Überraschung soll ich bereits am Nachmittag vorbeikommen. Umso besser, denn so habe ich keine Zeit mehr, noch lange zu grübeln.

Fünf Minuten vor dem Termin betrete ich das Studio. Eine junge Frau namens Sonja empfängt mich, klärt mich über die Risiken auf und informiert mich über das Procedere sowie den Umgang mit dem frischen Piercing und zeigt mir verschiedene Schmuckstücke, die man nach Abheilen der Wunde einsetzen kann. Ich entscheide mich für ‚Nippleshields mit Anhänger' und als Ersteinsatz für Barbells. Kurz darauf ist es soweit. Sie führt mich in eine Kabine, wo ich meine Bluse ablegen muss. Die junge Dame zieht sich Latexhandschuhe an, desinfiziert meine Brüste und markiert die späteren Einstichstellen. Dann setzt sie Piercingzangen an meine Brustwarzen. Sie sieht mir in die Augen. „Bist Du ganz sicher. Das ist Deine letzte Chance noch auszusteigen." Ich nicke. „Absolut sicher."

Sonja greift die Zange an meiner linken Brustwarze. „Augen zu." Ich schließe meine Augen und spüre einen kurzen spitzen Schmerz. Sekunden später das Gleiche auf der anderen Seite.

Als ich meine Augen wieder öffne, sehe ich dünne Plastikröhrchen in den Stichkanälen stecken. Sonja nimmt die Barbells aus der versiegelten Hülle, setzt sie ein, verschließt sie mit der zweiten Kugel und klebt große Pflaster über meine Brustwarzen. „Und denk daran. Regelmäßig desinfizieren und bis zur vollständigen Heilung keinen BH oder sonstige enge Kleidung tragen. Du kannst alle zwei Wochen vorbeikommen, dann schau ich mir den Heilungsverlauf an, und wenn alles gut ist, können wir in zwei bis drei Monaten die Ringe einsetzen. Sollten sich vorher Fragen ergeben, komm einfach vorbei." Ich ziehe mich an, zahle und verabschiede mich von der jungen Frau.

Zu Hause will Andy sich sofort meine Brüste ansehen. Als sie die Pflaster über meinen Nippeln sieht, ist die erste Frage: "War es sehr schmerzhaft?" „Kaum der Rede wert", entgegne ich. „Aber jetzt muss ich zwei Monate sehr sorgfältig auf regelmäßige Pflege achten. Danach kann bei guter Heilung das endgültige Piercing eingesetzt werden." „Und für welchen Schmuck hast Du Dich entschieden?" „Für zwei Nippleshields mit dem Buchstaben ‚A' als Anhänger." Ich schließe meine Bluse wieder und vertröste Andy auf den nächsten Tag, wenn ich das erste Mal das Provisorium desinfiziere. Eine Stunde später kommt Anna herein. Sie fragt natürlich sofort nach meinem Piercing, und ich informiere sie über Ablauf und gewählten Schmuck. Die Idee mit dem Buchstabenanhänger findet sie sehr gut.

Donnerstag 13.08.2015

In der Nacht schlafe ich etwas unruhig, denn ich möchte natürlich eine überflüssige Reizung meiner Brüste vermeiden und versuche daher, auf dem Rücken zu schlafen. Als ich nach dem Aufstehen im Bad das Pflaster löse, sieht meine Brust bis auf die Barbells aus wie immer, und ich verspüre auch keinen Schmerz und kein Jucken. Andy betrachtet sich meine Brustwarzen. „Sieht irgendwie geil aus, vor allem, wenn die Anhänger dokumentieren, dass Du zu mir gehörst", kommentiert sie den Anblick. Lachend erklärt sie mir: „Das bedeutet, dass wir nächstes Jahr regelmäßig ins Freibad gehen." „Du meinst natürlich FKK mein Schatz oder wenigstens oben ohne im normalen Freibad.", stelle ich klar. Als ich Andys treuen Hundeblick sehe, muss ich lachen. „Ok, Liebste. Ich verspreche Dir, Du wirst Deinen Spaß bekommen."

KAPITEL 3

Samstag 15.08.2015

Am Samstagmorgen meldet sich Massimo bei mir. „Geht Ihr mir fremd?" Ich weiß, was er meint und erzähle ihm, dass wir im Moment unglaublich viele Termine mit unserer Supergeigerin haben und daher häufiger mal schnell zu Hause was kochen oder uns von Sophia Pizza oder Pasta liefern lassen. „Könnte Lena nicht auch mal für uns im Restaurant spielen?" Ich verspreche ihm, mit Lena zu verhandeln, und reserviere für Sonntagabend einen Tisch für acht Personen.

Danach rufe ich Lena an und berichte ihr von Massimos Wunsch. Wie fast immer kann Lena mir nichts abschlagen und erklärt sich bereit, im Verlauf des Abends einige Stücke zu spielen. Außerdem will sie Jonas fragen, ob er vielleicht ein wenig Barmusik auf dem alten Klavier spielt. Der nächste Anruf gilt Karin, die sich sehr über die Einladung freut und sofort zusagt. Dann wähle ich die Nummer von Anna. „Hallo Löwin", begrüßt sie mich. „Selber Löwin. Ich möchte Dich gerne für morgen zum Dinner ins Gamberino einladen." „Ist das Euer Lieblingsitaliener?" „Ja. Ich wette es wird Dir gefallen." „Danke für die Einladung und bis morgen." Mein nächster Anruf gilt Valerie und Fabian, bei denen ich mich zunächst entschuldige, sie so lange vernachlässigt zu haben, und frage, ob sie Sonntag spontan Zeit haben. Valerie lacht. „Toll, denn vor zehn Minuten hat uns meine Mutter abgesagt. Wo wollen wir uns treffen? Ach, sag nichts. Um sieben wie immer?" Lachend bestätige ich den Termin. „Es gibt auch eine kleine Überraschung." „Wer von Euch ist schwanger?" „Keiner Valerie. Hab' einfach Geduld bis morgen Abend."

Nun sind wir also schon zu acht Personen. Marie erreiche ich erst beim dritten Versuch. Dafür sagt sie sofort zu, und als ich ihr erzähle, Lena und Jonas würden vielleicht Musik machen, verspricht sie spontan, ihr Cello mitzubringen. Ich gebe mir einen Ruck und wähle die Nummer von Jan. Auch er ist begeistert von der Idee mal wieder bei Mario und Massimo zu essen. Wir sind also jetzt zu zehn Personen. Ich informiere Massimo über die neue Gästezahl und erwähne am Rande, dass Lena ihm gerne ein Ständchen bringen würde. Danach bitte ich ihn, Sophia an den Apparat zu holen. Massimo lacht. „Ist schon in Ordnung." Ich frage, was denn schon in Ordnung wäre. „Dass Sophia sich um die Kleinen kümmert." Lachend danke ich ihm.

Ich freue mich so sehr auf den nächsten Abend, dass ich Andy noch gar nicht informiert habe. Also gehe ich in ihr Arbeitszimmer, wo sie gerade am letzten Absatz der technischen Beschreibung für ein Nivelliergerät sitzt. Ich lasse sie arbeiten und informiere sie stattdessen per SMS. Sekunden später höre ich einen Jubelschrei. Eine Viertelstunde später kommt sie zu mir ins Wohnzimmer und verkündet strahlend: „Ich hab's geschafft." „Das war aber nicht der Jubelschrei", stelle ich fest. „Nein. Der war für das Essen morgen." „Ich habe übrigens Valerie und Fabian eingeladen. Außerdem Karin und Lena, Jonas und Eva sowie Marie und, damit es aufgeht, noch Jan."

KAPITEL 4

Sonntag 16.08.2015
Wir frühstücken reichlich, und da Lena schon
Jonas und Anna mitgebracht hat, haben wir viel zu
lachen, vor allem auch, weil Anna sehr gut mit
Kindern umgehen kann und die drei Kleinen eine
Menge Spaß mit ihr haben. Sie macht das so gut,
dass ich spontan frage, ob sie nicht Lust habe, hin
und wieder auf die Drei aufzupassen. Anna lacht
mich an. „Mit Babysitten habe ich mir während
meiner Schulzeit viel Geld nebenher verdient und
konnte mir daher immer wieder kleine Leckereien
leisten." „Sieht man Deiner Figur aber nicht an."
Andy klingt ein wenig neidisch.

Anna schüttelt den Kopf. „Mittlerweile muss ich
auch ein wenig aufpassen, aber mal ein Pfund
mehr oder weniger macht mir keine schlaflosen
Nächte." „Wer ist denn für Deine schlaflosen
Nächte zuständig?" sage ich im Scherz. In den
Blick von Anna mischt sich etwas Trauer. „Im
Moment leider niemand. Mein letzter Freund
wollte unbedingt ein Auslandssemester in
Australien verbringen. Jetzt ist er da verheiratet
und schon dreifacher Vater." Ich lächle Anna an.
„Ich kann Dir übrigens heute Abend auch den
Vater unserer Töchter vorstellen." Anna schaut
mich fragend an. „Ich dachte, das wäre ein Scherz
von Lena. Ihr habt also tatsächlich jede eine
Tochter vom selben Mann? Das heißt, Ihr habt ..."
Anna stockt. Ich nicke und erzähle ihr, wie wir Jan
zunächst im Freibad getroffen haben und wie sich

das Ganze entwickelt hat bis zu jener denkwürdigen Nacht.

„Ja und während Jan in Südostasien Fotos gemacht hat, haben wir uns hier jeden Morgen die Seele aus dem Leib gekotzt. Hat aber zum Glück nicht so lange gedauert." „Und Jan hat sich direkt bereit erklärt Verantwortung zu übernehmen?" „Ja, das hat er. Vorher hat er uns noch in Südostasien mit einem der Models betrogen." „Aber er hat Euch doch auch Ringe geschenkt?" Ich gehe kurz nach oben, dann zeige ich Anna die Ringe. „Hört mal, das sind wunderschöne Ringe mit je einem lupenreinen Stein. Die hat er bestimmt nicht aus dem Kaugummiautomaten gezogen. Weshalb tragt Ihr sie nicht?" Andy und ich sehen uns an. „Weil der Vater unserer Kinder ein untreuer Frauenheld ist?"

Anna lacht. „Das sieht man doch den Ringen nicht an, und ich kann gerne Eure Namen eingravieren, oder einen andersfarbigen Stein dazu setzen. Bei Dir Eva würde ein Rubin oder ein Smaragd passen." „Wieso gerade diese beiden?" Der Rubin ist der Stein des Löwen, doch der Smaragd würde am besten zu Deinen wunderschönen grünen Augen passen und für Andys blaue Augen fände ich nur einen Saphir angemessen." Andy strahlt sie an. „Nimm meinen Ring doch bitte mit und füge den Saphir hinzu und die Gravur ‚EVA'".

Ich reiche Anna die Ringe. „Meinen bitte mit Smaragd und Gravur ‚ANDREA'". „Und welcher Ring gehört jetzt wem?" „Da die Ringe absolut identisch sind, musst Du jetzt entscheiden, wer hinterher welchen Ring bekommt." Anna wickelt die Ringe in Papiertaschentücher und steckt sie ein. „Meine Schwester macht schon wieder Geschäfte", lästert Jonas. „Sei friedlich Bruderherz, denn ohne mich würdest Du immer noch in Deinem WG-Zimmer sitzen und Lena nachtrauern." Lena lacht. „Und ich wäre noch immer auf ein, zugegebenermaßen sehr gut aussehendes, Phantom eifersüchtig." Annas Augen beginnen zu leuchten. „Danke. Aber wenn mein Bruder es nicht versaut, bekomme ich dafür auch eine richtig schöne Schwägerin." Ich werde ungeduldig. „Genug der Komplimente. Ich muss jetzt los zu meinem Termin." „Welchen Wagen nimmst Du?" will Lena wissen. „Ich nehme mein Cabrio. Das muss ohnehin betankt werden."

Eine halbe Stunde später treffe ich mich mit den Mietern, die Wohnungseigentümer werden wollen, in einem Lokal. Mein Rechtsanwalt ist ebenfalls vor Ort. Er erklärt den künftigen Eigentümern das Procedere und die auf sie zukommenden Nebenkosten, danach sammelt er die unterschriebenen Vorverträge ein. Ich schüttele viele Hände und sehe in fröhliche Gesichter. Mit den Worten: „Dann spätestens wieder beim Notartermin" verabschiede ich mich. Auf dem Rückweg halte ich an einem Blumengeschäft an und kaufe einen kleinen Strauß. Zu Hause ist es still, denn Anna und Lena haben unsere Töchter wie versprochen zum Babysitten mitgenommen. Wir vertrödeln den Tag und werden erst wieder aktiv, als unsere Uhren uns anzeigen, dass es Zeit wird zum aufbrezeln. Da wir dem Vater unserer Töchter nicht wie die letzten Schlampen entgegentreten wollen, wählen wir unsere Garderobe sehr sorgfältig und verwenden auch einige Zeit auf Körperpflege und Schminken.

Als wir im Restaurant eintreffen, beschäftigt sich Jonas gerade mit dem Klavier. Er wirkt zufrieden. Auf Nachfrage erklärt er mir, er habe mit einem total verstimmten Instrument gerechnet, aber das Klavier sei in einem erstaunlich guten Zustand. Minuten später kommen Lena und Marie herein und stellen ihre Instrumente ab. Lena tritt zu Jonas und begrüßt ihn mit einem langen tiefen Kuss. Als Jan das Lokal betritt, bin ich alarmiert. Ich trete ihm entgegen und informiere ihn, dass Lena jetzt fest mit einem Mann zusammen ist, und fordere ihn daher auf, sich zurückzuhalten und das junge Glück nicht zu stören.

In diesem Moment beginnt Jonas ein Medley aus Melodien zu spielen, die ich zwar keiner Musikrichtung zuordnen kann, die mir aber sehr gut gefallen. Jan begrüßt Lena und Jonas betont förmlich, was Lena wohl zu schätzen weiß, und beginnt einen Flirt mit Marie. Valerie und Fabian treten hinzu und werden von mir vorgestellt. Valerie nimmt mich in den Arm: „Jetzt verrat' mir schon die Überraschung." „Die Überraschung ist, dass das Klavier nicht verstimmt ist." Valerie zieht eine Schnute. „Und Dich hab' ich zur Patin meiner Julie gemacht." Ich flüstere ihr ins Ohr. „Drei von zehn Personen spielen ein Instrument. Und sie werden es heute Abend hier spielen." Valerie strahlt. „Du hast mich nicht nur zum Essen, sondern auch noch zum Konzert eingeladen. Toll." Binnen Minuten weiß es das ganze Lokal, aber im Stillen amüsiere ich mich nur über den Enthusiasmus von Valerie.

Im gleichen Moment, in dem Jonas sein Spiel beendet, treffen auch noch Karin und Anna ein. Die beiden unterhalten sich ganz angeregt und unterbrechen ihr Gespräch nur, um die Anwesenden zu begrüßen. Aus den Augenwinkeln sehe ich Jan aufstehen und auf die Neuankömmlinge zugehen. Ich kann mir ein Grinsen nicht verkneifen. Jan begrüßt Karin mit ausgesuchter Höflichkeit, um sich dann Anna zuzuwenden um sie auch zu begrüßen. Mit einem Ohr höre ich, wie Anna ihm zu seinen schönen Töchtern gratuliert. Massimo bringt uns die Getränke und als kleinen Gruß aus der Küche Knoblauchbrot. Andy und ich gehen derweil in die Privaträume, um Sophia zu begrüßen, die heute Abend unsere Kinder bespaßen wird.

Als wir zum Tisch zurückkehren, serviert Massimo gerade die Vorspeise ,Tortellini in Steinpilzsauce', eine ausgesprochene Köstlichkeit. Lena und Marie vertilgen ihre Tortellini in Rekordzeit, nehmen ihre Instrumente und begeben sich zum vorbereiteten kleinen Podium. Massimo stellt die beiden seinen zahlreichen Gästen vor, denn das Restaurant ist heute Abend ausgebucht. Danach kündigt Lena eine Serenade aus der kleinen Nachtmusik von Mozart an. „In einer Minimalbesetzung von Violine und Cello." Den Gästen gefällt diese Besetzung offenbar sehr gut, denn als die beiden ihre Bögen von den Instrumenten nehmen und sich verneigen, erhalten sie erfreulich viel Applaus.

Mit der zweiten Vorspeise wird zuerst Jonas bedacht, denn er wird als nächstes spielen. Als er ans Klavier geht und den Deckel öffnet, verstummen die Gespräche. Auch er wird von Massimo vorgestellt und kündigt selbst ein Stück aus Beethovens Fünfter an. Als er in die Tasten greift und loslegt - anders kann ich es nicht nennen - hören einige Gäste auf zu essen und schauen fasziniert zu. Am Ende seines Vortrags gibt es begeisterten Applaus. Er kommt zurück zum Tisch, und wir nehmen unsere Unterhaltung wieder auf. Massimo kündigt an, dass unser Hauptgericht noch ein wenig Zeit braucht, daher beschließen Lena und Marie, ihr nächstes Stück vorzutragen.

Lena kündigt die Toccata an, und an unserem Tisch gibt es einige leuchtende Augen, denn wir wissen ja, was dieses Stück für ein Juwel in Lenas Notenkiste ist. Einigen Gästen wird die Suppe kalt, doch das hält sie nicht davon ab, ihre Aufmerksamkeit unseren Freundinnen zu schenken. Ich denke, das Publikum merkt den beiden an, wieviel Begeisterung, Enthusiasmus und Freude sie in diesen Vortrag legen, und der Applaus steht dem für Jonas nicht nach.

Als Hauptgericht gibt es wahlweise Dorade oder Mailänder Schnitzel mit Pasta. Außer Marie haben wir uns alle für den Fisch entschieden. Massimo wünscht „Bon Appetit" und zieht sich zurück. Daher haben unsere drei Künstler jetzt Pause. Ich werde langsam unruhig, denn der neue String, den ich vor zwei Stunden angezogen habe, kneift in meine Weichteile. Ich lege meine Serviette zur Seite und suche die Toilette auf. Kurzerhand ziehe ich den String aus und stecke das lästige Kleidungsstück in meine Handtasche. Entspannt kehre ich zum Tisch zurück und widme mich meiner Dorade. Nach dem Verzehr dieses köstlichen Fisches bemerke ich, dass Andy mir mit ihren Augen Zeichen gibt. Ich erhebe mich und gehe nach draußen auf die Terrasse. Andy folgt mir. „Ich werde wahnsinnig. Mein String scheuert mich wund. Was soll ich nur machen?" „Das was ich eben gemacht habe." In Andys Augen leuchten drei Fragezeichen. „Ich war auf der Toilette und jetzt kneift er nicht mehr." „???" Ich lege meinen Mund an Andys Ohr. „Ich trag' den String jetzt in der Handtasche. Aber nicht weitersagen." Andy seufzt erleichtert und verschwindet nach unten. Kurz darauf kommt sie wieder zurück und sagt leise: „Jetzt ist wieder alles fit im Schritt."

Wir gehen nach drinnen, wo Jonas völlig entspannt ein wenig Barmusik spielt. „Wo wart ihr denn?", fragt Lena. Wir waren nur auf einen Schritt draußen", sagt Andy und muss lachen, als ihr die Zweideutigkeit Bewusst wird.

Massimo spendiert die Desserts. Von ‚Tiramisu' über ‚Panna Cotta' bis ‚Mousse au Chocolat' und Eis ist alles an unserem Tisch vertreten. Lena kann sich nicht entscheiden und bekommt von Mario eine Auswahl der verschiedenen Desserts auf einem Menüteller serviert. Danach sitzen wir noch länger auf der Terrasse beisammen und genießen eine der möglicherweise letzten warmen Nächte des Jahres.

Als es an das Thema nach Hause fahren geht, winken die meisten ab. Lediglich Lena und Anna haben nichts getrunken. Wir erlösen Sophia vom Babysitten und packen unsere Kleinen in den SUV. Ich verabschiede mich von Valerie und Fabian, die zusammen mit Jan gerade in ein Taxi steigen und vertraue Lena, die mit Jonas und dem Kleinen schon vorausfährt, den Schlüssel meines Cabrios an. Die restlichen Personen inklusive der Mädchen werden von Anna in meinem X6 chauffiert.

KAPITEL 5

Montag 17.08.2015

Als ich am nächsten Morgen aufwache, liegt Andy auf der Seite und betrachtet mich liebevoll. Ich ziehe sie in meine Arme und küsse sie zärtlich. „Es ist schön, Dich zu beobachten, bevor Du wach wirst und eins Deiner grünen Augen öffnest. Dann könnte ich Dich küssen", sagt Andy zu mir. „Das nächste Mal machst Du es bitte", gebe ich ihr zur Antwort. Andy steht auf und holt den String aus ihrer Handtasche. Ich strecke ihr meine Hand entgegen. „Gib mir meinen bitte auch." Wir begutachten die eigentlich sehr schönen Stücke, die uns gestern so gepiesackt haben. „Die sind gestärkt, damit sie in der Verpackung besser zur Geltung kommen. Nach dem Waschen sind sie bestimmt in Ordnung", stelle ich fest. Andy zieht einen Schmollmund. Ich habe das übrigens gestern gar nicht genießen können." „Was denn Liebste?", frage ich sie. „Dass Du unter Deinem Kleid nackt warst." Ich rolle mich auf den Rücken und lüfte mein Longshirt. „Meinst Du diesen Anblick?" Andy rollt sich zu mir herüber und schiebt ihre Hand unter mein Shirt. Die Hand auf meiner bloßen Haut zu fühlen ist toll, aber wir haben schließlich Gäste. „Tut mir leid, wenn ich jetzt den Spielverderber mime, aber wir müssen Frühstück machen."

Wir duschen kurz und machen uns an die Arbeit. Ich teile eine Honigmelone in Achtel und bereite danach Rührei mit Speck zu. Auf die Pancakes verzichten wir heute, denn es muss schnell gehen, und außerdem reichen die Eier nicht mehr für beides. Während Andy den Tisch deckt, gehe ich hinauf und sehe nach den Kleinen. Als ich Evita und Sandra hochnehmen will, kommt mir Karin zu Hilfe. „Ich kann Dir die zwei Süßen abnehmen, damit Du Dich ums Frühstück kümmern kannst."

Ich bedanke mich und gehe zu Lenas Zimmer. Ich habe den Türgriff schon in der Hand, als mich leises Stöhnen daran erinnert, dass die Freundin nicht alleine ist. Diskret ziehe ich mich zurück und gehe nach unten. „Wo sind Lena und Jonas?" Ich zwinkere Andy zu. „Die beiden müssten jeden Moment kommen." Anna verschluckt sich an ihrem Kaffee und beginnt zu husten. „Musst Du solche Sprüche bringen, wenn ich gerade trinke?" fragt sie grinsend. Eine Viertelstunde später kommen Lena und Jonas die Treppe hinunter. Als Anna die beiden mit dem Worten empfängt: „Schön, dass Ihr doch noch gekommen seid" bekommen Andy und ich einen Lachkrampf, der Lena erst fragend blicken lässt und ihr als sie den Gag verstanden hat, die Röte ins Gesicht treibt. Anna geht auf Lena zu und nimmt sie in den Arm. „Tut mir leid, ich konnte einfach nicht widerstehen." Lena entspannt sich und lacht mit uns.

Nach dem Frühstück startet der große Aufbruch. Während Anna zur Arbeit muss und Jonas ein Seminar hat, trifft sich Lena mit der Band, bringt aber auf dem Weg noch Karin nach Hause. Eine Stunde später ruft Anna auf meinem Handy an. „Eure Steine kosten je achtzig Euro. Ist das für Euch Ok." „Sicher doch. Wieviel nimmst Du für die Gravuren?" „Willst Du mich beleidigen? Was muss ich für das Frühstück zahlen?" Anna klingt sauer. Ich entschuldige mich aufrichtig, dass ich die Frage gestellt habe, und sage „Danke schön."

Gegen Abend klingelt Anna an unserer Tür. Als ich mit ihr in Andys Arbeitszimmer gehen will, legt sie mir ihre Hand auf den Unterarm. „Bekomme ich einen Kaffee?" Ich bitte sie in die Küche und reiche ihr die Tasse mit dem heißen Getränk. „Entschuldige, dass ich heute Morgen so schroff reagiert habe, aber ich nehme von Freunden kein Geld für eine Gravur." Ich reiche ihr die Hand. „Habe ich verstanden. Vergeben und vergessen?" „Das gilt aber für uns beide." Sie setzt sich wieder, und ich rufe Andy. Als wir zu Dritt sind, legt sie uns zwei kleine Stoffbeutel auf den Tisch. Die Ringe haben jetzt einen individuellen Charakter und sehen nicht mehr nach Massenfertigung aus. „Du bist eine echte Künstlerin", lobt Andy.

Ich nehme den Ring mit dem Saphir, stecke ihn meiner Liebsten an den Finger und küsse sie. Andy revanchiert sich umgehend bei mir. Anna betrachtet uns lächelnd. „Ich finde es schön, dass Ihr zwei ein Paar seid. Ihr liebt Euch wirklich." Sie klingt ein wenig melancholisch. Wir nehmen sie in unsere Mitte, und ich verspreche ihr: „Du findest mit Sicherheit auch noch einen Partner oder eine Partnerin." Andy zückt ihr Portemonnaie und reicht Anna das Geld für die Steine. „Wir würden Dir gerne eine Freude machen." Anna sieht uns an. „Ich möchte gerne hin und wieder bei Euch frühstücken. Alleine macht das keinen Spaß, aber das Frühstück am Sonntag habe ich richtig genossen."

„Wie groß ist eigentlich Deine Wohnung?" will Andy wenig später wissen. „Ein Zimmer, Kochnische und Duschbad. Sind knapp dreißig Quadratmeter. Dafür zahle ich ca. fünfhundert Euro warm." „Das ist üppig" melde ich mich zu Wort. „Jedenfalls im Vergleich zu den Mieten, die ich nehme." „Ja, Lena hat mir schon erzählt, dass Du eine sehr sozial eingestellte Vermieterin bist." Andy sieht Anna fragend an. „Was würdest Du davon halten, in unsere WG zu ziehen?" „Mit Euch sofort. Aber habt Ihr denn noch so viel Platz." „In Hülle und Fülle", behauptet Andy siegessicher. Ich lege ihr eine Hand auf die Schulter. „Lass mich nur machen Liebes." Dann wende mich ich wieder Anna zu.

„Andy und ich schlafen im ehemaligen Schlafzimmer meiner Eltern. Lena bewohnt derzeit noch mein früheres Mädchenzimmer. Dann gibt es noch mein Arbeitszimmer, das Kinderzimmer und drei weitere Zimmer. Alle Zimmer besitzen ein eigenes Bad." „Wahnsinn, wozu brauchten Deine Eltern so ein riesiges Haus?" „Ursprünglich sollte die Familie größer werden. Mein Vater hatte für vier Kinder geplant. In diesem Haus hat er alles verwirklicht, was zur damaligen Zeit technisch möglich war. Geld hat nie eine Rolle gespielt. Wenn Du also Gesellschaft haben willst, kannst Du sofort in das ehemalige Zimmer meines Bruders einziehen." „Und was müsste ich als Miete zahlen?" Ein Grinsen erscheint auf meinem Gesicht. „Muss ich jetzt beleidigt sein? Nein im Ernst. Ich nehme von Freunden keine Miete. Du müsstest Dich an den laufenden Kosten wie Strom, Wasser, Heizung beteiligen. Dass wir den Haushalt unter uns aufteilen, ist ja wohl selbstverständlich. Du kannst Dir alles gerne von Lena erklären lassen. Dein Bruder musste auch schon einsehen, dass ich in dem Punkt eine ganz klare Linie habe." „Ja, er hat da sowas angedeutet." Ich halte Anna meine Hand hin. „Du kannst darüber schlafen oder gleich einschlagen." „Unter einer Bedingung. Ich nehme kein Geld für die Ringe und irgendwelche Arbeiten, die ich zukünftig für Euch anfertige." Ich nicke ihr zu. „Akzeptiert." Anna schlägt ein, und Andy jubelt. „Ich hol' uns jetzt eine Flasche Sekt. Das muss gefeiert werden."

Montag 24.08.2015

Mein iPhone erinnert mich daran, dass in zwei Tagen der erste Kontrolltermin für mein Piercing ist. Dabei fällt mir ein, dass ich immer noch nicht mit Andy über mein beabsichtigtes weiteres Piercing gesprochen habe. Kurz entschlossen gehe ich zu ihr ins Arbeitszimmer, und frage sie was sie von einem Intimpiercing hält. Als sie mich ansieht, und fragt an welche Stelle ich dabei gedacht habe, werde ich etwas verlegen. „Ich wollte mir einen Ring in die Klitorisvorhaut stechen lassen." Andy blickt mir tief in die Augen. „Einverstanden. Aber ich möchte dabei sein." Also rufe ich im Studio an, erkläre Sonja meine Wünsche, und sie hat nichts dagegen, wenn ich Andy mitbringe.

Mittwoch 26.08.2015

Nachdem Sonja die Stichkanäle in meinen Brustwarzen kontrolliert hat, macht sie einen zufriedenen Eindruck. „Das sieht gut aus, und Du brauchst auch ab sofort kein Pflaster mehr zu tragen. Ansonsten pflegen wie bisher." Sonja deutet auf die Liege. „Dann leg' Dich bitte mal hin." Ich ziehe mein Kleid aus und nehme auf der

Liege Platz. „Sehr gut, Du hast den Slip weggelassen. Zeig mir bitte mal, wo das Piercing sitzen soll. Ich deute mit dem Finger auf die Klitoriswurzel. „Ungefähr an dieser Stelle durch die Vorhaut." „Das wird Deine Klit aber ziemlich freilegen und Dich sehr erregbar machen. Dürfte Deiner Freundin gefallen." Andys Augen beginnen zu leuchten. „Und ob mir das gefällt. So wird es gemacht." Sonja blickt mich an. „Willst Du das wirklich?" „Wenn es meiner Partnerin gefällt, gefällt es auch mir." Sonja desinfiziert die Stelle vorsichtig und setzt die Piercingzange an. „Letzte Chance." Ich nicke und schließe die Augen. Ein kurzer Schmerz, der Kanal ist gestochen, und wenig später trage ich einen weiteren Barbell in meiner Haut. Andy macht ein Foto mit ihrem Smartphone und zeigt es mir. „Das sieht absolut scharf aus." Sonja klebt ein Pflaster über das neue Piercing. „Wir sehen uns in zwei Wochen wieder, oder auch früher, wenn Du Probleme hast." „Wenn Ihr wollt, könnt Ihr ja schon mal auf unserer Homepage den Schmuck aussuchen." Ich steige von der Liege und ziehe mein Kleid an. „Machen wir. Dann bis in zwei Wochen."

KAPITEL 6

Dienstag 01.09.2015

Gegen sechs Uhr klingelt der Wecker. Es ist schon fast eine Sensation, ich bin vor Andy im Bad. Diese kommt fünf Minuten später und reibt sich noch den Schlaf aus den Augen. „Mitten in der Nacht aufstehen ist unmenschlich." Ich nehme sie in den Arm und gebe ihr einen Kuss auf ihre Stupsnase. „Süße, wir haben Anna versprochen, ihre Umzugskartons aus der alten Wohnung zu holen, ihr dabei zu helfen einzuräumen und anschließend die alte Wohnung zu putzen. Also los, ab mit Dir unter die Dusche." Ich gebe ihr einen Klaps auf den Po. „Alte Sklaventreiberin", brummt Andy und schließt die Duschkabine hinter sich.

Eine Viertelstunde später sind wir in der Küche, wo Anna schon den Tisch gedeckt hat und gerade den Kaffeeautomaten bedient. Nach dem schnellen Frühstück besteigen wir den SUV und fahren zu Annas Apartment. Außer einem Designersessel und einem futuristischen CD-Ständer sind keine Möbel zu transportieren, dafür aber eine erstaunliche Anzahl von Kartons. Auf Nachfrage, wo in der kleinen Wohnung sie die Sachen aufbewahrt habe, gesteht sie, die Hälfte der Kartons bisher im Keller gelagert und gestern in die Wohnung gebracht zu haben. Da wir auf der Rückfahrt nur zu zweit sind - weil Anna ihren Mini fährt - klappen wir die Rückbank des X6 um, und so passen alle Kartons hinein. Um nicht noch einmal fahren zu müssen, spielen wir Drei Putzkolonne, wobei jeder die Arbeiten ausführt, die ihm am wenigsten unangenehm sind, und ich somit das Fensterputzen übernehme.

Als wir gegen Mittag fertig sind, holt Anna aus einem nahegelegenen Chinaimbiss etwas zu essen, bevor wir nach Hause fahren. Dort angekommen, bringen wir den größeren Teil der Kartons zum Zwischenlagern in den Keller. Nur Designersessel und CD-Regal sowie Annas Garderobe bringen wir in ihr neues Zimmer. Als wir uns nach der Aktion betrachten, murrt Andy. „Das Duschen heute morgen hätte ich mir auch sparen können." „Ich gäbe jetzt wer weiß was für eine Badewanne", stellt Anna fest. Die ‚non verbale' Kommunikation zwischen Andy und mir funktioniert wieder einmal einwandfrei. Andy strahlt Anna an. „Lasst uns in den Whirlpool steigen." Diese kommt aus dem Staunen nicht heraus. „Whirlpool habt Ihr auch noch einen?" „Im Bad des ehemaligen Elternschlafzimmers."

Lena erscheint in der Tür. „Was gibt es im ehemaligen Elternschlafzimmer?" „Den Whirlpool, in den Anna und Andy gleich steigen." Lena sieht mich mit treuen Hundeaugen an. „Bitte, bitte, darf ich auch?" „Natürlich. Sag Jonas, dass Du später kommst. Du kannst natürlich heute Nacht auch hier in Deinem Zimmer schlafen." Zwei Minuten später teilt uns Lena mit, dass sie heute Nacht bei uns bleibt. Ich gehe nach oben und lasse Wasser in den Whirlpool einlaufen. Mit Rücksicht auf meine Piercings beschließe ich, diesmal auf den Whirlpool zu verzichten.

Andy und Lena betreten das Badezimmer nackt, nur Anna kommt im Bademantel. Als das Wasser bereit ist, steigen sie in den Pool. Anna zieht ihren

Bademantel aus, unter dem sie ein Bikinihöschen trägt. „Komm Schwägerin, sei nicht so prüde. Runter mit dem Ding." Anna zögert einen Moment, doch dann entledigt sie sich ihres Slips und steigt in die Wanne. Lena starrt wie gebannt auf den Schoß von Anna. Ich stoße sie an. „Hast Du noch nie eine nackte Frau gesehen?" Anna windet sich vor Verlegenheit. „Wahrscheinlich noch nie eine wie mich. Ich hatte mit neunzehn ein Problem mit meiner Klitoris. Ich habe beim Sex so gut wie nichts gespürt, weil die Vorhaut meine Klit komplett verdeckte und fast keine Stimulation stattfand. Mein sieben Jahre älterer Freund, er war übrigens mein Erster, hat mich irgendwann zum Frauenarzt geschickt. Die Ärztin hat mir empfohlen, die Vorhaut reduzieren zu lassen, damit ich ein normales Sexualleben führen könne."

„Und hat es geklappt?", will Andy wissen. „Die OP ist gut gelaufen, aber man hat irrtümlich die Vorhaut ganz entfernt. Das hatte zur Folge, dass meine Klit danach völlig frei lag und ich ständig erregt war. Was sich auch nicht änderte, als die OP-Wunde abgeheilt war. Ich stand ständig unter Strom, und zunächst war mein Freund zufrieden, dass ich jetzt so viel Spaß am Sex hatte. Dass ich immer öfter und immer mehr wollte und jetzt er von mir unter Druck gesetzt wurde, fand er nicht so gut. Wenn er mich mal zwei Tage nicht angerührt hat, habe ich mit Jungs in meinem Alter geschlafen. Wahllos, aber immer mit Kondom." Lena unterbricht sie. „Und Dein Freund hat Dich erwischt?"

„Ja. Er hat mich im Auto eines Jungen aus meinem Jahrgang gesehen und sofort Schluss gemacht. Das war eine richtige Katastrophe, denn ich war ja quasi den ganzen Tag rollig. Ich habe in meinem Abiturjahr mit sämtlichen Jungs des Jahrgangs geschlafen. Meine Mitschülerinnen und sogar meine - bis zu diesem Zeitpunkt - beste Freundin haben mich gehasst. Ich war die ‚Jahrgangshure‘, die ihnen ihre Freunde weggenommen hat. Damit hatten sie sogar recht, denn ich habe mich wirklich wie eine Hure aufgeführt." „Wie ist denn Jonas mit der Situation umgegangen?" frage ich nach. „Jonas hat immer zu mir gehalten, auch wenn seine Mitschüler ihn wegen mir verspottet haben. Vielleicht hat ihn mein Beispiel auch animiert, sich für die Richtige aufzusparen."

Anna schaut Lena an: „Bitte sprich ihn nie auf das an, was ich Euch gerade erzähle. Ich will nicht, dass es bei ihm alte Wunden aufreißt." Lena nickt. „Keine Sorge, ich bin verschwiegen." „Und wie ging es weiter?", will Andy wissen. „Um mir klarzumachen, dass ich nicht mehr erwünscht bin, haben mich meine Mitschülerinnen zwei Tage vor dem Abi-Ball nachts im Park abgepasst, zu mehreren festgehalten, mich nackt ausgezogen und mir mit einem schwarzen Edding das Wort ‚HURE‘ auf Stirn, Wangen, Brüste, Bauch, Rücken und Po geschrieben. Meine ehemals beste Freundin hat mir meine schönen langen Haare bis auf einige Zentimeter abgeschnitten. Derart geschändet bin ich nach Hause geschlichen. Mein Vater ist wegen ‚der Schande‘ ausgerastet und hat meinen blanken Hintern mit dem Lederriemen bearbeitet. Anschließend hat meine Mutter mir geholfen, den Filzstift von Stirn und Wangen zu entfernen. Die anderen Körperstellen seien mein Problem. Ich bin logischerweise nicht zum Abi-Ball gegangen.

Als ich am nächsten Tag zu meinem Auto kam, hatte jemand die Worte ‚LÄUFIGE HÜNDIN' in den Lack gekratzt." „Hat man Dich nochmal angegriffen?", fragt Andy nach. „Nein. ich bin von zu Hause geflüchtet, hab' mir in der Nachbarstadt eine Ausbildungsstelle gesucht und bin bei einer Tante untergekommen. Ich denke, meine Eltern waren erleichtert, dass sie mich nicht mehr jeden Tag sehen mussten. Allerdings war damit mein Problem noch nicht gelöst. Ich stand ja immer noch ständig unter Strom. Bei meinem ersten Frauenarztbesuch in der neuen Stadt bin ich zu meinem Glück an eine Ärztin geraten, die sich meines Problems angenommen hat und mir mir geholfen hat, damit umzugehen. Ich habe statt Hosen nur noch Kleider oder Röcke getragen und enganliegende Unterwäsche vermieden. Das hat geholfen, meine Überreizung zu reduzieren. Trotzdem habe ich noch fast ein Jahr gebraucht, ehe ich meinen Körper richtig im Griff hatte. Ein Jahr, in dem auch in dieser Stadt mein Ruf gelitten hat."

„Und wie bist Du nach Köln gekommen?", frage ich. „Als ich endlich mit meiner Ausbildung fertig war, hatte Jonas sich gerade in der Musikhochschule eingeschrieben. Er hat mir vorgeschlagen, ich solle mich doch bei hiesigen Goldschmieden bewerben. Nach einigen Absagen habe ich schließlich eine kleine Manufaktur gefunden, wo wir zu drei Mädels individuellen Schmuck anfertigen. Das Geschäft läuft gut, und gerade vor Weihnachten haben wir viele Kunden, die sich scheuen Industrieware zu verschenken, und lieber Einzelstücke kaufen." Sie atmet mehrfach tief ein und aus, während sich ihr Blick verschleiert. „So jetzt kennt Ihr meine Geschichte, und ich könnte es durchaus verstehen, wenn ihr bereut, eine Hure aufgenommen zu haben." Ich sehe sie mit funkelnden Augen an. „Du solltest vielleicht mal an Deinem Selbstbild arbeiten. Deine Vergangenheit ist uns völlig egal, für uns zählt nur, was Du jetzt für ein Mensch bist, und diesen Menschen mögen wir."

Ich gehe zu ihr und trockne die Tränen von ihren Wangen. „Ich möchte jetzt wieder die stolze Löwin sehen, mit der ich Freundschaft geschlossen habe." Annas Gesicht glättet sich, und sie kann auch wieder lächeln. „Danke, dass ich mit Euch darüber sprechen konnte. Jetzt fühle ich mich etwas leichter." Lena nimmt Anna in den Arm. „Wenn Du heute Nacht nicht alleine sein willst, kannst Du gerne zu mir kommen. Das Bett ist groß genug für zwei." Anna drückt Lena dankbar und nimmt das Angebot an. Als ich kurz darauf ins Erdgeschoss gehe, folgt Anna mir. „Du hast eben etwas seltsam geguckt, als ich von meiner OP erzählt habe." Ich hebe mein Kleid und zeige Anna das frische Pflaster. „Sag nur Du hast ..." Anna stockt und sieht mich an. „Ich habe genau an dieser Stelle jetzt einen Barbell, und die junge Frau, die das Piercing gestochen hat, meinte, ich sei jetzt leicht erregbar." Anna nimmt mich in den Arm. „Muss aber nicht die gleichen Folgen haben wie bei mir", versucht sie, mich zu beruhigen. „Wenn es zu schwierig wird, kann ich den Schmuck ja wieder rausnehmen. Mach Dir erstmal keine Sorgen."

KAPITEL 7

Donnerstag 03.09.2015
Ich wasche mich gründlich und versorge sorgfältig meine Piercings, dann gehe ich nach unten. Nach dem Frühstück werfe ich mich in mein Businessoutfit und fahre zum Notar. Eine Stunde später sind die Verträge unter Dach und Fach, und ich kann mich entspannt zurücklegen. Auf dem Rückweg lege ich einen Zwischenstopp bei unserem Lieblingsbäcker ein und erstehe eine Mokkatorte. Ich informiere Karin über meinen Einkauf und lade sie für nachmittags zum Kaffee ein. Zu Hause angekommen, stelle ich zu meiner Freude fest, dass Andy gekocht hat. Ich packe die Torte in den Kühlschrank und esse mit großem Appetit eine riesige Portion Penne mit Tomaten, Ziegenkäse und Basilikum. Satt ziehe ich mich mit unseren Töchtern in das Kinderzimmer zurück und krabbele zu ihrem großen Vergnügen eine Weile mit ihnen über den Boden. Ich stelle fest, dass ich mittlerweile keinen Unterschied mehr mache, welche der beiden von Andy oder mir ist. Inzwischen betrachte ich beide als meine und Andys Kinder. Als die beiden Süßen müde werden, lege ich sie zusammen in ein Bettchen und nehme das Babyphone mit nach unten.

Ich sehe Andy fragend an. „Na, hat Karin unsere Töchter erfolgreich bespasst?" „Ja, die Süßen schlafen jetzt. Ist Dir eigentlich auch schon aufgefallen, dass wir die beiden nur noch als ‚unsere Töchter' bezeichnen?" Andy lächelt. „Sind sie ja auch. Ich mache keinen Unterschied zwischen Evita und Sandra. Ich liebe sie beide." „Geht mir genauso." Es klingelt an der Tür. Ich lasse Karin herein, ziehe drei Tassen Kaffee und hole die Torte aus dem Kühlschrank. Karins Augen beginnen zu leuchten. „Da muss ich ja keine Hemmungen haben, oder habt Ihr noch Leute eingeladen?" Ich schenke Karin mein schönstes Lächeln. „Da wären nur Anna, Lena und Jonas, aber eine halbe Torte kannst Du haben, falls Du hungrig bist."

Nach dem dritten Stück Torte muss Karin kapitulieren. Doch mit Hilfe der übrigen Bewohner des Hauses reduziert sich der Rest schnell auf ein letztes Stück. „Was hast Du denn zu feiern?", fragt Andy schließlich. „Ich hatte heute einen Notartermin. Das erste der beiden Häuser ist in Eigentumswohnungen umgewandelt und verkauft." Karin schaut mich an. „Da kann man ja nur gratulieren. Dann gibt es ja bald auch das große Geld, bei den derzeitigen Immobilienpreisen." Andy lächelt wissend. „Ich denke, Du hast Deinen Mietern Preise gemacht, bei denen sie nicht ablehnen konnten."

Wie gut Andy mich doch kennt. „Ich bin fünfundzwanzig Prozent unter Marktpreis geblieben. Dafür, dass mein Vater die Objekte für fünfzig Prozent des jetzigen Marktpreises gekauft hat, ist noch ordentlich was übrig geblieben. Und da ich schon jetzt nicht mehr weiß, wie ich mein Geld anlegen soll, habe ich für meine Tochter und meine drei süßen Patenkinder je 25.000 Euro für die spätere Ausbildung angelegt. Lena wirbelt herum. „Für Carsten auch?" Ich werfe ihr einen liebevollen Blick zu. „Hast Du mich zur Patin gemacht oder nicht?" Lena fällt mir um den Hals.

„Danke, danke, danke. Ich weiß nicht, was ich sagen soll." Lachend erwidere ich ihre Umarmung und flüstere ihr zu: „Ich könnte Dich glatt adoptieren Süße." Alle finden meine Entscheidung richtig gut, und sogar Jonas gratuliert mir zu meiner Idee.

Freitag 04.09.2015
Bisher ist mein Intimpiercing genau so unproblematisch wie die beiden anderen Piercings. Um nicht schon wieder unter dem Kleid nackt zu sein, suche ich mir ein weites Seidenhöschen und ziehe es an. Ich kann mich völlig frei darin bewegen und verspüre keine außergewöhnliche Reizung. Wie das allerdings ohne Pflaster wird, muss ich erstmal abwarten.

Gegen Mittag besuche ich Valerie und überreiche ihr die Unterlagen der Geldanlage für Julies Ausbildung. „Da hab' ich meiner Tochter ja eine tolle Patin ausgesucht. Nicht nur eine gute Freundin, sondern auch noch eine großzügige." „Lass stecken. Ich bin nicht hier, um gelobt zu werden, sondern um gutes Karma zu sammeln. Hat Julie sich wenigstens über unser Geburtstagsgeschenk gefreut? Nächstes Jahr kommen wir auch persönlich vorbei, aber diesmal war die letzte Augustwoche der absolute Stress. Umzug von Lena und Jan in die Einliegerwohnung und von Anna zu uns."

Gerade als ich mich verabschieden will meldet sich Julie zu Wort. Also nimmt Val sie aus dem Bettchen, wo die Kleine ihr Mittagsschläfchen gehalten hat, und gibt sie mir auf den Arm. „Du bist eine richtig Süße und würdest super zu Sandra und Evita passen", sage ich zu ihr. Julie strahlt mich an und patscht mit den Händchen nach mir. „Komm doch nächste Woche mal zu uns und bring die kleine Maus mit", lade ich Val ein. „Passt Mittwoch?" „Aber sicher doch. Du kannst auch zum Mittagessen kommen. Andy und Lena wollen nächste Woche zusammen kochen." Wir verabschieden uns, und ich fahre zurück nach Hause.

Dort kümmere ich mich zunächst einmal um die Kleinen und danach um die Schmutzwäsche. Andy schließt währenddessen einen größeren Auftrag ab und übernimmt danach die Zubereitung des Abendessens. Lena kommt gegen sieben Uhr, ist ziemlich genervt und groggy. Auf Nachfragen erklärt sie, fast den ganzen Tag im Studio zugebracht zu haben, ohne dass am Ende ein greifbares Ergebnis herausgekommen wäre, weil Rolf und Robbie sich über das Konzept der nächsten CD nicht einigen konnten. Schließlich hat Lena Feierabend gemacht und das Studio genervt verlassen. Frustriert schaltet sie ihr Handy ab. „Ich will heute nichts mehr von der Gruppe hören. Mir reicht's."

Um acht Uhr klingelt es an der Tür. Als ich öffne, steht Robbie draußen und fragt nach Lena. „Ich glaube nicht, dass sie heute Abend noch einen von Euch sehen will. Sie ist echt sauer." Robbie macht einen reumütigen Eindruck. „Nimmt sie auch keine Entschuldigungen entgegen?" Das kommt so kleinlaut aus ihm raus, dass ich lachen muss. „Komm schon rein. Ich rede mit ihr." Während Robbie im Flur wartet, gehe ich in die Küche und erkläre Lena, dass draußen ein ganz trauriger

Robbie steht, der sich bei ihr entschuldigen möchte. „Na gut. Schick ihn rein." Lena holt zwei Flaschen Bier aus dem Kühlschrank und begrüßt Robbie mit dem Wort. „Versöhnung?" Robbies Miene hellt sich auf.

„Ich möchte mich entschuldigen, dass Du heute ganz umsonst im Studio warst. Rolf und ich haben unseren Streit jetzt beigelegt und entschieden, als nächste CD ein Doppelalbum rauszubringen. Eine Scheibe nach altem Muster - wie Rolf es möchte - und die zweite eher experimentell mit zusätzlicher Instrumentierung. Damit käme Deine Freundin Marie ins Spiel, und wir würden auch noch einen Bassisten brauchen. Die würden allerdings Gäste bleiben, auch wenn wir damit auf die Bühne gehen. Wir werden morgen über die Sache abstimmen, wobei Du genauso eine Stimme hast wie alle anderen. Bei einem Patt zählt meine Stimme allerdings doppelt." Lena wirkt erleichtert. „Tut mir leid, dass ich eben so ausgerastet bin, aber ich hätte den Tag wirklich besser mit meinem Sohn verbringen können als mir Eure Streitereien anzuhören." „Das haben wir ja eingesehen, und deswegen bin ich auch extra noch hierhin gekommen, um die Sache zu klären." Lena ist versöhnt, sagt Robbie aber ganz entschieden, dass sie am nächsten Tag nicht kommen würde. Wenn man ihre Meinung zu der Abstimmung hören wolle, ginge das nur per Smartphone. „Das hat meine Frau mir schon vorausgesagt. Ich kann damit leben." Robbie lässt die Flasche halbvoll stehen und verabschiedet sich.

„Na also, geht doch", ist Andys Kommentar zu der Geschichte. „Frau darf sich eben nicht alles gefallen lassen. Aber so ist das halt, wenn zu viel

Testosteron im Spiel ist." Lena winkt ab. „Ich kann Robbie sowieso nicht lange böse sein, denn er ist einfach ein ganz Lieber. Und meistens ist er derjenige, der bei einem Streit nachgibt." Ich sehe Lena an. „Diesmal hat er aber wohl auch für Dich die Klinge gekreuzt, denn der Bandleader wollte ja ganz offensichtlich nur Stücke mit der alten Besetzung ohne Dich haben." Lena nickt. „Das rechne ich Robbie hoch an, auch dass er noch eine Tür für Marie geöffnet hat."

KAPITEL 8

Mittwoch 09.09.2015
Als ich nach dem Aufwachen auf mein iPhone sehe, werde ich an den morgigen Geburtstag von Andy erinnert und daran, dass ich bei Anna noch das Geschenk für meine Liebste abholen muss. Nach dem Frühstück verabschiede ich mich daher mit der Begründung, mich noch mit meinem Anwalt wegen einer weiteren Umwandlung von Miete in Eigentum besprechen zu müssen. Danach fahre ich in die Stadt und besuche die ‚Goldmanufaktur'. Die beiden Kolleginnen von Anna sind ausgesprochen nett, und ich verstehe, weshalb sie so begeistert zur Arbeit geht. In so einem Team würde ich auch gerne arbeiten. Anna zeigt mir das Ensemble aus Ohrringen und einem Collier. Ich bin absolut hingerissen, so schön sind die Teile gearbeitet. „Anna, Du bist keine Handwerkerin, du bist eine Künstlerin", lobe ich unsere Freundin.

Jetzt allerdings beginnt der schwierige Teil des Geschäftes. „Du hast zwar gesagt, dass Du von uns für Deine Arbeit kein Geld nimmst, aber ich habe ein Geschenk für Andy bestellt, und ich möchte es auch bezahlen. Können wir uns darauf verständigen, dass ich einfach nur ein paar Prozent Nachlass bekomme?" Dass ich kein Geschenk machen will, das ein anderer bezahlt hat, sieht Anna nun doch ein. „Vanessa." Anna ruft ihre Chefin herbei und erklärt ihr die Situation. Diese begutachtet die Stücke, schaut sich Annas Kalkulation an und sagt: „Normalerweise würden wir für dieses Set 350 Euro nehmen. Ich könnte es mit ruhigem Gewissen für sagen wir 280 Euro verkaufen. Sind Sie damit einverstanden?" Ich lege drei Hunderter auf den Tisch und sage zu Vanessa: „Der Rest ist für die Kaffeekasse. Ich bin übrigens Eva." Sie drückt mir die Hand und nach den Worten: „Vanessa. Die Kaffeekasse dankt Dir", verschwindet sie wieder im Hinterzimmer.

Anna zieht ein flaches Etui aus der Schublade. „Meinst Du, die werden Lena gefallen?" Sie öffnet das Etui, und mein Blick fällt auf zwei Spiralen, die sich bei näherem Hinsehen als Schlangen herausstellen. „Die sind wunderschön, aber wie trägt man die?" Anna zeigt mir die Rückseite der Teile, wo sich Stifte aus Edelstahl befinden. „Das ist Piercingschmuck, für die vorhandenen Löcher in Lenas Brustwarzen. Die Schlangen werden auf die Nippel gesteckt und mit dem Stift fixiert." „Ich denke, das wird ihr gefallen. Das würde mir für meine Brustwarzen auch gefallen." Anna lacht. „Möchtest Du sie haben?" „Nein, das wäre unfair. Ich lasse Lena den Vortritt. Aber grundsätzlich fände ich solch individuellen Schmuck auch für mich sehr schön." Ich verabschiede mich von Anna und mache mich auf den Weg zur ersten Nachuntersuchung des neuen Piercings. Sonja nimmt das Pflaster ab, begutachtet ihre Arbeit und verzichtet auf ein neues Pflaster. Als ich das Höschen anziehe, spüre ich schon, dass von dem Piercing ein erhöhter Reiz ausgeht, beschließe aber, es zunächst zu ignorieren. Zu Hause bin ich nass und im höchsten Maße erregt, was sich allerdings legt, als ich auf den Slip verzichte und daher die Reizung nachlässt.

Donnerstag 10.09.2015

Ich werde wachgeküsst, und zwei Hände gleiten unter mein Longshirt. „Das ist schön. Ich werde an meinem Geburtstag wach, und mein Geschenk liegt schon neben mir im Bett." Andy strahlt mich an, derweil ihre Hände meinen Körper erkunden, was mir Schauer durch mein Nervensystem schickt. Endlich rollt Andy sich auf mich, und wir versinken in einem leidenschaftlichen Kuss.

Nackt machen wir uns kurz darauf auf den Weg nach unten, denn wir sind alleine im Haus. Unsere Töchter sind in der Obhut von Lena, und Anna ist bereits zur Arbeit gefahren. Wie verabredet hat sie mein Geschenk für meine Liebste auf Andys Platz deponiert. Diese bewundert die kunstvolle Verpackung, dann nimmt sie vorsichtig ihr Geschenk auf. Als sie das Etui öffnet, entfährt ihr ein Jubelschrei. „Ja. Das ist unglaublich schön. Das ist ja so ein schöner Schmuck. Ich liebe Dich." Sie küsst mich zärtlich. „Leg' mir die Stücke bitte an."

Ich nehme die Ohrringe und setze sie vorsichtig in Andy Ohrlöcher ein, dann lege ich ihr das Collier um und gehe mit ihr in die Diele, wo sie sich in dem großen Spiegel betrachten kann. Die drei Teile an ihrem nackten Körper unterstreichen ihre Schönheit. Andys Augen leuchten. "So wie ich jetzt bin, bleibe ich heute den ganzen Tag. Ich brauche gar keine weitere Kleidung." Lachend nehme ich sie in den Arm. „Solange nur Anna, Karin und Lena kommen, ist es in Ordnung. Aber Jonas dürftest Du so, wie Du jetzt bist, schwer irritieren." Andy schiebt ihre Unterlippe vor. „Und das würde Lena sicher nicht gefallen. Okay, ich zieh' mir einen Bikini drüber." „Wenn Dir das warm genug ist. Meinetwegen."

Nach dem Frühstück gehen wir wieder nach oben, um uns doch etwas anzuziehen. Andy flüstert mir ins Ohr: „Ich wünsche mir, dass Du heute unter dem Kleid nackt bist. Als mein ganz spezielles Geburtstagsgeschenk. Das heißt, damit Du nicht frierst, sei Dir gestattet Strümpfe zu tragen." „Wie großzügig von Dir Liebste", spotte ich. Doch ich mache meiner Geliebten die Freude und ziehe mich wie verlangt an. Andy selbst kleidet sich allerdings ganz normal. Sie kann den ganzen Tag ihre Finger nicht im Zaum halten und greift mir immer wieder unauffällig an meinen Po. Daher bin ich beim Eintreffen der Gäste doch stark abgelenkt.

Anna hat sich extra den Nachmittag frei genommen, um mit uns feiern zu können. "Wie hat Andy Dein Geschenk gefallen?" „Das war der absolute Hit. Sie hat es ausgepackt als sie noch nackt war, und seitdem trägt sie es." „Dann wird ihr mein Geschenk auch gefallen." Anna übergibt Andy ein schlichtes Etui mit einer goldenen Schleife. Andy löst die Schleife, öffnet das Etui und stößt einen Schrei aus. „Jaaaaa. Spitze. Der Armreif passt zu Evas Geschenk." Erst stutzt Andy, um kurz darauf Anna zu umarmen. „Du bist die Künstlerin, die diesen Traumschmuck geschaffen hat." Annas Augen werden feucht. Ein schöneres Kompliment kann es für sie nicht geben. „Danke, die Stücke stammen tatsächlich aus meinen Händen."

Eine halbe Stunde später kommen Lena und Jonas herein. Lena überreicht Andy einen Umschlag, den diese sofort aufreißt. Er enthält ein Bändchen an welchem drei laminierte Karten hängen. ‚Dauerhafter VIP-Service für Andrea Weber - sowie eine Begleitperson ihrer Wahl - inclusive Zugang zum VIP-Bereich, Backstage und Aftershowparty.' Andy umarmt Lena und knutscht sie ab." Jonas hüstelt leise, und Andy wendet sich ihm zu.

„Herzlichen Glückwunsch zum Geburtstag liebe Andy." Er gibt meiner Liebsten einen Beutel aus Samt. Andy schüttelt den Beutel über dem Tisch aus. Es klimpert, und ein weiterer Aufschrei ertönt. „Ein Ring. Und passend zum Rest." „Zum Rest?", fragt Jonas erstaunt. Andy präsentiert ihm Collier, Ohrschmuck und Armreif. Anna hat doch tatsächlich auch noch einen Ring im gleichen Design gearbeitet. „Ihr seid spitze", jubelt Andy. "So viele schöne Geschenke habe ich noch nie bekommen.

Anna flüstert mir ins Ohr. „Ich glaube, das schönste Geschenk für Andy steht gerade neben mir und ist schon teilweise ausgepackt." Ich sehe sie verblüfft an. "Hast Du Röntgenaugen?" Sie lächelt wissend und antwortet: „Du hast so einen Glanz in den Augen, der mir sagt, dass Du unter diesem Kleid fast nackt bist." Der blassrote Schimmer auf meinen Wangen ist Anna Antwort genug." Kurz darauf erscheint der letzte Gast für heute. Karin überreicht Andy ein etwas größeres Paket, und diese öffnet die Verpackung ganz vorsichtig. Ein Traum in Schwarz fällt heraus. Andy hält sich das Kleid vor den Körper. Sie hat Tränen in den Augen. Ich gehe zu ihr, reiche ihr ein Taschentuch und nehme ihr das Kleid ab. "Damit es keine Flecken gibt." Karin nimmt Andy in den Arm. „Ich dachte zu dem schönen neuen Schmuck benötigst Du auch ein schönes neues Kleid." Andy wischt ihre Tränen ab. „Das Kleid ist traumhaft schön. Danke Karin."

Es klingelt an der Tür, und Sophia bringt unser Essen. Wir wechseln ins Esszimmer an den gedeckten Tisch und genießen die leckeren Speisen. Nach dem Essen erhebt Anna das Glas. „Trinken wir nochmal auf das Geburtstagskind, und entlassen wir die beiden nach oben, denn Andy muss ihr schönstes Geschenk noch auspacken und genießen." Meine Liebste nimmt mich bei der Hand und führt mich mit einem glücklichen Lächeln nach oben.

Freitag 11.09.2015
Da Andy in der Nacht lange mit Ihrem letzten und ‚schönsten Geschenk' leidenschaftlich - wenn auch sehr vorsichtig - gespielt hat, haben wir den Vormittag verschlafen. Derweil haben Karin, Anna, Lena und Jonas das Erdgeschoss aufgeräumt und sich um unsere Töchter gekümmert.

Als wir gegen ein Uhr in unsere Küche kommen, steht Lena bereit und serviert uns zunächst Kaffee und Orangensaft. Derweil brutzelt Anna Eier mit Speck und Bratkartoffeln. Dazu gibt es einen kleinen Salat und Knoblauchbrot. Es ist ein Service wie in einem Fünf-Sterne-Hotel. Rundum satt nehmen wir danach unsere Töchter in Empfang. Die anschließende Runde durch den Park, an der auch Lena und Jonas mit Carsten sowie Anna teilnehmen, findet in strahlendem Sonnenschein statt.

Mittwoch 23.09.2015
Wie vereinbart, gehe ich zur Kontrolluntersuchung in das Piercingstudio. Sonja nimmt die Pflaster von meinen Brustwarzen ab und begutachtet die

Wundkanäle. „Das sieht sehr gut aus, und ich denke, Du musst nicht mehr zwingend die Pflaster tragen. Gönn' Deinen Brüsten wieder etwas frische Luft und bleib zu Hause auch gerne oben ohne." Als sie mich lachen hört, sieht sie mich fragend an. „Das wird meiner Partnerin bestimmt gut gefallen", kläre ich Sonja auf. Sie lächelt wissend und wünscht mir weiterhin guten Heilungsverlauf.

Kaum habe ich die Wohnung betreten, da bemerkt Andy auch schon, dass ich keine Pflaster mehr trage. Ich ziehe meine Bluse aus und lasse mich betrachten. „Sehr schön, so solltest Du immer in meiner Gegenwart gekleidet sein." Ich berichte ihr von Sonjas Empfehlung, und Andy erklärt mir sofort, sie werde in nächster Zeit strikt darauf achten, dass ich die Ratschläge von Sonja beachte. Anna ist über mein Outfit einigermaßen erstaunt, zückt ihr Smartphone und macht Fotos von meinen Brüsten. „Du weißt, wozu ich die Aufnahmen brauche?" „Logisch, Du brauchst doch eine Vorlage für Deine Arbeit. Könntest Du übrigens in die Schmuckstücke den Namen Andrea eingravieren? Oder wenigstens in eins?" Anna nickt. „Ich mach' Dir eine Zeichnung, und ich denke, da fällt mir was ein."

Sekunden später platzen Lena und Jonas in die Küche. Als Jonas mich sieht, will er flüchten, doch ich rufe ihn zurück. „Bleib ruhig. Ich glaube kaum, dass Du hier etwas für Dich völlig Neues siehst." Jonas entspannt sich und geht zur Kaffeemaschine. Ich nehme meine Bluse von der Stuhllehne und ziehe sie über. „Entwarnung."

KAPITEL 9

Samstag 03.10.2015

Anfang Oktober überbringt uns Lena eine Einladung von Marie zu deren 22. Geburtstag, den sie im Gamberino feiern möchte. „Wieviele Gäste hat Marie denn?" frage ich Lena. „Sie möchte uns einladen, plus Anna und Jonas, sowie noch einige Kommilitonen. Ich schätze, wir wären zwölf Personen." „Ich denke Marie ist finanziell eher knapp", wende ich ein. Lena wehrt ab: „Sie hat für ihre Mitarbeit an der nächsten CD mindestens 1600 Euro zu erwarten und hat mich gefragt, ob ich ihr darauf einen Vorschuss geben kann." Ich schüttele den Kopf. „Da ist Marie aber etwas zu mutig. Naja, wenigstens versucht sie nicht, sich das Geld über dubiose Quellen zu beschaffen. Bitte sie doch am Abend hierhin zu einem gemütlichen Beisammensein. Mir fällt bis dahin sicherlich etwas ein."

Zunächst rufe ich Massimo an. „War Marie Kürten schon bei Dir wegen ihres Geburtstages?" „Marie wer?" „Die Cellistin, vom musikalischen Dinner." „Nein, bis jetzt noch nicht." „Sie würde gerne ihren Geburtstag bei Dir im Lokal feiern. Ich fürchte nur, dass sie sich damit etwas übernimmt." „Wie viele Personen?" „Lena meint zwölf Personen a la Carte." „Ich könnte ihr Prozente auf die Preise der Speisekarte anbieten. Wenn Marie und Lena nochmal einen Abend bei mir spielen, könnte ich dreißig Prozent Rabatt geben." „Und wenn Du ihr eine begrenzte Auswahl anbietest, ohne die ganz teuren Sachen auf der Karte?" „Das lässt sich natürlich machen. Ich könnte je nachdem auch einen Festpreis machen." „Du bist ein Schatz. Ich melde mich wieder." Zufrieden beende ich das Gespräch. Lena, die mithören konnte, nickt zufrieden. „Das wäre die Lösung. Und wir könnten ihr den Wein als Geburtstagsgeschenk spendieren."

Als wir Marie am Abend den Vorschlag unterbreiten, ist sie sofort einverstanden. Sie hat nachmittags bei Massimo angefragt, und er hat ihr eine begrenzte Speiseauswahl zu einem moderaten Preis angeboten. Da er das Angebot an einen Auftritt gekoppelt hat, ist Marie auch nicht misstrauisch geworden. Lena erklärt sich mit dem gemeinsamen Auftritt einverstanden unter der Bedingung, dass Marie den Wein als Geburtstagsgeschenk akzeptiert. Als sie sich später von uns verabschiedet, nimmt sie mich in den Arm und flüstert mir zu: „Danke Dir." Also hat sie uns doch ein wenig durchschaut.

Eine Stunde später ruft Karin bei Lena an und lädt uns für Samstag den 24. Oktober ein. Lena verdreht kurz die Augen. „Wir nehmen natürlich an." Aufmerksam hört sie den Ausführungen von Karin zu. „Ich kläre das und ruf' Dich gleich zurück." Lena beendet das Gespräch. „Karin würde ihren Geburtstag gerne hier bei uns feiern und das Catering bei Mario und Sophia bestellen." Ich zeige Lena den erhobenen Daumen und sage: „Kein Ding. Ich bin einverstanden. Hat Karin schon mit dem Restaurant gesprochen?" „Keine Ahnung. Ich frag sie gleich." Lena wählt Karins Nummer und stellt auf Lautsprecher. Fünf Minuten später ist alles geklärt und Karin zufriedengestellt. Den Rest des Abends bleiben unsere Telefone ruhig, und wir gehen früh zu Bett.

Montag 07.10.2015

Gegen zehn Uhr treffe ich im Piercingstudio ein. Sonja kontrolliert die Piercings und zeigt sich sehr zufrieden. „Wenn Deine Brustwarzen sich weiter so gut an das Piercing gewöhnen, können wir in zwei Wochen die Ringe einsetzen." Sie öffnet eine Schublade und zieht eine durchsichtige Box heraus. „Das sind übrigens die ausgewählten Ringe. Gefallen sie Dir?" Ich betrachte die ‚Nippleshields'. An beiden hängt der Buchstabe A. „Hast Du Dir auch schon den Intimschmuck ausgesucht?" Ich lächle Sonja an. „Also die Ringe mit den Anhängern gefallen mir sehr gut. Aber beim Intimschmuck bin ich noch nicht fündig geworden. Kann aber gut sein, dass ich mir dafür ein individuelles Schmuckstück anfertigen lasse. Eine meiner Mitbewohnerinnen ist nämlich Goldschmiedin."

Freitag 16.10.2015

Gegen 17:00 Uhr treffen Andy, Anna, Lena und ich uns mit Marie bei Massimo, um beim Eindecken der Tische zu helfen. Sophia zeigt uns die korrekte Ausrichtung von Gläsern und Besteck, und wir legen los. Eine halbe Stunde später ist der Tisch festlich gedeckt, und die Gäste können kommen. Diese treffen ab fünf vor sieben ein. Sophia serviert den Begrüßungssekt, während Marie die Geschenke entgegennimmt und an Lena weiterreicht. Zwanzig Minuten später sind die Gäste komplett, und wir nehmen am Tisch Platz. Massimo fragt die Getränke ab und verteilt die

Speisekarten für das Geburtstagsessen. Maries Gäste sind ob der gebotenen Auswahl sehr zufrieden. Als Sophia die Bestellungen abfragt, bin ich überrascht, dass alle Studenten inklusive Jonas und Marie Pizzen bestellen. Um nicht vom Durchschnitt abzuweichen, bestellen Andy und ich Pizza Scampi, Anna nimmt Penne mit Lachs und Lena Tortellini mit Scampi. Lediglich Karin nimmt Mailänder Schnitzel. Ich flüstere Andy zu: „Wenn das so weitergeht, wird der Abend nicht teuer. Zumal nur drei Leute Wein trinken."

Der Abend wird ein voller Erfolg, und als sich die Kommilitonen für den schönen Abend bedanken, leuchten Maries Augen. Kaum sind die angehenden Musiker abgezogen, fliegt sie auf uns zu. „Danke, danke, danke. Das war so ein schöner Abend, und alle waren begeistert. Und die Rechnung bleibt überschaubar." Ich winke Marie heran. „Du kannst ja das bisschen Wein auch selber bezahlen, und wir denken uns ein anderes Geschenk für Dich aus. Ich hätte da auch schon eine Idee." Marie ist einverstanden.

Später zu Hause nehme ich Lena zur Seite. „Was kostet eigentlich ein E-Cello?" „Ich denke so um die vierhundert Euro." „Wenn wir noch einen Kasten für das Cello bestellen und was man sonst so braucht, können wir das Ganze durch sechs teilen und Marie ihr Geschenk am nächsten Samstag hier bei uns überreichen." Ich blicke in die Runde. „Wer ist dafür?" Alle heben die Daumen, und die Sache ist beschlossen.

Mittwoch 21.10.2015

Gemeinsam mit Andy fahre ich ins Piercingstudio. Wieder einmal bin ich so gut wie nackt unter meinem Kleid. Sonja begrüßt uns wie alte Freundinnen und schiebt die Boxen mit dem Schmuck über die Theke. „Du wolltest ja noch den Circular Barbell für das dritte Piercing." „Du kannst jetzt auch wieder Sex haben. Ihr solltet allerdings zu Anfang nicht zu wild spielen." Ich werde doch ein klein wenig verlegen, öffne mein Kleid, und Sonja legt mir die Schmuckstücke an. Der Schmuck an den Brustwarzen fühlt sich gut an, und auch der Intimschmuck ist angenehm zu tragen. Ich bedanke mich bei Sonja, bezahle meine Schulden und lege noch einen Schein für die Kaffeekasse dazu. Draußen überlasse ich Andy den Schlüssel des Autos. Zu Hause zieht Andy mich hinauf ins Schlafzimmer. Ich lege das Kleid ab und kurz darauf sinken wir auf das Bett, denn ich bin so erregt wie selten bisher.

Samstag 24.10.2015

Gegen Mittag kommt wie vereinbart Karin zu uns. Meinen Vorschlag, die Feier im Esszimmer zu begehen, lehnt Karin ab. Sie findet es in unserer Küche viel gemütlicher. Außerdem könne man das Büffet hier viel besser aufbauen. *Langsam frage ich mich, ob ich das Esszimmer nicht einer anderen Verwendung zuführe.* Also decken wir die große Tafel in der Küche ein und holen zwei Tische aus dem Esszimmer für den Aufbau des Büffet. Als Marie um drei Uhr auftaucht, gratuliere ich im Geiste Lena zu der Idee, das e-Cello in der Einliegerwohnung zu deponieren. Gegen halb sieben sind wir komplett. Fünf Minuten später bringen Sophia und eine Aushilfe das von Karin bestellte Essen. Um sieben Uhr bittet Karin zu Tisch. Lena kommt mit einem großen Paket aus der Einliegerwohnung. Karin bittet Marie, sich zu erheben, und wir überreichen gemeinsam Maries Geschenk. Als sie den Karton öffnet, kreischt sie vor Begeisterung los. „Ihr seid verrückt. Ihr seid komplett irre. Ich liebe Euch. Danke für das Wahnsinnsgeschenk." Sie packt das Instrument aus und streicht über den schlanken Hals des Cellos. Ich gehe zu ihr und nehme sie in den Arm. „Süße, wenn Du jetzt mit uns isst, darfst Du uns nachher zusammen mit Lena ein Ständchen spielen." Marie legt das Cello weg, bedankt sich bei jedem Einzelnen von uns, umarmt Karin und gratuliert ihr zum Geburtstag.

Der Abend verläuft in harmonischer Stimmung, und als später Marie und Lena ihre Instrumente am Verstärker der Musikanlage anschließen, um uns ein weiteres Mal mit ihrem Können zu begeistern, hat Karin Tränen in den Augen. Als Abschluss der Feier überreichen wir Karin einen Gutschein für einen mehrtägigen Aufenthalt in einem Wellnesshotel als Geschenk.

KAPITEL 10

Montag 26.10.2015

Als ich nach dem Duschen das Bad verlassen will, reicht mir Andy einen weißen String. „Zieh den bitte heute an." Ich schlüpfe in das hauchdünne Etwas, das zudem auch noch transparent ist. Danach reicht sie mir eine Bluse. Auch dieses Kleidungsstück ist transparent und gibt den Blick frei auf Brüste und Piercings. Als nächstes erhalte ich einen edlen Minirock aus schwarzem Leder. Ich ziehe ihn an und betrachte mich im Spiegel. „Meinst Du ernsthaft, ich könnte mich so auf die Straße trauen?" „Im Schlafzimmer liegt ein Karton für Dich. Ich gehe hinüber und entdecke ein paar Overknees aus dem gleichen dünnen Leder wie der Rock. Die Stiefel passen wie angegossen. Andy tritt näher und betrachtet mich. „Du siehst absolut spitze aus." Andy lächelt und reicht mir eine zum Rock passende Lederweste, die wenigstens den Blick auf meine Brüste erschweren soll. „Die ziehst Du aber erst an, wenn wir ins Auto steigen." Andy selbst kleidet sich in Jeans und Lederweste, unter der sie ein schwarzes Herrenhemd trägt.

Unten in der Küche treffen wir auf Anna, Lena und Jonas. Bei meinem Anblick entschlüpft Jonas der Playboy-Pfiff. Lena blickt starr auf meine Brust und sagt zu Jonas: „So eine Bluse will ich für den nächsten Auftritt mit der Band." „Na, da werden sich Deine Fans aber um die Plätze in der ersten Reihe reißen", kommentiere ich die Ansage und nehme am Frühstückstisch Platz, während Andy unsere Töchter versorgt. „Hast Du keine Angst, dass man Dich auf der Straße anfällt?", fragt Jonas. Lena rammt ihm lachend den Ellbogen in die Seite. „Starr ihr gefälligst nicht so auf die Titten. Ich bin schließlich auch noch da." Jonas dreht sich zu ihr um, küsst sie auf den Mund, öffnet mehrere Knöpfe an ihrer Bluse und entblößt Lenas Brüste. „So kannst Du jetzt mit Eva konkurrieren." Anna schüttelt den Kopf. „Ich sehe schon kommen, dass wir beim nächsten Frühstück alle oben ohne hier sitzen." „Mir würde es gefallen", hören wir die Stimmen von Andy und Jonas.

Nach dem Frühstück gehen alle gemeinsam zur Garage. Während Lena und Jonas mit dem Mini-Cabrio zur Musikhochschule fahren, steigen Anna und ich zu Andy in den SUV, und nachdem wir die Kinder bei Karin abgeliefert haben, fahren wir zu Annas Arbeitsstelle. Beim Eintritt in den Laden werden wir von Vanessa begrüßt, die mir einen bewundernden Blick schenkt. „Hallo Eva. Scharfes Outfit heute." Auch Svenja, die dritte Goldschmiedin der kleinen Manufaktur macht mir Komplimente. Anna führt uns nach hinten in ihren Arbeitsraum und zeigt uns verschiedene Skizzen, wie mein Brustschmuck aussehen könnte. Am besten gefällt mir eine leicht gewölbte Scheibe aus Gold, die im Zentrum einen Ausschnitt für meine Brustwarze besitzt und mittels eines vergoldeten Barbell am Nippel befestigt wird.

Ich reiche Anna die Skizze. „Das hier gefällt mir am besten." Anna öffnet eine Schublade, entnimmt ihr ein Etui und legt mir eine Scheibe in die Hand. „Hab' ich doch wieder richtig getippt. Ich wusste die Scheiben würden Dir gefallen." Ich lege die Weste ab und öffne meine Bluse. „Legst Du mir die Scheiben bitte an?" Anna löst den vorhandenen

Schmuck von meinen Brüsten und legt mir den neuen an. Der Anblick meiner Brustwarzen, die sich durch das edle Material drängeln, ist erregend. „Ich behalte den Schmuck und lass ihn gleich an", sage ich zu Anna. „Willst Du keine Gravur?" fragt diese verwundert. „Die kannst Du später immer noch machen. Wenn ich das zweite Paar Scheiben abhole." Anna lächelt. Stolz liegt in ihrem Blick. „Da mach ich mich heute noch an die Arbeit." Ich schließe meine Bluse und sehe in den Spiegel. „Danke Andy. Diese Bluse bringt meine Brüste und den Schmuck wunderschön zur Geltung." Ich drehe mich zu ihr und gebe ihr einen Kuss. „Dann fehlt ja jetzt nur noch ein schöner Intimschmuck." Anna reicht mir ein weiteres Blatt, auf dem verschiedene Schmuckstücke skizziert sind, und legt eine Miniaturausgabe der Scheiben daneben. „Die würde allerdings anders befestigt. Hat aber den angenehmen Nebeneffekt, dass Du auch wieder normale Slips anziehen kannst ohne ständige Reizung der Klit." Ich ziehe Rock und Slip aus und bitte Anna, mir den Schmuck anzulegen. Die kleine Scheibe sitzt perfekt und ist angenehm zu tragen. Ich gratuliere Anna zu ihrer Arbeit. „Hiermit erteile ich Dir den Auftrag, die gleichen Stücke nochmal in Weißgold anzufertigen und alle mit der Gravur <ANDREA for ever> zu versehen. Anschließend kannst Du den Goldschmuck auch noch gravieren." Andy nimmt mich in den Arm. „Ist das Dein Ernst. Andrea for ever?" „For ever and ever", antworte ich ihr und küsse sie.

Nachdem ich wieder angezogen bin, zahle ich wie üblich bei Vanessa. Danach verlassen wir den Laden und schlendern ein wenig durch die Fußgängerzone. Nach einer Portion Nudeln in einem kleinen chinesischen Imbiss machen wir uns auf den Weg zu Karin und holen die beiden Mädchen ab. Carsten bleibt noch bei seiner Oma und soll später von Lena abgeholt werden. Der Nachmittag gehört unseren Töchtern, und die beiden genießen es, mit ihren Müttern herumzutollen. Gegen Abend fährt Andy nochmal in die Stadt, um Anna abzuholen. Als die beiden endlich nach Hause kommen, knurrt mein Magen. Zu meinem Glück haben die beiden von unterwegs eine Familienpizza mitgebracht, die wir mit Genuss verspeisen.

Dienstag 27.10.2015

Als ich am nächsten Morgen das Badezimmer verlasse, sitzt Lena auf meinem Bett und will meinen neuen Schmuck sehen. Ich lasse den Bademantel fallen und präsentiere mich. „Wow. Das sieht aber richtig edel aus. Meine Schwägerin hat es wirklich drauf." Lena blickt auf meinen Schoß. „Da hast Du aber Nägel mit Köpfen gemacht. Was ist das Piercing an der Stelle für ein Gefühl?" „Das kann einen schon ziemlich erregen. Die leiseste Berührung lässt mich feucht werden. Man ist wirklich ständig bereit. Aber mit diesem Schmuck ist es einfach zu ertragen." „Wieso das?" „Weniger Reibung." Ich wende mich meinem Kleiderschrank zu und wähle ein dezentes Kostüm, denn ich habe am Vormittag noch einen geschäftlichen Termin. Gemeinsam mit Lena betrete ich kurz darauf die Küche.

Andy begrüßt mich mit einem leidenschaftlichen Zungenkuss. Auch Lena wird von Jonas geküsst. „Nehmt doch bitte Rücksicht auf eine einsame alte Frau." Anna sieht uns so traurig an, dass ich sie spontan in den Arm nehme und ihr einen Kuss auf die Wange drücke. „Du bist doch keine alte Frau. Einsam bist Du auch nicht, denn du hast doch immerhin uns als Freundinnen. Und ein Mann findet sich bestimmt auch noch da draußen." „Du solltest wirklich mal mit uns ausgehen und sei es nur ins 'Künstlercafe'", erklingt die Stimme von Lena. Jonas sieht seine Schwester an: „Wenn ich nicht Dein Bruder wäre, würde ich mich sofort um Dich bewerben." Anna erwidert grinsend: „Okay, Ihr habt mich überzeugt. Ich komm das nächste Mal mit."

Nach dem Frühstück trifft Karin bei uns ein. Zusammen mit Lena, Jonas und den Kleinen geht sie hinüber in die Einliegerwohnung, denn die Drei übernehmen heute die Kinderbetreuung. Während Anna zur Arbeit fährt und Andy an einem neuen Auftrag sitzt, fahre ich zu einem meiner Mietshäuser, um die anstehenden Sanierungsarbeiten der Sanitäranlagen zu besprechen. Der Termin beansprucht mich länger als gedacht, und so komme ich erst am späten Nachmittag nach Hause. Andy erwartet mich schon voll Ungeduld.

„Ich hätte Lust, Fotos von Dir zumachen. Darf ich?" Ich lächle sie zärtlich an. „Was für eine Frage. Natürlich darfst Du. Lass uns ins Wohnzimmer gehen." Ich lasse die Rollläden herunter, dimm den Raum auf zärtliches Licht und lege eine CD mit sanfter Musik in den Player. Dann nehme ich meine Spiegelreflexkamera aus der Schublade, lege Akku und Chip ein und reiche sie Andy. Diese schaltet die Kamera an und richtet das Objektiv auf mich. „Zieh Dich ganz langsam aus Liebste." Ich bewege mich in Richtung eines Sessels, knöpfe langsam meine Bluse auf und gewähre der Kamera einen Blick auf Brüste und Piercingschmuck. Andy schießt eine Aufnahme nach der anderen. Ich drehe mich zu ihr und präsentiere voller Stolz meinen Oberkörper. „Was trägst Du unter dem Rock?" „Einen dünnen Seidenslip." „Zieh' bitte den Rock aus."

Ich erfülle meiner Liebsten ihren Wunsch, lasse den Rock fallen und steige hinaus. Andy reicht mir meine Bluse und ich schlüpfe hinein, ohne die Knöpfe zu schließen. Sie dirigiert mich weiter. „Dreh mir den Rücken zu … Nein, zieh zuerst den Slip aus." Nur mit Bluse bekleidet posiere ich vor der Kamera und präsentiere meine - wie Andy sagt - schöne Rückseite. Nun wende ich mich der Kamera wieder frontal zu. Andys Atem beschleunigt sich. Ich stelle mich hinter den Sessel, biege mich nach hinten und lege meinen Rücken auf der Lehne ab, während Andy Fotos meines Torsos mit Piercingschmuck schießt. „Zum Schluss bitte in den Sessel setzen und die Beine rechts und links über die Lehnen legen." Weit gespreizt biete ich mich meiner Geliebten an.

Die Fotosession wird jäh unterbrochen vom Geschrei unserer Töchter. Andy lässt mich im Sessel zurück und begibt sich ins Kinderzimmer. Ich erhebe mich und sehe mir die Fotos an. Bis auf die letzten Aufnahmen sind alle Fotos vorzeigbar, doch die Perspektive zum Schluss ist nur für meine Geliebte bestimmt. Andy kehrt zurück. „Offenbar hat eine der beiden schlecht geträumt und mit ihrem Schrei die andere geweckt. Jetzt schlafen sie aber wieder." „Du hast unglaubliche Fotos von mir gemacht. Darf ich Dich jetzt auch fotografieren." „Sicher Liebste."

Andy erhebt sich, wendet sich in Richtung Lampe und zeigt mir ihren Rücken. Langsam knöpft sie die Bluse auf, zieht sie etwas auseinander und wirft mir über ihre Schulter einen zärtlichen Blick zu. Das Licht, das von vorne auf sie fällt, macht ihre Bluse ein wenig transparent und lässt die schöne Linie ihres Körpers erahnen. Sie wendet sich zur Seite und zeigt mir ihre Brüste im Profil, nur halb von der Bluse verdeckt. Ich schieße Aufnahme um Aufnahme und stelle voller Stolz fest, wie schön meine geliebte Partnerin doch ist. Sie dreht sich zu mir, öffnet - hält die Bluse geöffnet - und zeigt ihre festen Halbkugeln frontal.

Das Geräusch eines sich öffnenden Reißverschlusses, ein Rock der zu Boden gleitet, ein Slip der dem Rock auf seinem Weg folgt. Nur noch mit der offenen Bluse bekleidet, dreht mir mein Schatz ihren wunderschönen Po zu, hebt ihre Bluse ein wenig höher, damit ich die süßen Grübchen über ihren Pobacken sehen kann. Sie geht zu dem dunklen Ledersessel, der in Kontrast steht zu ihrer hellbraunen Haut, und setzt sich hin. Zunächst mit übergeschlagenen Beinen, züchtig geschlossen, die Bluse leicht geöffnet, die Beine, die sich langsam weiter öffnen, von Andy schließlich über die Lehnen gelegt werden, den Blick freigebend auf die Innenseite ihrer Oberschenkel, während Andys Hände ihre Mitte verbergen.

Endlich, ihre Hände haben verstanden, dass jetzt nicht die Zeit ist für falsche Schüchternheit. Endlich kommt der Moment, wo sie sich mir auf die verführerischste Art präsentiert und einen Anblick bietet, den eine Frau nur ihrem Geliebten oder ihrer Geliebten schenkt, um sich zuletzt vollständig geöffnet zum Liebesspiel anzubieten. Ich lege die Kamera weg und bewege mich auf meine Geliebte zu, gehe vor ihr in die Knie und nähere mich ihr mit meinem Mund. Sie öffnet sich mir in Erwartung meiner Zärtlichkeiten und mein Mund berührt ihre vor Feuchtigkeit glitzernden Lippen, die mich zärtlich willkommen heißen. Jetzt ist nur noch du und ich, nur noch wir. Unsere Körper verschmelzen, und da ist nur noch Liebe und Lust.

Mittwoch 28.10.2015

Nach dem Frühstück gehen wir hinüber in Andys Arbeitszimmer und sichten die Fotos vom Vorabend. Andy hat früh am Morgen schon vorgearbeitet und zeigt mir zwei Drucke in A4. Das Foto, auf dem sie im Profil zu sehen ist, von hinten angestrahlt, die Linie ihrer schönen Brüste hinter dem leicht transparenten Material ihrer Bluse mehr zu ahnen als zu sehen und ihre frechen Brustspitzen, die von der Bluse nicht verdeckt sind. „Du bist wunderschön meine Geliebte", sage ich zu ihr. Andy reicht mir das zweite Blatt. „Und Du bist schön und heiß meine Liebste." Es ist die Aufnahme von mir, auf der ich mehr liegend als sitzend auf dem Sessel zu sehen bin, mit gespreizten Schenkeln und verklärtem Blick, kurz bevor meine Hände den Blick auf mein Innerstes freigeben.

KAPITEL 11

Montag 09.11.2015
Direkt nach dem Frühstück bringe ich Andy zum Bahnhof. Sie hat einen Termin mit dem Buchverlag, von dem sie die meisten Arbeitsaufträge bekommt. Andy möchte über eine Erweiterung ihrer Aufgaben verhandeln, denn sie plant zusätzlich auch als Lektorin für den Verlag zu arbeiten. Daher wird sie zwei Tage in München verbringen, wobei sie sich am zweiten Tag auch die Stadt ansehen will. Als der ICE am Bahnsteig stoppt, verabschieden wir uns zärtlich voneinander, und ich verlasse den Bahnhof.

Zu Hause übernehme ich die drei Kleinen von Lena, fest entschlossen, mir mit Carsten und den Mädchen einen schönen Tag zu machen. Nach einer längeren Runde im von der Herbstsonne beschienenen Park kehre ich zum Haus zurück, wo Karin bereits auf uns wartet. „Ich möchte Dir gerne eine Freude machen, dafür benötige ich allerdings Deine Maße." Ich umarme sie herzlich und bitte sie herein. Nachdem wir die Kleinen versorgt haben, ziehe ich mich bis auf den String aus, und Karin zückt ihr Maßband. Sorgfältig vermisst sie meinen Körper und nickt schließlich zufrieden. „Das war's. Du kannst Dich wieder anziehen."

Kurz darauf klingelt mein Handy, und ein Mieter meldet mir einen Wasserrohrbruch. Er habe den Haupthahn zwar abgedreht, und der Installateur sei bereits vor Ort, aber es wäre wohl besser, wenn ich mir den Schaden ansehe, um zu entscheiden, wie weiter verfahren wird. Karin erklärt sich sofort bereit, die drei Kleinen zu nehmen, und so bringe ich die Vier zunächst zum Haus von Karin, um mich danach um den Wasserschaden zu kümmern. Die Sache sieht zunächst schlimmer aus, als sie wirklich ist. Nach kurzer Erläuterung durch den Handwerker erteile ich ihm den Auftrag zur Reparatur und telefoniere gleich hinterher mit dem Maler, der die notwendigen Schönheitsreparaturen ausführen soll.

Als ich später am Nachmittag nach Hause zurückkehre, sitzen Lena und Marie in der Küche und trinken Kaffee. Lena verabschiedet sich gleich wieder, denn sie will sich noch mit Jonas treffen und hat Marie nur ein wenig Gesellschaft geleistet. Kaum hat Lena das Haus verlassen, nimmt Marie mich in die Arme und sieht mich an. „Ich möchte mich nochmal herzlich bei Dir bedanken für die Hilfe bei meiner Geburtstagsfeier und auch für das tolle Geschenk." Zärtlich küsst sie mich. Ihre Hände streicheln mich, und ihre Zunge drängt sich zwischen meine Lippen. Überrumpelt erwidere ich Ihren Kuss. Ihre Zärtlichkeiten werden heftiger, und mein Körper reagiert sofort auf sie.

Ehe ich realisiere, was hier vor sich geht, ist Marie nackt, und ihre Hände sind unter meinem Kleid. „Lass uns nach oben gehen", sagt sie mit heiserer Stimme. Ich kann mich ihrem Zauber nicht entziehen, und so landen wir wenige Minuten später nackt im Bett. Ihre Hände sind überall und entfachen eine unglaubliche Hitze in mir. Als sie schließlich mit zwei Fingern in meine Nässe eintaucht, bin ich verloren. Kurz darauf befinden wir uns in der 69er Position und treiben uns mit unseren Zungen dem Höhepunkt entgegen. Wir kommen gemeinsam, halten uns gegenseitig eng umklammert. Marie ist unersättlich und hält mich mit ihrer Zunge in permanenter Erregung. Sie lässt mich immer wieder kommen, bis ich um Gnade flehe. Irgendwann schlafen wir ermattet in der 69er Position ein.

Dienstag 10.11.2015
Ein Entsetzensschrei weckt mich. Als ich realisiere, dass ich noch immer mit dem Kopf zwischen Maries Schenkeln liege und der Schrei aus dem Munde von Andy kommt, bin ich starr vor Entsetzen. „Warte …" Ich verstumme und erhebe mich vom Bett, denn Andy hat bereits die Tür zugeschlagen und den Ort meiner Schande verlassen. Als ich nackt wie ich bin nach unten komme, hat Andy das Haus bereits verlassen. Ich sinke zu Boden und bleibe heulend auf den kalten Fliesen liegen. Marie tritt zu mir und will mich trösten. Ich schreie sie an. „Laß mich in Ruhe, ich habe …" Ein Weinkrampf schüttelt mich.

Die Haustür öffnet sich, und Lena tritt ein. Sie sorgt dafür, dass Marie innerhalb kürzester Zeit das Haus verlässt, und beugt sich danach zu mir. Zitternd liege ich in ihren Armen, während sie meine Tränen trocknet. „Zieh' Dir etwas über, dann reden wir." Wie in Trance gehe ich nach oben, hülle mich in meinen Bademantel und setze mich auf das Bett. Lena kommt neben mich und nimmt meine Hände. „Andy ist unten bei Jonas in der Einliegerwohnung, aber Du kannst jetzt nicht zu ihr. Sie hat mich gebeten, ihr ein paar Sachen zu holen. Sie sagt, sie weiß noch nicht, ob sie Dir jemals verzeihen kann, aber sie will Dich im Moment auf keinen Fall sehen. Wenn sie Dich mit einem Mann angetroffen hätte, wäre sie leise gegangen, und alles wäre okay, aber mit einer Frau und ausgerechnet mit Marie."

Lena zögert einen Moment und reicht mir ein Taschentuch. „Ich hoffe sehr, dass dies nicht das Ende Eurer Beziehung ist, aber Du hast sie sehr verletzt, und sie braucht auf jeden Fall Zeit, um den Anblick zu verarbeiten." Lena erhebt sich, räumt Kleidungsstücke von Andy in eine Reisetasche, während ich wieder von einem Weinkrampf geschüttelt werde. Sie nimmt mich in den Arm und trocknet erneut meine Tränen. „Ich denke, ich bringe Andy zunächst einmal bei Karin unter. Wenn Du willst, bringe ich Dir nachher Deine Tochter. Versuch' ein wenig zu schlafen. Ich kümmere mich um alles Nötige." Sie küsst mich auf die Wangen und streicht mir tröstend durch die Haare. „Lass den Kopf nicht hängen. Noch ist nichts endgültig." Als Lena geht, lege ich mich in Embryohaltung auf das Bett und weine um meine verlorene Liebe.

Mittwoch 11.11.2015
Eine Hand auf meiner Schulter weckt mich. „Komm Süße wach auf", höre ich die Stimme von Anna. Mit von Tränen verklebten Augen drehe ich mich zu ihr. „Ich hab' es versaut. Ich hab' Andy verloren." Anna nimmt mich in ihre Arme. „Ich hab' mit Andy gesprochen. Sie heult mindestens so viel wie Du. Das sagt mir, dass sie Dich trotz allem noch liebt. Aber sie braucht im Augenblick ein wenig Abstand, obwohl sie Dich vermisst und es ihr das Herz bricht, Dich nicht zu sehen. Sei froh, dass Lena die Idee hatte, sie bei Karin unterzubringen. Karin liebt Euch beide wie

Töchter, und sie hat mir versprochen, alles dafür zu tun, dass Ihr wieder zusammenfindet. Ich für meinen Teil werde ebenfalls alles tun, was ich kann." Ich sehe Anna dankbar an. „Glaubst Du wirklich, dass wir noch eine Chance haben?" Anna streicht mir durch meine Haare. „Komm schon Süße. Wir sind doch Löwinnen. Wir geben nie auf. Und jetzt geh' duschen, zieh Dich an und komm runter. Ich mach Dir was zu essen, und danach kann Lena Deine Kleine bringen." Anna sieht mir in die Augen. „Ich möchte nicht, dass Sandra Dich weinen sieht." Ich nicke stumm und gehe ins Bad.

Als ich in die Küche komme, hat Anna mir eine Gulaschsuppe aus unseren Vorräten heiß gemacht. Widerspruchslos setze ich mich an den Tisch und esse. Nachdem ich den Teller geleert habe, sehe ich Anna an. „Wieso bist Du eigentlich hier? Müsstest Du nicht arbeiten?" „Ich hab' den Mädels berichtet, Dir ginge es schlecht, und das ist ja auch nicht gelogen. Vanessa hat mir gesagt, ich solle mich um Dich kümmern. Daher habe ich mir ein paar Tage Urlaub genommen. Die anliegenden Arbeiten schaffen die beiden auch ohne mich." Ich blicke Anna dankbar an. „Du denkst jetzt sicher dass ..." Sie unterbricht mich. „Nein Eva. Ich denke nicht, dass Du eine Schlampe bist. Ich hab' Dir doch meine Geschichte erzählt. Erinnere Dich bitte an Deine Worte. Ich möchte die stolze Löwin sehen, die meine Freundin geworden ist." Mir gelingt ein Lächeln. „Danke. Ich glaube Du bist die beste Freundin, die ich habe."

Wenig später klingelt es an der Tür. Anna öffnet und führt Lena in die Küche. Lächelnd präsentiert diese mir Sandra. „Guck mal Sandra, da ist Deine

Mama ja." Als Lena mir meine Tochter die Arme legt, spüre ich meine Augen wieder feucht werden, doch das lachende Gesicht von Sandra lässt meine Traurigkeit sofort verschwinden. Lena verlässt uns wieder. Während ich meine Tochter in den Armen wiege und ihr sage, wie sehr ich sie liebe, telefoniert Anna mit Karin. Als sie auflegt, sehe ich sie gespannt an. „Andy schläft im Moment. Karin sagt, Andy habe vor Liebeskummer die ganze Zeit geheult und sei erst vor wenigen Minuten auf ihrer Couch eingeschlafen. Sie ist sicher, Andy liebt Dich nach wie vor. ist aber wohl überzeugt, Dich an Marie verloren zu haben."

Anna lehnt sich zurück und trinkt an ihrem Kaffee. „Übrigens hatte Lena eine ziemlich böse Auseinandersetzung mit Marie. Als Lena und Jonas die Studentenbude von Marie wieder verlassen haben, hat Marie wohl geheult wie ein Schlosshund. So richtig gut geht es offenbar keinem von Euch Dreien mit der Situation. Dass Lena allerdings angekündigt hat, Marie könne die CD-Aufnahmen vergessen, finde ich nicht in Ordnung, da muss ich mit meiner Schwägerin in spe nochmal reden." Ich wende ein: „Es ist ja nicht alleine Marie schuld. Zum Sex gehören immer zwei. Mindestens." Als Anna mein Lächeln sieht, lacht sie zufrieden. „So gefällst Du mir wieder viel besser. Ich muss jetzt mal rüber zu Lena. Danach komme ich aber wieder zu Dir, und wir machen uns einen schönen Abend."

Fast eine ganze Stunde später kommt Anna zurück. „Ich denke, ich konnte die Wogen etwas glätten und Lena zur Einsicht bringen. Sie hat verstanden, dass Du genau so viel Anteil hattest wie Marie und will der Ärmsten nicht die Karriere zerstören. Jonas hat angeboten zu vermitteln, und ich denke, dass auch Marie aus der Geschichte etwas gelernt hat." Ich sehe Anna dankbar an. „Das freut mich, denn ich hätte es schade gefunden, wenn ich mit meiner Geilheit die Freundschaft der beiden zerstört hätte."

Anna wuschelt mir durch die Haare. „Hör endlich auf, Dir ständig Selbstvorwürfe zu machen. Damit machst Du es nicht besser. Oder soll ich Dir als Zeichen Deiner Schande den Kopf kahl scheren?" Ich hebe abwehrend die Hände. „Nein danke. Ich glaube damit bekomme ich Andy auch nicht zurück." Anna legt mir ihre Hände auf meine Schultern, und ich spüre die Kraft von meiner Freundin in meinen Körper strömen. „Du wirst sehen, Andy kommt zu Dir zurück, aber Du musst etwas Geduld haben. Ich werde Dich jedenfalls bei Deinem Kampf um Eure Liebe unterstützen."

Später am Abend bitte ich Anna, zusammen mit meiner Tochter und mir in meinem Zimmer zu schlafen. Anna schließt ihre Arme um mich, und ich fühle mich beschützt wie von einer großen Schwester. Nach kurzer Zeit schlafe ich ein.

Donnerstag 12.11.2015
Ich erwache, weil Anna ihre Arme von mir löst. Entspannt drehe ich mich zu ihr und lächle sie dankbar an. „Ich glaube, mir geht es schon wieder besser, und ich bin jetzt bereit, um meine Liebe zu kämpfen. Wir duschen nacheinander im großen Bad, danach geht Anna in ihr Zimmer um sich anzuziehen. Das Frühstück bereiten wir gemeinsam zu, und als Lena und Jonas in die WG kommen, um mit uns zu frühstücken, genieße ich

das kleine Stück Normalität, das wieder in mein Leben einkehrt. Lena verabschiedet sich kurz darauf, denn sie muss zu einer Probe mit der Band, und Jan geht mit Carsten hinüber in die Einliegerwohnung.

Eine Stunde später informiert mich der Malermeister, dass die Spuren des Wasserrohrbruchs beseitigt seien und ich seine Arbeit begutachten könne. Dankend lehne ich ab und versichere ihm, dass ich in seine Arbeit größtes Vertrauen habe und er mich ja auch noch nie enttäuscht habe. Als Anna sich verabschiedet, um Karin und Andy einen Besuch abzustatten, nehme ich meine Tochter und gehe zu Jonas.

„Verrat mir doch bitte, womit ich Deiner Schwester eine Freude machen kann." Jonas nimmt mich in den Arm und erzählt mir, seine Schwester würde sich schon seit Jahren über ihre Android-Handys ärgern, sei aber zu geizig, um sich endlich ein iPhone zu kaufen. „Geizig? Und dann fährt sie ein Minicabrio?" „Den Wagen habe ich in der Lotterie gewonnen. Da ich noch keinen Führerschein besitze, habe ich sie gebeten, den Wagen so lange zu fahren, bis ich einen habe. Im Moment sehe ich da aber noch keine Notwendigkeit." „Netter Bruder bist Du. Also werde ich mich mal nach einem iPhone umsehen." Jonas ruft mir nach. „Ich kann Dir noch einen Tipp geben. Ihr gefällt Dein iPhone vom Aussehen sehr gut."

Also packe ich mir nach dem Mittagessen meine Tochter und mache ich mich auf den Weg zum Apple Store. Tatsächlich hat man das gewünschte Modell vorrätig, und nach kurzem Überlegen zahle ich mit Kreditkarte und nehme es mit. Zu

Hause verpacke ich es sorgfältig, schreibe eine Karte dazu und warte auf Anna. Als sie eine Stunde später von ihrer Tour zurückkommt, frage ich betont harmlos. „Könntest Du etwas für mich gravieren?" Anna nickt zustimmend. „Weißt Du doch. Um was geht es denn?" Ich beiße mir auf die Lippen, um mich nicht durch ein Grinsen zu verraten. „Ein Handy. Ich hätte gerne als Gravur auf der Rückseite den Text: ‚Für die beste Freundin der Welt von Eva'. Denkst Du, das könntest Du machen?" „Hmm."

Ich reiche ihr Geschenk und Karte. „Du kannst natürlich auch nur Deinen Vornamen eingravieren." Anna fällt mir um den Hals. „Danke. Ich glaube, ich weiß, was sich in dem Karton befindet." Sie öffnet den Umschlag und liest meine Karte. Dann packt sie mit fliegenden Fingern ihr Geschenk aus. „Jetzt weiß ich, wieso ich es gravieren soll. Damit wir die Teile nicht verwechseln. Das sieht ja genau aus wie Deines." „War ein Tipp von Deinem kleinen Bruder."

Freitag 13.11.2015
Kurz nach Mittag erscheint Karin mit einem Tablett Kuchen. „Ich musste Dich unbedingt sehen", sagt sie zu mir, als sie mich in ihre Arme schließt. Ich bitte sie herein, stelle drei Tassen Kaffee auf den Tisch und bitte Anna dazu. „Gibt es was Neues?", fragt Anna. „Ja, das gibt es wirklich. Andy hat den Betrug zwar noch nicht ganz verwunden, aber ihre Tränen sagen mir, dass sie Dich gerne zurückhätte. Du müsstest aber den ersten Schritt auf sie zu machen, auch wenn Du damit das Risiko einer Zurückweisung

eingehst." „Ich würde hundert Zurückweisungen schlucken, wenn sie mich beim hundertersten Mal wieder in Ihre Arme schließt" sage ich mit Tränen in den Augen. Karin nickt. „Ich glaube Dir. Aber gib ihr noch einige Tage Zeit. Sie weiß übrigens, dass ich hier bin. Ich soll ihr noch einiges zum Anziehen mitbringen." Anna erhebt sich. „Ich pack' mal eine Reisetasche." Als wir alleine sind, zieht Karin ein Foto Evitas aus der Tasche, reicht es mir und sagt: „Andy hätte gerne ein Foto von ihrem Patenkind. Sie vermisst die Kleine. Ich habe übrigens das Gefühl, dass Evita ihr Schwesterchen auch schmerzlich vermisst, denn sie schläft nicht mehr durch."

Ich mache ein Foto meiner Kleinen und drucke es aus. Auf einen Adressaufkleber schreibe ich ‚Verzeih' bitte meiner Mami' und klebe ihn auf die Rückseite des Fotos. Karin steckt das Bild ein, nimmt die Reisetasche und macht sich in Begleitung Annas auf den Heimweg. „Ich melde mich wieder bei Dir", verspricht sie, als sie geht.

Zwei Stunden später ist Anna zurück. „Andy hat sich über das Bild gefreut und auch die Rückseite gelesen. Danach hat sie sofort wieder angefangen zu weinen. Ich halte das für ein gutes Zeichen." Bei dieser Mitteilung laufen auch bei mir schon wieder die Tränen. „Ich fühl' mich so mies." Anna nimmt mich in ihre Arme. „Ich weiß Süße. So ging es mir damals, als ich mit dem Freund meiner besten Freundin geschlafen hatte und damit die Freundschaft zerstört habe."

Mein Handy meldet den Eingang einer Nachricht. Ein Foto von Evita blendet auf. Darunter der Text: ‚Ich vermisse Dich auch. Aber gib meiner Mami noch etwas Zeit." Mein Tränenfluss lässt sich nicht mehr stoppen, aber ich weine vor Glück, weiß ich doch jetzt, dass noch nicht alles verloren ist.

Samstag 14.11.2015

Wieder werde ich von Anna geweckt, doch heute sieht die Welt für mich schon besser aus. Ich nehme mein Handy und betrachte das Foto meines Patenkinds. *Ja, ich gebe Deiner Mami so viel Zeit, wie sie braucht'*, verspreche ich Evita im Geiste. Ich mache mich mit frischem Mut fertig und schaffe es sogar, vor Anna in der Küche zu sein. Als Anna die Küche betritt, duftet es bereits nach Eiern mit Speck und meinem kleinen Apfelpancake. Anna zieht uns zwei Tassen Cappuccino und stellt Brot, Butter und Käse auf den Tisch. Ich esse das erste Mal seit Montag mit richtigem Appetit und versorge auch Sandra wieder ohne Hilfe von Anna. Meine veränderte Stimmung wirkt sich auch auf meine Tochter aus, denn zum ersten Mal seit Tagen lacht sie mich wieder fröhlich an.

Nach dem Frühstück helfe ich Anna bei der Einrichtung ihres neuen Smartphones und freue mich an den leuchtenden Augen, als sie zuerst ihren Bruder anruft, um sich bei ihm für den Tipp zu bedanken, den er mir gegeben hat. Danach meldet sie sich bei Ihrer Kollegin Vanessa und kündigt an, dass sie am Nachmittag wieder in die Werkstatt käme. „Ich darf Dich doch jetzt wieder alleine lassen Süße?", strahlt sie mich an. „Ja liebste Löwin. Ich bin zwar immer noch amputiert, wenn Du verstehst, was ich meine, aber ich lebe wieder." Ich begleite sie zur Tür und gebe ihr zum Abschied einen Kuss auf die Wange.

Als ich alleine bin, nehme ich meine Tochter auf den Arm und bedecke ihre Wangen mit vielen kleinen Küsschen. Ich fotografiere ihr lachendes Gesicht mit meinem Handy und versende das Foto. ‚Ich habe Dich lieb Evita und auch Deine Mami‘, schreibe ich als Begleittext.

Nach einer längeren Runde durch den Park empfängt mich Lena in der Haustür. „Schön, dass Du da bist. Du hast Besuch. Mein Herz klopft als ich die Küche betrete, doch statt Andy ist Karin mit Evita gekommen.“ Die Augen der beiden Mädchen leuchten. Man sieht, dass sie sich vermisst haben. „Hallo Eva“, begrüßt mich Karin und fügt hinzu, „Evita ist nicht nur zu Besuch hier. Sie möchte bei Ihrer Schwester bleiben. Du weißt, was Andy Dir damit sagen will?“ Ich muss einige Male tief durchatmen, um nicht vor den Mädchen in Tränen auszubrechen. „Ja, und ich weiß, dass ich es nicht verdient habe.“ Karin nimmt mich in die Arme und drückt mich. „Ihr seid für mich wie die Töchter, die ich mir immer gewünscht habe, und ich möchte, dass Ihr wieder zusammenkommt. Hab’ noch ein wenig Geduld.“

Als Karin wieder gegangen ist, gilt meine ganze Aufmerksamkeit den beiden Mädchen, die wieder glücklich vereint sind. Ich schließe sie immer wieder liebevoll in meine Arme. Ich bin so in das Spiel mit den beiden versunken, dass ich Annas Eintreten nicht höre und zusammenzucke, als sie mich anspricht. „Ist Andy auch wieder da?“ Ich wende mich zu ihr. „Nein, leider noch nicht, aber ich denke, dass sie bald zurückkommt. Denn sie hält es bestimmt nicht lange ohne Evita aus.“ Anna lacht. „Und ohne Eva auch nicht mehr lange.“

Sonntag 15.11.2015

Nach dem Frühstück zücke ich mein Handy und mache ein Foto von unseren Töchtern. Ich schreibe eine SMS: [Liebe Andy, bitte komm wieder zu meiner Mami zurück. Auch wenn meine Mami es nicht verdient hat. Aber ich vermisse Dich, und ich glaube, meine Mami vermisst Dich auch.] Ich füge das Foto hinzu, zeige Anna die Nachricht, und als sie nickt, sende ich sie ab. Fünf Minuten später erhalte ich Antwort: [Liebe Sandra. Hab noch ein wenig Geduld. Ich komme bald, aber es könnte sein, dass Deine Mami dann einen furchtbar roten Popo bekommt.] Ich halte es nicht mehr aus und schreibe eine weitere Mail. [Liebste Andy, Du hast jedes Recht, auf mich sauer zu sein und mir meinen Hintern zu versohlen. Ich bin auch bereit - notfalls auf Knien - zu Dir zu kommen und Dich um Verzeihung zu bitten. Bitte gib mir eine Chance. Ich bin bereit JEDE Strafe auf mich zu nehmen. Immer noch DEINE Eva.] Diesmal erhalte ich keine Antwort, doch ich will Andy nicht bedrängen und gebe mich mit dem Erreichten zufrieden.

Kurze Zeit später bringt Lena uns ihren Sohn, denn sie und Jonas haben heute nochmal ein Benefizkonzert in einem Altersheim. Daher sind Anna und ich mit der Kinderbetreuung gut beschäftigt. Gegen Mittag holt Anna uns Essen von einem chinesischen Imbiss, welches wir mit großem Appetit verspeisen. Als sich etwas später die Sonne am Himmel zeigt, packen wir die Kleinen warm ein und drehen eine größere Runde durch den Park.

Unterwegs höre ich das Pling, mit dem mein Handy den Eingang einer Kurznachricht meldet. [Liebste Eva, erwarte mich bitte morgen früh um sechs Uhr in unserem Schlafzimmer. Aber bitte alleine. Deine Andy.] Meine Augen füllen sich mit Tränen. *Endlich. Sie will mich wieder Sehen.* Anna schaut mich irritiert an, und ich reiche ihr mein iPhone. Als sie die Nachricht gelesen hat, nimmt sie mich in die Arme. „Ich freu' mich für Euch. Ich hätte es auch nicht mehr lange ausgehalten, Euch beide so traurig zu sehen."

Montag 16.11.2015
Ich habe mir gleich drei Wecker gestellt, um nur ja um fünf Uhr dreißig aufzuwachen. Frisch geduscht und nackt begebe ich mich zur Schlafzimmertür, an die ich einen Zettel geklebt habe: ‚Zutritt nur für Andy'. Ich warte und lausche. Punkt sechs wird die Haustür aufgeschlossen.

Ich begebe mich auf allen Vieren auf das Bett, umfasse mit meinen Händen die Querstrebe des Messingbettes und warte mit geöffneten Schenkeln und hochgerecktem Po auf meine Liebste. Endlich öffnet sich die Schlafzimmertür. „Das ist ein wesentlich angenehmerer Anblick als vorige Woche. Du solltest so bleiben." Ich wage nicht, meine Position zu verändern, während Andy sich ihrer Kleider entledigt. Endlich spüre ich, wie sie sich auf dem Bett hinter mir bewegt. Sie legt ihre Hände auf meinen Po. „Was soll ich nur mit Dir machen Geliebte." Ihre Hände klatschen zweimal kräftig auf meine Pobacken. „Ein wenig Strafe muss sein, auch wenn ich Dir schon längst verziehen habe." Sie legt sich neben mich, zieht mich zu sich herunter und presst mich an sich. „Ich liebe Dich und will nie wieder ohne Dich sein. Bitte mach so etwas nie wieder." Unter Tränen versichere ich ihr meine Liebe, und unsere Umarmung wird leidenschaftlich.

Anna ruft uns zum Frühstück, und als wir Arm in Arm die Küche betreten, atmet sie erleichtert auf. „Das ging ja letztlich doch schneller als ich es erwartet hätte", begrüßt sie uns. Andy schmunzelt. „Ich musste vor unserem Treffen meine Emotionen in den Griff bekommen, sonst stünde Eva jetzt vielleicht wirklich mit flammendem Po vor Dir. Nein, Spaß beiseite. Ich habe unsere Beziehung hinterfragt und bin zu dem Schluss gekommen, dass ich bei einer Trennung mich selbst am meisten strafen würde. Ich habe Eva schon fünf Minuten nach Verlassen des Hauses vermisst, und es wurde von Tag zu Tag schlimmer." Andy sieht mir in die Augen. „Sieh' das bitte nicht als Freibrief an." Ich werde verlegen. „Nein Liebste. Ich bin durchaus lernfähig."

Lena und Jonas betreten die Küche. „Hier ist wieder alles so, wie es sich gehört, sagte man uns." „Ja. Andy hat mir verziehen, und jetzt wollen wir nicht mehr darüber reden." „Solltest Du nochmal auf dumme Gedanken kommen, nehmen wir Dich in die Band auf." Ich schneide eine Grimasse des Entsetzens. „Danke. Aber auf die Ehre kann ich glaube ich verzichten." Lena lacht. „Ich denke, in erster Linie würde Dein Hintern gerne auf die Ehre verzichten." Sie droht mir lächelnd mit der flachen Hand. „Aber ein kleiner Vorgeschmack als Warnung wäre vielleicht angemessen."

KAPITEL 12

Dienstag 17.11.2015
Punkt zehn Uhr bin ich mit Andy bei Anna in der Werkstatt. „Du kannst Dich gleich mal freimachen", werde ich von Anna begrüßt. Ich lege Felljacke, Rock und Bluse ab, und Anna entfernt den goldenen Piercingschmuck. Danach entnimmt sie einer Vitrine die von ihr für mich angefertigten Schmuckstücke aus Weißgold. Sie reicht Andy eines der Stücke und fragt: „Gefällt Dir die Gravur?" Andy nickt begeistert. Anna wendet sich mir zu und legt die Scheibe auf meine Brust. Als das Material meine Haut berührt, zucke ich zurück. „Das ist nur im Moment noch etwas kalt", kommentiert Anna mein Erschrecken. Sie nimmt meine Brustwarze, und kurz darauf höre ich ein Klicken. Sie wendet sich der anderen Seite zu. Auch hier zeigt ein leises Klicken den Abschluss der Prozedur an.

Kurze Zeit später ist auch mein Intimschmuck gewechselt. „Dürfen wir uns mal ansehen, woran Du in Deiner Freizeit gearbeitet hast?", höre ich die Stimme von Annas Kolleginnen. Bevor ich die Chance habe, mich zu bedecken, treten sie ein. Ohne jede Verlegenheit betrachten sie mich. „Kompliment. Schöner Schmuck für eine schöne Frau." Anna reicht mir ein Foto. „Damit Du die Gravuren begutachten kannst." Ich betrachte das Foto und lese: ‚Andrea for ever' sowie ‚For ever and ever'. Anna reicht Andy eine dünne Goldkette, mit einem Stift als Anhänger. „Nur mit diesem Stift kannst Du die Sperre des Verschlusses lösen. Das sichert den Schmuck gegen Verlust." Anna fügt lächelnd hinzu: „Und Deine Liebste kann den Schmuck nicht gegen Deinen Willen ablegen." Andy legt sich die Kette um, der Stift ruht zwischen ihren Brüsten. Sanft streicht sie mit ihren Daumen über meine Brustspitzen, die sich unter der Berührung sofort erhärten, und sieht mich an. „Ich liebe Dich Eva. Vergiss das nie." Ich ziehe Rock und Bluse wieder an, lasse mir von Andy in die Felljacke helfen und zahle bei Vanessa die Rechnung für das Material. Wir verabschieden uns von Anna und ihren Kolleginnen und machen uns auf den Weg nach Hause.

Zu Hause angekommen will ich in die Einliegerwohnung, um unsere Mädchen zu holen, doch Andy stoppt mich. „Lena behält unsere Töchter über Nacht. Ich will Dich bis morgen früh ganz für mich haben." Sie zwinkert mir zu. „Lass uns nach oben gehen." Ich tippe ihr auf die Nase. „Du hast doch schon wieder Hintergedanken." Andy lacht. „Schuldig im Sinne der Anklage." Oben angekommen bitte ich Andy um ein wenig Geduld und gehe in mein Arbeitszimmer. Aus der untersten Schublade meines Schreibtisches nehme ich das flache Bündel, welches Lena mir im Auftrag von Karin vor kurzem in die Hand gedrückt hat. ‚Öffne dieses Päckchen erst, wenn Du keine Einschränkungen durch das Piercing mehr hast und Deiner Liebsten einen besonderen Anblick bieten möchtest.' Ich entkleide mich und öffne das Geschenk. Ein roter, hauchdünner, transparenter Stoff fließt mir entgegen. Es ist ein an den Seiten offenes Hemdchen, das meinen Körper umschmeichelt und meine Nacktheit betont. Ich schließe die seitlichen Bänder mit Schleifen und betrete das Schlafzimmer.

Andy bleibt der Mund offen. „Woher hast Du denn dieses geile Nichts aus Stoff? Das ist ja die pure Verführung. Beweg' Deinen süßen Hintern zu mir aufs Bett. Ich will Dich." Ich brauche fast eine Minute von der Tür zum Bett und genieße die Blicke, mit denen Andys Augen meinen Körper streicheln, als sie mir das Hemdchen auszieht. Auf allen Vieren besteige ich das Bett und bewege mich wie eine träge Katze auf das Kopfende zu. Dort angekommen warte ich auf eine Reaktion meiner Liebsten. „Halt Dich bitte an der Querstange fest." Ich lege meine Hände wie gewünscht auf die Stange am Kopfende und warte. Andy nähert sich mit einer Schlafbrille, und gleich darauf wird es dunkel vor meinen Augen. „Bitte spreize Deine Schenkel und bleib so."

Ich erfülle meiner Liebsten ihren Wunsch und warte gespannt, was als Nächstes kommt. An der Bewegung der Matratze erkenne ich, dass Andy sich hinter mir in Position bringt. Ihre Hände umfassen meine Brüste. Sanft liebkosen ihre Finger meine Brustspitzen. Dann ziehen sich die Hände zurück, um Augenblicke später meine Pobacken zu streicheln. Ihre Hände gleiten an der Außenseite meiner Schenkel nach unten und an den Innenseiten nach oben. „Ich liebe es, wenn Du so nass bist", höre ich die Stimme von Andy. Ihre Finger tauchen in meine Nässe ein und steigern meine Erregung, bis ich um Gnade bettele.

Andy dringt mit dem Dildo in mich ein. Mit sanfter Stimme sagt sie: „Ich werde meine heiße Stute jetzt zureiten." Die Ankündigung entlockt mir ein brünstiges Stöhnen. „Ja, mach mit mir, was immer Du willst. Ich gehöre Dir." Der Dildo zieht sich langsam aus mir zurück, um gleich danach tief in mich hineinzustoßen. Zwei Hände umfassen meine Hüften und halten mich, während der Lustbringer in mir kräftig vor und zurück bewegt wird. Andy erhöht allmählich Tempo und Wucht der Stöße, was mein Keuchen und Stöhnen zu lauten Lustschreien transformiert. Laut schreiend, quittiere ich jeden Stoß, den Andy mir schenkt. Die Lust verwandelt sich in Glut. Eine Glut die mich verbrennen wird und Stromstöße durch meinen Körper schickt, bis meine Muskeln zu zucken beginnen und meine Stimmbänder versagen. Mein Brüllen geht in leises Wimmern über, als ich unter meiner Liebsten zusammensacke.

Ich spüre, wie mein Körper liebevoll umfangen wird und Andy sich an mich presst. „Ich liebe Dich, Eva", höre ich ihre Stimme ganz nah bei meinem Ohr. Ich drehe mich zu ihr und umklammere sie. „Danke meine Geliebte. Das war absoluter Wahnsinn." Als Andy die Halskette abnimmt und mir den Stift geben will, schüttele ich den Kopf. „Behalte den Stift, auch wenn Du mir jetzt wieder vertraust. Ich finde es schön, in dieser Hinsicht von Dir abhängig zu sein, und ich liebe Dich" Dann umarme ich sie, und wir küssen uns leidenschaftlich.

*** Ende dritter Teil ***

BLOND - Anna

KAPITEL 1

Mittwoch 18.11.2015

Obwohl ich letzte Nacht wenig geschlafen habe, wache ich wie immer gegen sechs Uhr auf. Nach einer schnellen Dusche ziehe ich mich an und gehe hinunter in die Küche. Ich habe Appetit auf Rührei mit Speck, doch dann fällt mir ein, dass meine Freundinnen schon lange keine Pfannkuchen mehr hatten. Daher disponiere ich um und backe drei Apfelpfannkuchen sowie für mich einen Speckpfannkuchen. Gegen viertel vor sieben wird die Haustür aufgeschlossen, und kurz darauf betritt Lena die Küche. „Hallo Schwägerin, begrüße ich sie. Heute ohne mein Bruderherz?" „Der kann noch schlafen, aber ich habe heute Morgen ein gemeinsames Vorspielen mit Marie bei unserem Prof." Ich werfe Lena einen Blick zu. „Könntest Du bitte mal bei Andy und Eva klopfen? Wäre schön, wenn wir Mädels heute Morgen zusammen frühstücken könnten."

Lena geht nach oben und kommt kurz darauf zurück. „Die beiden sind schon im Bad. Kommen sicher gleich runter." Eva erscheint als Erste, und als ich ihre leuchtenden Augen sehe, wird mir ganz warm ums Herz. Sie kommt zu mir, umarmt mich und gibt mir einen Kuss auf die Wange. „Danke Anna, Du bist die Beste." Ich ahne, dass sie damit nicht nur die Pfannkuchen meint, und erwidere die Umarmung. „Wie ich sehe, ist bei Euch alles wieder in Ordnung." „Besser als vorher" gibt Eva zurück. „Was ist besser als vorher?" fragt

Andy, als sie in die Küche tritt. Eva strahlt ihre Liebste an. „Du bist besser als vorher. Ich mag die Dominanz, die Du jetzt ausstrahlst." Andy tritt näher und gibt Eva einen Klaps auf den Po. „Meinst Du diese Art Dominanz?" Eva lächelt wie eine Sphinx. „Auch das Liebste. Aber ich meinte eher die Art, wie Du mir zeigst, dass ich zu Dir gehöre." Lena kann sich kaum noch ernst halten. „Ihr müsst uns diese Art aber jetzt nicht vorführen", sagt sie kichernd.

Mit einem Hinweis auf die Zeiger der Uhr beende ich die Albernheiten, fülle die Pfannkuchen auf Teller und reiche sie an Lena weiter. Kurz darauf zieht köstlicher Kaffeeduft durch den Raum, und wir genießen die erste Mahlzeit des Tages. Als kurze Zeit später das Babyphone meldet, dass die Töchter von Andy und Eva erwacht sind, erhebt sich Andy wie selbstverständlich und geht nach oben, um die Süßen zu versorgen. Als ich mich rundum satt und zufrieden vom Frühstück erhebe um abzuräumen, winkt Eva ab. „Lasst alles stehen und liegen, ich bin heute an der Reihe aufzuräumen. Ihr müsst schließlich gleich los."

Dankbar nehme ich meine Handtasche, verabschiede mich von Eva und Lena, ziehe im Flur meine Jacke über und rufe Andy noch einen Abschiedsgruß zu, um danach meinen Mini aus der Garage zu holen und zur Arbeit zu fahren. Als ich im Hof der Goldmanufaktur aus dem Wagen steige, schließt Vanessa gerade die Tür auf. Ich beeile mich und schlüpfe zusammen mit ihr in das Gebäude. „Deine Freundin hatte gestern ja ein superheißes Outfit an. Naja, bei der Figur kann sie sich das auch leisten." Ich sehe Vanessa an. „Du bist zwar die Chefin, aber trotzdem muss ich Dir sagen, dass Euer Vorgehen gestern ziemlich grenzwertig war." Vanessa schiebt die Unterlippe vor und wirkt schuldbewusst. „Du meinst, weil Deine Freundin quasi nackt war? Aber wir sind doch alle nur Mädels."

Ich muss grinsen. „Wenn Du ein Mann wärst, hätte ich Dich auch rausgeschmissen. Ganz gleich ob Chef oder nicht." Vanessa lacht. „Wieso glaub ich Dir jetzt aufs Wort?" Das Eintreffen von Svenja beendet unseren kleinen Disput, und wir machen uns an die Arbeit. Als erstes nehme ich den gestern begonnenen Verlobungsring, in den ich nur noch den kleinen Brillanten einsetzen muss. Nachdem der Ring fertig verpackt ist, nehme ich die Schmuckstücke von Eva und graviere die Schriftzüge. Ich habe gerade die erste Gravur fertiggestellt, als sich die Ladentür öffnet und ein Kunde eintritt. Da ich heute turnusgemäß Dienst an der Front habe, verlasse ich meinen Arbeitsplatz und trete vor zur Ladentheke.

„Hallo Anna", begrüßt mich die Kundin. Ich schaue etwas verdutzt, als ich die Großmutter von Lenas Sohn Carsten erkenne. „Hallo Karin, was kann ich für Dich tun?" „Ihr fertigt hier doch individuellen Schmuck?" Ich lächle sie an. „Das ist unsere Stärke." Sie greift in die Tasche und reicht mir eine vergilbte weiße Pappschachtel. Als ich sie öffne, fällt mir eine kleine Brosche in Form eines Schmetterlings entgegen. *Rotgold, mindestens 18 Karat, Brillanten und Rubine. Eine ausgesprochen schöne Antiquität.* „Ein sehr schönes Stück. Aber was sollen wir damit machen?" Karin sieht mich fragend an. „Könntet ihr das Material zu einem Ring umarbeiten?"

Ich bin perplex. *,Soll ich diese kleine Kostbarkeit wirklich zerstören?'* Laut sage ich: „Das wäre eine Sünde. Das Stück ist zwar schon etwas älter, aber dafür gibt es mit Sicherheit Käufer. Ein Ring aus diesem Material würde vielleicht 250 bis 280 Euro kosten. Die Brosche im Originalzustand ist sicher das doppelte wert." Ich bitte Karin, einen Moment Platz zu nehmen, und gehe zur Chefin. Vanessa ist begeistert. „Bietet die Kundin uns das Stück zum Kauf an?" „Sie will es einschmelzen lassen und zu einem Ring umgearbeitet haben." Vanessa ist einen Moment sprachlos. Dann nimmt sie den Schmetterling und geht nach vorne. Ich folge ihr und stelle die beiden vor.

Vanessa nimmt eine unserer Mustermappen und zeigt Karin eine Fotografie von Ringen, die wir als Einzelstücke gefertigt haben. „Suchen Sie sich einen Ring aus. Wir können aber auch nach ihren Wünschen ein exklusives Stück fertigen. Sie müssten uns nur zeigen, in welcher Art der Ring gearbeitet werden soll. Über die Brosche sprechen wir danach." Karin braucht nicht lange zu überlegen. Sie zieht ein Blatt Papier aus der Tasche und faltet es auf. „So in etwa stelle ich mir den Ring vor." Das Papier zeigt einen schmalen Reif mit einem Steg, auf dem ein Notenschlüssel angebracht ist. „Soll der Ring für Lena sein?" frage ich. Vanessa schaut verdutzt, deshalb erkläre ich ihr kurz den Zusammenhang.

Während Vanessa die Brosche zum Prüfen mit nach hinten nimmt, erstelle ich mit schnellen Strichen eine Zeichnung. Zwei Stege, Notenlinien, Notenschlüssel und die Edelsteine als Noten. „Das eignet sich allerdings genau wie Dein Entwurf nicht für einen Ring, weil das Ganze zu filigran und daher nicht stabil genug für einen Ring ist. Beides würde sich eher für einen Anhänger eignen, der aber für eine Musikerin wie Lena ein traumhaft schönes Weihnachtsgeschenk wäre."

Karin lächelt verschwörerisch und legt einen Finger auf die Lippen. Ich kann sie beruhigen. „Keine Sorge, meine Lippen sind versiegelt." Vanessa kommt zurück und legt die Brosche auf den Tresen. Ich zeige ihr meine Skizze für den Anhänger, und sie nickt. Meine Chefin wendet sie sich zu Karin. „Ich würde die Brosche gerne übernehmen. Sie bekommen dafür den Anhänger, den Anna gezeichnet hat, in gleicher Materialqualität wie die Brosche, komplett mit einer soliden Goldkette in passender Länge." „Und was muss ich zahlen?", fragt Karin. „Nichts. Wir tauschen einfach die Schmuckstücke." Karin erklärt sich einverstanden, und ich spreche mit ihr noch die Details für die Platzierung der Edelsteine durch. Lächelnd verabschiedet sie sich von mir und verlässt den Laden. „Ist ja eine nette ältere Dame, aber die Familienverhältnisse habe ich nicht verstanden." Ich erkläre Vanessa en Detail, wie Lena mit ihr verbunden ist, und mache mich wieder an die Arbeit.

Am Mittag gehen wir zu Dritt zu einem nahegelegenen Italiener, essen einen Salat und teilen uns eine Pizza. Der Nachmittag bleibt einigermaßen ruhig, daher kann ich den Entwurf für Lenas Schmuck fertigstellen und auch noch die zweite Scheibe für Eva gravieren. Um die Arbeit abzuschließen, bleibe ich noch etwas länger und graviere auch noch den Intimschmuck.

Zu Hause angekommen, treffe ich nur Andy an. Eva hat noch einen Termin in einem ihrer Häuser, und Lena ist mit Jan noch im Künstlercafe. Ich setze mich mit einer Tasse zu meiner Freundin ins Arbeitszimmer und beginne ein Gespräch. „Ich weiß ja nicht, was Du mit Eva machst, aber es tut ihr auf jeden Fall gut. So entspannt und glücklich hab' ich sie schon lange nicht gesehen. Und Dir scheint es auf jeden Fall auch Spaß zu machen." Andy lächelt mich an. „Bei uns läuft es seit unserer Versöhnung eben richtig gut." „Was meinte Eva denn beim Frühstück mit Dominanz, die Du ausstrahlst?" Andy wird etwas verlegen. „Ich hab' einen Strap-On und sie damit richtig rangenommen." *,Oops, da war ich jetzt aber neugierig'* „Ok, ich habe verstanden, das würde ich auch dominant nennen. Könnte mir vielleicht sogar gefallen. Ich hatte ja länger keinen Mann mehr."

Die Heimkehr von Eva beendet unser Gespräch und erinnert mich daran, dass ich die gravierten Schmuckstücke noch in meiner Handtasche habe. Ich händige Eva die Stücke aus, und Andy lässt sich die Gravuren zeigen. Eva bringt den Schmuck nach oben. Als sie zurück nach unten kommt, trägt sie eine transparente Bluse in schwarz, die freien Blick auf ihren Körper und den von mir angefertigten Weißgoldschmuck gewährt. Kurze Zeit später klingelt die Türglocke.

Ich blicke aus dem Fenster und sehe Jan vor der Haustür stehen. „Es ist der Vater Eurer Töchter", sage ich zu Eva und Andy. „Würdest Du ihm bitte öffnen?", fragt Andy mich. „Willst Du ihn hereinbitten, damit er Eva so sieht?", frage ich. „Gerade deshalb. Er soll sehen, was er durch seine

Affäre mit dem Model verspielt hat." Ich erhebe mich, öffne die Haustür und bitte Jan herein. Er betritt das Wohnzimmer, und als sein Blick auf Eva fällt, fürchte ich ernsthaft um seine Gesundheit, so starr bleibt er stehen. „Gefällt Dir, was Du siehst?" fragt Andy. Jan nickt. „Ich war ein Trottel, dass ich Euch betrogen habe. Ihr wart doch meine absoluten Traumfrauen." „Ja, Du warst auch einmal unser Traummann, doch Du hast es versaut, und jetzt bist Du abgemeldet." „Weshalb bist Du eigentlich hier?", will Eva wissen. „Ich wollte fragen, ob Ihr für meine Töchter Weihnachtswünsche habt." „Darüber müssten wir noch nachdenken, aber wir geben Dir rechtzeitig Bescheid." Jan verabschiedet sich von uns und verlässt das Haus.

KAPITEL 2

Freitag 20.11.2015

Lena erscheint mit ziemlichen Augenringen zum Frühstück. Als ich sie darauf anspreche, meint sie nur: „Dein Bruder war letzte Nacht wieder unersättlich. Aber ich habe es genossen." Kurz darauf erscheint Eva, ebenfalls von der Nacht gezeichnet. Sie schaut mich an und meint: „Nicht fragen, ich hatte eine ziemlich kurze Nacht." Im Gegensatz dazu sehen Andy und Jonas ziemlich frisch aus. Ich kann mir nicht verkneifen, die beiden anzusprechen. „Ihr könntet wirklich mal etwas Rücksicht auf Eure Mädels nehmen. Seht Euch mal an, wie die Ärmsten aussehen." Jonas protestiert energisch. „Frag die Beiden doch mal, wieso wir immer bis Mitternacht im Club bleiben müssen, um anschließend zu Hause noch sexuelle Höchstleistungen zu bringen." Das entrüstete Gesicht von Jonas bringt mich zum Lachen. Als Eva zugibt, sie und Lena hätten auf jeden Fall eine Mitschuld am Verlauf des Abends gehabt, und anbietet, ich könne ja am Abend mit ihnen in den Club kommen, erkläre ich mich spontan einverstanden.

Gegen acht Uhr verlasse ich frisch gestylt das Bad und ziehe mich an. Schwarzes Kleid mit tiefem Rückenausschnitt, darunter ein Slip aus schwarzer Spitze und eine schwarze Strumpfhose. Dazu Schuhe mit Plateausohlen und eine Lederjacke. Auf der Treppe treffe ich Eva in einem flammend heißen Outfit ebenfalls in schwarz. Transparente Bluse ohne BH, Minirock aus Leder bis zur Hälfte der Oberschenkel, halterlose Strümpfe, High Heels und eine Lederweste, die wenigstens einen Teil ihrer Brüste bedeckt. Den Kontrast bildet das Outfit von Lena, komplett in Rot, aber nicht minder heiß. Zehn Minuten später stoßen Andy und Jonas dazu. Andy pfeift durch die Zähne. „Wahnsinn, heute Abend gehen wir gleich mit drei Traumfrauen aus."

Auf dem Parkplatz des Clubs bekommen wir mit dem SUV gerade noch den letzten Parkplatz und machen uns auf zum Eingang, wo eine lange Schlange Menschen auf Einlass wartet. Lena spaziert an der Schlange vorbei nach vorne und winkt uns zu folgen. Einige Leute protestieren, aber wir erreichen unangefochten den Eingang, wo wir vom Türsteher durchgewinkt werden. „Wie hast Du das denn geschafft," frage ich meine Schwägerin. „Der Türsteher ist ein Fan der Raindreamer und auch ein Fan von mir", bekomme ich zur Antwort. „Außerdem hab' ich ihm zwei Tickets für die nächste Show geschenkt."

Wir geben unsere Jacken an der Garderobe ab und gehen durch zur Bar. Mein Bruder ordert die Drinks, und wir belegen einen Tisch in der Nähe der Tanzfläche. Kurz darauf nähert sich ein gut aussehender Schwarzhaariger und begrüßt Jonas mit High Five. Jonas stellt uns den Mann als Gerard vor, einen Musiker aus der Jazzcombo. Es ist offensichtlich, dass Jonas den Mann als Gesellschaft für mich organisiert hat. Er macht einen netten Eindruck und entspricht im Übrigen meinem Männergeschmack. Gerard begrüßt mich mit einem angenehm festen Händedruck, und ich nenne ihm meinen Vornamen. Da Eva und Andy bereits zu einem schönen alten Blues - nun nennen wir es mal - tanzen und Lena meinen Bruder gerade ebenfalls zur Tanzfläche zieht, habe ich die Gelegenheit, mir Gerard etwas genauer zu betrachten. Meine Frage, ob er Franzose sei, bejaht er, wobei er den fehlenden Akzent damit erklärt, dass er zweisprachig aufgewachsen sei. Eigentlich stamme er aus Dijon, aber derzeit bewohne er im Westen von Köln ein kleines Apartment in einem Altbau. Außerdem erfahre ich, dass er Bassgitarre und Bassgeige spielt. Gerard bittet mich auf die Tanzfläche. Ich lasse mich von ihm führen und empfinde es als angenehm, dass er mich nicht sofort eng an sich zieht, sondern es bei gelegentlichen, mehr oder weniger zufälligen, Berührungen belässt.

Eine Weile später verschwinden Eva, Lena und ich zur Toilette. Andy folgt uns in kurzem Abstand. „Wie findest Du ihn?", will Lena von mir wissen. „Ausgesprochen sympathisch." Lena erklärt mir, sie kenne Gerard von einigen Auftritten der Jazzcombo und er sei ein ausgesprochen netter und hilfsbereiter Musikerkollege. Andy geht schon wieder zurück und lässt uns drei Mädels noch ein wenig Zeit, um uns über unsere ,Kavaliere' auszutauschen.

Zurück an unserem Tisch werden wir schon sehnsüchtig erwartet. Jonas und Andy ziehen ihre Partnerinnen sofort wieder auf die Tanzfläche, und ich folge mit Gerard den beiden Paaren. Zu einem wunderschönen langsamen Musikstück bewegen wir uns auf der Tanzfläche, wobei ich mich dem Bassgeiger ein wenig annähere und kurze Zeit später Wange an Wange mit ihm tanze. Da er sich wie ein Gentleman verhält und mich in keiner Weise bedrängt, schmiege ich mich allmählich an ihn und genieße die Berührung dieses kräftigen Männerkörpers.

Als gegen elf Uhr Andy und Jonas zum Aufbruch mahnen, protestieren Eva und Lena ganz energisch. Auch der Hinweis auf das Jazzfrühstück am nächsten Morgen in einem Brauhaus kann Lena die Feierlaune nicht verderben. Ich kralle mir Eva und frage: „Ist das der übliche Ablauf? Jonas und Andy wollen nach Hause und ihr wollt unbedingt noch bis Mitternacht bleiben?" Eva nickt. „Schuldig Euer Ehren." Sie greift sich Jonas und zieht ihn auf die Tanzfläche, während Lena mit Andy geht. Gerard deutet auf Andy. „Mit wem ist Andy eigentlich zusammen? Ich blicke da nicht wirklich durch." Ich erkläre ihm, dass Andy eine Frau und mit Eva liiert ist, während Lena die Freundin meines Bruders sei. Als ich auf die Tanzfläche sehe, wo Andy gerade heftig mit Lena knutscht, während Jonas seine Hände auf dem Po von Eva liegen hat, muss ich gestehen, dass auch mir gerade der Durchblick verloren geht. Kurz darauf kommen die vier wieder an unseren Tisch. „Deine Freundin ist richtig scharf", sagt Jonas zu Andy. Eine Bemerkung, für die ich meinem Bruder umgehend einen Tritt gegen sein Schienbein verpasse, derweil Andy ihm versichert, seine Lena würde richtig gut knutschen.

Da Gerard und ich zu der Einsicht gelangen, dass es besser ist, den Heimweg anzutreten, bevor noch etwas passiert, was allen Beteiligten später leid tut, verfrachten wir die Vier - wenn auch mit einiger Mühe - in den SUV, und ich fahre die Gesellschaft nach Hause. Während mein Bruder nach wenigen Metern auf dem Beifahrersitz einschläft, amüsiert sich Andy im Fond des Wagens gleichzeitig mit

Eva und Lena, wobei letztere auf halber Strecke ebenfalls einschläft. Als ich zu Hause ankomme, schlafen inzwischen alle Vier, und ich bin Gerard dankbar, dass er mir mit seinem Wagen gefolgt ist und mir nun hilft, meinen Bruder und die drei Mädels ins Haus zu bringen. Ich mache mir die Sache einfach und starte zunächst meine Wiederbelebungsversuche mittels eines kalten Waschlappens bei Eva. Als meine Freundin langsam das Bewusstsein wiedererlangt und sich ins Bad verzieht, wecke ich mit der gleichen Methode Lena, die am nächsten Morgen sicherlich eine kosmetische Spezialbehandlung benötigt, um gegen halb zehn mit ihrer Geige im Brauhaus aufzutreten. Auch Lena begibt sich sofort ins Bad.

Da Andy derweil von alleine wach geworden ist und Gerard inzwischen Jonas wieder fit gemacht hat, ziehe ich eine Runde Kaffee aus dem Automaten und bringe zwei Tassen nach oben zu Eva und Lena. Während ich meinen Bruder hinüber in die Einliegerwohnung schicke und Andy sich reumütig bereiterklärt heute Nacht auf jegliche Spiele zu verzichten und auch Eva ihren Schlaf zu gönnen, lande ich selbst eine Stunde später mit Gerard in meinem Zimmer und in meinem Bett. Wir liegen noch eine ganze Weile wach, und doch wagt keiner von uns, den Anfang zu machen, und so schlafen wir schließlich aneinander gekuschelt ein.

Als ich früh am Morgen wach werde, ist es draußen noch dunkel. Gerard liegt zu mir gewandt und sieht mich an. Zärtlich streicht er mir über meine Wangen. Seine Lippen nähern sich den meinen, und er küsst mich sanft auf den Mund. Ich öffne meine Lippen, und unsere Zungen beginnen ein unschuldiges Spiel, das binnen Minuten zu einem leidenschaftlichen Zungenkuss wird, während ich meinen Körper an den seinen schmiege. Seine Hände streifen über meinen Rücken, und als sie meinem Po erreichen, komme ich ihm entgegen. Unser Liebesspiel wird intensiver, und ich spüre seine Erregung gegen meinen Bauch gepresst. Ich möchte ihn ermutigen, doch könnte jetzt das falsche Wort die wundervolle Stimmung zerstören, daher lasse ich meine Finger sprechen.

Langsam schiebe ich sein Unterhemd hoch und fühle die feste Muskulatur unter meinen Händen. Er umfasst meine Pobacken mit festem Griff und zieht mich an sich. Ich spüre das Pulsieren seines Geschlechtes an meinem Bauch und lasse meine Hand ganz langsam in seinen Slip gleiten, was er als Einladung versteht, es mir gleichzutun. Eine Minute später sind wir nackt, und ich reiche ihm ein Kondom. Gerard streift es über, dann zieht er mich auf sich. Ich spüre seine Eichel an meiner Pforte, recke mich ihr entgegen, umfasse seine Erektion mit meiner Hand und führe ihn in mich ein. *‚Ahhhh. Ich hatte schon so lange keinen Mann mehr in mir. Was habe ich dieses Gefühl vermisst. Mach mit mir alles, was Du willst.‘*

Ich stöhne leise vor Glück, als er beginnt, sich unter mir zu bewegen und vorsichtig tiefer dringt. Ich richte mich auf, setze mich auf ihn und pfähle mich, bis ich ganz ausgefüllt bin. *‚Den Ritt genießen. Nicht zu früh in Ekstase geraten. Dafür ist immer noch Zeit.‘* Er nimmt meinen Rhythmus auf und bringt mich zum Stöhnen. Kurz darauf rollt er mich herum, bis wir Nebeneinander liegen und uns ansehen können. Immer noch miteinander verbunden. Langsam bewegt er sich wieder in mir. *,Ich will ihn jetzt spüren, ich brauche es jetzt. Bitte nimm mich endlich.'* Er scheint meine Gedanken lesen zu können, denn er kommt jetzt über mich und nimmt mich mit kraftvollen tiefen Stößen, gleichsam zärtlich und wild. „Jaaaaa. Tu es. Nimm mich jetzt." *,Habe ich das wirklich laut ausgesprochen?'* Er erhöht das Tempo, dringt jetzt tiefer in mich, ringt mir erste kleine Lustschreie ab. Kurz darauf beschleunigt sich meine Atmung. Ich keuche, stöhne, schreie und erlebe seit langer Abstinenz meinen ersten Höhepunkt. Er bleibt in mir bis meine Spasmen abgeklungen sind, erst dann zieht er sich vorsichtig aus mir zurück, hält mich aber weiterhin fest umarmt.

Langsam komme ich wieder zu Atem. „Das hab' ich so vermisst", flüstere ich in sein Ohr. „Was meinst Du damit?" Ich sehe ihn an, blicke in seine dunklen, fast schwarzen Augen. „Du bist seit Jahren der erste Mann mit dem ich geschlafen habe. Bitte frag' jetzt nicht, wieso und warum. Glaub mir einfach, wenn ich Dir sage, dass es schön für mich war." Er sieht mir tief in meine Augen und scheint mich hypnotisieren zu wollen. Zärtlich küsst er meinen Mund und streicht mir über die Wange. „Vielleicht kannst Du es mir ja eines Tages erzählen. Den Zeitpunkt bestimmst Du. Ich würde Dich gerne wiedersehen, sonst hätte ich nicht mit Dir geschlafen. Ich stehe nicht so sehr auf One-Night-Stands. Aber jetzt muss ich ins Bad." Er steht auf und sieht mich an. „Bitte nicht weglaufen."

Samstag 21.11.2015

Als wir gegen halb neun in die Küche kommen, herrscht hier schon rege Betriebsamkeit. Offenbar haben alle ihren Rausch ausgeschlafen, und außer Eva scheint auch niemand einen Kater zu haben. Andy kümmert sich liebevoll um ihre Partnerin, und auch Lena und Jonas verbreiten ein Bild der Harmonie. Jonas blickt zu mir auf und sieht mich an. Sein Blick wechselt zu Gerard, und ich befürchte schon, dass jetzt eine längere Diskussion beginnt, denn offenbar ist Jonas nicht verborgen geblieben, dass zwischen dem Bassgeiger und mir eine zarte Bande geknüpft wurde. Ich trete zu Jonas und lege ihm meine Hände auf die Schultern. „Wie ich sehe, ist hier alles fit und in Ordnung."

Ich nehme ein Glas aus dem Schrank, löse ein Tütchen Aspirin Brausepulver in Wasser auf und stelle es neben die Kaffeetasse von Eva. „Für Deinen Kater." Eva trinkt das Glas aus und schaut mich dankbar an. „Tut uns leid wegen heute Nacht. Ich glaube, wir haben es diesmal übertrieben. Ab sofort gibt es keine Cocktails mehr, jedenfalls keine mit Alkohol." Lena hebt eine Hand. „Das gilt uneingeschränkt auch für mich." Ich sehe in die Runde. „Ihr könnt Euch bei Gerard bedanken, dass er geholfen hat, Euch reinzutragen, sonst hättet Ihr im Auto schlafen müssen, denn alleine hätte ich Euch nicht transportieren können. Vier dankbare Augenpaare richten sich auf den Bassgeiger. „Danke auch" erklingt es wie im Chor.

Nach dem Frühstück verabschiedet sich Gerard von uns. Ich begleite ihn noch nach draußen und küsse ihn zum Abschied. „Es war schön mit Dir, und selbst wenn wir uns nicht wiedersehen sollten, bereue ich nicht was heute morgen geschehen ist." Gerard nimmt mein Gesicht in beide Hände und sieht mir in die Augen. „Ich würde Dich gerne wiedersehen, denn Du hast bei mir Spuren hinterlassen." Er greift in die Tasche und reicht mir seine Visitenkarte. „Falls Du mal mit mir telefonieren möchtest. Wenn ich das Bedürfnis habe, bitte ich Jonas um Deine Telefonnummer." Lächelnd nehme ich mein iPhone in die Hand und wähle die Nummer auf der Visitenkarte." Sein Handy klingelt, und ich beende das Gespräch. „Jetzt hast Du auch meine Nummer und bist nicht auf die Gnade meines Bruders angewiesen." Ich küsse ihn sanft auf den Mund und gehe ins Haus."

Jonas kommt mir entgegen, empfängt mich mit offenen Armen und drückt mich an seine Heldenbrust. „Du hast mit ihm geschlafen." Ich erwidere seinen Blick. ,*Ein Lächeln. Keine Frage. Eine Feststellung. Kein Vorwurf.*' „Ja Bruderherz. Ich habe nach fast vier Jahren Abstinenz mal wieder mit einem Mann geschlafen, und es war sehr gut. Ich weiß nicht, ob ich ihn wiedersehen werde oder ob er mich wiedersehen will, aber es hat sich richtig angefühlt, und er war sehr behutsam mit mir. Danke, dass Du ihn mir vorgestellt hast."

Ich wende mich den anderen zu. „Und jetzt weiß ich doch wenigstens, woher die Augenringe und die Kopfschmerzen bei Euch kommen. Gestern habt Ihr Euch aber nochmal so richtig gesteigert. Und ich hatte Andy und Jonas verdächtigt, Euch mit Sex um den Schlaf gebracht zu haben." Ich zwinkere den Beiden zu. „Dabei waren es die wilden Mädels, die für ihre Augenringe selbst gesorgt haben." Eva und Lena legen ihre Hände aufs Herz. „Wir geloben Besserung. Zu Anfang ging es ja wirklich nur um Tanzen und Knutschen, aber als wir mit den Cocktails angefangen haben …" Ich winke ab und wende mich an Eva. „An Dich hätte ich eine Bitte. Wenn ich mich wirklich nochmals mit Gerard treffen sollte, könntest Du mir Dein Outfit von gestern ausleihen?" Eva lächelt amüsiert. „Das wirkt aber nur so richtig scharf, wenn man den Piercingschmuck zeigt." Ich lächle zurück. „Ich denk drüber nach Löwin."

Kurz darauf machen sich Lena und Jonas auf den Weg zu Marie, und Andy zieht sich ins Arbeitszimmer zurück. „Hattest Du wirklich vier Jahre lang keinen Sex?" Eva kann es kaum fassen. „Es ist mir in den vier Jahren kein Mann begegnet, der es wert gewesen wäre. Aber bei Gerard habe ich vom ersten Blick an eine gewisse Magie gespürt. Dazu kommt, dass er mich in keiner Weise bedrängt hat, selbst als wir schon zusammen im Bett lagen. Wir haben aneinander gekuschelt geschlafen und sind erst heute Morgen Zusammengekommen, wobei die Initiative sogar von mir ausging. Ein Mann mit einer solchen Selbstbeherrschung ist mir vorher noch nie begegnet." „Du schwärmst ja richtig, dabei hast Du sogar vergessen zu erwähnen, dass Gerard super aussieht. Wirst Du ihn wiedersehen?" „Er hat mir jedenfalls seine Visitenkarte gegeben und ich ihm meine Telefonnummer. Ich warte jetzt einfach mal ab, was sich ergibt."

Ich blicke meine Freundin mit ernster Miene an. „Haben Du und Lena schon öfter getauscht? Ich meine Andy hat heftig mit Lena geknutscht, und Du und mein Bruder konntet auch die Finger nicht voneinander lassen." Eva wird rot. „Waren wir wirklich so schlimm?" „Das nicht, aber ich werde trotzdem mal ein Wörtchen mit Lena und Jonas reden."

KAPITEL 3

Sonntag 22.11.2015

Das Wiedersehen ergibt sich schneller als gedacht. Während des Frühstücks fragt mich Lena, ob ich Lust hätte, zum heutigen Auftritt ins Brauhaus mitzukommen. Sie und Marie würden zusammen als Duo ‚Saite und Bogen' auftreten. Natürlich sage ich zu, denn das Zusammenspiel der beiden gefällt mir einfach, und ich gratuliere mir dazu, dass ich den Streit der beiden so schnell schlichten konnte. Also ziehen wir nach dem Frühstück zu dritt los. Jonas wurde heute morgen schon abgeholt, um beim Transport der Instrumente dabei zu sein. Zusammen mit Marie und Lena setze ich mich an den für die Musiker reservierten Tisch. Als die Jazzcombo die Bühne betritt und die Instrumente stimmt, fällt mein Blick spontan auf die Bassgeige, und siehe da, Gerard steht auf der Bühne und lächelt mir zu. Sofort steigt meine Stimmung, und ich drücke Lena die Hand. „Wusstest Du, dass er heute dabei ist?" Lena schüttelt den Kopf. „Nein, aber ich denke, mein Bruder wusste Bescheid. So kannst Du nochmal unverfänglich mit Gerard ins Gespräch kommen, ohne dass er denkt, Du wärest seinetwegen hier."

Ich muss warten, bis Lena und Marie als Duo ‚Saite und Bogen' die Bühne erklimmen und ihre Instrumente stimmen. Als die beiden ein Stück aus der Zauberflöte beginnen, setzt sich Gerard mir gegenüber, legt seine Hand auf meine und zwinkert mir zu. „Hallo schöne Frau. Bist Du öfter hier?" Ich lächle ihn an. „Du findest mich überall, wo die beiden als Duo auftreten. Ich bin ihr größter Fan." „Du magst Klassik?" „Auch, aber eigentlich mag ich alles, was die beiden spielen. Besonders die Crossover-Stücke haben es mir angetan."

Gerard streicht mir sanft mit zwei Fingern über die Wange. „Ich werde Dich vermissen." Ich schaue ihn fragend an. „Wie das?" „Ich habe die nächsten drei Wochen mit einer Jazzcombo fast jeden Abend Auftritte in Lyon. Da kann ich auch nicht zwischendurch nach Köln kommen. Aber am 14. Dezember abends bin ich wieder zurück. Darf ich mich dann bei Dir melden?" Ich lege einen Finger auf sein Kinn. „Du musst doch nicht um Erlaubnis fragen. Ich würde mich freuen, wenn Du Dich meldest und noch mehr Dich zu sehen." Lena und Marie kehren an den Tisch zurück, und Gerard muss zurück auf die Bühne. Er verabschiedet sich - ganz Kavalier - mit einem zärtlichen Kuss auf meine Handinnenfläche. „Seht Ihr Euch wieder?" fragt Lena. „Ich denke ja. Aber es wird frühestens Mitte Dezember sein, denn er ist einige Zeit in Frankreich."

Kaum ist das Konzert vorüber, tritt Gerard wieder an meinen Tisch. „Ich möchte mich noch von Dir verabschieden." Ich sehe ihn mit trauriger Miene an. „Musst Du wirklich schon los? Ich dachte Du hättest wenigstens heute noch etwas Zeit für mich." Er sieht mir in die Augen. „Nicht traurig sein. Ich muss mit meinem Auto gegen neun Uhr starten, also könnten wir heute noch etwas unternehmen, vielleicht irgendwo etwas Essen gehen." Ich nehme seine Hand und sage leise: „Ich wäre gerne noch mit Dir alleine. Wenn Du verstehst, was ich meine." *Oh ja. Und ob er versteht, was ich meine.'* Ich knabbere verlegen an meiner Unterlippe. *,Hoffentlich werde ich jetzt nicht rot. Ich doch nicht, oder?'* Natürlich spüre ich, wie sich das Blut in meinen Wangen sammelt. Gerard geht mit einem Lächeln darüber hinweg. „Ich freue mich, dass Du das sagst. Ich wünsche mir nichts mehr als mit Dir Zeit zu verbringen. Ich hätte nur nie gewagt, es vorzuschlagen." Ich erhebe mich und nehme seine Hand. „Lass uns schnell hier verschwinden. Zu mir oder zu Dir?" „Also ich habe nur ein kleines Apartment, aber dort wären wir ungestört."

Gerard packt sein Instrument zusammen, wir gehen zu seinem Wagen, einem alten verbeulten Kombi, und er verstaut die Bassgeige im Laderaum. Ich steige auf der Beifahrerseite ein, und Gerard fährt los. Unterwegs schreibe ich Lena eine SMS, danach schalte ich das iPhone auf Flugmodus. *,Niemand soll jetzt mehr dazwischenfunken.'* Eine halbe Stunde später biegt Gerard in eine kleine Seitenstraße ein und parkt den Kombi unter einer Laterne. Mit der Bassgeige auf dem Rücken führt er mich in den zweiten Stock eines Altbaus und öffnet mir die Tür zu seinem Reich.

Der Raum ist verhältnismäßig groß und verfügt über ein nachträglich eingebautes Bad. Gerard zeigt mir die kleine Kochnische und führt mich in den kombinierten Schlaf-/Wohnbereich, den er geschickt mit Schränken und einer Spanischen Wand abgeteilt hat. Er schließt die Jalousien zur Hälfte und dämpft das Licht zu einem warmen Schimmern, bevor er mich in seine Arme schließt und küsst. Unsere Münder behalten Kontakt, während wir uns gegenseitig unserer Kleider entledigen. Nackt springe ich an ihm hoch und schlinge meine Arme um seinen Hals und die Beine um seine Hüften. Seine Hände greifen unter meinen Po und halten mich. Er trägt mich zu seinem Esstisch, setzt mich auf der Tischplatte ab, legt ein Kondom an, dringt in mich ein, hebt mich wieder hoch, und ich genieße das wundervolle Gefühl auf seiner Erektion aufgespießt zu sein. Langsam beginnt er, sich in mir zu bewegen. Er trägt mich zu der Wand neben dem Bett und drückt meinen Rücken dagegen. „Jetzt kannst Du mir nicht mehr entkommen", verkündet er mit Genugtuung in der Stimme. Ich ergebe mich und lasse mich von seinen Stößen zum Gipfel tragen, bis er mich mit einem letzten harten Stoß zum Fliegen bringt und ihm meine Orgasmusschreie in den Ohren gellen.

Montag 23.11.2015

Wir stehen gegen sechs Uhr auf, und Gerard lässt mir den Vortritt im Bad. Nachdem ich geduscht und mich an seinem Deospray bedient habe, gehe ich rüber in den Schlafbereich und ziehe mich an. Während die Kaffeemaschine mit leisen Seufzern das Ende des Brühvorgangs ankündigt, öffne ich den Kühlschrank und lege Brot, Butter und Käse auf den Tisch. Gerard kommt hinzu und kramt aus einem Schrankfach noch Marmelade und Nutella hervor. Ich stelle zwei Teller und Tassen bereit, derweil er Messer neben die Teller legt. Der Kaffee ist heiß, stark - wie es sich bei einem Franzosen gehört - und weckt meine Lebensgeister. *Das ist für mich eine Premiere. Ich habe am Morgen danach noch nie bei einem Mann gefrühstückt.* Wir essen schnell und gönnen uns noch einen Kaffee danach. Zufrieden stelle ich fest, dass Gerard offenbar

Nichtraucher ist. Während er sein Gepäck zusammenstellt und sich fertig anzieht, spüle ich die wenigen Teile und räume sie weg. Gemeinsam gehen wir hinunter zu seinem Kombi.

Als ich mich mit einem zärtlichen Kuss von ihm verabschieden will, bedeutet er mir, in sein Auto einzusteigen. „Habe ich auf Dich so einen schlechten Eindruck gemacht, dass Du glaubst, ich lasse Dich jetzt hier auf der Straße stehen?" Ich steige ein, und er startet den Wagen. „Ich bringe Dich auf jeden Fall nach Hause, damit Du mit Deinem Wagen zur Arbeit fahren kannst. Widerspruch ist zwecklos Chéri." Ich gebe mich geschlagen. „Merci Gerard." Er fährt zügig, und wir schaffen es, mein Zuhause mit reichlich Zeitreserve für meine Fahrt zur Arbeit zu erreichen. Gerard legt seinen Arm um mich, beugt sich zu mir herüber und küsst mich zärtlich. Lange blickt er mich aus seinen dunklen Augen an. „Es macht mich traurig, dass ich Dich so kurz nachdem wir uns getroffen haben, allein lassen muss, aber ich komme zu Dir zurück. Ich melde mich bei Dir, wenn ich angekommen bin." Ich steige aus, er startet seinen Wagen, und ich schaue ihm hinterher, bis er am Ende der Straße abbiegt.

Kaum habe ich die Haustür hinter mir geschlossen, werde ich auch schon mit Fragen bestürmt. „Wieso gehst Du nicht an Dein Handy? Wir haben uns Sorgen um Dich gemacht. Wo hast Du denn geschlafen? Wir dachten, Dir wäre etwas passiert." Lachend wehre ich Andy und Eva ab. „Mädels ich hatte eine richtig gute Zeit. Ich hab' Lena doch eine SMS geschickt. Oops …, und ich habe mein Handy in den Flugmodus geschaltet." Ich nehme das iPhone in die Hand und schalte es auf

Normalbetrieb. Pling, pling, pling, …. Eine SMS nach der anderen trudelt ein. „Sorry Mädels. Hatte ich glatt vergessen. Hat Lena denn nicht Bescheid gesagt?" „Doch, hat sie. Allerdings erst vor einer halben Stunde." Ich schiebe betrübt meine Unterlippe vor. „Ich hatte so eine schöne Zeit und hab' gedacht, Ihr freut Euch jetzt mit mir. Ich hab' das erste Mal in meinem Leben bei einem Mann gefrühstückt, nachdem ich mit ihm die Nacht verbracht habe." Eva nimmt mich in den Arm und drückt mich liebevoll. „Aber das ist ja phantastisch. Das haben wir Dir so gewünscht. Du warst vor kurzem so traurig." Lächelnd sehe ich Eva an. „Und Du hast mir prophezeit, dass es da draußen auch für mich einen Mann gibt. Dabei hatte ich den Glauben daran schon aufgegeben." „Und wo ist Dein Traummann jetzt?" „Er hat die nächsten drei Wochen ein Engagement mit einer Jazzcombo in Lyon, will aber Mitte Dezember zurück sein. Wir wollen Weihnachten zusammen feiern."

Am Abend warte ich sehnsüchtig auf ein Lebenszeichen von Gerard. Endlich gegen neun Uhr klingelt mein Telefon. „Paulsen." Ich höre nur lautes hektisches Atmen. „Gerard? Bist Du am Apparat?" Ein leises Lachen kommt aus dem Hörer. „Hallo Anna. Ich hatte schon gedacht, ich hätte mich verwählt. Jetzt weiß ich aber auch Deinen Nachnamen." „Gut, dass Du mich darauf aufmerksam machst. Ich werde Deinen Namen gleich mal auf Deiner Visitenkarte nachlesen. Wie geht es Dir?" „Schlecht, weil ich Dich in Köln zurücklassen musste. Ich vermisse Dich jetzt schon." „Ich Dich doch auch. Ich wäre auch gerne mit Dir gefahren, aber bei uns beginnt jetzt die Hauptsaison. Ach ja, ich bin übrigens

Goldschmiedin und fertige zum Ende des Jahres sehr viele Weihnachtsgeschenke an." „Da hast Du ja auch einen kreativen Beruf. Sogar kreativer als ich, denn ich spiele ja nur, was andere Leute komponiert haben; außer vielleicht beim Jazz, da können wir sehr viel frei improvisieren. Ich muss aber jetzt auflegen, denn ich treffe mich morgen sehr früh mit den Kollegen von der Combo. Adieu mein Schatz. Je t'aime. Ich liebe Dich." „Ich Dich auch Chéri."

KAPITEL 4

Mittwoch 25.11.2015

Da ich die letzten beiden Tage in der Werkstatt sehr fleißig war und unter anderem auch das Geschenk von Karin an Lena fertiggestellt habe, gönne ich mir heute mal eine Auszeit. Nachdem ich mit den Mädels und meinem Bruder gefrühstückt habe, mache ich mich auf den Weg zu Karin und lege ihr den von mir gestalteten Anhänger vor. Karin ist begeistert. „Das hast Du ganz toll gemacht und ich bekomme auch noch so eine schöne Goldkette dazu." „Ich hab' Vanessa gesagt, wenn schon eine Goldkette, dann auch etwas richtig Stabiles. Wäre ja noch schöner, wenn Lena den Anhänger wegen einer gerissenen Halskette verlieren würde." Karin lächelt mich an. „Und bei Dir gibt es auch gute Neuigkeiten?" „Ja, ich habe vor ein paar Tagen einen Mann kennengelernt, der mir richtig gut gefällt und der auch sehr charmant und liebevoll ist. Daraus könnte etwas werden. Derzeit hat er allerdings ein Engagement in Frankreich." Wir plaudern noch eine ganze Weile über alles Mögliche, schließlich verabschiede ich mich, denn ich habe Lust, mal wieder nur so durch die Stadt zu bummeln.

Gegen Mittag esse ich in einem kleinen italienischen Restaurant in der Altstadt. Es kann zwar nicht mit dem Gamberino konkurrieren, aber die Penne mit Lachs sind wirklich köstlich. Als ich das Lokal verlasse, läuft mir meine Schwägerin über den Weg. „Hallo Lena. Machst Du auch einen Stadtbummel?" Lena schaut verdutzt. „Mit Dir hätt' ich ja hier am wenigsten gerechnet. Musst Du nicht arbeiten?" Ich hake mich bei ihr unter. „Ich habe noch so viel Resturlaub, da gönne ich mir heute mal eine kleine Auszeit. Und wohin bist Du unterwegs?" Lena sieht sich um, legt ihren Zeigefinger auf die Lippen und flüstert: „Pscht. Ich wollte schon mal nach einem Weihnachtsgeschenk für Jonas schauen." Ich muss unwillkürlich lachen. „Und deswegen flüsterst Du?" „Ja. Mein Ex, also Carsten, der Vater von Carsten Junior, hatte das Talent mich immer, wenn ich ein Geschenk für ihn kaufen wollte, zu erwischen. Das soll mir mit Jonas nicht passieren. Da hast Du es übrigens einfacher. Du stellst Deine Geschenke ja meistens selbst her." Wir bummeln etwa eine Stunde gemeinsam durch die Fußgängerzone und mehrere Kaufhäuser, kaufen auch einige nette Kleinigkeiten für die Kinder, doch ein Geschenk für Jonas findet Lena noch nicht.

Als wir gegen sieben Uhr nach Hause kommen, sitzen Andy, Eva und Jonas schon beim Abendessen. Während Lena und ich kurz das Bad aufsuchen, füllt Eva unsere Teller. Der von Andy gekochte Nudelauflauf ist köstlich, und wir lassen uns noch eine zweite Portion schmecken. Nach dem Essen bringen Eva und ich die Mädchen ins Bett, während Jonas sich mit Carsten zurückzieht und ihm noch ein Schlaflied singt. „Hast Du noch was von Deinem Franzosen gehört?" fragt Eva. „Er hat mir eine ganz süße Mail mit einem Foto von sich geschickt." Ich zücke mein Handy und schicke Gerard eine SMS [Gerard ich liebe Dich – Anna].

Donnerstag 26.11.2015

Als ich nach dem Aufstehen mein Handy checke, habe ich schon eine Mail. Aufgeregt wie ein Teenager öffne ich mein Postfach und lese die Zeilen, die Gerard mir gestern Abend noch geschrieben hat. Hat sich bei mir in jungen Jahren alles nur um Sex gedreht, so erlebe ich jetzt zum ersten Mal das Gefühl, geliebt zu werden. Ich eile hinunter in die Küche, denn ich habe das Gefühl, aller Welt mitteilen zu müssen, wie glücklich ich im Moment bin. „Eva, er hat mir schon wieder geschrieben. Mir scheint, er hat sich wirklich auch in mich verliebt. Oh, Du musst mir ganz fest die Daumen drücken, dass es nicht nur ein schöner Traum bleibt."

Eva nimmt mich in den Arm, streicht mir über die Wange und sieht mir in die Augen. „Süße, ich habe Dir doch gesagt, auch für Dich ist jemand da draußen. Du musstest ihm nur begegnen." Andy kommt herein, sieht uns und fragt lachend: „Muss ich mir Sorgen machen?" Eva gibt mir demonstrativ einen Kuss auf den Mund und dreht sich zu Andy. „Möchtest Du Dir denn Sorgen machen meine Geliebte?" Andy kommt näher, gibt Eva einen Klaps auf den Po und zieht sie in ihre Arme. „Du bist ganz schön frech. Dein Glück, dass ich genau das an Dir liebe." Sie drückt ihre Lippen auf Evas Mund und gibt ihr einen leidenschaftlichen Kuss. Ich wende mich zum Kaffeeautomaten und ziehe mir eine Latte Macchiato. Das Geräusch der Maschine weckt meine Freundinnen aus ihrer Umarmung, und gemeinsam decken sie weiter den Tisch, während ich den beiden zwei Tassen Cappuccino serviere.

Nach dem Frühstück verabschiedet sich Eva, denn sie hat in einem ihrer Häuser einen Handwerkertermin. Als ich mit Andy alleine bin, fragt sie mich: „Hättest Du eine Idee, was ich meiner Liebsten zu Weihnachten schenken könnte?" „Was hältst Du denn von einer Halskette mit Anhänger. Ich dachte, sie würde sich vielleicht über ein Herz mit einem kleinen Edelstein - vielleicht einem Smaragd - freuen. Ich könnte auch gerne Deinen Namen eingravieren. Ein Gag wäre natürlich auch ein Halsreif, der einen Schnappverschluss besitzt und den man nur mit dem Stift, den Du schon um Deinen Hals trägst, öffnen kann. Auch da könnte man einen kleinen Smaragd einsetzen und etwas eingravieren." Ich sehe Andy an, dass ihr beide Vorschläge gefallen. Sie überlegt einen Moment, dann ist ihre Entscheidung gefallen. „Egal. Mach einfach beides. Ich habe dieses Jahr sehr gut verdient und kann es mir leisten. Hauptsache Eva freut sich über ihre Geschenke." „Ok. Ich rechne mal aus, was es Dich kosten würde."

In der Werkstatt werde ich von Vanessa schon erwartet. „Ich habe hier einen Auftrag über einen breiten Armreif mit Gravur, könntest Du den übernehmen? Ich brauche für Gravuren zu viel Zeit." „Kein Problem, gib mir einfach den fertigen Armreif, ich übernehme die Gravur." Vanessa legt mir die Zeichnung eines floralen Musters vor. „Das wäre das zu gravierende Muster." Ich werfe einen Blick auf die Vorlage und nicke. „Viel Arbeit, aber machbar." Vanessa wirft mir einen dankbaren Blick zu und fragt: „Wie kann ich mich bei Dir revanchieren?" „Bestell mir bitte einen der Halsreifen mit Spezialverschluss." „Du meinst so einen Sklavenhalsreif?" Ich nicke zur Bestätigung.

„Ich werde den Halsschmuck ein wenig pimpen. Eine Gravur, ein wenig Gold und zwei kleine Smaragde." Vanessa lacht. „Das ist wohl für Deine Freundin mit dem Piercingschmuck. Okay, ich bestell' Dir das Ding." Ich wechsele hinüber in meine Werkstatt und mache mir eine Skizze, wie der Herzanhänger für Eva aussehen soll, danach beende ich eine am Dienstag begonnene Arbeit und informiere den Kunden mit, dass seine Bestellung zur Abholung bereitliegt. Der Rest des Tages vergeht mit Routinearbeiten.

Freitag 27.11.2015
Gerard hat mich gefragt, ob ich Lust hätte, einige Tage nach Lyon zu kommen. Ich musste ihm leider absagen, denn obwohl ich sehr große Sehnsucht nach ihm habe, kann ich den Rest des Jahres keinen Urlaub mehr nehmen, da für unsere Manufaktur jetzt die heiße Phase des Weihnachtsgeschäftes beginnt.

Im Laden liegt, wie erwartet, der Armreif auf meinem Arbeitstisch und will graviert werden. Außerdem ist allerdings auch schon der Halsreif geliefert worden. Als ich Vanessa darauf anspreche, gesteht sie mir, den Halsreif am Abend vorher noch beim Lieferanten abgeholt zu haben. Ich danke ihr und mache mich an die Arbeit. Die Gravur des Armreifes erfordert meine volle Konzentration und dauert fast den ganzen Vormittag, da das florale Muster ungewöhnlich komplex ist. Als die Arbeit endlich beendet ist, bringe ich das Stück sofort zu Vanessa. „Du kannst den Kunden anrufen. Sein Geschenk ist fertig."

Vanessa begutachtet die Gravur und strahlt mich an. „Du bist doch die Beste. Ich danke Dir nochmal." Zurück an meinem Arbeitstisch nehme ich Evas Halsreif in Angriff. Zunächst entferne ich den Edelstahlring und vergolde ihn. Vorsichtig bohre ich zwei kleine Vertiefungen, in die ich später die Edelsteine einkleben will. Ich spanne den Halsreif ein und graviere ‚ANDREA & EVA' in die Vorderseite. Nachdem ich in die Schrift Gold eingearbeitet habe, klebe ich die beiden Smaragde in die Vertiefungen und setze den vergoldeten Ring ein. Ich lege den Schmuck probehalber an und betrachte mich im Spiegel. Wenige Augenblicke später höre ich im Verkaufsraum die Stimme von Eva. „Ist Anna zu sprechen?"

Panik macht sich bei mir breit. Ich greife nach dem Schlüsselstift und muss mit ansehen, wie er über den Rand des Arbeitstisches rollt und unter dem Tisch verschwindet. In höchster Not verschwinde ich in der Toilette. Eine Minute später höre ich Vanessa im Waschraum. „Anna, bist Du hier?" Mit gedämpfter Lautstärke erkläre ich ihr die Situation und bitte sie, mir das passende Werkzeug zu bringen. Zwei Minuten später bin ich befreit und trete hinaus in den Verkaufsraum, wo Eva auf mich wartet.

„Sorry, dass Du warten musstest, aber ich war auf der Toilette." Meine Freundin lächelt. „Kein Problem, ich hab Zeit. Ich wollte ein Weihnachtsgeschenk für Andy bei Dir bestellen. Vanessa strahlt Eva an. „Du bekommst als gute Kundin natürlich die üblichen Prozente." Eine halbe Stunde später haben wir uns auf wunderschöne Ohrstecker mit Diamanten und einen Brillantring geeinigt, und Eva verlässt zufrieden den Laden. „Puh, das war knapp", sage ich zu Vanessa. „Vielen Dank nochmal für die Hilfe." Vanessa kommt mit in meinen Arbeitsraum und hilft mir, den Stift zu bergen. Sie legt sich den Halsreif an und betrachtet sich im Spiegel. „Sieht richtig edel aus das Teil. Ich denke, dass würde meinem Mann auch an mir gefallen." Ich nehme ihr den Schmuck wieder ab. „Und was soll ich in den Reif eingravieren?" Vanessa lacht. „Ehesklavin würde passen."

KAPITEL 5

Sonntag 29.11.2015
Da ich auch gestern - am Samstag - erst im Dunkeln nach Hause gekommen bin, freue ich mich besonders darauf, heute ausschlafen zu können. Ich hatte gestern Abend noch ein längeres Gespräch mit Gerard, in dem wir uns gegenseitig versichert haben, dass es uns mit einer festen Beziehung ernst ist. Wir kennen uns zwar erst wenige Tage, aber ich bin wild entschlossen, mit diesem Mann zusammen zu bleiben.

Als ich gegen zehn Uhr nach unten gehe, ist das Haus leer. Ich brate mir zwei Eier und etwas Speck, dazu zwei Scheiben Toast und trinke mehrere Tassen heißen schwarzen Kaffee. Als ich den Tisch abräume, kommen Andy und Eva mit ihren Töchtern vom Morgenspaziergang zurück. Während Eva die Mädchen versorgt, um sie danach in das Laufgitter zu setzen, zeige ich Andy die Fotos, die ich am Freitag mit dem Handy gemacht habe, als Vanessa den Halsreif trug. „Das sieht absolut geil aus", ist der Kommentar meiner Freundin. Ich erkläre ihr, dass der Anhänger mit drei Smaragden und den dazugehörigen Gravuren etwas teurer würde und ich deshalb den Halsreif als mein Geschenk für Eva nehmen wolle. „Kommt überhaupt nicht in Frage …"

Andy unterbricht sich, als Eva mit den Mädchen die Küche betritt. „Was kommt nicht in Frage?" will Eva wissen. Andy schaltet schnell. „Anna will heute Abend Babysitten, damit wir ausgehen können." „Das kommt wirklich nicht in Frage", bestätigt Eva. „Du hast im Moment genug Stress, da musst Du nicht zusätzlich noch die kleinen Raubtiere bespaßen."

Als Eva vorschlägt, bei Massimo zu essen, lehne ich dankend ab, denn ich würde heute lieber faul auf der Couch verbringen und früh schlafen gehen. Daher ruft Andy bei Sophia an und lässt Essen zu uns nach Hause liefern. Kurz vor Mittag klingelt es an der Haustür, doch statt des erwarteten Essen steht ein Bote mit einem Strauß Rosen vor der Tür. Ich nehme den Strauß entgegen und gebe dem jungen Mann ein Trinkgeld. Auf der beiliegenden Karte lese ich: ‚Für die Frau meiner Träume. In Liebe Gerard.' Beim Anblick der Rosen verzieht Andy anerkennend das Gesicht. „Wow. Mit dem Mann hast Du aber einen Volltreffer gelandet. Den solltest Du Dir warmhalten." Ich versorge die Blumen und stecke das Kärtchen in meine Handtasche. Anschließend wähle ich Gerards Nummer. Als der Anrufbeantworter sich meldet, lege ich auf und bedanke mich per SMS. Kurz darauf bringt Sophia unser Mittagessen.

Eigentlich hatte ich vor, gegen acht Uhr ins Bett zu gehen, doch um sieben bin ich so platt, dass ich mich von meinen Freundinnen verabschiede, mein Handy stumm schalte und ins Bett gehe. Nach wenigen Minuten bin ich eingeschlafen.

Montag 30.11.2015
Die Weihnachtsmärkte sind in vollem Gange. Wie schon im Vorjahr hat auch diesmal Svenja die Aufgabe übernommen, unseren Stand auf dem Weihnachtsmarkt zu organisieren, und ist daher

jeden Vormittag mit der Einweisung und Versorgung der Studentinnen beschäftigt, die von uns angefertigte preiswerte kleine Geschenke verkaufen und gleichzeitig Geschäftskärtchen verteilen. Das hat uns im letzten Jahr viele Kunden in unseren Laden gebracht und funktioniert auch dieses Jahr schon wieder. Vanessa und ich haben daher etliche Aufträge von Svenja übernommen, was für uns bedeutet, dass wir auch mehr als die vorgesehenen acht Stunden am Tag arbeiten.

Da ich heute noch bis neunzehn Uhr arbeiten will, freue ich mich unglaublich, dass Andy mich per SMS informiert, man würde mit dem Essen auf mich warten. Ich möge nur kurz Bescheid geben, wenn ich mich auf den Heimweg mache. Bei meinem Eintreffen zu Hause empfängt mich Eva bereits in der Haustür mit einer herzlichen Umarmung. Als wir uns den von Andy gekochten Nudelauflauf schmecken lassen, spricht Eva mich an. „Süße, wir haben ein ganz schlechtes Gewissen, dass wir Dich mit Aufträgen belasten, die Dir nichts einbringen und die Du daher neben Deiner normalen Arbeitszeit erledigst. Wir können verstehen, dass Du von Freundinnen und Freunden kein Geld nehmen willst, aber wir würden Dir gerne - abseits vom Geschäftlichen - eine Freude machen, da sind auch Karin und Lena inbegriffen."

Ich bin gerührt, dass sich die Vier offenbar sehr viel Gedanken über mich gemacht haben. „Das finde ich ganz toll von Euch. Mir kommt auch spontan eine Idee womit ihr mir eine Freude machen könntet. Ich wünsche mir so ein Kleid in der Art wie Lena und Andy und auch Du liebe Eva es haben, am liebsten in einem kräftigen Rot." Eva überlegt einen Moment, bevor sie fragt: „Bist Du nach dem Essen noch fit genug, mit zu Karin zu kommen, damit sie bei Dir Maß nehmen kann?" Ich lege mein schönstes Lächeln in mein Gesicht. „Aber sicher doch liebste Löwin." Eva kichert leise und dreht sich zu Andy. „Was hab' ich Dir gesagt Liebste?" Widerstrebend gibt diese zu: „Du warst sicher, dass Anna noch fit ist, und hast mit Karin schon besprochen, wir kämen noch vorbei."

Ich bin verblüfft. „Wieso hast Du mit Karin schon einen Termin gemacht? Du wusstest doch gar nicht, was ich mir wünsche." Eva legt mir eine Hand auf meinen Arm. „Du hast immer, wenn eine von uns ein Kleid bekommen hat oder es angezogen hat, so einen sehnsuchtsvollen Blick bekommen, daher hätte ich mein Cabrio darauf verwettet, dass Du Dir ein Kleid wünschst." Ich grinse sie an. „Das Cabrio hätte mir auch gefallen. Können wir doch noch darum wetten?"

Als wir kurz darauf zur Garage gehen, drückt Eva mir ihren Autoschlüssel in die Hand. „Zur Feier des Tages darfst Du mein Auto wenigstens mal fahren." Es macht Spaß, das schnittige BMW-Cabrio wenigstens einmal zu fahren, und ich genieße die Fahrt zu Karin mit offenem Fenster. Ich wäre ja am liebsten mit offenem Dach gefahren, aber immerhin ist es schon Ende November, und selbst an einem so angenehmen Tag wie heute ist es dafür zu kalt.

Karin begrüßt uns herzlich als wären wir ihre Töchter und kommt ohne große Vorrede sofort zur Sache. „Zieh Dich zum Maßnehmen bitte aus." Eine halbe Stunde später sind wir fertig, und Karin hat schon eine Vorstellung, wie mein Kleid aussehen könnte. Nachdem ich den Wagen unversehrt wieder in der Garage untergebracht habe, gehen Eva und ich Arm in Arm ins Haus, ich verabschiede mich und gehe Richtung Bett.

Dienstag 01.12.2015

‚Es sind noch zwei Wochen, bis Gerard zurückkommt' ist mein erster Gedanke am nächsten Morgen. Als ich mein iPhone nehme, funktioniert mein Passwort nicht. Auch der zweite Versuch schlägt fehl. Ein kurzer Blick auf die Rückseite klärt mein Problem. Da die Gravur fehlt, muss dieses Smartphone Eva gehören. Ich öffne die Tür zum Schlafzimmer meiner Freundinnen und erstarre. Ich habe die beiden mitten im Liebesspiel überrascht. Andy fasst sich als Erste. „Hi Anna, komm rein, spiel mit." Ich winke ab. „Lass mal, ist nicht so wichtig ich …" Eva greift auf ihre Nachtkonsole. „Du möchtest sicher Dein Handy haben. Ich hab' mich gestern Abend schon gefragt, wieso mein iPhone plötzlich eine Gravur trägt. Da hast Du aber schon so schön geschlafen." Ich gehe zu ihr, und wir tauschen die Geräte.

Gerard hat mir zwei Mitteilungen geschrieben. Erstens hat er geschrieben, wie sehr er mich liebt, aber viel schöner ist die zweite Mail. „Ich bin am 14. Dezember schon am Morgen in Köln. Ich verzichte auf die übliche Feier am Ende eines Engagements und fahre sofort nach dem Konzert los. Keine Sorge, ich werde vorsichtig fahren, und wenn es mit dem Wetter kritisch wird übernachte ich auch unterwegs. Aber ich möchte Dich so früh wie möglich wieder in meine Arme schließen. Dein Gerard." Ich könnte die ganze Welt umarmen, doch stattdessen umarme ich erst einmal Andy,

Eva und Lena. „Er vermisst mich genauso sehr wie ich ihn. Ist das nicht wundervoll?"

Die Arbeit geht mir an diesem Morgen so flott von der Hand, dass ich gegen elf Uhr zu Vanessa gehe und frage, ob sie noch weitere Aufträge für mich hat. „Wieso bist Du denn schon mit den Aufträgen von Svenja durch?", will sie wissen. „Und wieso strahlst Du die ganze Zeit wie ein Honigkuchenpferd." Ich erzähle ihr von der wundervollen Mail, die ich von meinem Verehrer bekommen habe, und wie glücklich ich bin, diesmal Weihnachten mit einem Mann verbringen zu können. Vanessa nimmt mich in den Arm. „Das hast Du Dir aber auch verdient Anna. So liebevoll, wie Du Dich um Deine Freundinnen kümmerst." Sie geht mit mir zu Svenjas Arbeitsplatz und gibt mir noch zwei offene Aufträge. „Das müsste für heute reichen. Wenn Du die beiden Stücke fertig hast, machst Du Feierabend." „Aber ich kann …" Vanessa unterbricht mich. „Du wirst Deiner Chefin doch nicht widersprechen wollen. Mach die zwei Schmuckstücke fertig und ab mit Dir." Ich salutiere lachend. „Yes Madam, yes Sir."

Gegen fünf Uhr verlasse ich meinen Arbeitsplatz, verabschiede mich von Svenja und Vanessa und fahre nach Hause, wo man über mein Auftauchen zwar ziemlich erstaunt ist, aber spontan beschließt, heute Abend auswärts zu essen. Also sitzen wir um halb sieben im Gamberino und genießen Pasta und Fisch. Als wir gegen neun Uhr nach Hause kommen, verabschiede ich mich von meinen Freundinnen, schreibe Gerard einen Liebesgruß und lege mich schlafen, denn ich muss morgen wieder fit sein.

Freitag 04.12.2015

Heute ist der Geburtstag von Carsten Junior. Ein Jahr wird der Wonneproppen, den wir inzwischen alle in unser Herz geschlossen haben. Er ist zwar nominell nur Lenas Sohn, aber für Jonas und mich ist er inzwischen ein festes Mitglied unserer Familie geworden. Logischerweise hat Lena die Oma des Kleinen zum Frühstück eingeladen, und Jonas hat sie in aller Frühe zu Hause abgeholt.

Schon beim Frühstück bringen wir Carsten ein Ständchen. Wenn er auch mit dem Text von Happy Birthday nichts anfangen kann, so habe ich doch das Gefühl, dass ihm unser Gesang gefällt, denn er strahlt uns mit seinem schönsten Lächeln an. Dafür freut er sich riesig über den Plüschbären, welchen Jonas und ich ihm gekauft haben. Lena nimmt die weiteren Geschenke entgegen, die im Wesentlichen aus Kleidung für das zweite Lebensjahr bestehen, und einigen wenigen Spielzeugen, denn Rasseln und Co waren schon vor dem heutigen Tag reichlich vertreten.

Da ich Vanessa über unsere kleine Familienfeier informiert habe, brauche ich heute erst gegen 10 Uhr anzufangen, somit können wir in aller Ruhe frühstücken. Kurz nach neun verabschiede ich mich von allen, steige in meinen Mini und fahre einem weiteren anstrengenden Arbeitstag entgegen.

KAPITEL 6

Samstag 05.12.2015

Die letzten Tage waren zwar anstrengend, aber auch erfolgreich. Wenn es mit Aufträgen für unsere kleine Manufaktur so weitergeht, wird 2015 ein Rekordjahr. Wir haben nicht nur unglaublich viele Aufträge vorliegen, unsere Kunden kommen auch prompt, um die fertige Ware abzuholen und - wichtig - zu bezahlen. Vanessa hat schon angekündigt, dass es für Svenja und mich auf jeden Fall eine satte Gewinnbeteiligung gäbe.

Gegen sechzehn Uhr flaut der Betrieb ab, und Vanessa schließt den Laden. „Mädels wir machen jetzt Feierabend. Ich möchte mal wieder mit meinem Mann essen gehen, und Ihr gönnt Euch bitte auch nochmal ein normales Wochenende." „Wie sieht denn ein normales Wochenende aus?" fragt Svenja grinsend. Vanessa lacht. „Seht Ihr, Ihr wisst es schon gar nicht mehr. Also raus mit Euch. Ich lass mich von meinem Mann abholen."

Eine halbe Stunde später bin ich zu Hause. „Mädels, lasst uns ausgehen, ich habe Lust zu tanzen und wenn auch nur mit einer von Euch." Wir bestellen uns Pizza und stimmen unsere Garderobe ab. Da Eva wieder als Lederbraut gekleidet gehen will, tritt sie mir ihr schwarzes Cocktailkleid ab, während Andy wieder in ihr männliches Outfit schlüpft. Ein kurzer Anruf bei Lena, und sie kommt mit Carsten herüber, um die beiden Mädchen zu versorgen. Jonas hat sich spontan bereit erklärt, für heute Abend meinen Begleiter zu spielen, und so ziehen wir gegen sieben Uhr los. Wieder gehen wir entspannt an den Wartenden vorbei und werden von Lenas Fan eingelassen. Auf der Tanzfläche ist noch nicht so sehr viel los, doch Andy und Eva sind beim ersten langsamen Titel sofort im Clinch, während Jonas und ich auf etwas schnellere Musik warten. „Ich käme mir komisch vor, mit Dir eng zu tanzen", gesteht Jonas mir.

Eva und Andy kommen von der Tanzfläche. „Lasst uns doch mal für eine Runde die Partnerinnen tauschen", schlägt Andy vor und zieht mich auf die Fläche. Eva und Jonas folgen uns. Mit Andy eng zu tanzen ist zwar im ersten Moment etwas seltsam, aber ich genieße den Körperkontakt und sogar Andys frechen Griff an meinen Po. Als mein Blick kurz darauf auf Eva und meinen Bruder fällt, staune ich nicht schlecht. Zwischen die beiden passt kein Blatt Papier mehr. „Ist doch nur ein Tanz", flüstert Andy mir ins Ohr. „Ich gönne Eva und Jonas den Spaß. Umso anschmiegsamer ist Eva nachher im Bett."

Kurz darauf habe ich ein dringendes Bedürfnis, und Eva schließt sich mir an. „Wie findest Du Andy als Tänzer?" „Man könnte sagen sie ist ausgesprochen anregend. Aber Du und Jonas hattet auch eine Menge Spaß." Eva wird etwas verlegen. „Keine Sorge, wir tanzen nur. Aber es tut schon unglaublich gut, beim Tanzen einen Männerkörper zu spüren, obwohl Jonas mich nicht so sehr erregt wie Andy. Aber ich könnte mir vorstellen, dass Lena nachher einen sehr leidenschaftlichen Jonas erleben wird." Ich grinse still vergnügt. „So hat Lena wenigstens auch etwas von unserem Partnertausch."

Als bei der nächsten langsamen Runde Eva wieder mit Andy tanzt, wende ich mich meinem Bruder zu. „Na, wie war es mit Eva zu tanzen?" Jonas wird verlegen. „Sehr schön, ich fürchte viel zu schön." Ich boxe ihn in die Rippen. „Du hast Dir Appetit geholt." „Ja. Und deshalb ist es mir auch peinlich, nochmal mit Eva zu tanzen. Sie würde es spüren." Ich lache laut los. „Brüderchen, sie hat es schon gespürt, und es hat sie auch angeregt. Was glaubst Du, wieso die beiden jetzt so aufeinander kleben. Eva hat sich nämlich auch Appetit geholt. Wir können das Spiel also gerne nochmal wiederholen. Ich denke, Lena kann damit leben."

Als Eva und Andy nach der wirklich sehr langen Serie von Musik zum Schmusen von der Fläche kommen, möchte Eva nach Hause. Ich erkläre mich bereit zu fahren, und meine Freundinnen knutschen auf dem Rücksitz völlig hemmungslos miteinander. Innerlich grinse ich, denn ich bin mir sicher, dass Jonas seiner Partnerin gleich eine unvergessliche Nacht bereiten wird, so erregt, wie er inzwischen ist.

Ich lasse Andy, Eva und Jonas vor dem Haus aussteigen und fahre den Wagen in die Garage. An der Tür kommen mir Lena und Jonas entgegen. „Könntest Du bitte Carsten mit zu Dir nehmen", bittet mich Lena. „Ist okay, entgegne ich und winke den beiden hinterher." Ich bringe den schlafenden Kleinen in mein Zimmer, kontrolliere ob die Mädchen schlafen und nehme das Babyphon mit. Aus dem Schlafzimmer von Andy und Eva dringen lustvolle Geräusche. Ich betrete mein Zimmer und mache mich für die Nacht fertig. Im Bett liegend kontrolliere ich noch einmal mein Handy. Noch keine Nachricht von Gerard, aber er wird sicher noch spielen. Ich lösche das Licht und drehe mich auf die Seite. Kurz darauf bin ich eingeschlafen.

'

Mein iPhone weckt mich mit lauter Musik. Als ich die Melodie erkenne, setze ich mich im Bett auf und nehme das Telefonat entgegen. „Bon jour Gerard. Wie geht es Dir?" „Guten Morgen liebe Anna. Mir ginge es besser, wenn ich bei Dir wäre, aber es ist okay." „Ich freue mich auf Deine Rückkehr. Ich vermisse Dich so sehr." „Ich Dich auch mein Schatz. Aber im nächsten Jahr bin ich in der Weihnachtszeit auf jeden Fall bei Dir." ‚Hört, hört. Gerard plant mit mir längerfristig.' „Es macht mich glücklich zu hören, dass Du für uns längerfristige Pläne machst." „Anna ich möchte mit Dir zusammenbleiben. Das hört sich vielleicht seltsam an, weil wir uns erst so kurz kennen, aber für mich fühlt es sich richtig an." „Für mich auch Gerard. Auch ich, plane Dich zu behalten. Allerdings muss ich unser Gespräch jetzt beenden, denn ich muss mich heute morgen um das Frühstück unserer kleinen WG kümmern." „Richte bitte schöne Grüße von mir aus, und ich wünsche Euch allen einen schönen Tag. Adieu Anna, ich liebe Dich." „Adieu Gerard, je t'aime." Ich beende das Gespräch und verschwinde im Bad.

Eine halbe Stunde später habe ich den Tisch gedeckt und brate Eier und Speck in der Pfanne. Kaum habe ich die Pfanne auf den Tisch gestellt, da trudeln auch schon die weiteren Familienmitglieder ein. Einer nach dem anderen bedient sich an der Kaffeemaschine, und ich registriere dankbar, dass Eva mir zwischendurch eine Tasse Cappuccino an den Platz stellt. Kaum haben wir mit dem Essen begonnen, meldet sich Lena zu Wort. „Was haltet Ihr davon, wenn wir nachher alle zusammen mit den Kindern zum Weihnachtsmarkt fahren." Andy ist begeistert. „Jetzt können wir endlich mal die neuen Tragetücher in Gebrauch nehmen. Ich habe nämlich keine Lust, die ganze Zeit einen Kinderwagen durch das Gedränge zu schieben." Alle sind einverstanden, und so ist beschlossen, gegen zehn Uhr aufzubrechen. Da wir nicht alle in ein Auto passen, beschließen wir, dass Andy, Eva und ich mit den Mädchen im SUV fahren, während Lena den Hyundai fährt und Jonas mit dem Kleinen hinten sitzt.

Wir parken die beiden Wagen auf einem Park-and-Ride Platz am Stadtrand und fahren mit einem 5-Personen-Ticket zum Altermarkt. Jonas trägt stolz den kleinen Carsten. Man könnte glauben, es wäre sein eigener Sohn, doch wie ich meinen Bruder kenne, hat er den Kleinen in Gedanken schon längst adoptiert. Da Andy und Eva jeweils ihre Patenkinder tragen, können Lena und ich uns frei bewegen und versorgen die anderen mit ersten kleinen Naschereien. Kurz darauf führt uns unser Weg zum Heumarkt, wo sich auch der Marktstand unserer Goldmanufaktur befindet. Zu meiner großen Überraschung steht Vanessa zusammen mit ihrem Mann Rainer hinter der Auslage mit kleinen vergoldeten Blättern und Blüten sowie einzelnen etwas teureren Stücken. Als Rainer großzügig Geschäftskarten und Flyer an unsere Gruppe verteilen will, wehre ich ab. „Das sind schon alles Stammkunden in unserem Laden."

Jetzt hat Rainer auch mich entdeckt. „Hallo Anna, gehören die Leute alle zu Dir?" Ich zeige auf meine Schwägerin und meinen Bruder. „Das ist Lena, die Partnerin meines Bruders Jonas und hoffentlich irgendwann meine Schwägerin. Der Kleine ist Carsten, der Sohn von Lena. Die beiden Mädels sind Andy und Eva mit ihren Töchtern Evita und Sandra. Du siehst, wir sind eine fruchtbare Sippe." Rainer lacht. „Und wir probieren es immer noch. Aber irgendwann schaffe ich es sicher auch, meine Frau zu schwängern." Vanessa wechselt die Farbe. Ich beiße mir auf die Unterlippe, um nicht laut zu lachen. „Das muss Dir aber jetzt nicht peinlich sein, Chefin. Wir drücken Euch auch alle die Daumen." Als wir weitergehen, sehe ich aus dem Augenwinkel wie Vanessa ihrem Mann den Ellbogen in die Rippen rammt.

Kurz darauf stehen wir mit einer Ladung Reibekuchen an einem Stehtisch. Jonas hat drei Glühwein organisiert und reicht Eva und mir je eine Tasse. Für Lena und Andy - die beide noch fahren müssen - hat er heißen Kakao mitgebracht. Die Reibekuchen sind knusprig und lecker, die heißen Getränke wärmen unsere Hände, und die Weihnachtsmusik die aus zahllosen Lautsprechern dröhnt, wärmt das Herz. Andy und Eva küssen sich unter erschwerten Bedingungen, denn die Mädchen in den Tragetüchern machen eine normale Umarmung unmöglich. „Gebt mir doch mal eine von den beiden", biete ich an.

Andy lächelt dankbar. „Du kannst meine Tochter nehmen." Eva stellt ihre Tasse ab, und Lena hebt Evita aus dem Tuch. Es dauert eine Weile, bis Eva mir das Tragetuch angelegt hat, doch dann kuschelt sich Evita zufrieden an meine Brust. „Du kannst jetzt schon mal üben Schwägerin", meint Lena und klopft mir auf den Rücken. *So ein kleines Wesen, das sich an einen schmiegt, ist schon eine unglaubliche Erfahrung.* Ich streiche Evita über die Wangen, und sie lächelt mich an. *Süße, ich wünschte Du wärst meine Tochter.* Andy blickt mit Mutterstolz auf mich und ihre Tochter. „Ist sie nicht ein Schatz?" Liebevoll streichelt sie die kleine Sandra. „Ich liebe sie alle beide, und Sandras Mutter liebe ich auch."

KAPITEL 7

Montag 07.12.2015
Noch eine Woche, und ich kann Gerard endlich wieder in meine Arme schließen. Es ist brutal, wenn man jemand so kurz nach dem Kennenlernen drei Wochen lang nicht sehen kann. Andererseits bin ich mir inzwischen sicher, dass ich nicht dauerhaft ohne ihn sein kann. Gerade eben hat er mir am Telefon versichert, er würde mich nie wieder so lange alleine lassen. Ach wäre er doch nur schon wieder bei mir.

Ich erhebe mich vom Bett, schleiche ins Bad und stelle mich unter die Dusche. Als das eiskalte Wasser meinen Körper trifft, entfährt mir ein Schrei. Ich halte die Luft an, bis ich mich an die Temperatur gewöhnt habe, drehe den Hahn zu, nehme mein Handtuch und trockne mich ab. Wenigstens bin ich jetzt wach. Ich schminke mich, ziehe mich an und verlasse das Zimmer. „Hallo Löwin", werde ich von Andy begrüßt. Es riecht schon wieder nach Pancakes.

„Mensch, seid ihr die Dinger immer noch nicht leid?" Andy lacht. „Alle außer Dir sind süchtig nach den Dingern, aber ich habe auch Speck und Spiegeleier für Dich." Ich drücke mich kurz an sie. „Danke, Du bist zu gut zu mir." Die erste Tasse Kaffee trinke ich auf ex, danach ziehe ich mir einen Cappuccino. „Frühstücken wir heute alleine?" Andy legt einen letzten Pancake auf den Teller und nimmt die Pfanne vom Herd. Sie tritt zu mir, zieht mich an sich, küsst mich auf den Mund und legt ihre Hände auf meinen Po. „Würdest Du denn gerne mit mir alleine frühstücken Traumfrau?" Ich mache mich frei. „Jetzt komm bitte nicht auf dumme Gedanken. Du hast zwar bei Eva noch etwas gut, aber die Nummer würde Eva - mir zumindest - nie verzeihen." Ich drücke Andy den frischen Cappuccino in die Hand und gehe zum Kaffeeautomaten.

„Was würde ich Euch nie verzeihen?" ‚Oh, Löwin. Was hast Du für ein beschissenes Timing.' „Wenn Du Andy und mich in flagranti auf Deinem Küchentisch erwischen würdest." Eva prustet los. „Und das zwischen Pancake und Spiegelei. Was hast Du bloß für eine schräge Phantasie." Ich reiche ihr den Cappuccino und drücke zum dritten Mal auf den Knopf. „Also, wenn ich mich schon hier auf dem Tisch vernaschen lasse, dann nur von Euch beiden gleichzeitig." Andy und Eva sehen sich an. „Wollen wir?"

Eine knappe Stunde später treffe ich in der Werkstatt ein. Als ich Vanessa sehe, muss ich wieder an den Spruch ihres Mannes denken. „Na Chefin, habt ihr weiter fleißig geübt?" Vanessa wirft ein Silberputztuch nach mir. „Dumme Nuss. Aber es stimmt ja wirklich. Wir versuchen es jetzt schon fast ein Jahr ohne Erfolg, und Deine Freundinnen schlafen ein, zwei Mal mit einem Mann und schon hat er beide geschwängert." „Soll ich Deinem Mann die Adresse von Jan geben, damit er sich Tipps holen kann?" „Spotte ruhig weiter, irgendwann willst Du sicher auch ein Kind haben …" Sie unterbricht sich und setzt hinzu: „Aber bei Dir klappt es wahrscheinlich auch beim ersten Mal. Nur bei mir geht nichts." Ihr treten Tränen in die Augen, und ich nehme sie in den

Arm. „Sorry, ich wollte nicht in einer offenen Wunde bohren. Ich halt ab sofort mein vorlautes Maul." Vanessa drückt meine Hand. „Danke. Aber wahrscheinlich sind wir nur zu verbissen."

Dienstag 08.12.2015

Nach dem Frühstück fällt es mir wieder ein. „Hey Eva. Habt ihr eigentlich noch die Packung mit den alten Kondomen, die bei Dir und Andy so gut gewirkt haben?" „Sicher, liegt als Mahnung auf dem Regalbrett neben unserem Bett." „Sind noch welche übrig?" „Ich denke zwei oder drei müssten noch drin sein." „Kann ich zwei von den Dingern für Vanessa haben?" Eva schaut mich ungläubig an. „Du weißt aber schon, dass die Dinger überaltert sind und für … Wahnsinn jetzt weiß ich, was Du vorhast. Das könnte klappen. Ich hol sie Dir." Eva eilt nach oben und bringt die Schachtel mit. Mit den Worten: „Da sind noch drei drin" reicht sie mir die Packung. Ich nehme die Kondome heraus und schiebe die Packung zurück. „Danke. Wenn das klappt, schuldet uns Vanessa was."

Eine Stunde später stehe ich in der Werkstatt vor Vanessas Arbeitstisch und drücke ihr die Kondome in die Hand. „Warum versucht Ihr nicht, erstmal ein wenig Druck rauszunehmen, und macht es ein paar Mal einfach nur zum Vergnügen mit Kondom? Wenn Ihr wieder etwas lockerer seid, könnt ihr ja weiter üben." ‚Oh Vanessa, ich bin eine *scheinheilige Hexe. Aber wenn es klappt, bist Du mir hoffentlich dankbar.'* Vanessa steckt die Kondome in die Handtasche und dankt mir. „Du hast recht, wir sollten es wirklich mal wieder nur zum Spaß machen. Denn Spaß haben wir schon lange keinen mehr dabei. Ich komme mir immer mehr vor wie eine Kuh bei der Besamung."

Das Klingeln der Ladentür treibt mich aus Vanessas Arbeitsraum. Ein junges Paar steht vor der Theke. „Guten Morgen, was kann ich für Sie tun?" „Machen Sie auch Trauringe?", fragt die junge Frau. ‚Mädel bist Du denn schon volljährig?' Laut sage ich: „Aber sicher doch. Darf ich fragen, wie Sie auf uns kommen?" Das junge Paar schaut verunsichert. „Spielt das eine Rolle?" „Nein, natürlich nicht. Es hätte mich nur interessiert, ob wir Ihnen von jemand empfohlen wurden oder Sie vielleicht unseren Stand auf dem Weihnachtsmarkt besucht haben. Aber egal."

Ich sammle mich einen Moment und frage: „Haben Sie denn eine Vorstellung wie die Ringe aussehen sollen?" Der junge Mann wirkt ratlos. „Naja zwei Ringe aus Gold. Wie Trauringe üblicherweise so aussehen." Seine Freundin greift ein. „Wir waren schon in einem Kaufhaus und bei einem Juwelier, und da gefielen uns die Ringe nicht. Wir wollten etwas Besonderes nur für uns." ‚Na endlich. Damit kann ich arbeiten.'

Ich nehme eine Mappe aus dem Schrank und klappe sie auf. „Hier habe ich Fotos von bisher gefertigten Ringen. Sehen sie sich die Bilder bitte mal an und sagen Sie mir, ob etwas davon für Sie in Frage käme. Wobei ich noch sagen muss, dass wir keines der Stücke ein zweites Mal produzieren, denn es sollen ja Einzelstücke bleiben." Die beiden blättern die Mappe durch und legen schließlich den Finger auf zwei schmale Ringe mit einem eingravierten geometrischen Muster. „Könnten sie uns solche Ringe mit eingravierten Herzen machen?"

Ich atme auf. „Das ist machbar, wir machen einfach zwei glatte Ringe, und ich graviere Ihnen umlaufend kleine Herzen in das Material." Der junge Mann sieht mich an. Ich lächle ihn an und frage: „Haben Sie noch einen anderen Wunsch?" „Ja, was würde ein kleiner Diamant kosten? Und könnten sie den Stein in den Ring einsetzen?" *Jetzt muss ich doch erst einmal das Geschäftliche klären.* „Wieviel Geld können Sie denn für die Ringe ausgeben?" „Ich könnte bis zu fünfhundert Euro ausgeben." „Okay. Lassen Sie mich kurz rechnen." Ich kalkuliere die Ringe kurz durch und wende ich mich wieder dem Paar zu. „Also die Ringe in dieser Breite mit einem Diamanten in passender Größe zu Ring und Gravur - Herzen, Namen sowie Hochzeitsdatum - können sie für 380 Euro haben. Dazu die Garantie, dass Sie Einzelstücke haben."

Die Augen der jungen Frau beginnen zu leuchten, und sie sieht ihren Freund an. „Bitte." Nur dieses eine Wort. Er küsst sie zärtlich auf den Mund, dreht sich zu mir um und nickt. „Einverstanden. Wann können wir die Ringe haben?" Ich muss schmunzeln. „Wann soll die Trauung denn stattfinden?" „Am 16. Januar." „Gut, das ist kein Problem. Ich fertige ihnen bis Morgen zwei bis drei Skizzen, wie ich mir die Ringe vorstelle, und Sie sagen mir, welche der Varianten ich anfertigen soll. Heute haben wir den achten Dezember. Wenn Sie mir morgen den endgültigen Auftrag erteilen und dreihundert Euro anzahlen, verspreche ich Ihnen, dass Sie die fertigen Ringe am siebzehnten Dezember abholen können." Ich habe das Gefühl, die junge Dame würde mich am liebsten umarmen. „Dann haben wir die Ringe ja schon vor Weihnachten." Kurz darauf verlässt ein strahlendes Paar unseren Laden.

Mittwoch 09.12.2015

Als ich die Goldschmiede betrete, empfängt mich Vanessa mit strahlendem Gesicht. „Du hast was gut bei mir. Die letzte Nacht war so entspannt und befriedigend wie schon lange nicht mehr. Endlich hat Sex auch mal wieder Spaß gemacht." Ich lächle sie an. „Deine gute Laune ist Belohnung genug für mich." Lächelnd gehe ich zu meinem Arbeitstisch.

Als Vanessa die Ladentür aufschließt, wartet das junge Paar bereits vor der Tür. Der junge Mann legt dreihundert Euro auf den Tisch und fragt nach den Zeichnungen. Ich lege den beiden meine Skizzen vor, innerhalb einer Minute ist die Entscheidung gefallen und die beiden verabschieden sich wieder. „Da hast Du ja noch zwei Leute glücklich gemacht", lobt Vanessa mich.

Freitag 11.12.2015

Am Freitag morgen begrüßt mich meine Chefin mit den Worten: „Ich habe übrigens zwei Packungen Kondome gekauft. Wir haben beschlossen, zu einem späteren Zeitpunkt wieder in die Familienplanung einzusteigen und uns den Rest des Jahres nur noch zu vergnügen. Rainer meint, das Leben sei zu kurz für schlechten Sex."

Gegen elf Uhr habe ich die Ringe für das junge Pärchen so weit fertig, dass ich mit der Gravur beginnen kann. Die kleinen Herzen gehen mir leicht von der Hand, und nach zwanzig Minuten fehlen nur noch die Namen und das Hochzeitsdatum. Ich beschließe, die Namen erst bei Abholung zu gravieren und zunächst den Edelstein einzusetzen. Kurze Zeit später betrachte ich mein Werk unter der Lupe. Der Diamant ist fehlerfrei und passt wunderbar an die von mir gewählte Stelle. Ich packe die Ringe in ein Etui und lege sie in den Tresor.

Um achtzehn Uhr schließt Vanessa den Laden ab, und wir treten den Heimweg an. Als ich zu Hause ankomme, bin ich ziemlich groggy und würde am liebsten sofort ins Bett gehen, doch Andy, Eva und Lena überreden mich - zusammen mit ihnen - noch einen Film anzusehen. Drei Tassen Kaffee später sitzen wir in Evas Wohnzimmer und schauen uns auf der Leinwand ‚Pretty Woman' an. So kommt es, dass ich erst kurz vor Mitternacht ins Bett komme und wie ein Stein schlafe.

KAPITEL 8

Samstag 12.12.2015
Ich werde mitten in der Nacht wach, weil jemand in mein Bett steigt und einen Arm um mich legt. Zunächst desorientiert, verhalte ich mich absolut ruhig. Gerade als ich fragen will, wer sich an mir zu schaffen macht, flüstert mir jemand ins Ohr. „Ich liebe Dich süße Anna. Je t'aime." Ich stoße einen Jubelschrei aus. „Wo kommst Du denn plötzlich her Geliebter." Gerard verschließt meine Lippen mit einem Kuss. „Pscht. Du darfst nicht alle aufwecken. Ich bin eher gekommen, denn ich hatte Sehnsucht nach Dir." Ich drehe mich zu ihm, schmiege mich an ihn und spüre seine Männlichkeit. Meine Hand gleitet unter der Decke zu seiner Härte. „Du hast mich vermisst, kleiner Freund. Aber jetzt hat die Not ja ein Ende."

Ich rolle mich auf den Rücken, streife mein Nachthemd hoch und biete mich an. „Komm zu mir Liebster. Ich will Dich in mir spüren." Gerard rückt näher, schiebt seinen Unterleib unter meinen Beinen her und dringt seitwärts liegend in mich ein. Ich stöhne vor Lust auf. Wieder ermahnt mich mein Schatz, keinen Lärm zu machen. Wir liegen eine Weile beieinander, während er sich nicht in mir bewegt, sondern nur meine Nähe auskostet. Als ich es nicht mehr aushalte und sein bestes Stück durch rhythmische Kontraktionen meiner Scheidenmuskulatur massiere, rollt er sich auf mich. Eine halbe Stunde später schlafen wir eng umschlungen ein.

Stunden später werden wir durch Geräusche im Haus geweckt. Ein Griff neben mich verrät mir, dass Gerards kleiner Freund schon wieder in Stimmung ist. Daher biete ich mich meinem Liebsten auf allen Vieren ruhend an. „Nimm mich." Gerard kommt hinter mich und setzt seinen Lustspender an meiner Grotte an. Ganz langsam bahnt er sich seinen Weg in meinen Körper, um mich sogleich kraftvoll und energisch zu bearbeiten. Kurz darauf verraten ihm meine Lustschreie, dass ich ihn mit jeder Faser meines Körpers vermisst habe.

Eine halbe Stunde später kommen wir glücklich und befriedigt hinunter in die Küche, wo wir bereits mit Spannung erwartet werden. Eva wirft mir einen fragenden Blick zu, und ich nicke unauffällig. Lachend setzen wir uns auf die angebotenen Plätze und lassen uns von Lena Kaffee und Cappuccino servieren. „Du siehst aus, als wärest Du glücklich", höre ich die Stimme meines Bruders. Eva legt ihre Hand auf meine. „Also war es in Ordnung, dass ich Gerard gestern Mittag verraten habe, wo er den bereitgelegten Schlüssel findet und in welchem Zimmer seine Liebste schläft?" Mit leuchtenden Augen antworte ich: „Das war Deine beste Idee seit langem."

Sonntag 13.12.2015
Wir stehen früh auf, duschen in aller Ruhe und ziehen uns an. Da wir die ersten in der Küche sind, ziehen wir uns zwei Tassen Kaffee und decken den Frühstückstisch. Als ich den Pfannkuchenteig anrühre bekommt Gerard große Augen. „Du machst Crêpe mein Schatz." „Naja, eher Pfannkuchen, denn die hier werden definitiv

dicker als Crêpe." Gerard gibt mir einen Kuss. „Egal, ich liebe süße Sachen zum Frühstück." ‚Tja, da werde ich mich wohl jetzt dran gewöhnen müssen. Alle außer mir sind nach den Dingern süchtig. ‘ Als Kompromiss produziere ich für mich einen Speckpfannkuchen. Kurz darauf kommen Lena, Jonas und Carsten aus der Einliegerwohnung sowie Andy und Eva mit ihren Töchtern von oben. Abgesehen von der Tatsache, dass ich Gerard sehr vermisst habe, finde ich es auch schön, dass wir jetzt zu drei Paaren am Tisch sitzen, und ich mich nicht mehr als fünftes Rad am Wagen fühle.

Als sich gegen Mittag die Sonne zeigt, treibt es uns mit den Kindern nach draußen. Kaum hat Jonas das Tragetuch angelegt, da bewirbt sich Gerard schon darum, eines der Mädchen zu tragen. Jonas bietet ihm spontan an, doch Carsten zu nehmen, denn er weiß, dass Evita und Sandra sich außer von ihren Müttern lediglich noch von Lena oder mir tragen lassen, nicht jedoch von Männern, was ich Gerard auch auf Nachfragen bestätige. Natürlich habe ich die Absicht hinter Gerards Angebot erkannt, denn er wollte zeigen, dass er Kinder nicht als etwas nur für Frauen sieht. Deshalb sage ich ihm später als wir alleine sind, wie toll ich sein Angebot fand und er im Falle, dass wir irgendwann mal ein Kind haben sollten, sich natürlich auch einbringen kann. Gleichzeitig weise ich ihn allerdings darauf hin, dass meine biologische Uhr noch ganz leise tickt, und ich ihn nicht schon kurzfristig mit einem Kinderwunsch überfallen werde.

Montag 14.12.2015

Wir treffen uns schon um neun Uhr in der Manufaktur, denn am Samstag sind noch einige Anfragen und Aufträge hereingekommen, daher wird diese Woche richtig hart werden. Kurz nach Ladenöffnung steht das junge Paar vor der Theke und fragt nach seinen Ringen. Vanessa hatte den beiden wohl am Samstag auf dem Weihnachtsmarkt die Info gegeben, dass die Ringe zur Abholung bereit sind. Ich kläre noch die Sache mit der Namensgravur ab und bitte sie, doch Platz zu nehmen. Zwanzig Minuten später verlassen die Beiden mit verklärtem Blick den Laden. Die Ringe haben sie sich noch in meiner Gegenwart angesteckt.

Danach geht es Schlag auf Schlag. Zum Glück hat Vanessa Sarah - eine der schon erfahrenen Studentinnen - als Aushilfe für den Laden verpflichtet. Sie kann fertige Ware aushändigen und auch kleinere Aufträge entgegennehmen. Gegen Mittag kommt Svenja und will die Studentin sofort zum Weihnachtsmarkt schicken. Ich protestiere vehement und habe sofort auch die Unterstützung von Vanessa, die Svenja gleich danach mit Arbeit eindeckt. Da wir jetzt zu Dritt fertigen, sind wir natürlich wesentlich schneller mit den Schmuckstücken fertig, als es ohne Hilfskraft für den Laden möglich wäre. Als Sarah abends nach ihrem Einsatz für den nächsten Tag fragt, sind wir uns einig, dass sie bis zum letzten Tag vor Weihnachten im Laden aushelfen soll, was auch für Sarah erhebliche Vorteile bringt, da sie erstens nicht in der Kälte steht und zweitens auch etwas mehr Geld verdient.

Mittwoch 16.12.2015

Ich habe endlich alle Aufträge für die Familie fertig und auch ein Geschenk für Gerard produziert. Auch mein Arbeitstisch leert sich langsam, denn ich habe heute bei diversen Stücken nur noch Gravuren aufzubringen. Langsam lässt der Auftragseingang etwas nach, denn aufwändigere Arbeiten sind vom zeitlichen Vorlauf kaum noch zu bewältigen.

Freitag 18.12.2015

Während der Mittagspause planen wir den Einsatz für die letzten drei Tage vor Weihnachten. Wir werden die Produktion heute Abend einstellen und für Weihnachten keine Aufträge mehr annehmen. Ich werde montags mit Sarah den Laden übernehmen, Svenja am Dienstag und Vanessa am Mittwoch. Sollten noch nicht alle Stücke abgeholt sein, könnte Svenja nach telefonischer Vereinbarung an Heiligabend maximal bis zwölf Uhr noch im Laden sein, ansonsten müssen die Kunden die Geschenke eben nach Weihnachten überreichen.

Samstag 19.12.2015

Ich habe frei und verbringe mit Gerard einen ebenso zärtlichen wie leidenschaftlichen Vormittag im Bett. Gegen Mittag stehen wir auf, und Gerard geht mit mir zu Fuß zu unserem Lieblingsitaliener. Ich esse zum ersten Mal diese Woche wirklich mit Appetit und Muße, denn während der letzten Tage war Fast Food angesagt. Nach dem Essen überreicht uns Massimo eine förmliche Einladung für den ersten Weihnachtstag und fügt noch hinzu: „Das gilt selbstverständlich für die ganze Familie."

Gerard ist sich nicht sicher, ob er da inbegriffen ist, doch ich kann verhindern, dass er bei Massimo nachfragt. „Du hättest Massimo ziemlich beleidigt, denn er sieht alle Bewohner von Evas Haus als Familie an, somit auch Dich als meinen Anhang." „Aha, das bin ich also für Dich. Anhang." Gerard macht ein grimmiges Gesicht, doch das Leuchten in seinen Augen verrät ihn. „Geliebter Anhang, würdest Du mir die Freude Deiner Gesellschaft machen?" Gerard kichert vergnügt. „Also geliebter Anhang hört sich gleich viel besser an."

Sonntag 20.12.2015
Eva, Lena und ich haben beschlossen, unsere Liebsten zu verwöhnen, und treffen uns kurz nach sieben in der Küche, um das Frühstück vorzubereiten. Als unsere Partner - hier hat Andy jetzt auch mal den männlichen Part - Punkt acht Uhr die Küche betreten, ist alles fertig, und an allen Plätzen steht sogar schon das gewünschte Heißgetränk. Wir begrüßen unsere Lieben mit Küsschen und servieren nach Wunsch süße oder herzhafte Pfannkuchen. Die Drei genießen es, von uns so verwöhnt zu werden, und versprechen spontan, sich am darauffolgenden Sonntag bei uns zu revanchieren.

Nach dem Frühstück, das sich über zwei Stunden erstreckt, machen wir uns startklar für einen letzten Besuch des Weihnachtsmarktes. Gerard und Andy stellen sich als Fahrer zur Verfügung, und wie zwei Wochen vorher fahren wir wieder mit der Bahn zum Altermarkt. Da wir nach diesem opulenten Frühstück noch keine Lust auf Essen haben, gehen wir zunächst hinüber zum Heumarkt und besuchen den Marktstand der Manufaktur. Svenja und Sarah begrüßen uns herzlich, und ich erfahre, dass am Samstag bereits ein großer Teil der fertigen Schmuckstücke abgeholt wurde.

Unauffällig beauftrage ich Jonas, auf meine Rechnung ein Tablett mit Getränken für zehn Personen zu holen. Svenja und ihre drei Mitarbeiterinnen freuen sich über Glühwein und Kakao, die restlichen Getränke teilen wir unter uns auf. Nachdem unser Durst gestillt ist, bekommen auch unsere Kleinen eine erste Portion Tee. Kurz darauf wechseln wir zum Weihnachtsmarkt auf dem Neumarkt. Es ist zwar erst Nachmittag, doch durch viele Besucher aus dem Umland und dem nahen Ausland füllt sich der Markt langsam. Als das Gedränge zunimmt, machen wir uns mit Rücksicht auf die Kleinen auf den Heimweg.

Kurz vor der Dämmerung werden wir von Karin besucht, die offenbar Sehnsucht nach ‚ihren' Enkelkindern hat und uns anbietet, heute Nacht bei den Dreien zu bleiben, damit wir vor den Feiertagen nochmal eine Nacht unsere Partnerschaften pflegen können. Zwischendurch flüstert Eva mir zu: „Ich glaube, Karin hat unsere Töchter inzwischen als Enkel ‚adoptiert'. Ich könnte mir auch keine bessere Oma für die Mädchen vorstellen." Da Karin frühzeitig mit den Kleinen ins Kinderzimmer geht, wechseln wir zu sechst hinüber ins Wohnzimmer, wo wir kurz darauf paarweise Sessel und Sitzgruppe besetzen und schmusen. Lena und Jonas verabschieden sich als Erste, und kurz darauf wechseln auch Gerard und ich ins Schlafzimmer. Oben angekommen informiere ich Gerard, dass ich die Pille nehme und er deshalb nicht mehr zwingend ein Kondom benutzen muss, es sei denn es gäbe medizinische Gründe. „Fragst Du ob ich gesund bin?" Ich nicke. „Ja, das möchte ich wissen." Gerard wird ernst und sieht mich an. „Ich habe nach unserem ersten Mal einen Test machen lassen und das Ergebnis vor drei Tagen bekommen." Er öffnet seinen Koffer und reicht mir einen Umschlag. „Mach ihn auf." Ich reiße den Umschlag auf und lese „Ohne Befund." Gerard sieht mich an. „Wie sieht es bei Dir aus?" „Ich habe mich vor drei Jahren testen lassen. Der Test war auch ohne Befund. Danach warst Du mein Erster." Er nimmt mich in die Arme und küsst mich. „Du hast also für mich Deine Abstinenz aufgegeben?" „Ja Liebster. Ich fand, es war der richtige Zeitpunkt." Ich lächle ihn an, lege mich auf den Rücken und öffne mich für ihn. „Komm zu mir. Ich möchte Dich auf und in mir spüren."

KAPITEL 9

Montag 21.12.2015

Kurz vor zehn treffe ich mich mit Sarah vor der Manufaktur. Ich schließe auf und wir betreten den Laden. „Wie war es eigentlich am Wochenende auf dem Weihnachtsmarkt?" „Ziemlich gut, ich denke, wenn der Weihnachtsmarkt endet sind wir so gut wie ausverkauft." Das Sarah ‚wir' sagt gefällt mir. „Und wie gefällt Dir die Arbeit hier im Laden?" „Sehr gut. Ihr seid ein nettes Team und es macht Spaß mit Euch zu arbeiten. Leider sind es ja nur noch drei Tage." ‚Sie hat leider gesagt' „Hättest Du denn generell Lust hier zu arbeiten?" „Aber sicher doch. Hier stimmt einfach alles. Im Gegensatz zu manchen Jobs die ich mache." Ich lächle sie an. „Ich kann Dir nichts versprechen, aber ich rede mal mit Vanessa. Wenn der Laden weiter so gut läuft, könnten wir schon eine Hilfe gebrauchen."

Das Eintreffen des ersten Kunden unterbricht unseren Plausch und danach bekommen wir eine Stunde lang keine Zeit mehr um auch nur drei Worte miteinander zu wechseln. Als der Andrang endlich ein klein wenig nachlässt, zähle ich die verbliebenen Stücke. „Wenn der Tag so bleibt können wir um drei Uhr dichtmachen, denn dann haben wir keine Ware mehr", stelle ich fest. Natürlich ist das nicht der Fall, aber als wir um siebzehn Uhr den Laden abschließen sind noch knapp zwanzig Stücke übrig. Ich leere die Ladenkasse und lasse sie offen, wir verlassen die Manufaktur und ich mache mich auf den Weg zu

Vanessa um ihr die Tageseinnahmen zu bringen. Vanessa ist etwas träge und klagt über ein Ziehen in ihren Brüsten. Als ich ihr den Vorschlag unterbreite Sarah in Teilzeit bei uns zu beschäftigen, muss sie lachen. „Genau die Idee hatte ich auch schon. Ich muss sie mal fragen ob sie Interesse hat." „Das hat sie. Sie sagte nämlich es wären leider nur noch drei Tage in unserem netten Team. Und das Mädel passt zu uns." „Ok. Wir sprechen zwischen den Feiertagen mal darüber."

Ich verabschiede mich und fahre nach Hause. Zu Hause treffe ich nur Eva an, aber das passt mir im Moment sehr gut, denn ich muss mal unter vier Augen mit ihr reden. „Lass uns mal in Dein Arbeitszimmer gehen, ich muss mit Dir reden." Eva sieht mich fragend an, wir verlassen die Küche und gehen nach oben.

„Was bin ich für Dich?" Eva reißt die Augen auf. „Was für eine Frage. Du bist meine beste Freundin, eher noch meine ältere Schwester." Ich schaue ihr tief in die Augen. „Kleine Schwester, vertraust Du mir?" Eva antwortet ohne zu Zögern. „Absolut." „Was bin ich Deiner Meinung für Andy?" „Ich denke, sie würde Dich als beste Freundin bezeichnen." „Gut, denn ich komme jetzt auf den Kern des Problems. Was ist Andy derzeit für Dich?" Die Antwort kommt prompt und ohne Nachdenken. „Mein Liebster." Eva schlägt sich die Hand vor den Mund. „Habe ich das wirklich gesagt?"

„Ja Süße. So traurig es ist, du hast die Wahrheit ausgesprochen." „Aber ich liebe sie … ihn … ich weiß es nicht." Eva bricht in Tränen aus. „Es ist alles so anders geworden." Ich nehme sie in den

Arm und tröste sie und frage: „Habe ich freie Hand? Ich meine um das Problem zu lösen." Eva trocknet ihre Tränen. „Ja große Schwester. Ich will meine Liebste wieder zurück."

Als ich am Abend mit Gerard alleine bin, weihe ich ihn in meinen Plan ein. Er gesteht mir, dass er Andy bisher nicht als Frau wahrgenommen hat, sondern eher als Kumpel und sympathische ‚Kampflesbe'. „Wärst Du bereit, dass auf Frage von Andy zu wiederholen?" Gerard nickt: „Wenn es den beiden hilft sofort."

Dienstag 22.12.2015
Nach dem Frühstück bitte ich Andy mit mir in ihr Arbeitszimmer zu gehen. Die Gesprächseröffnung ist ähnlich wie bei Eva. „Vertraust Du mir?" „Klar doch, Du hast schließlich geholfen Eva und mich wieder miteinander zu versöhnen." „Habe ich das Recht auch mal eine unangenehme Wahrheit auszusprechen?" „Hast Du." Ich sehe Andy an und registriere ein Flackern in ihren Augen. „Du wirst Eva über kurz oder lang an einen anderen Mann verlieren." Andy bleibt der Mund offen. „Wie … wer … wieso?" „Ich habe sie gefragt was Du für Sie bist und sie hat geantwortet: ‚Mein Liebster'. Das sollte Dir zu denken geben."

Ich gebe Andy einen Moment Zeit das Gehörte zu verarbeiten, bevor ich weiterspreche. „Du weißt, dass Du auch mit Strap-On mit einem richtigen Mann nicht konkurrieren kannst. Also sei für Eva wieder die junge Frau in die sich vor fast zwei Jahren verliebt hat." „Aber ich bin doch immer noch eine Frau." Ich öffne die Tür zur Küche und rufe Gerard zu uns. „Was habe ich Dich eben gefragt Schatz?" „Wie ich Andy sehe? Und ich habe ohne Nachdenken geantwortet als Kumpel und sympathische Kampflesbe. Entschuldigung Andy." Auf eine Kopfbewegung meinerseits schließt Gerard die Tür. Andy laufen die Tränen über ihre Wangen und sie schluchzt laut. Ich nehme sie in den Arm und warte bis der Tränenstrom versiegt ist.

„Was kann ich denn tun?" „Dich wieder in eine Frau zurückverwandeln. Ich bin gerne bereit Dir dabei zu helfen. Du musst mir dabei allerdings blind folgen. Aber sei sicher, ich möchte, dass meine Schwester und meine beste Freundin zusammenbleiben." Andy nickt stumm. „Gut, dann treffen wir uns morgen früh um sechs Uhr im ehemaligen Zimmer von Eva." Andy nimmt mich in den Arm und flüstert mir ins Ohr: „Danke, beste Freundin."

Mittwoch 23.12.2015
Punkt sechs Uhr klingelt mein Handy. Ich gebe Gerard einen Kuss, verlasse das Bett und schleiche mich in Evas altes Zimmer. Andy wartet bereits auf mich. Ich gebe ihr einen Kuss auf die Wange und zeige auf die Dusche. „Rein mit Dir. Und es wird kalt geduscht." Als das kalte Wasser die Haut meiner Freundin trifft entfährt ihr ein Schrei. „Puh. Ist das wirklich nötig?" „Du darfst jetzt ruhig warm duschen. Ich wollte nur wissen ob es Dir mit dem blind folgen auch ernst ist." Andys Gesicht verzieht sich zu einem Grinsen. *‚So gefällt sie mir schon viel besser.'* Frisch und munter verlässt sie die Dusche und nimmt das riesige Badetuch um sich darin einzuwickeln. „Jetzt ist Haare waschen angesagt." Eine Viertelstunde später kringeln sich

die bisher mit Gel gebändigten frechen Löckchen wieder auf Andys Kopf.

Ich reiche ihr BH und Slip, beides aus hauchdünnem Material und reine Alibifunktion. Als nächstes halte ich ihr Strümpfe entgegen. „Mit oder ohne Halter?" Andy runzelt die Stirn. „Strumpfhose?" Ich schüttele den Kopf. „Bestenfalls noch mit nackten Beinen." Andy denkt kurz nach und nimmt mir dann Halter und Strümpfe ab. „Wenn schon, denn schon." Sie setzt sich auf den Hocker, zieht die Strümpfe an und verbindet sie sorgfältig mit dem Strumpfhalter. Ich zücke mein Handy und zeige ihr ein Foto, das ich zwei Tage vorher aufgenommen habe und führe sie vor den großen Spiegel. „Was siehst Du jetzt?" Andy schluckt und betrachtet sich. Ein Lächeln huscht über ihr Gesicht. „Die junge Frau, in die Eva sich sofort verliebt hat." Wieder werden ihre Augen feucht. Ich nehme ein Kleenex und trockne ihre Tränen. „Ich glaube, wir nehmen besser wasserfesten Mascara."

Zwanzig Minuten später ist Andy geschminkt und ihre Fingernägel erstrahlen in Feuerrot. Wir wechseln nach nebenan ins Schlafzimmer, wo die restlichen Teile der Garderobe auf dem Bett liegen. Die transparente schwarze Bluse steht Andy traumhaft und der Rock aus weichem schwarzen Leder schmiegt sich an ihren Po wie eine zweite Haut. *Ich sollte Dich jetzt Gerard vorführen. Was heißt sollte? Ich tu es einfach.'* Ich reiche ihr die roten High Heels und Andys Outfit ist komplett.

„Komm mit." Ich ziehe Andy hinter mir her in mein Zimmer, wo Gerard - zum Glück schon angezogen - auf der Couch sitzt. „Was sagst Du zu meiner neuen Freundin?" „Wow. Wo hast Du denn diese scharfe Braut aufgegabelt. Wenn ich nicht schon hoffnungslos in Dich verliebt wäre, dürftest Du mich mit ihr keine zwei Minuten alleine lassen." Dann spricht er Andy direkt an. „Entschuldige bitte, dass ich Dich als Kampflesbe bezeichnet habe. Du bist eine wunderschöne Frau, die jedem Mann - sofern er nicht blind ist - den Atem nimmt."

Zufrieden registriere ich, wie sich Andy neben mir streckt und sich stolz präsentiert. Ich nehme sie in den Arm und flüstere ihr zu. „Operation gelungen." Dann bitte ich sie, in meinem Zimmer zu warten bis ich sie rufe und gehe mit Gerard nach unten. In der Küche herrscht schon reger Betrieb denn neben Eva, Lena, Jonas und den Kindern ist auch Karin schon dabei, die wohl die Nacht in der Einliegerwohnung verbracht hat. Die Fragen wo denn Andy bliebe ignoriere ich und als Eva nach oben gehen will stoppe ich sie. „Ich hole sie sobald alle sitzen."

Fünf Minuten später ist es soweit. Ich gehe nach oben und kehre mit Andy ins Erdgeschoss zurück. Ich trete in die Küche und halte Andy die Tür auf. Sie tritt ein, nein sie schwebt herein und dreht sich lachend um sich selbst. „Darf ich vorstellen, die neue alte Andy." Eva springt auf und mit strahlenden Gesichtern fallen die beiden sich in die Arme. Als die Augen der beiden feucht werden reicht Lena ihnen die Servietten. Wie frisch verliebt, versinken Andy und Eva in einem leidenschaftlichen Kuss, den der Lippenstift leider nicht ohne Schaden übersteht. Aber Hauptsache sie sind wieder glücklich. „Hier sind ja jetzt vier rattenscharfe Frauen auf einmal, da weiß ich ja jetzt nicht mehr, wo ich zuerst hinschauen soll", meldet sich mein Bruder zu Wort um sich gleich darauf bei Karin zu entschuldigen. Ich werfe ihm einen strafenden Blick zu. „Guck gefälligst die Frau neben Dir an, sonst gibt es gleich einen körperlichen Verweis." Lena lacht. „Den Tritt vors Schienbein hab ich ihm schon verpasst."

Als ich nach dem Frühstück alleine vor einer Tasse Cappuccino sitze habe ich das Gefühl, dass sich die Verhältnisse bei Andy und Eva umgekehrt haben, denn Andy ist jetzt voll im Tussi-Modus, während Eva ihre Finger kaum von ihrer Liebsten lassen kann. Als Eva und ich später einen Moment alleine sind verrät sie mir, sie habe von Andy den Strap-On eingefordert. „Und jetzt ist sie ganz fickrig, denn ich habe ihr nicht gesagt wann ich ihn das erste Mal an ihr ausprobiere. Sie ahnt nur, dass es hart für sie wird."

KAPITEL 10

Donnerstag 24.12.2015

Als ich Andys Augenringe sehe, bin ich mir sicher, dass sie letzte Nacht Bekanntschaft mit ihrem eigenen Spielzeug gemacht hat. Doch sie lässt sich nichts anmerken. Eva kommt in die Küche, fasst Andy im Nacken, küsst sie fordernd und greift ihr an den Po. Andy schmiegt sich an und öffnet ihre Lippen für Evas Zunge. Diese legt ihren Mund an Andys Ohr und flüstert ihr etwas zu. Andys Wangen bekommen einen blassroten Schimmer. Als ich das Lächeln in Andys Gesicht sehe, wird mir klar, dass sie sich in ihre Rolle als Frau wieder eingefunden hat und glücklich ist. *,Allerdings muss ich Eva bitten nicht in dasselbe Muster zu verfallen wie zuvor ihre Liebste.'*

Kurz darauf füllt sich die Küche und ich stelle fest, dass unsere kleine Familie inzwischen auf zehn Personen - mitsamt der Kinder - angewachsen ist. Karin meldet sich zu Wort. „Was soll es denn heute Abend zu Essen geben?" „Da wir morgen von unseren italienischen Freunden zum Essen eingeladen sind, gibt es heute nur eine Kleinigkeit. Wir könnten eine Tomatensuppe machen, Pasteten mit Hühnerfrikassee oder auch Flammkuchen backen." Als wir abstimmen ergibt sich eine klare Mehrheit für Flammkuchen und Eva schlägt vor, dass sie selbst, Andy und ich die Zubereitung mit unterschiedlichen Belägen übernehmen würden. Wünsche könnten selbstverständlich geäußert werden.

Doch zunächst packen wir unseren Nachwuchs warm ein und drehen alle zusammen eine große Runde durch den Park. Als wir an dem Teich vorbeikommen sind unsere Kleinen ganz fasziniert von den lärmenden Enten. „Früher haben wir ja die Enten mit Brot gefüttert, aber das war am Fluss. Hier am Teich sollte man das nicht machen." Wir wechseln uns mit den Kinderwagen ab und auch Gerard übernimmt zwischendurch den Zwillingswagen. „Ich möchte in ein paar Jahren auch Kinder haben. Am liebsten Mädchen, falls sich das einrichten lässt", sagt er schmunzelnd zu mir.

Nach zwei Stunden kommen wir wieder nach Hause in die warme Stube. „Wo habt ihr denn den Weihnachtsbaum", fragt Karin plötzlich. Eva öffnet die Tür zum ehemaligen Esszimmer. „Da Ihr sowieso lieber in unserer Wohnküche seid habe ich das Esszimmer umfunktioniert. Karin wirft einen Blick hinein und erspäht auch die unter dem Baum ausgelegten Geschenke. „Da möchte ich aber noch einiges dazu legen." Sie überlegt einen Moment. „Habt ihr eigentlich Marie eingeladen?" „Marie ist über Weihnachten bei ihren Eltern, feiert aber Sylvester und Neujahr mit uns", meldet sich Lena zu Wort.

Gegen achtzehn Uhr beginnen wir zu Dritt damit, den Belag für die Flammkuchen zu schnippeln, während Lena den vorbereiteten Teig hauchdünn ausrollt und auf die vorbereiteten Bleche platziert. Jetzt macht sich bezahlt, dass Evas Eltern auch bei der Kücheneinrichtung nicht gespart haben, denn die beiden Backöfen fassen alle Bleche auf einmal. Um sieben Uhr ist es schließlich soweit. Die Bleche kommen in den Ofen und zehn Minuten später können wir essen. Da hier anders als im letzten Jahr niemand schwanger ist gibt es einen leichten Weißwein zum Essen.

Nach dem Essen nehme ich Eva zur Seite. „Es wäre schön, wenn Andy heute Nacht etwas Schlaf bekäme." Eva runzelt die Stirn. „Hat sie sich etwa beschwert?" Ich muss kichern. „Das ist doch wohl nicht Dein Ernst. Ihre Augenringe haben sich beschwert. Erinnere Dich bitte mal wie es Dir ergangen ist." Jetzt muss auch Eva kichern. „Oh, Du hast natürlich recht. Hatte ich fast schon vergessen. Gut. Die Produktion der Augenringe wird vorübergehend eingestellt." „Wann machen wir eigentlich die Bescherung", will Lena wissen. „Seid Ihr alle mit Morgen nach dem Frühstück einverstanden", fragt Eva. „Da sich kein Widerspruch erhebt ist die Sache beschlossen."

Als sich Karin gegen zehn Uhr verabschiedet, löst sich die gesellige Runde auf. Lena und Jonas nehmen Carsten mit in die Einliegerwohnung, während unsere Mädchen schon in Omas Zimmer ruhen. Gerard und ich gehen ebenfalls nach oben, während Eva und Andy noch über den weiteren Verlauf verhandeln. Während Gerard sich im Bad fertig macht, schminke ich mich ab und ziehe mein Nachtgewand an. Als ich danach das Bad betrete, pfeift mein Schatz durch die Zähne. „Ist das alles für mich?" will er von mir wissen. Ich küsse ihn sanft auf die Wange. „Mit allem was Du siehst, darfst Du auch spielen." Als wir später im Bett liegen, frage ich mich was meine Freundinnen im großen Schlafzimmer so treiben. *,Du könntest ja mal das Babyphone unter dem Bett verstecken.'* Ich erteile meiner inneren Stimme einen Rüffel, drehe mich um und bin kurz danach eingeschlafen.

Freitag 25.12.2015

Heute sehen Andy und Eva beide frisch und ausgeruht aus, stelle ich zufrieden fest. Auch Lena und Jonas sind offenbar topfit. Wir decken den Tisch und bereiten ein opulentes Frühstück vor, denn da wir abends eingeladen sind, soll das Mittagessen ausfallen. Nun fehlt nur noch Karin, denn die Mädchen hat Lena schon aus dem Kinderzimmer geholt. Kurz darauf kommt auch Karin herein, doch sie sieht irgendwie übermüdet aus. Offenbar haben die beiden Süßen sie wachgehalten. Karin leert in kurzer Zeit zwei Tassen Kaffee und macht schon einen etwas frischeren Eindruck. „Ich lege mich nach der Bescherung nochmal für zwei Stunden hin, dann ist alles in Ordnung", lässt sie uns wissen.

Das Frühstück zieht sich hin, doch schließlich sind alle gesättigt und wir wechseln ins ehemalige Esszimmer, wo Lena, Jonas und Gerard zunächst einige Weihnachtslieder spielen. Danach ist der große Moment der Bescherung gekommen. Ich will jetzt niemanden mit der Aufzählung der unzähligen Geschenke langweilen aber die Highlights muss ich schon erwähnen. Lena freut sich am meisten über die Halskette mit dem wunderbaren Anhänger. Ich freue mich über das Kleid von Karin und einen wunderschönen Ring von Gerard, den ich nebenbei selbst gearbeitet habe, in der Annahme der Auftrag den Vanessa mir aufgedrückt hat sei für einen Kunden. Eva ist mit dem Herzanhänger glücklich, in den drei Namen eingraviert sind und der noch Platz für die Namen weiterer Kinder hat. Auch Andy ist mit ihren Geschenken zufrieden. Zur Krönung aber nimmt Eva den ihr geschenkten Halsreif und ehe Andy weiß wie ihr geschieht, hat sie den Reif um ihren Hals und hört das Klick mit dem der Verschluss einrastet. „Den werde ich gleich wieder ausziehen, ich hole nur eben den Stift." Da alle Lachen dreht Andy sich zu uns um und blickt uns der Reihe nach an. Als ihr Blick auf mich fällt sieht sie den Stift gerade noch zwischen meinen Brüsten im Dekolletee verschwinden. „Tja Süße, da musst Du jetzt durch", sage ich lächelnd.

Später am Nachmittag ziehen wir uns für das Essen bei Sophia, Mario und Massimo um. Während Eva - zur Freude von Karin - ihr neues rotes Kleid anzieht, trägt Andy das Kleid welches Karin ihr zum Geburtstag geschenkt hat. Auch Lena hat ein neues Kleid in Schwarz, während ich seit gestern einen Traum in Rot besitze. Die Herren tragen Smoking. Karin ist sehr elegant in einem taubenblauen Schneiderkostüm. Derart festlich herausgeputzt sind unsere Kleinsten natürlich noch nicht, aber bei ihnen reicht eben noch die von der Natur mitgegebene Schönheit. Kurz bevor wir das Haus verlassen öffne ich Andys Halsreif, damit sie das komplette Set anziehen kann, das wir ihr zum Geburtstag geschenkt haben. Vorher musste sie mir feierlich versprechen nach unserer Rückkehr den Halsreif wieder anzulegen.

Das Weihnachtsessen hat Traditionsgemäß Sophia gekocht, während ihr Mann die Hilfsarbeiten erledigt hat. Es ist von allem zu viel, zu lecker und wir sind hinterher pappsatt. „Diesmal gibt es keine Ausrede", verkündet Massimo als er nach dem Espresso noch eine Runde Grappa spendiert. „Denn voriges Jahr ward ihr ja noch schwanger oder musstet schon Stillen." Brav leeren wir unsere

Gläser, doch bei der zweiten Runde bleiben die Männer unter sich, während Sophia für uns Frauen noch eine Flasche leichten Weißwein öffnen lässt.

Kurz nach Mitternacht lassen wir uns von einem Großraumtaxi nach Hause bringen. Zu Hause angekommen legt Andy ihren Schmuck ab und zu meinem Erstaunen widerspruchslos ihren Halsreif wieder an. ehe sie sich mit Eva zurückzieht. Da Karin in der letzten Nacht zu wenig Schlaf hatte frage ich Gerard ob er einverstanden ist, wenn wir die Kinder zu uns nehmen. Er bejaht meine Frage mit einer solchen Begeisterung, dass er schon wieder mächtig Pluspunkte bei mir sammelt. Dass wir dadurch auf andere Aktivitäten verzichten müssen, nimmt er als gegeben hin.

Samstag 26.12.2015
Heute morgen trägt Andy wieder leichte Schatten unter den Augen, doch ansonsten ist sie munter. „Wie lange soll ich den Halsreif denn tragen", fragt sie mich?" „Wie lange hätte Eva den Ring denn tragen müssen?" Ich sehe, dass Andy mit sich kämpft. „Ganz ehrlich? Den Rest des Jahres. Okay, dann gilt das gleiche natürlich für mich."

Als Nächste kommt Lena in die Küche. Ich fasse sie an der Hand und dirigiere sie in Andys Arbeitszimmer. „Mach bitte mal die Bluse auf." Lena sieht mich verwundert an, kommt aber meiner Aufforderung nach. „Den BH auch." Wieder dieser erstaunte Blick, dann fällt auch der BH. Ich reiche ihr die von mir angefertigten Nippleshields. „Wenn sie Dir gefallen, lege ich sie Dir an." Lena strahlt. „Was heißt gefallen, die Schlangen sind wunderschön. Bitte mach sie dran." Eine Minute später sind Lenas Brustspitzen von goldenen Schlangen umschlungen, deren geöffnete Mäuler direkt auf die Nippel zeigen, als wollten sie jeden Moment zubeißen. Lena stürmt in die Küche. „Schau mal Jonas, Anna hat mir … Oops. Egal. Gerard hat bestimmt auch schon mal Brüste gesehen. Anna hat mir noch ein Geschenk gemacht." Sie präsentiert ihren Piercingschmuck den Anwesenden unter denen sich eben auch Gerard befindet. Jonas zieht Lena an sich, knöpft ihr die Bluse zu und blickt Gerard an. „Genug gesehen. Schau Dir lieber meine Schwester an."

Am späten Nachmittag übernehmen Karin und Gerard das Regime in der Küche, denn er hat uns glaubhaft versichert, dass das Rezept seiner Mutter für die Canard à l'orange das Beste sei. Als ich ihn bei der Arbeit sehe glaube ich ihm, dass er seiner Mutter oft beim Kochen geholfen hat. Das Ergebnis gibt ihm schließlich recht. Die Entenkeulen sind knusprig, die Sauce köstlich und auch die von mir und Karin gekochten Beilagen schmecken allen.

Sonntag 27.12.2015
Heute lassen wir die Festlichkeiten langsam ausklingen. Der Blick auf die Waage zeigt uns allen, dass wir die letzten Tage des Jahres etwas kürzer treten sollten und so üben wir uns in FDH und FDR.
Als Lena und Jonas mit Karin aufbrechen um sie nach Hause zu bringen macht sich eine gewisse Feiermüdigkeit breit. Da Andy und Eva ihre Töchter heute Nacht selbst beaufsichtigen, haben Gerard und ich wieder die Möglichkeit unsere Liebe zu zelebrieren um anschließend eng umschlungen einzuschlafen.

Mittwoch 30.12.2015

Gegen zehn Uhr treffen wir uns in der Manufaktur. Vanessa hat außer Svenja und mir auch noch Sarah zu dem Termin gebeten. Svenja und ich bekommen von Vanessa Umschläge überreicht, für Sarah hat sie außer einem Umschlag noch ein kleines Kästchen. Als ich die Summe der Gewinnbeteiligung, die auf mich entfällt, sehe bin ich sprachlos. Ich umarme Vanessa und sage leise: „Danke". Auch Svenja bedankt sich artig. „Ihr braucht Euch nicht zu bedanken Mädels. Ihr habt es Euch ehrlich erarbeitet." Auch Sarah öffnet ihren Umschlag. Ihre Augen werden groß. „Drei Tage die Woche und zum gleichen Lohn wie in der Weihnachtszeit. Danke. Ich freue mich darauf weiter mit Euch zu arbeiten." Sie öffnet das Kästchen und entnimmt ihm eine kleine Brosche. Jetzt werden meine Augen groß. Es ist der Schmetterling von Karin. Vanessa legt Sarah die Hand auf die Schulter. „Du hast den kleinen Schmetterling immer so sehnsuchtsvoll angeschaut, da habe ich mir gedacht, bei Dir ist er in guten Händen." Glücklich lächelnd bedankt sich Sarah und wünscht uns einen guten Rutsch.

Wenig später bin ich mit Vanessa alleine. „Es wird Dich sicher interessieren, dass meine Regel ausgeblieben ist." Ich heuchele Interesse. „Ich war auch schon in der Apotheke. Der Test ist positiv." Ich habe meinen Gesichtsausdruck im Griff und schaue ganz neutral. Und daraufhin hab' ich mir das dritte Kondom angesehen, das ich von Dir bekommen habe. Zwei hatten wir ja schon benutzt." Ich bemühe mich um einen unschuldigen Blick. „Du kleine Hexe. Du Liebe kleine Hexe. Lass Dich drücken. Ich bin schwanger." Vanessa nimmt mich in ihre Arme und drückt mich. „Was hast Du Dir dabei gedacht?" Ich strahle sie an. „Ich hab' gedacht, wenn die Kondome bei Andy und Eva funktioniert haben, müsste es bei Dir auch klappen. Und ich freue mich, dass ich recht behalten habe. Herzlichen Glückwunsch. Werde ich jetzt Patin?"

**** ENDE ****

Für die Unterstützung bei der Realisation dieses Buches danke ich meinen Beta-Leserinnen, die auch Korrektur gelesen, mich motiviert und wo nötig auch moralisch unterstützt haben.

****

Falls Ihnen dieses Buch gefallen hat, können Sie Wiedersehen feiern mit Andy, Anna, Eva und Lena

Im zweiten Teil von **Schwarz Rot Blondie** mit dem Untertitel

Versöhnungen